# 走向自由之維

20世紀中國浪漫主義文學思潮

陳國恩——著

# 目次

# 緒論

浪漫主義作為一種創作方法，在中外文學史上早就有人運用了。但是現代浪漫主義思潮卻是人類文明史上特定階段的產物，具體地說，它發端於十八世紀末的西歐，在西歐各國流行近半個世紀，又影響到世界其他地方，其中就包括中國。現代浪漫主義的性質，它的藝術特點，人們根據對現代浪漫主義的認識反過來研究古代浪漫主義作品所得出的關於浪漫主義的一般觀點，都是跟現代浪漫主義興起的特定歷史背景聯繫在一起的。

這個背景，就是從文藝復興以後，經過啟蒙運動和浪漫主義運動而被推向深入的人類爭取自由和解放的曲折歷程。文藝復興運動標誌著西方開始告別黑暗的中世紀，但緊接而來的是古典主義時期。在這一時期，曾在文藝復興運動中受到打擊的一些中世紀原則又借屍還魂，重新支配了文藝理論和創作實踐。古典主義崇尚理性，貶低情感；強調個人對社會的責任，反對個人自由；標榜精神聖潔，抵制縱慾主義；推重形式的規範化和風格典雅，反對在高雅藝術中打破清規戒律的束縛，凡此種種，在精神上是與中世紀神學的禁慾主義和宗教禁忌有相通之處的。確切地說，它意味著人的情感經過文藝復興運動而從神學的束縛中解放出來，但又重新被納入到與人文主義精神相抵觸的理性框架中去，這種理性對人的自由施加了種種限制，以適應君主專制的政治需要。啟蒙運動的一個重要貢獻，就是在文藝領域揚棄了古典主義的原則。啟蒙運動反映了資產階級的力量已經壯大，貴族階級日益沒落，資產階級要求結束古典主義時期與封建貴族妥協的局面。適應這種形勢，啟蒙主義以資產階級的理性精神否定了體現宮廷觀點和趣味的古典主義理性原則。它標榜民主、平等，肯定個人慾望，從而為個人的自由和解放開闢了道路。在藝術上，啟蒙文學家反對把美的標準絕對化，那種要把合乎宮廷需要的藝術趣味置於君臨一切的地位的理論，遭到了啟蒙作家的批判。尤其是激進的盧梭，對古典主義更是採取了輕蔑的態度。這一切打破了對古典主義的迷信，為確立新的藝術標準掃清了障礙。

但是應該看到，啟蒙主義所包含的自由精神還只涉及思想方面，主要是在理性精神指引下追求思想的自由，還沒有深入到情感的領域，因而它對古典主義原則的批判又是不夠徹底的。真正徹底地否定了古典主義的是浪漫主義思潮，這就構成了浪漫主義思潮與啟蒙運動的奇特關係。從淵源上說，浪漫主義思潮直接產生於啟蒙運動，因為只有經過思想啟蒙，人文主義的價值觀被重新確認，人才能獲得進一步解放，從而促成浪漫主義思潮的興起。但啟蒙主義的「理性」強調正義、平等，用一種新的道德和法律義務規範人的權利，它所肯定的個人權利和慾望就有了作為一個公民所必須承擔的義務為其前提，因而它以解放人為出發點，卻又包含了把人重新限定在新的理性框子裡、從而限制了人的自由的可能性（在啟蒙主義者中，盧梭是一個例外，他代表了啟蒙運動向浪漫主義運動過渡的階段，他本人就是浪漫精神的生動體現）。這樣，浪漫主義思潮興起時，它事實上又是把啟蒙主義當作超越對象的。超越，主要表現為它放棄了啟蒙主義的理性精神，而在強烈的個性意識的基礎上確立起個人化的、情感化的藝術原則。因此可以說，浪漫主義的興起標誌著人的自由達到了一個新的階段。在這一新階段，「自由」不再停留在思想的層次，而是深入到了情感世界，浪漫主義者眼中的世界於是不再是一個客觀自在的世界，而是一個可以任主觀情思縱橫馳騁的所在，一切外在的界限都已不復存在，主體精神成了宇宙的主宰，人獲得了全身心的解放。

浪漫運動的先驅關於浪漫主義的論述，幾乎都涉及了這種自由本質。席勒指出：「現實總是落後於理想；凡是存在的東西總是有界限的，只有思想才是沒有界限的。素樸詩人要遭受一切感性東西所必須受到的限制，相反地，觀念的自由力量必然要幫助感傷詩人。誠然，素樸詩人可以徹底完成他的任務，但是這個任務是有限的，感傷詩人固然不能徹底完成他的任務，但是他的任務卻是無限的。」①史雷格爾認為：「浪漫主義的詩卻仍舊處在形成過程中；況且它的實質就在於：它將始終在形成中，永遠不會臻於完成。它不可能被任何理論徹底闡明，只有眼光敏銳的批評才能著手描述它的理想。唯有它是無限和自由的，它承認詩人的任憑興之所至是自己的基本規律，詩人不應當受到任何規律的約束。」②連反對德國早期浪漫派的傾向的海涅也說：「浪漫主義藝術表現的，或者不如說暗示的，乃是無限的事物。」③讓・保爾同樣認為：「那想像起來十分容易與浪漫精神融

①席勒：〈論素樸的詩與感傷的詩〉，《歐美古典作家論現實主義和浪漫主義》（二），中國社會科學出版社一九八一年七月版，第三二一頁。

②弗・史雷格爾：〈片斷〉，《歐美古典作家論現實主義和浪漫主義》（二），中國社會科學出版社一九八一年七月版，第三八二頁。

③海涅：〈論浪漫派〉，《歐美古典作家論現實主義和浪漫主義》（二），中國社會科學出版社一九八一年七月版，第四〇一頁。

為一體的特徵，都不是崇高，而是廣闊。因此浪漫主義就是無邊際的美，或者說是美的無限猶如有一種崇高的無限。」④上述論述都包含一個「無限」的概念。無限，其實就是自由精神在審美經驗中的體現，它是以主體超越了客體，心靈擺脫了外在關係的束縛、獲得了高度的自由為前提的。

不僅浪漫主義者意識到了浪漫主義的自由本質，哲學家和文學史家在總結浪漫主義時也多注意到了這一點。黑格爾說：「浪漫型藝術的真正內容是絕對的內心生活，相應的形式是精神的主體性，亦即主體對自己的獨立自由的認識。」⑤朗松在他的名著《法國文學史》中寫道：「浪漫主義首先就是文學領域的一個擴張或一種變更；其次，是文學形式的一次改造，這改造首先是一陣混亂，但從這混亂中很快就產生了一種新的組織。它將給予我們一種抒情詩，一種詩情畫意的文學，一種生動具體的歷史。它會打碎一切過於停滯、凝固、藝術家不再使用的形式，也就是那些文體和結構方面的專制的慣例，它們濾除靈感，排斥獨創性：在粉碎這些類別、規律、趣味、語言和詩句的時候，浪漫主義把文學引到一種可喜的自由狀態中，在其中，藝術家的天才和時代的精神可以自由地追求類別、規律、趣味、語言、詩句的再建法則。」⑥丹麥著名的文學史家勃蘭兌斯在論述歐洲浪漫主義興起時也指出：「絕對的自我由於包括一切真實，它要求它所對立的非我同它本身相和諧，而無限的奮鬥過程就是克服它的限制。正是這種認識論的結論，鼓舞了年輕的一代。所謂絕對

④ 讓・保爾：《美學入門》，《歐美古典作家論現實主義和浪漫主義》（二），中國社會科學出版社一九八一年七月版，第三五四頁。
⑤ 黑格爾：《美學》第二卷，《朱光潛全集》第十四卷，安徽教育出版社一九九二年二月版，第二七四頁。
⑥ 轉引自《歐美古典作家論現實主義和浪漫主義》（二），中國社會科學出版社一九八一年七月版，第二四一頁。

的自我，人們認為不是神性的觀念，而是人的觀念，是思維著的人，是新的自由衝動，是自我的獨裁和獨立，而自我則以一個不受限制的君主的專橫，使他所面對的整個外在世界化為烏有，這種自由狂熱在一群非常任性的、諷嘲而又幻想的青年天才中發作開來了。在狂飆時期，人們所沉湎的自由是十八世紀的啟蒙，現在那種狂飆精神以更精緻、更抽象的形式重複著，而人們所沉湎的自由則是十九世紀的這種隨意所欲，為所欲為了。」「這一切有一個共同點，即任意的自我肯定，或者說根本上信口開河，這就是他們在同日益狹隘的散文的鬥爭中，在對於詩與自由的迫切呼喊中所有的出發點。」⑦這些人都看到了一個事實：浪漫主義是緊接著啟蒙運動而面世的，它的面世宣告了人在自在自為的意義上被認為是絕對的，自由的，無限的，人對於獨立自由有了比啟蒙主義時期更高的要求。這種要求實際上反映了近代資本主義社會中日益發展的個性主義趨勢。它表明，浪漫主義是與人類文明史上個性解放、情感自由的歷史階段緊緊地連接在一起的；它在這個階段面世，也只有在這個階段才能達到輝煌。正是在這一意義上，浪漫主義註定具有徹底反封建的性質。

把浪漫主義與特定的歷史背景聯繫起來，以最簡明的語言指出浪漫主義的自由本質的是雨果。雨果在《歐那尼・序》中引述他早些時候一篇文章的話說：「如果只從戰鬥性這一個方面來考察，那麼總起來講，浪漫主義，其真正的定義不過是文學上的自由主義而已。……在不久的將來，文學的自由主義一定和政治的自由主義能夠同樣地普遍伸張。藝術創作上的自由和社會領域裡的自由，是所有一切富有理性、合乎邏輯的精神應該亦步亦趨的雙重目的，是召集今天這一代如此堅強有力

⑦ 勃蘭兑斯：《十九世紀文學主流》第二分冊，人民文學出版社一九八四年七月版，第二六至二七頁。

而且強自忍耐的青年人的兩面旗幟，和這些青年人在一起，並且站在最前列的，還有老一代的傑出人物，這些明智的老人經過一段懷疑和觀望的時期，承認了他們的兒輩今天所幹的事正是他們當年之所為的一種後果，承認了文學自由正是政治自由的新生兒女。」他進一步指出：「既然我們從古老的詩歌形式中解放出來了，那麼我們為什麼不從古老的社會形式中解放出來？新的人民應該有新的藝術。現代的法蘭西，十九世紀的法蘭西，米波拉為它締造過自由，拿破崙為它創建過強權的法蘭西，在讚賞著路易十四時代的文學和當時專制主義如此合拍的時候，一定會明白要有自己的、個人的、民族的文學。」⑧雨果憑他詩人的敏銳直覺，指出了浪漫主義具有反對專制、爭取人的自由解放的戰鬥意義。他意識到經過啟蒙運動，新的思想已經廣為流傳，在社會領域結出了豐碩的成果；但由於隨後的王政復辟，也由於舊的文學觀念根深蒂固，在法蘭西文學界古典主義法規仍占主導地位。於是，在歐洲其他國家叨法國啟蒙運動和大革命之光而掀起了浪漫運動以後二十多年，他受莎士比亞等影響，在法國倡導了一場遲來的然而是聲勢浩大的浪漫主義運動。

在這場運動中，雨果打出的藝術旗號是：「醜就在美的旁邊，畸形靠近著優美，粗俗藏在崇高的背後，惡與善並存，黑暗與光明相共。」「換句話說，就是把肉體賦予靈魂；把獸性賦予靈智。」⑨這種美醜對照的原則，對於講究和諧、勻稱、高雅並由此走向矯揉造作的古典主義，無疑

⑧ 雨果：《歐那尼・序》，《歐美古典作家論現實主義和浪漫主義》（二），中國社會科學出版社一九八一年七月版，第一三四至一三五頁。
⑨ 雨果：《克倫威爾・序言》，《歐美古典作家論現實主義和浪漫主義》（二），中國社會科學出版社一九八一年七月版，第一二四至一二五頁。

是一顆致命的炸彈。依據這一原則，「他可以讓法官說：『判處死刑。現在我們大家吃飯吧！』他可以讓伊麗沙白賭咒，而同時又說拉丁文。他可以讓克倫威爾說：『我把議會裝在我的提包裡，我把國王裝在我的口袋裡。』坐在凱旋車上的凱撒卻可能怕翻車。拿破崙慨歎著：「從崇高莊嚴到滑稽可笑，相差不過一步之遙。』」⑩這一切，在他僅是為了造成滑稽醜怪的喜劇效果，突破死板生硬、不近情理的古典主義規範，使文藝接近「自然」。這種意圖，體現的也正是自由的精神。他的理論並不高明，論證存在破綻，還有一些極端的因而顯得荒謬的論斷，但這一理論是反對古典主義的一場革命，其餘的一切就顯得無關緊要了。

中國現代浪漫主義思潮深受西方浪漫主義的影響，並且擁有一個與西方浪漫主義思潮相似的文化背景，這就是中國二十世紀初興起的思想啟蒙運動。以梁啟超為首的資產階級改良派在變法維新失敗後，開始在思想領域進行啟蒙宣傳，而在二十世紀初的出國留學生群體中，出現了比改良派更為激進的啟蒙主義者。這從一個側面反映了中國社會開始從封建時代向現代過渡的深刻變動，它的性質是與西方告別中世紀的最初歷史階段一致的，只是所經歷的時間要比西方從文藝復興到啟蒙運動的歷史短得多。就在這股世紀初的啟蒙潮流中，中國現代浪漫主義的萌芽形成了，並在隨後更為深入、更為波瀾壯闊的五四啟蒙運動中迅猛成長，發展成為蔚為壯觀的浪漫主義大潮。

由於受共同的歷史規律性的制約，中國浪漫主義的先驅從他們所處的環境變動中，感受到歷史發展的動向，對投身於其中的浪漫主義潮流的自由本質也有清醒的認識。魯迅在〈文化偏至論〉中

⑩ 勃蘭兌斯：《十九世紀文學主流》第五分冊，人民文學出版社一九八四年七月版，第二二至二三頁。

寫道：「十九世紀末之重個人，則吊詭殊恒，尤不能與往者比論。試案爾時人性，莫不絕異其前，入於自識，趣於我執，剛愎主己，於庸俗無所顧忌。如詩歌、說部之所記述，每以驕蹇不遜者為全局之主人。」他注意到西方十九世紀文學的主人公多為桀驁不馴的個性主義者，認為這不是作家憑空杜撰，而是社會情勢使然：「蓋自法朗西大革命以來，平等自由，為凡事首，繼而普通教育及國民教育，無不基是以遍施。久浴文化，則漸悟人類之尊嚴；既知自我，則頓識個性之價值；加以往之習慣墜地，崇信蕩搖，則其自覺之精神，自一轉而之極端之主我。」⑪他還在〈摩羅詩力說〉中特別點出拜倫作為例子，稱拜倫的詩歌「超脫古範，直抒所信」，「無不函剛健抗拒破壞挑戰之聲」，而拜倫為人「懷抱不平，突突上發，則倨傲縱逸，不恤人言，破壞復仇，無所顧忌，而義俠之性，亦即伏此烈火之中，重獨立而愛自繇，苟奴隸立其前，必衷悲而疾視，衷悲所以哀其不幸，疾視所以怒其不爭，此詩人所為援希臘之獨立，而終死於其軍中者也。」因此斷言：「蓋裴倫者，自繇主義之人耳。」⑫他把拜倫視為一個自由主義者。魯迅基於他對中國歷史和社會現實的洞識，在向西方尋找「精神界之戰士」的時候，準確地把握了西方摩羅詩人——浪漫主義者的性格特點，吃透了西方浪漫主義文學的精神實質就在自由。這其實就是他對未來新人的理想人格的期望，也是他對正在萌生的中國新文學所應採取的方向的期望。

到了「五四」，以創造社為代表的浪漫主義「異軍突起」，郭沫若宣布：「我們的主義，我們

⑪ 以上引自《魯迅全集》第一卷，人民文學出版社一九八一年版，第五十頁。
⑫ 以上引自《魯迅全集》第一卷，人民文學出版社一九八一年版，第七九至八十頁。

的理想，並不相同，也不必強求相同。我們所同的，只是本著我們內心的要求，從事於文藝的活動罷了。」⑬這「內心的要求」，就是以個性解放為前提的人的主觀精神對客觀現實的超越，是主體精神的自由高揚。郁達夫在〈文學概說〉裡更直接地指出，青年由於生命力的旺盛，「對於過去，取的是遺忘的態度，對於現在，取的是破壞的態度，對於將來，取的是猛進的態度。這一種傾向的內容，大抵是熱情的、空想的、傳奇的、破壞的。這一種傾向在文學上的表現，就是浪漫主義。」⑭把浪漫主義與「熱情」、「空想」、「傳奇」、「破壞」聯繫起來，這在精神上又是與西方浪漫派認為浪漫主義的本質是自由的觀點相通的。

中西浪漫主義者的上述觀點表明，在表達自由精神、追求自由的境界的意義上，浪漫主義就是自由的精靈，生命的舞蹈，情緒的體操！

當然，「自由」的含義是有差異的，這種差異可以大到造成事物性質上的改變。拿破崙法典貫穿了自由的精神，可反拿破崙的神聖同盟打起的旗幟也是「為自由而戰」。拿破崙給歐洲帶來個人自由的同時，剝奪了其他民族的獨立和自由，神聖同盟在爭得民族獨立和自由時，卻給個人套上了枷鎖，恢復了最反動的專制制度。而在浪漫主義者當中，古代浪漫主義作家詩人與現代浪漫派對於自由的理解和體悟同樣有著重大的差別。以中國為例，屈原和李白堪稱古代浪漫主義詩人的傑出代表，他們在周圍一片對君王的阿諛之聲中，遺世獨立，捍衛自己的人格尊嚴。當身遭群小誹謗陷

⑬ 郭沫若：〈編輯餘談〉，《創造》季刊第一卷，第二期。
⑭ 《郁達夫全集》第五卷，浙江文藝出版社一九九二年版，第三六三頁。

害時，或夢遊湖山，寫下飄逸豪放的浪漫詩章，或披肝瀝膽，發為憂憤滿腔的千古絕唱。但在深層意識上，他們其實仍然有很強的依附性。他們夢寐以求的不是自我的實現，而是獲得「賢君」的賞識，以圖重展其安邦治國的「雄才大略」。所以君主的疏遠帶給他們的不是身心解放的歡樂，而是不被重用的悲哀和無奈。屈原的「豈余身之憚殃兮，恐皇輿之敗績！忽奔走以先後兮，及前皇之踵武」，李白一生把「事君」、「榮親」當作最高的目標，都說明他們理解和追求的自由僅僅是個人在封建秩序中安身立命、忠君愛國、光宗耀祖的自由。這種自由觀帶有鮮明的封建烙印，束縛了人的情感，因而他們的詩作雖然文采斐然，卻終究缺少徹底反抗和挑戰的精神內質，不時地要流露出對君王的依戀或者逃避現實的消沉情緒。這不足為奇。古代浪漫主義者的漂逸灑脫不可能獲得現代意義上的個性主義人生哲學的支持，沒有這個思想基礎，再浪漫灑脫的個性到頭來也會表現出軟弱的一面。再則，古代浪漫主義者的出現很大程度上依賴於個人的才華，帶有偶然性。因而在漫長的封建時代，浪漫主義者人數不多。他們雖然寫了一些經典之作，但從不曾形成一個聲勢浩大的浪漫主義潮流。現代浪漫主義者的信仰和處境則完全不同。他們從個性主義的社會思潮中獲得了強有力的支持，把人格獨立、個性自由看得高於一切，就像郁達夫說的，「五四運動的最大成功，第一要算『個人』的發現。從前的人，是為君而存在，為道而存在，為父母而存在，現在的人才曉得為自我而存在了。」⑮「為自我而存在」，成了現代人，尤其是現代浪漫主義者最高的人生信條。這不是說他們放逐了社會責任，而是指一切外在的義務和責任在他們看來，不能強加，而必須經由自我

⑮ 郁達夫：〈良友版新文學大系散文選集導言〉，《郁達夫全集》第六卷，浙江文藝出版社一九九二年版，第一九四頁。

的認可。賦予自我以自由地選擇義務和責任的權力，也就打破了一切封建道德律條的束縛，從而掃除了人性解放的一大思想障礙。因此，現代浪漫主義作品充滿了叛逆反抗的聲音和對新生活的大膽幻想，不再有偶像崇拜、人格依附，有的只是一個昂首挺立的「自我」。現代浪漫主義者也會流露出悲傷和憂愁，但那不是由於無人賞識，而是因為世道不公，社會黑暗，自我難以實現造成的。總之，古今浪漫主義者理解和追求自由的這種態度上的重大差別，決定了古今浪漫主義作品總體風格的差異，從而把古代具有浪漫主義色彩的作品與現代充滿浪漫主義反叛精神的作品區別開來，也把古代某一時期孤立的浪漫主義文學現象與現代帶有歷史必然性的浪漫主義思潮區別開來了。

追求思想和情感的自由，其實也決定了現代浪漫主義的藝術特點。迄今為止，關於浪漫主義還沒有一個能被普遍認可的標準定義。羅成琰在考察西方美學史上關於浪漫主義的定義時，發現了五花八門的觀點，他寫道：「史達爾夫人說，浪漫主義指的是騎士精神，在雨果看來，浪漫主義是文學中的自由主義，海涅指出浪漫主義是對於中世紀的思索，朗松認為它是個性的富有詩意的發展，依默瓦爾認為是一種想像的文學過程，盧卡斯從中看到的是令人如癡如醉的夢幻，費爾普斯強調的是感傷情調，如此等等。」⑯其實還有歌德、席勒、史雷格爾兄弟、諦克、夏多布里昂以及後來的高爾基等，都對浪漫主義發表過他們的觀點，列舉起來會是一份很長的名單，這當真應驗了福斯特的一句話——「誰試圖為浪漫主義下定義，誰就在做一件冒險的事，它已使許多人碰了壁。」但這又絲毫不影響研究者對浪漫主義的性質和特點作出某種概括。以國內為例，朱光潛在總結西方浪漫

---

⑯ 羅成琰：《現代中國的浪漫文學思潮》，湖南教育出版社一九九二年版，第一至二頁。

主義流派時，指出它有三個特徵：

第一，浪漫主義最突出的而且也是最本質的特徵是它的**主觀性**。……浪漫主義派感到新古典主義派所宣揚的理性對文藝是一種束縛，於是把感情和想像提到首要的地位。他們的成就主要在抒情詩方面，就是小說和戲劇也帶有濃厚的抒情色彩。……由於主觀性強，在題材方面，內心生活的描述往往超過客觀世界的反映，以愛情為主題的作品特別多，自傳式的寫法也比較流行。……個人與社會對立往往使浪漫派作家們在幻想裡討生活，所以這時期的作品比起過去其他時代，都較富於主觀幻想性。

其次，浪漫運動中有一個「**回到中世紀**」的口號，這說明浪漫主義在接受傳統方面，特別重視中世紀民間文學。……中世紀民間文學不受古典主義的清規戒律的束縛，其特點在想像的豐富，情感的深摯，表達方式的自由以及語言的通俗。這正是浪漫主義派所懸的理想。

第三，浪漫運動中還有一個「**回到自然**」的口號。這個口號是盧梭早已提出的。盧梭的「回到自然」有回到原始社會「自然狀態」的涵義，也有回到大自然的涵義。浪漫主義派繼承了這個口號。⑰

許子東據此考察郁達夫的小說，認為郁達夫小說的浪漫主義風格，主要表現為「強烈的主觀色彩」，「感傷的抒情傾向」，「清新、綺麗、自然的文筆」。⑱

⑰ 朱光潛：《西方美學史》下卷，《朱光潛全集》第七卷，安徽教育出版社一九九一年五月版，第三九六至三九七頁。
⑱ 許子東：《郁達夫新論・郁達夫創作風格論》，浙江文藝出版社一九八四年版，第三至二五頁。

羅成琰的專著旨在建立浪漫的詩學體系，他也認為浪漫主義有三大特徵，即「主觀性」、「個人性」、「自然性」。這與朱光潛所作的歸納沒有實質的區別。他的貢獻是指出了中西浪漫主義思潮性質上的差異，即現代中國浪漫文學思潮捨棄了西方浪漫主義的宗教色彩、西方浪漫主義「回到中世紀」的情緒和西方浪漫主義的反資本主義性質，因此，「現代中國浪漫文學思潮簡化和縮小了西方浪漫主義的內涵。但另一方面，現代中國浪漫文學思潮又引進了一些為西方浪漫主義所沒有的因素，從這個意義上說，現代中國浪漫文學思潮又豐富和拓寬了浪漫主義的疆域，更具開放性與包容性。」這「引進」的，是「現實主義的因素」、「現代主義的成分」和「從本土的文化傳統中汲取了養料」，這使「現代中國浪漫文學思潮呈現出某種不同於西方浪漫主義的風貌，而具有了自己的民族性和中國特色」⑲。

關於浪漫主義的特徵，同樣眾說紛紜，但誰都注意到了它的鮮明的主觀性和情緒化的特點。主觀性、情緒化，是人強烈地意識到了自我，從主觀內面體驗客觀對象，從而使客體融入內心，化為情緒激流的結果，它是主體超越客體、個人獲得了「對自己的獨立自由的認識」的產物，因而也是自由精神貫穿於知、情、意相統一的完整人格的產物。不僅如此，浪漫主義的奇特幻想，追求無限的事物，嚮往中世紀，喜歡妖魔和精靈，傾心大自然，偏愛原始和荒蕪，要求形式的絕對自由，乃至浪漫主義者的裝瘋賣傻，招搖過市的種種滑稽舉動，都是跟建立在個性主義基礎上的自由精神密切相關的。因為只有自由精神發展到了浪漫主義的階段，個人擺脫了一切外在的束縛，人才能心馳

⑲ 以上引自羅成琰的《現代中國的浪漫文學思潮》，湖南教育出版社一九九二年版，第三至十三頁。

神往，感情激盪，才會渴望無限，要在大自然中體驗自我擴張的喜悅，才會想找妖魔和精靈來獲得新奇的刺激，才會要求到中世紀的神秘回憶裡一展幻想，覺得與社會對抗、破壞規矩和習俗是一件樂事，而這一切所帶來的澎湃激情，再難容納在僵化的形式裡了，所以他又必然地要求徹底打破形式的鐐銬，讓詩情自由地流瀉。

浪漫主義憑著這些特點與古典主義對立，也與現實主義和現代主義劃清了界線。緊隨浪漫主義思潮而出現的批判現實主義也包含了自由精神和個性意識，但它的自由精神和個性意識是在資本主義社會矛盾加劇、人與人之間的關係變得十分冷漠，一度鼓舞人心的關於自由的神話行將破滅的背景中，已昇華為帶有批判意向的理性準則，批判現實主義用它來審視社會，解剖世相，揭露矛盾，因此批判現實主義貫徹自由精神的結果，是以客觀描寫，冷靜剖析見長，而不像浪漫主義以抒情取勝。現代主義也浸透自由的精神，但現代主義所爭的自由已不是具體的自由，而是抽象的自由，它從社會領域轉而指向人的存在本身，並且揭開了人的潛意識。現代主義的藝術特點是跟這些內容密切相關的，因而它與浪漫主義風格也有顯著不同。

考察中國現代浪漫主義文學思潮的流變，會發現一個重要的現象：它的力度與規模難與西方浪漫主義思潮相比，可它持續了近一個世紀，歷史遠比西方浪漫主義思潮長久。具體地說，它在二十世紀初的啟蒙運動中萌芽，到五四新啟蒙運動獲得發展，成為與現實主義流派並駕齊驅的一大潮流。二〇年代中期，社會革命蓬勃開展，縮小了浪漫主義的生存空間，它的隊伍急劇分化。其中一小部分浪漫主義者如郁達夫、沈從文等，在探索中退向社會邊緣，通過疏遠政治來保持乃至擴大心理自由的空間，從而堅持他們的浪漫主義創作道路，到三〇年代開創了一種田園牧歌型的浪漫主義。三、四〇年代之交的特殊環境，使浪漫主義的反封建功能再次受到重視。郭沫若從二〇年代中期開始徹底否定浪漫主義，到這時他又重新肯定了浪漫主義的積極意義，並且接連寫出了與他早期的浪漫主義詩劇精神相通、風格帶有時代特點的浪漫主義歷史劇，充分發揮了文藝的現實戰鬥作用。同時，浪漫主義精神還滲透在解放區的孫犁、國統區的路翎等作家的創作中。在十里洋場，則出現了以徐訏、無名氏為代表的新浪漫派。一九四九年後，文藝界一度由現實主義獨統天下。但不久，「革命浪漫主義」再度受到重視。一九五八年提出了以「革命浪漫主義」為主導的「兩結合」創作方法，「革命浪漫主義」聲勢日隆，而它本身存在的問題也逐漸暴露，到了「文革」，它最終蛻變成偽浪漫主義。粉碎「四人幫」後，現代封建主義的枷鎖被打碎，人們心中長期受壓抑的痛苦、憂傷和對未來的熱切憧憬，化為一篇篇感人淚下、催人奮發的抒情樂章，構成了新時期的一個浪漫主義潮頭。在這個潮頭裡，又可耳聞五四浪漫主義的悠遠回聲。但到八〇年代中期，這一潮頭便消失在新起的現代主義波濤裡了。

中國現代浪漫主義文學思潮經歷了曲折漫長的過程，這是由於中國二十世紀社會的狀況能夠容納浪漫主義思潮，卻又不具備讓它充分發展的條件，歸結到一點，就是因為中國人民爭取自由解放的鬥爭面臨著個性解放和民族解放的雙重任務。在西方，爭取個人自由與資產階級革命是相輔相成的，所以浪漫主義思潮在反對君主專制的社會革命時期迅猛發展起來。在中國，為了爭取民族獨立，推翻獨裁統治，需要人民組織起來，在先進思想指導下進行長期、艱苦的鬥爭。在這一過程中，以個性主義為思想基礎，以爭取個性解放、人格獨立為宗旨的浪漫主義運動就沒有太大的存在空間，一些教條主義者甚至把它視為洪水猛獸而必欲置之死地而後已。這是浪漫主義思潮在中國不能充分發展的根本原因。但是，「自由」是一個永恆的話題，是人類夢寐以求的終極理想。個人的自由歸根到底是跟社會解放、民族獨立連在一起的，兩者缺一就會損害自由的完整性。中國二十世紀歷史的特殊性就在於，爭取自由的鬥爭雖然遇到了重重阻力，包括帝國主義、封建主義和封建殘餘勢力設置的各種障礙，但這一鬥爭一刻也沒有停止過。人民不僅要求民族獨立，當家作主，而且也要求思想和幻想的自由，充分發揮主觀能動性的自由，要求有人的尊嚴和個性的自由。他們為此付出了沉重的代價，但自由的聲音始終在心底裡迴盪，終於在粉碎「四人幫」的鬥爭中彙集成驚天動地的雷霆。中國人民長期、艱苦卓絕的爭取自由的鬥爭，是浪漫主義思潮生存的土壤，這一鬥爭的波瀾起伏又決定了浪漫主義思潮的時強時弱，不絕如縷。

「自由」又是一個抽象的、沒有邊際的概念。從思想自由、情感自由、到回頭追問自由本身的意義和人的存在價值，這是「自由」不斷深化的過程，這一過程制約了文學從啟蒙主義、浪漫主義到現代主義的發展。中國進入八〇年代中期，隨著改革開放的深入，社會結構、生活方式和人的心理狀態發生了深刻變化，禁錮思想、壓抑情感的教條主義已沒有多大市場，向自由提問的方式也就與從前大不相同了。與此同時，西方現代主義思潮蜂擁而入，文學界便在現實主義潮流之外湧起了一個現代主義的潮頭，它壓過甚而淹沒了剛復興不久的浪漫主義思潮。從二十世紀初萌芽的中國現代浪漫主義文學思潮幾經曲折，至此劃上了一個句號。

綜觀近一個世紀的歷程，可以發現中國現代浪漫主義文學思潮的發展有明顯的中國特點。首先，浪漫主義在中國很多時候是寂寞的，從充滿反叛精神的五四浪漫主義蛻變為三〇年代的田園牧歌型的浪漫主義，這不僅反映了社會情勢的變動，浪漫主義的社會影響力下降，而且意味著它的生存空間縮小，也預示了後來政治化的浪漫主義的走紅。隨著社會變動的加劇，浪漫主義文學思潮不斷地轉換形態，後來又由政治化的浪漫主義蛻變成為偽浪漫主義，這是中國特有的文學現象。

其次，由於受到西方自文藝復興以來除古典主義外的各種文藝思潮的共時性的影響，中國二十世紀文壇一開始就形成了各種思潮交錯並列、相互滲透的發展局面，沒有西方文藝流變中不同思潮相繼而起的那種明顯的階段性。因此，中國現代浪漫主義文學思潮雖然貫穿整個二十世紀，卻很少成為某一個文學時期的基本標誌；而且它事實上還融合吸收了諸如現代主義、現實主義的一些因素，因而呈現出某種程度的開放性。不僅五四浪漫主義包含了現代主義成份，而且基於浪漫主義與現代主義的親緣關係，它後來還多次向現代主義分流，乃至最終整體性地彙入了現代主義。

總的看，中國現代浪漫主義文學思潮缺少理論總結。與其他思潮相比，對浪漫主義思潮的研究顯得比較冷清。這既是浪漫主義思潮長期受歧視的結果，也是它未能充分發展的一個不可忽視的原因。本書的宗旨，是想在前人研究的基礎上，打破現當代文學分割的流行思路，對中國現代浪漫主義文學思潮貫穿整個二十世紀這個事實作一回顧和總結，力求從它與西方文學思潮的聯繫中，從它與別的諸如現代主義思潮的相互滲透的關係中，從它與啟蒙思想、宗教觀念等意識形態的相互作用中，描述它的發展過程，探討其發展的規律，提出一些關於文學發展的值得注意的問題。

在具體做法上，筆者將力求把歷史評價與藝術分析結合起來，宏觀研究與微觀剖析結合起來，並把對象放到中西文學交流的大背景上進行比較研究。這是由於中國現代浪漫主義文學思潮是一個與特定的歷史背景連在一起的文學現象，它與西方文學思潮又存在著深刻的聯繫，非如此則難以達到預期的目標。

# 第一章　呼喚摩羅詩人

中國現代浪漫主義思潮萌芽於二十世紀初。其時拜倫的《哀希臘》有三個漢語譯本（譯者是蘇曼殊、馬君武、胡適）相繼問世，魯迅發表〈摩羅詩力說〉，介紹「惡魔」派詩人的叛逆精神及其文學觀。在歷來崇尚儒家倫理和詩教傳統的中國，現在忽有人要為「惡魔」詩人公開地評功擺好，認為他們是中國當下所期待的「精神界之戰士」，熱情闡發他們表現主觀激情、包含強烈反抗精神的浪漫主義文學思想，這不能不說具有劃時代的意義。這表明，中國一部分先進的知識分子正在背離傳統的價值觀，一種新的文學潮流正在醞釀之中。不過深究起來，這一切都起源於世紀之交的思想啟蒙運動。

## 第一節　世紀之交的思想啟蒙

單獨地列出一節來談中國二十世紀初的思想啟蒙問題，主要是因為迄今為止人們對這場啟蒙運動所取得的成就常常估計不足，這跟人們忽視中國現代浪漫主義思潮萌芽於二十世紀初這一事實是密切相關的。造成這種情況的原因，主要是這一時期的啟蒙思想常與民族主義思想交織在一起，人們首先注意到的是推翻滿清王朝的鬥爭和民族主義的口號；而專門考察思想啟蒙的，又往往把目光投向以梁啟超為代表的改良派，卻忽視了這一運動的更為激進的方面。

維新運動失敗後，梁啟超帶頭轉向文化領域，思考起國民性的問題，從而拉開了二十世紀初思想啟蒙運動的序幕。這是資產階級改良派對政治制度改良已經失敗這一事實的無奈承認，又是總結失敗教訓後思想認識上的一次飛躍。

梁啟超在這場運動中扮演了至關重要的角色。但應該注意的是，他這時其實並沒有放棄君主立憲的立場，因而在啟蒙問題上也表現出改良主義的傾向。他說：「我國民所最缺者，公德其一端也」，「人群之所以為群，國家之所以為國，賴此德焉以成立者也。」①他從「利群」和「公益」的角度思考國民性的改造，強調的重點是「團體之自由」，而非「個人之自由」，是「義務」，而非「權利」②，可知他的「新民」，只是君主立憲制下的國民。國民意識雖比封建的臣民意識前進了一大步，但它反對主情主義，要求「節慾」，這在封建觀念仍根深蒂固的時代，很容易被頑固勢力所利用，成為阻擋新的潮流的一大思想障礙。歷史表明，梁啟超想用他的吸收了西方啟蒙思想成果的新民學說來改造中國社會，難以取得預期的效果。這不僅是因為西方的以個人權利為核心的啟

① 梁啟超：《新民說·論公德》，《飲冰室文集類編》（上），日本東京帝國印刷株式會社明治三十七年四月版。
② 參見梁啟超的《新民說·論自由·論義務思想》，《飲冰室文集類編》（上），日本東京帝國印刷株式會社明治三十七年四月版。

蒙思想經過他的闡釋，失去了它固有的銳利鋒芒，而且還由於這時已有新的力量崛起，走到他的前面去了。

代表二十世紀初啟蒙思想更為激進一面的，主要是一群當時還名不見經傳的留學生。這些人超過梁啟超的地方，在於把梁啟超的注重「利群」和「實利」的啟蒙思想引向了個人本位的方向，從而加強了反封建的力度。比如，《教育泛論》提出了「貴我」說，認為「一人之行為，必由一人之意志決之；一人之意志，必由一人之智識定之」；不然，「則失其獨立之精神，喪其判斷之能力，而一人之權利遂以摧殘剝落而莫能自保。」③《說國民》表示：「無自由之精神者，非國民也。」④這樣的「自由」觀，顯然與梁啟超的不同，已純粹是取決於個人的自由意志，因而大大削弱了個人對義務的承諾。另一方面，這些青年也不諱言人的利己本性，認為自強禦侮之士，「豈有他哉，亦由於自私自利之一念，磅礴鬱積於人人之腦靈，之心胸，寧為自由死，而必不肯生息於異種人壓制之下為之力也。」⑤把英雄豪傑建功立業的動機歸結為「自私自利之一念」，這不能不說是一種驚世駭俗的個人本位的倫理觀點。它雖有偏頗，但對於根深蒂固的封建觀念和專制制度無疑是一個嚴重的挑戰，就像〈公私篇〉接著指出的，「人人有自私自利之心，於專制君主則不便甚」，「人人有尤心，忿心，思想心，擔任心，於專制君主尤不便甚。」

③《遊學譯編》第九期，一九〇三年八月出版。（本節所引這類文章均見《民聲——辛亥時論選》，遼寧人民出版社一九九四年版）

④《國民報》第二期，一九〇一年六月十日出版。

⑤〈公私篇〉，《浙江潮》第一期，一九〇三年二月出版。

令人大為驚異的是，這些有點不知天高地厚的青年在二十世紀初已經揭起了「三綱革命」的旗幟，認為「三綱之偽德，有損無益」，「綱常之義，不外乎利於暴夫而已」⑥，而且列舉祖宗迷信有四大罪惡，為首者是「反背真理，顛倒是非」，「肆行迷信之專制，侵犯子孫自有之人權」⑦。家族制度是中國宗法社會的基礎，現在維新派動搖了絕對的君權之後，歷來以神聖不可侵犯的孝道支撐的父權也受到了公然挑戰。這表明啟蒙思想在一些留學生中間，已經觸及了人們心中最為敏感的領域，也意味著「自由」在這些人手裡已不僅僅是一種政治哲學，而是一種解放自我的人生哲學了。

在這一支啟蒙主義思潮中，魯迅處於十分重要的地位。他的〈文化偏至論〉、〈摩羅詩力說〉、〈破惡聲論〉等，是啟蒙主義的重要文獻。他當時所關注的是「立人」——「人立而後凡事舉」。立人的要旨是「有己」：「人各有己，而群之大覺近矣。」⑧他特別引述施蒂納的話發揮這一思想：「人必發揮自性，而脫觀念世界之執持。惟此自性，即造物主。」這是受施蒂納的影響，把「自性」，即意志看作是世界的本源。從意志自由出發，他進一步指出：「故苟有外力來被，則無間出於寡人，或出於眾庶，皆專制也。國家謂吾當與國民合其意志，亦一專制也。眾意表現為法律，吾即受其束縛，雖曰為我之輿台，顧同是輿台耳。去之奈何？曰：在絕義務。義務廢絕，而法律與偕亡矣。意蓋謂凡一個人，其思想行為，必以己為中樞暨其終極：即立我性為絕對之自由者

⑥ 真（李石曾）：〈三綱革命〉，《新世紀》第十一期，一九〇七年八月三十一日出版。
⑦ 真（李石曾）：〈祖宗革命〉，《新世紀》第二、三期，一九〇七年六月二十九日，七月六日出版。
⑧ 魯迅：〈破惡聲論〉，《魯迅全集》第八卷，人民文學出版社一九八一年版，第二四頁。

也。」⑨這就是說，受制於「眾庶」或是「寡人」，都是專制，甚而法律也因體現了眾人意志而成了妨礙個人自由的工具，必欲「去之」，而去除的方法就是「絕義務」。這種以「我性為絕對自由」的「立人」之說，包含了歷史辯證法的精神，魯迅稱為「偏至」，實質就是要通過張揚精神來矯正十九世紀以來物慾橫流、性靈之光黯然所產生的種種弊端。這種思想，毫無疑問，是與上舉留學生群體的強調人格獨立、意志自由的觀點相一致的。這說明在留學生中間，啟蒙思想已經具有較為堅實的群眾基礎和相當可觀的聲勢⑩。魯迅的突出之處在於，他受尼采、叔本華等人的影響，主張「掊物質而張靈明，任個人而排眾數」，把個人和精神的作用強調到極端，表現出遠比一般人強烈的個性主義精神。因此，魯迅當時傾向浪漫主義是十分自然的。

二十世紀初的啟蒙運動，由於一批青年留學生的參與而超越了改良派的水平。年少氣盛，身處異域而能夠廣泛接觸西方文化，是他們能夠趕上歷史潮頭的有利條件。但這些人與中國國內聯繫不多，又沒有《新民叢報》這樣影響巨大的輿論陣地的支持，加上時代還沒有提供進一步進行社會變改所需的條件，因而他們的思想所達到的水平與其在國內的實際影響是有較大距離的。這一距離的縮小，正有待於規模更大、更為徹底的新的思想啟蒙運動來推動。

⑨ 以上引自魯迅的〈文化偏至論〉。
⑩ 魯迅發表〈摩羅詩力說〉等文章的《河南》雜誌，在其發刊詞中寫道：「因目睹外患之迫於燒眉，遂不能不赴湯蹈火，摩頂斷脰，以謀於將死未死之時。」接著又說：「為生為死，即在今日！為奴為主，即在今日！」這很能反映當時留日學生及一般青年的愛國熱情和革命思想。

## 第二節　現代浪漫主義文藝觀的先聲

就啟蒙運動與浪漫主義思潮的關係而言，梁啟超所起的作用接近於西方的伏爾泰（Voltaire）、狄德羅（Denis Diderot）。伏爾泰、狄德羅用資產階級的理性摧毀了中世紀宗教神學的僵化信條，在思想領域確立起了人文主義原則的主導地位，從而為個人情感的解放和新的文學思潮的興起開闢了道路。但他們自身受到理性精神的制約，在文學方面只能停留在啟蒙主義文學的階段，還不具備相應的性格力量來引領一場浪漫主義的文學運動。梁啟超所起的作用與此近似。他在二十世紀初把「新民」思想用於文學領域，提出「欲新一國之民，不可不先新一國之小說」，認為小說對政治、宗教、道德、風俗、學藝、人心，皆有「不可思議」的影響力，把小說尊為「文學之最上乘」，這對傳統的尊詩文而貶小說的文學觀念是一場革命。然而，他的理性意識和對政治的熱衷，又決定了他的文學觀具有很強的政治功利色彩，在強調小說影響世道人心的社會功能方面與傳統的「文以載道」派沒有多少實質性區別，在忽視文學的審美特性方面甚至比載道派走得更遠。因而他在開風氣的同時，不僅與包含個性解放精神的浪漫主義萌芽無緣，而且還給後來的文藝發展帶來了功利化的負面影響。

二十世紀初參與啟蒙運動的留學生群體，則更像盧梭。盧梭以其平民的立場倡導自由精神，把啟蒙主義引向了情感解放的方向。他的「回歸自然」，不僅是指返回自然界，而且還要反對一切矯揉造作，滑稽可笑的行為，把美德規定為一種自然狀態。這樣，人的天性擺脫了世俗清規戒律的束縛，而且很大程度上也掙斷了理性的鎖鏈。真誠的情感不但無罪，而且成了品性高貴的標誌，這就為現代浪漫主義的興起提供了適宜的文化土壤。與盧梭相似，中國二十世紀初的留學生群體所倡導的啟蒙主義達到了張揚個性、崇尚主觀的階段，它直接催生了浪漫主義文藝思想的萌芽。

當時最具有浪漫主義精神素質的是魯迅。他在〈摩羅詩力說〉中寫道：「由純文學上言之，則以一切美術之本質，皆在使觀聽之人，為之興感怡悅。文章為美術之一，質當亦然，與個人暨邦國之存，無所繫屬，實利離盡，究理弗存。故其為效，益智不如史乘，誡人不如格言，致富不如工商，弋功名不如卒業之券。」意思是文藝的本質與個人實利、國家存亡沒有直接聯繫，但它「能涵養吾人之神思」，「使聞其聲者，靈府朗然，與人生即會」，即在於影響人的精神，使之免於「生其軀殼，死其精魂」。從這樣的意義上，他又認為文藝的重要性「決不次於衣食，宮室，宗教，道德」，因為作為理想的人生，物質和精神兩者不能偏廢，涵養精神，正是文藝的「不用之用」。⑪魯迅關於文藝本質的這一看法，既顧及了文藝自身的特點，又強調了文藝的社會功能，這與中國傳統的純粹以抒發個人情懷為宗旨的「言志」派和看重文藝的教化功能的「載道」派文藝觀性質有別，與梁啟超的偏重社會功利價值的文藝觀也大異其趣，因而在當時具有先鋒性。

魯迅之所以能站在先鋒的位置，主要是由於他受到了西方現代文藝思潮的深刻影響，尤其是大量地吸收了西方浪漫派乃至現代派的哲學和文學營養。就在上面引的一段話中，他說的「文章」，即文學；「美術」，即藝術。這種概念以及文學為藝術之一種的觀點，是來自西方的。「純文學」一詞，

---

⑪ 以上引自魯迅的〈摩羅詩力說〉。

原是法語「belles letters」（英語 fine letters）的意譯，有的則譯為「美文」。當然，魯迅吸收西方現代文化，尤其是西方浪漫派哲學、文學思想是融彙貫通的，主要是取其內在的精神。這種精神體現了世界近代文明發展的一個趨勢，即思維的重點和出發點從客觀世界轉向了主觀內面世界，但它更主要的是反映了魯迅基於他對中國社會面臨的嚴重問題的思考而得出的一條啟蒙主義思路，其中的一個積極成果，便是使他接近了浪漫主義。就在〈文化偏至論〉中，他說十九世紀文明之通弊在於重物質而輕精神，所以後來有「新神思宗徒出，或崇奉主觀，或張惶意力，匡糾流俗，厲如電霆，使天下群倫，為聞聲而搖盪」。這所謂「主觀」，他認為「其趣凡二：一謂惟以主觀為準則，用律諸物；一謂視主觀之心靈界，當較客觀之物質界為尊。……以是之故，則思慮動作，咸離外物，獨往來於自心之天地，確信在是，滿足亦在是，謂之漸自省其內曜之成果可也。」這裡，他著眼的雖是「新神思宗」──現代主義哲學，但他又認為「新神思宗」的根柢，「乃遠在十九世紀初葉神思一派」，即與十八世紀末、十九世紀初以康德、黑格爾為代表的與浪漫主義文學思潮淵源很深的哲學派別是一脈相承的。事實上，魯迅這裡對崇尚主觀所造成的精神及心理狀態的描述，完全符合浪漫派的看法，那就是由主觀為客觀立法，主體精神處於高度自在和自由的狀態，正如他所說的「獨往來於自心之天地」。

魯迅認為，西方現代文明的崇尚主觀，是為了矯正物慾橫流的弊端，註定具有反抗破壞的精神。他寫道：「蓋五十年來，人智彌進，漸乃返觀前此，得其通弊，察其黮暗，於是渤焉興作，會為大潮，以反動、破壞充其精神，以獲新生為其希望，專向舊有之文明，而加掊擊掃蕩焉。」⑫他

⑫ 以上引自魯迅的〈文化偏至論〉。

對代表「惡」的反抗破壞的精神心儀神往，這又反映了浪漫派的立場，同時也是他介紹和宣揚西方摩羅詩人業績和精神的一個思想基礎。

「摩羅詩派」，本意「惡魔派」，是十九世紀英國桂冠詩人騷塞攻擊拜倫、雪萊等浪漫派詩人的一個充滿惡意的用語。魯迅把這一詩派稱為「新聲」，表明他採取了完全與傳統觀點對立的態度。他說：「新聲之別，不可詳究；至力足以振人，且語之較有深趣者，實莫如摩羅詩派。」他的〈摩羅詩力說〉，便是「凡立意在反抗，指歸在動作，而為世所不甚愉悅者悉入之，為傳其言行思維，流別影響，始宗主裴倫，終以摩迦（匈牙利）文士。」魯迅早期文學觀的浪漫主義傾向，主要就體現在〈摩羅詩力說〉對這一派詩人的介紹、評價中，他們除了拜倫、雪萊，還有普希金、萊蒙托夫、密茨凱維支，斯洛伐茨基、克拉辛斯基和裴多菲，其中包括「摩羅詩人」、「復仇詩人」、「愛國詩人」、「異族壓迫之下的時候的詩人」，這些「無不剛健不撓，抱誠守真，不取媚於群，以隨順舊俗」的傑出的詩人們。

魯迅關注的重點，是這一派詩的精神內質。他認為浪漫詩人的作品各有民族特點，「而要其大歸，則趣於一：大都不為順世和樂之音，動吭一呼，聞者興起，爭天抗俗，而精神復深感後世人心，綿延至於無已。」就是說，這些詩大都不是隨波逐流、和平歡樂之聲，而是與天爭鬥、反抗世俗的振奮人心的吶喊。

魯迅心儀摩羅詩人那種決絕的反抗精神，以致他對中國古代傑出的浪漫主義詩人屈原雖然作了肯定，但也略有微辭。他稱讚屈原投水前，「返顧高丘，哀其無女，則抽寫哀怨，鬱為奇文。茫洋在前，顧忌皆去，懟世俗之渾濁，頌己身之修能，懷疑自遂古之初，直至百物之瑣末，放言無憚，為前人所不敢言。」欣賞的是屈原面對江水，拋棄了一切顧慮，言人不敢言，對世道人心表現出前所未有的懷疑精神。但魯迅又認為屈原的詩，「多芳菲淒惻之音，而反抗挑戰，則終其篇未能見，感動後世，為力非強」，對屈原的詩缺乏反抗挑戰的精神、缺少對後世的強烈的激勵力量，深感遺憾。

從反叛傳統的立場出發，魯迅又特別強調文藝要「攖人心」，即觸犯人的心靈，使其「汙濁之平和，以之將破。平和之破，人道蒸也」。在他看來，中國之患在於「不攖」：「有人攖人，或有人得攖者，為帝大禁，其意在保位」。就是說，統治者最害怕打破死氣沉沉的「平和」局面，而一般百姓也總是安於現狀，有天才要打破它，民眾也「必竭全力死之」⑬。因而他認為，只有「攖人心」，打破人心的麻木狀態，使其內在的熱情得以激發，「人道」才能發揚，民族才有希望。

破壞、反抗的精神本是戰鬥的浪漫主義的基本要素。魯迅的這一傾向自然有「天才論」和「超人」哲學的影響在內。這種影響的發生有其現實的依據和歷史的必然性，就像學術界公認的那樣，魯迅基於他的激進民主主義的立場主要從「天才論」和「超人」哲學中吸收了個性主義和反抗、破壞的精神，他的目的是要打破民眾麻木不仁的精神狀態，使其覺悟，獲得做人的起碼的自主意識。如果說這有局限，那也是歷史的局限。因為當時中國民眾的確普遍地處於不覺悟狀態中，認識到這一點，並以強烈的歷史責任感指出這一問題的嚴重性，正是他那個時代所能達到的對現實最清醒的認識和具有徹底反封建精神的突出標誌。「天才論」和「超人」哲學影響的一個積極方面，是充實了魯迅前期浪漫主義的文學觀。因為重天才、重主觀表現，不僅是「天才論」、「超人」哲學的特

⑬ 以上引自魯迅的〈摩羅詩力說〉。

點，而且也是現代浪漫主義的基本特性。前者正是後者的哲學基礎。

魯迅很早就注意到了歌德文藝觀中的「理想」因素。他在《人之歷史》中，稱歌德「憑理想以立言，不盡根於事實，而識見既博，思力復豐」，這是很中肯的見解。歌德的創作從浪漫主義起步，到古典時期趨於博大深邃，使人難以再用「浪漫主義」一詞對他加以範圍，但他又始終保持了浪漫主義的精神。魯迅說他「憑理想以立言，不盡根於事實」，指出的正是歌德文藝思想的浪漫主義一面。魯迅還注意到了浪漫主義者與自然的特殊關係。他在〈摩羅詩力說〉中論及雪萊時說：「獨慰詩人之心者，則尚有天然在焉。人生不可知，社會不可恃，則對天物之不偽，遂寄之無限之溫情。」就是說，人在社會中受到壓抑排擠後，就會把無限的溫情寄託到純樸的自然風物之中。他特別指出雪萊從小就喜愛大自然：「方在稚齒，已盤桓於密林幽谷之中，晨瞻曉日，夕觀繁星，俯則瞰大都市中人事之盛衰，或思前此壓制抗拒之陳跡。」不言而喻，親近自然，也正是浪漫主義者的性格的特點。

魯迅前期文藝思想與他同一時期的政治觀、社會觀、倫理觀一樣，還沒有形成一個完整嚴謹的體系，不同的思想成分存在於他對西方學說和文藝觀點的廣泛介紹中。這其中，大多是他自覺接受了的，已轉化成他自己的思想，有一些則是他客觀的介紹，很難說能完全代表他自己的立場或傾向。不過，在這種不成熟的錯綜複雜的狀況中，明顯地貫穿了一條基本的脈絡，文學觀念上的傾向於浪漫主義，就是這條脈絡的一個重要組成部分。如果說，注意到歌德「憑理想以立言，不盡根於事實」和雪萊的親近自然，是他對浪漫主義詩歌和浪漫派詩人的一般特點的發現，那麼，他認為文藝的本質在「使觀聽之人，為之興感怡悅」，認為文藝的作用是「攖人心」，影響人的精神，尤其是竭力推崇摩羅詩人的反抗破壞的精神，首肯他們的重「主觀」和崇「天才」，這些方面無疑就是他自己當時的文藝見解了。這些思想在二十世紀初的中國具有劃時代的意義，代表了一種剛處於萌芽階段而與此前的傳統的文藝思想迥然異質的新的文藝思潮，即浪漫主義的思潮。

當然，即使是偉大的「天才」，他們的思想和對歷史進程的影響，也是跟歷史進程本身連在一起的，只能是歷史的產物。在魯迅早期文藝思想的背後，隱藏著世紀初中國社會結構的深刻變動，這一變動引起了整個思想界的微妙、然而是意義深遠的反響。因而這一時期文藝思想上的新動向不僅僅是通過魯迅得到體現，而且還反映在別的人物身上，包括王旡生、黃摩西、徐念慈及聞名遐邇的王國維等。

王旡生撰有〈論小說與改良社會之關係〉、〈中國歷代小說史論〉。前者基本是演繹梁啟超的觀點，後者則從梁啟超的觀點出發，提出小說創作應從當時已成流風的借鑒西洋而轉向從民族古典小說中吸取養料和從現實中擇取材料，他特別把古典優秀小說的創作動機歸結為三個方面：「憤政治之壓制」，「痛社會之混濁」，「哀婚姻之不自由」⑭。這是承接「言志」派傳統的，但也受到了西方文藝思潮中「自我表現」觀點的影響。黃摩西在〈《小說林》發刊詞〉中與梁啟超唱反調，說過去把小說看得太輕——「言不齒於縉紳，名不列於四部」，現在則把小說看得太重——「出一小說，必自屍國民進化之功；評一小說，必大倡謠俗改良之旨。」他對此深表懷疑，認為小說雖有「即物窮理之助」，但其作用不及「哲學、專科書」；雖「固足收振恥立懦之效」，可效果也比不上「法律、經訓原文」。小說只是「文學之傾於美的方面之一種」，「屬於審美之情操，尚不暇求真際而擇法語

---

⑭ 王旡生：〈中國歷代小說史論〉，《月月小說》第十一號（一九〇七年）。

也」。如果「一秉立誠明善之宗旨，則不過一無價值之講義、不規則之格言而已。恐閱者不免如聽古樂，即作者亦未能歌舞其筆墨也。」⑮黃摩西在把「真」的原則引進小說的同時，更把「美」的原則置於首位，認為小說就是小說。這對於矯正梁啟超小說觀的理論偏頗具有積極的意義，在強調小說的文藝特性方面又與魯迅這一時期的文藝觀有相通之處。但他丟掉了梁啟超小說觀的啟蒙主義內容，又沒能像魯迅那樣兼顧小說的社會功能，這似乎又是後來清末民初小說轉向趣味化的預兆。徐念慈同樣強調小說的審美特性：「余不敏，嘗以臆見論斷之：則所謂小說者，殆合乎理想美學、感情美學，而居其上乘者乎？」他依據黑格爾的「理想美學」，指出藝術的首要任務是「滿足吾人美之慾望，而使無遺憾」，其次是通過表現事物的個性達到「具象理想」，這兩者實際是黑格爾的「美是理念的感性顯現」和他關於浪漫主義藝術注重內心生活的論述的翻版。徐念慈又依據「邱希孟氏（Kirchmann）感情美學」所強調的美的快感和理想化原則，指出小說具有情感性、形象性和理想化的審美品格⑯。這就比王先生、黃摩西在理論上又深入了一步。這些人在影響上不敵梁啟超，但其主張明顯地是有鑒於梁啟超的小說觀忽視審美特性所導致的粗製濫造的創作風尚而提出來的，雖然不能說它們就是浪漫主義的文學觀點，但就其強調感情、理想等方面而言，大致也反映了二十世紀初整個文藝思潮在啟蒙主義的總主題下有一個向重主觀、重情感的浪漫主義方面轉移的趨勢。

至於王國維，眾所周知，是近代借用西方批評理論和方法來研究中國古典文學的先驅，他受康德尤其是叔本華的影響，強調文藝的特性與價值在於能使人「忘物我之關係」，從「生活之慾」所

⑮ 黃摩西：〈《小說林》發刊詞〉，《小說林》第一期（一九○七年）。
⑯ 徐念慈：〈《小說林》緣起〉，《小說林》第一期（一九○七年）。

導致的痛苦中得到解脫⑰。他的成就遠遠超出了一個思潮、一個領域的範圍，但在文藝思想上顯然也存在著和上述趨勢相一致的方面。

這些人的成就及影響相差懸殊，但都處在一個劇烈變動的歷史階段，處在一個新的思想潮流和文學潮流正在形成的過程中。在這一過程中，西方文化的影響發揮了重要的作用。如果說魯迅當時的浪漫主義文學觀是在留學生的文化圈子裡，在濃厚的個性主義思想氛圍中孕育的，那麼無論王國維，還是徐念慈等，他們文藝思想上的重主觀和重視審美功能，主要也是得益於他們諳熟外語，得以廣泛地吸收西方現代文明的緣故。在這些人中，魯迅當時還只是個初出茅廬者，但從二十世紀初尚處於萌芽階段的浪漫主義這面看，他顯然處於十分先鋒的位置，這不僅因為他的文藝思想中的英雄主義、反傳統精神和個性解放的意識在同時代人中是最鮮明，最強烈的，而且還因為這些思想所包含的啟蒙主義內容預示了後來五四文藝思潮的性質和方向。

總而言之，二十世紀初包含浪漫主義因素的文藝觀點，其意義不在於它們在當時產生了多大的實際影響，而在於它們代表了一種植根於深刻的歷史變動中的文藝發展的趨勢，一種關於未來新文藝的激動人心的前景。它是報春的臘梅，向人們預告著一個新的文學時代即將到來。但就它本身所達到的規模、深度和實際的影響力而言，它顯然還不足以構成一個浪漫主義的潮流。這主要有三方面的原因：一、集中體現了二十世紀初浪漫主義文藝觀點的〈摩羅詩力說〉，若作為一個文學思想體系的表述來看，還有待於充實和完善，其他人的一些文藝觀點至多能說含有一點浪漫主義的因

⑰ 王國維：〈《紅樓夢》評論〉，《新世紀萬有文庫・靜庵文集》，遼寧教育出版社一九九七年三月版。

素；二、還沒有出現真正具備了現代浪漫主義性質的作品；三、即使是處於最先鋒位置的魯迅，他在思想上表現出驚世駭俗的叛逆性的同時，在情感方面也還不曾完全擺脫封建觀念的束縛，比如為了讓母親滿意，他違心地做了舊式婚姻的犧牲。這並不奇怪，受封建意識的長期束縛，人的情感趨於萎縮，人格受到摧殘，在新世紀的曙光剛剛降臨之際，有人從理性上意識到了自由的價值，可是要他把自由的原則貫徹到情感生活中去，還有待於時日。當時的啟蒙主義者，大多都處於這種理性與情感相互脫節的狀態中。理性走在前面，情感拖著後腿；一面寫非聖無法的文章，可一涉及情感上的敏感問題馬上就表現出猶豫和妥協的意向，終究缺乏拜倫式的勇氣。因而可以這樣說：這時已有人在大聲呼喚摩羅詩人了，但他是寄希望於西方的，他身後的中國大地上這樣的摩羅詩人，真正能從思想和情感相結合的完整人格上貫注了自由精神的人物還沒有登上歷史舞台。可是，萌芽蘊藏著無限的生機，時代之舟已扯起了風帆，自由的旗幟將要在隨後到來的五四浪漫主義大潮中高高飄揚。

## 第三節　「情僧」蘇曼殊的浪漫小說

文藝的理論倡導與創作實踐之間有著密切的關係，但彼此又隔著相當的距離。一般地說，從理性上意識到的東西，未必就能被情感所接受而在行動上反映出來。理性認識，到感情上認可這些價值觀，再到一個人的行動，是實踐中人的認識深化並轉化為自覺行動的過程。這一過程包含著迄今為止還未被完全揭開的關於人的主觀能動性的全部奧秘。文藝創作是作家完整人格的顯現，是需要作家知、情、意諸種心理要素相互協調地參與進來的一項創造性活動。如果個性解放還只停留在理性認識上，自由的精神還未深入到情感世界，也就是說，人格還未獲得完全解放，這樣的人也許高舉著個性解放的旗幟，但要他寫出充滿浪漫精神的作品來，卻是勉為其難的。二十世紀初的中國，先驅者呼喚著摩羅詩人，可真正具有現代浪漫主義性質的作品卻幾乎沒有，根本的原因就在於人們從渴望自由到在行動和創作中充分地表現出自由解放的浪漫精神這一過程需要時間。人們要消化對自由的認識，把它內化為自己的價值觀，這才能夠從心靈深處噴發出強烈的反封建的激情，只有那時，才會產生真正的浪漫主義作品。

但是，也不能因此認為，二十世紀初在文學創作上就沒有出現一點浪漫主義的跡象。一種文學思潮，即使在它的萌芽階段，也總要在創作上有所表現，仍管它的色彩只淡淡一抹，不易引起人們的注意。

二十世紀初，率先在創作中表現出浪漫主義傾向的，也是魯迅。魯迅一九〇三年譯述《斯巴達之魂》，作品寫的是斯巴達三百將士在溫泉關抗擊數倍於己的波斯侵略軍，最後壯烈犧牲的故事。其中一個斯巴達婦女，認為她丈夫因病沒有戰死沙場是個奇恥大辱，吻劍自殺，她丈夫猛然悔悟，在另一場激戰中戴罪殺敵，壯烈殉國。這表現的是斯巴達式的榮譽觀，他們把公民的責任置於個人的生命之上，充滿了強烈的愛國主義精神。但魯迅的立足點顯然是放在中國的，他激動地發問：「世有不甘自下於巾幗之男子乎？必有擲筆而起者矣。」這既是面向讀者的發問，又是他發自內心的自勉之辭，反映了他早期的愛國主義和英雄主義的人生觀。整篇作品氣勢磅礴，充滿神奇色彩，語言飽含激情，這一切構成了它內在的浪漫主義氣息。

但《斯巴達之魂》畢竟不是獨創的作品。創作小說而在二十世紀初到「五四」這一過渡時代表現出浪漫主義精神的則是一個奇人——人稱「情僧」的蘇曼殊。新文化運動的老將錢玄同曾表示蘇曼殊與新文學有著割不斷的關係，他說：「曼殊上人思想高潔，所為小說，描寫人生真處，是為新文學之始基乎？」⑱創造社成員陶晶孫也認為：「以老的形式始創中國近代羅漫主義文藝者，就是蘇曼殊；而曼殊的文藝，跳了一個大的間隔，接上創造社羅漫主義運動。」⑲

蘇曼殊身世複雜，有難言之隱，生性又敏慧，這造成了他憤世嫉俗的個性，時而多愁善感，時而狂放不羈。柳亞子在《燕子龕遺詩序》中這樣寫道：「君工愁善病，顧健飲啖，日食摩爾登糖三袋，謂是茶花女酷嗜之物。余嘗以芋頭餅二十枚餉之，一夕都盡，明日腹痛弗能起。又嗜呂宋雪茄煙，偶囊中金盡，無所得資，則碎所飾義齒金質者，持以易煙。其他行事都類此。人目為癡，然談言微中，君實不癡也。」嗜食至腹痛，囊空則拆下金牙「持以易煙」，這般行狀已悖常情，所以人說他「癡」，他的朋友輩則給了他一個「情僧」的雅號。這正反兩面的評價，都表明他由於獨特的人生經歷而養成了落拓不羈、浪漫瀟灑的個性。他的小說的浪漫氣息，歸根到底就是這種個性的表現。

蘇曼殊寫小說始於民國初年。處女作是《斷鴻零雁記》，這部數萬言的小說寫一個名叫三郎的青年當了和尚，卻運交華蓋。先是未婚妻雪雁不滿她父親嫌貧賴婚，暗地裡資助他東渡日本尋找生母。到日本後，又有聰明美麗的表姐靜子愛上了他。只因為他已遁入空門，只得一一割斷情絲。可

⑱ 轉引自楊義的《中國現代小說史》第一卷，人民文學出版社一九八六年九月版，第六一頁。
⑲ 陶晶孫：〈急忙談三句曼殊〉，收入《牛骨集》，大平書店一九四四年版。

說空未必空，一聽說雪雁為他殉情，他又五內俱裂，歷盡艱險去憑弔雪雁墳墓。這寫的純粹是主人公三郎的感情磨難，究其根源，全是因為他恨世而欲求解脫，想出世而又過於多情。說穿了，這其實也是蘇曼殊自己的苦處。他身披袈裟，似乎一本正經地在宣揚四大皆空的佛理，可他把姑娘寫得太可愛，愛情寫得太纏綿，三郎寫得太傷心，反而暴露了他自己情根難斷的苦衷。可以理解，像蘇曼殊這樣連生母是誰都搞不清楚、身世有「難言之恫」的人，迫切需要感情上的慰藉。失之於生活，得之於玄想，周作人說靜子和雪雁都是和尚自作多情、一廂情願的虛構，的確是一種精當的見解。

從《斷鴻零雁記》開始至一九一八年逝世，蘇曼殊一共寫了五篇小說。這些作品大致都有一個共同的主題，那就是愛情的纏綿和幻滅。《碎簪記》寫莊湜與靈芳、蓮佩間的愛情關係，由於莊湜叔父反對自由戀愛，三個青年全部殉情而死。《絳紗記》中的夢珠，先是不理會女友秋雲的火熱愛情，不告而別當了和尚，看似無情，可他在無量寺坐化時，懷中還藏著秋雲所贈的一角絳紗。《非夢記》寫海琴自小跟薇香訂親，後來嬸娘嫌薇香家貧，離間他倆感情，最後薇香投水，海琴出家。有情人難成眷屬，寫盡了蘇曼殊內心對愛的嚮往和拘於佛教戒律、宣揚虛無哲理之間的矛盾，象徵著他人生觀中出世和入世的兩個方面。對於他來說，這也不失為一種調和內心矛盾的巧妙辦法：既能陶醉於姑娘的傾心之愛，又裝得超離了紅塵。當了和尚，還能做情種，難為他煞費苦心，想得周全。

由於蘇曼殊寫的全是兒女私情，且有一個大致相同的故事模式，即兩個癡情美女追求一個多愁善感的公子，幾經纏綿，最終是一個悲劇的結尾，因而很容易被人歸入鴛鴦蝴蝶派小說一類。其實這是一個誤會。早期的鴛鴦蝴蝶派小說，或以「發乎情，止乎禮」為美德，表現了很濃的封建色彩，或苦於沒有新的人生觀和審美理想作基礎，結果從反傳統開始而墜入了庸俗媚世的趣味。蘇曼殊則有所不同。他在日本出生，後來又多次東渡求學，懂得多種外語，翻譯過歌德、拜倫、雪萊等西方浪漫主義詩人的作品，在清末民初的文人中，他是較早地接受了西方文化薰染的。因而他既突破了傳統觀念的束縛，敢於大膽披露內心的苦悶，又把愛情視為一種美好的情操加以詠歎，所以作品的格調比較清新優美，不像鴛鴦蝴蝶派小說那樣俗氣。這表明他並沒有走鴛鴦蝴蝶派的創作道路。

蘇曼殊青年時代是個很有抱負的志士。他在譯述小說《慘世界》中表示，要「破壞了這舊世界，另造一個公道的新世界」（《慘世界》，與陳獨秀合作的小說，根據雨果的《悲慘世界》編譯而成，有一些自己添加的情節），還參加過留學生的拒俄義勇隊和以推翻滿清王朝為宗旨的革命運動，甚至打算暗殺保皇黨人康有為，後來一直與革命黨人保持著密切關係。如此血氣方剛的人，為何後來忽然要悲悼起自己的身世，寫起傷心的恨事來？這其中的原因，除了他個人的身世，顯然還與他既失望於辛亥革命，又受到佛教的影響有關。辛亥革命爆發時，蘇曼殊正滯留新加坡，他聞訊大喜，苦於沒有旅費，甚至想典當衣物趕回國內。但他期望過大，失望也特別沉重。袁世凱篡權後，他憤而發表《討袁宣言》，可總的看，這前後是理想成為泡影後對社會和人生的日益失望。在《絳紗記》、《焚劍記》裡，他開始讚美起世外桃源式的生活，這與他早年在編譯小說《慘世界》中所表達的豪情相比，判若兩人。

蘇曼殊是因個人生活的不如意，憤而當和尚的。「憤」，使他難成虔誠的信徒。所以他有時披披袈裟，行動上卻不受佛門戒律的束縛。他一生中不乏風流的傳聞，因而獲得了「情僧」的美名。但他後來把佛學視為一種人生哲學，對此深有研究也是事實。一九〇八年他與章太炎一起發表〈儆告十方佛弟子啟〉和〈告宰官白衣啟〉，一面怒斥「附會豪家，佞諛權勢」的佛門敗類，一面竭力為佛教辯護，反對「新學暴徒」焚燒寺廟，宗教熱情顯得尤為強烈。如此長期薰陶，難免人生觀上受到佛學的影響。他小說中的青年男女，除了情死，最後都是出家為僧為尼，便是佛教的影響造成的。不過蘇曼殊入世太深，只能得佛教虛無思想的皮毛，為自己懸想一條出世的逃路。所謂「悟得生死大事」，如同他的披袈裟，很大程度上只是一種刻意追求的姿態，也是一種憤世嫉俗的變相牢騷。因而在實際生活中，他常是放浪形骸，或吟詩作畫以示高雅，或諷世罵人藉以洩憤。這種日漸失望於社會，而又難入涅境界的精神狀態，最終使他自哀自憐，咀嚼起個人的悲歡，醉心到虛幻的愛情故事中去了。

因此，蘇曼殊的小說大致是傾向於自歎身世，或寫他個人胸襟的。在夢珠的灑脫不羈，三郎的多愁善感，海琴的感情纏綿，獨孤公子的孤潔清高，以及他們浪跡江湖，出家為僧的經歷中，都可看出蘇曼殊的影子。他們一步三回頭地走向空門，也是蘇曼殊既有意於宗教，但又無法完全超脫塵世的內心寫照。少女的嬌美姿色和驚人才情，同樣可以看出他刻意美化的痕跡。這種美化，很大程度上是他自己多情和為了尋求心理補償的表現，她們的淒涼命運又往往透露出他的傷心和自憐來。正是這種偏於寫自己身世和心情的藝術傾向，纏綿的愛情故事、哀婉傷感的情調，以及作為一個情僧對待愛情若即若離的態度，構成了蘇曼殊小說的浪漫風格。中國自古有抒情的散文、詩詞，但受制於禮法，很少有涉及作者隱私的抒寫個人身世懷抱的敘事文學。蘇曼殊率先把自己的身世引入文學，肯定愛情的美好，傾向感傷的情調，給清末民初文壇吹噓進了一縷以個性意識為核心的浪漫清風。這種對於浪漫小說的初步開發之功是不應抹殺的。事實上，他的小說正是憑著這種浪漫風格在比較開明的讀者中覓得了知音。《斷鴻零雁記》很快譯成英文，又被改編為戲劇，有些新文學作家把自己的創作與他聯繫起來，連並不怎樣賞識其小說的郁達夫也說：「他的浪漫氣質，由這一種浪漫氣質而來的行動風度，比他的一切都要好。」⑳

但是，不能因此認為蘇曼殊開創了現代浪漫抒情小說的新紀元。儘管他憑藉得天獨厚的條件，具有比一般人強的個性意識和民主思想，可是他也處在時代的局限之中。在他的時代，文化領域還沒有形成廣泛深入的啟蒙運動，儒家思想在社會上還很有勢力，在這樣的背景下，要他完全擺脫傳統的影響是不可能的。他的思想實際上既有西方的，又有傳統的，還有宗教的。這些思想因素尚未混成一體，不能不影響到他創作中的倫理判斷和審美評價。比如《碎簪記》中的愛情悲劇，本是封建勢力橫加干涉和男主人公性格軟弱造成的，可是蘇曼殊另有看法。他同情莊湜和靈芳自由戀愛，可是覺得蓮佩學貫中西、溫良端莊，包辦婚姻也不錯，因而要規勸莊湜把愛靈芳之心移諸蓮佩，以求情理兩合。莊湜夾在兩個姑娘間猶豫動搖，似乎蘇曼殊也很難抉擇。他最後的結論是「天下女子，皆禍水也」，在無法調和新舊倫理矛盾時，便簡單地把悲劇的責任推諉給無辜的女子。顯然，這是由於他思想上對婦女還持有封建的偏見，但也不能否認佛教色空觀的某些影響。其實何止倫理意識，就是他的審美理想也是既新又舊的。且看他心目中的理想女性，既要有西洋女子的熱情才識，又得有東方女性的深沉含蓄，似乎非中西融合不可：時髦女郎太野，傳統女性又太呆。至於行文落墨，處處講究情感的節制修飾，求務文筆典雅，風格含蓄，給人的感覺不是刺激，而是惆悵，則又顯然是跟詩教的傳統連在一起的。

⑳ 郁達夫：〈雜評曼殊的作品〉，《郁達夫全集》第五卷，浙江文藝出版社一九九二年十二月版，第三〇七頁。

總之，無論是從思想意識還是審美特徵看，蘇曼殊小說只能算作是現代浪漫抒情小說的萌芽。它有反封建的民主因素和浪漫抒情的藝術風味，對以情節取勝而以「載道」為旨歸的傳統小說是一次突破，藝術上的成就超過此前魯迅的譯述之作《斯巴達之魂》。可它的反封建不徹底，寫意又過於含蓄，浪漫抒情僅有節制地體現為主人公的生活情趣和氣質，沒有充分地轉化為作品的敘述原則，情調有新意，可還沒有找到相應的新而有力的表現手段。這一切表明，它只是一種過渡性的文學，在對傳統的背離中，又有某種向傳統復歸的潛在傾向。美籍華裔學者李歐梵曾指出：「蘇曼殊通過他的作風和藝術，不僅『體現了舊時代的中國文學傳統和西方的新鮮的鼓舞人心的浪漫主義的巧妙融合』，而且體現了他那個過渡時代，整個情緒的無精打彩、動盪不安和張惶失措。」㉑這是切中肯綮的。而從另一方面看，由於個性意識尚未廣泛地深入大眾，許多讀者的小說觀念還是陳舊的，習慣於用傳統的眼光看待蘇曼殊那些抒寫個人身世和內心矛盾的小說。他們雖不至於像封建衛道者那樣責之以誨淫之罪，但往往也把它視為消愁解悶的閒書。這就從作家主觀條件和讀者素質兩方面決定了蘇曼殊的小說不可能在文學界掀起一個徹底反傳統的浪漫主義文學潮流。他是一個過渡人物，而真正的浪漫主義者是一批渾身充滿生氣、精力過人的新人。這是些不好對付、隨時準備搗亂而又受到新時代歡迎的「惡魔」，他們想用「摩羅」詩人的伎倆把文壇掀個底朝天，而這樣的日子已經為時不遠了。

㉑參看《中國現代作家的浪漫一代》*The Romantic Generation of Modern Chinese Writers*，美國哈佛大學出版社一九七三年版，第四章。

# 第二章　五四浪漫主義思潮

一九二一年夏秋之交，創造社成立。其成員流派意識很強，活動剛一開展，就把矛頭對準半年前成立的文學研究會，指責它「愛以死板的主義規範活體的人心，甚麼自然主義啦，甚麼人道主義啦，要拿一種主義來整齊天下的作家，簡直可以說是狂妄了。」①他們自稱：「我們的主義，我們的思想，並不相同，也不強求相同。我們所同的，只是本著我們內心的要求，從事於文藝的活動罷了。」②本著「內心的要求」創作，即是一種注重自我表現的典型的浪漫主義文學觀，加上他們強調「天才」、「靈感」、「直覺」等，這就在文藝思想上與文學研究會的注重客觀描寫涇渭分明。文藝思想上的分歧，夾雜著一些門戶意氣，引發了一場在五四文壇上受到廣泛關注的文藝論爭。創造社的成立，它所挑起的文藝論爭，加上它擁有一支成員穩定的創作隊伍，出版了《創造》季刊、《創造週報》、《創造日》、《創造月刊》，發行創造叢書，發表的詩歌、小說引起熱烈的反響，這一切表明中國現代浪漫主義思潮已從萌芽階段進入了迅猛成長發展的時期，按郭沫若的說法，它

① 郭沫若：〈海外歸鴻〉，一九二二年五月《創造》季刊創刊號。
② 郭沫若：〈編輯餘談〉，《創造》季刊第一卷，第二期。

是「異軍突起」。

五四浪漫主義文學是中國現代浪漫主義文學思潮的一座高峰，其規模、氣勢和影響都是中國現代浪漫主義思潮的其他發展階段無法相比的。本章從整體上考察這一思潮，隸屬於它的作品則留待下一章討論。

## 第一節 在新文化運動中

新文化運動是二十世紀初啟蒙運動在新的歷史條件下的深入。新文化運動的先驅，如陳獨秀、魯迅、吳虞，都程度不同地參與了世紀初的啟蒙運動③。他們思想的前後變化，從一個側面反映了新文化運動相對於世紀初啟蒙思潮的飛躍。

新文化運動在思想文化領域展開了一場「鏟孔孟、覆倫常」的鬥爭。與二十世紀初的啟蒙相比，它的社會基礎已大為擴展，主要是由國內新式學堂培養出來的學生逐年增多，他們接受了近代自然科學知識和西方的民主思想，成了新文化運動的積極回應者。新文化運動不同於此前啟蒙運動的一個重要標誌，是它一開始就確立了「科學」與「民主」的指導思想。科學，不只是自然科學知

③陳獨秀一九〇四年三月在蕪湖創辦半月刊《安徽白話報》，用「三愛」等筆名撰寫了大量文章，如〈瓜分中國〉（第一期），〈惡俗篇〉（第三期），〈說國家〉（第五期）等，用通俗文字宣傳愛國、反封建的思想。吳虞則在一九一〇年十月出版的《蜀報》第四期發表〈辨孟子辟楊墨之非〉，可以說是他五四時期反孔言論的先聲。

識，還包括注重實證、追求真理的科學精神。它對相沿成俗的盲從迷信是一個致命的打擊。民主，則集中體現了對權威的徹底反叛。科學與民主結合，使新文化有了一個現代的價值體系。它不僅在廣度上涉及了思想領域的幾乎所有方面，如陳獨秀概括的：「破壞孔教，破壞禮法，破壞國粹，破壞貞節，破壞舊倫理（忠孝節），破壞舊藝術（中國戲），破壞舊宗教（鬼神），破壞舊文學，破壞舊政治（特權人治）」④，而且在深度上，用一套科學主義的話語，與儒家的民本思想完全區別開來。因而，它不再像改良派那樣有時不得不求助於早期儒學的某些概念來為變法維新張目，也避免了後來無政府主義者在倫理革命中的烏托邦傾向。它用理性精神抨擊封建禮教，視「倫理的覺悟，為吾人最後覺悟之最後覺悟」⑤，認為只有達到了「倫理的覺悟」，才能夠把人從封建道德的桎梏中完全解放出來，這最終導致了個性解放和人格獨立。

重要的是，新文化運動的理性精神是建立在「立人」原則基礎上的。先驅者為了反對封建實用理性，提出了新的理性原則，要給人的情感、個性、慾望等一切以前被認為是邪惡的東西一個正面的評價，證明它們是合理的。它不像古典主義的「理性」仍要壓抑個性和情感，相反是為個性解放、情感自由開闢道路的。因此，新文化運動在推動一場文學革命的同時，也促成了一個浪漫主義運動的興起。一個具有象徵意義的例子，便是李大釗的〈晨鐘之使命〉。這篇文章寫於一九一六年，提出新文學應敢於「犯當世之不韙，發揮其理想，振其自我之權威，為自我覺醒之絕叫」，並

---

④ 陳獨秀：〈《新青年》罪案之答辯書〉，一九一九年一月十五日《新青年》第六卷，第一號。
⑤ 陳獨秀：〈吾人最後之覺悟〉，一九一六年二月五日《青年雜誌》第一卷，第六號。

且明確表示：「記者不敏，未擅海聶（海涅）諸子之文才，竊慕青年德意志之運動，海內青年，其有聞風興起者乎？甚願執鞭以從之矣。」作為一個思想啟蒙的先驅，李大釗在陳獨秀〈文學革命論〉一文表示願為寫實文學「拖炮前驅」的前半年，就已鼓吹「自我之權威」，表示願意為浪漫主義「執鞭以從」了。從這裡很能看出五四啟蒙主義與浪漫主義思潮的內在聯繫。

新文化運動激發了空前規模的個性解放、情感自由的社會思潮。這不僅為充滿反叛精神的現代浪漫主義者充分發揮他們的個性和創造才能提供了廣闊的空間，而且也為他們在文學上取得的成就準備了合適的讀者群。浪漫主義文學打動讀者的方式有自己的特點。一般地說，現實主義是通過塑造典型形象和提出重大的社會問題激發讀者思考的，因而作品的讀者範圍比較廣泛，可以引起不同階層、不同價值觀的讀者的閱讀興趣。浪漫主義則是以激情打動人，而且現代浪漫主義的激情一般都是有悖於傳統倫理觀念的，因此它只能尋找「振動數相同的人」、「然燒點相近的人」⑥，在「同黨」中才能覓得知音，這比起現實主義作品來也就更需要讀者的理解和支持。新文化運動無疑造就了這樣的讀者。經過新文化運動的洗禮，許多青年確立起了人文主義的信仰，他們能夠理解五四浪漫主義者的追求和苦悶，樂於接受他們主觀性很強的藝術表達方式，並且與之產生強烈的共鳴。作家的成長和讀者隊伍的形成，這兩方面結合起來，最終促成了一個充滿時代精神而又深深植根於民族歷史文化土壤中的浪漫主義文學潮流「異軍突起」，從而翻開了二十世紀中國文學的嶄新一頁。

⑥ 郭沫若：《女神・序詩》，上海泰東圖書局一九二一年八月初版。

## 第二節　作家個性與浪漫主義

五四浪漫主義思潮的崛起，還有作家主現方面的依據。鄭伯奇在《中國新文學大系・小說三集・導言》裡有這麼一段話：「創造社的作家傾向到浪漫主義和這一系統的思想並不是沒有原故的。第一，他們都是在外國住得很久，對於外國的（資本主義）缺點，和中國的（次殖民地）病痛都看得比較清楚；他們感受到兩重失望，兩重痛苦。對於現社會發生厭倦憎惡。而國內國外所加給他們的重重壓迫只堅強了他們的反抗的心情。第二，因為他們在外國住得很久，對於祖國便常生起一種懷鄉病；而回國以後的種種失望，更使他們感到空虛。未回國以前，他們是悲哀懷念；既回國以後，他們又變成悲憤激越；便是這個道理。第三，因為他們在外國住得長久，當時外國流行的思想自然會影響到他們。哲學上，理智主義的破產；文學上，自然主義的失敗，這也使他們走上了反理智主義的浪漫主義的道路上去。」鄭伯奇指出了個人經歷和外國文藝思想對浪漫主義者的影響。這兩方面的影響最終都落實到了浪漫主義者的個性氣質裡。

郭沫若自稱是個衝動性的人物：「我回顧我走過了的半生行路，都是一任我自己的衝動在那裡奔馳；我便作起詩來，也任我一己的衝動在那裡跳躍，我在一有衝動的時候，就像一匹奔馬，我在衝動窒息了的時候，又好像一隻死了的河豚。所以我這種人意志是薄弱的，要叫我勝勞耐劇，做些偉大的事業出來，我沒有那種野心，我也沒有那種能力。」⑦又說：「我所著的一些東西，只不過盡我一時的衝動，隨便地亂跳亂舞罷了。所以當其才成的時候，總覺得滿腔高興，及到過了兩日，自家反覆讀看時，又不禁夾背汗流了。」⑧他在回顧一九一九年與一九二〇年之交他的新詩創作爆發期的情景時又強調：「那個時候每當詩的靈感襲來，就像發瘧疾一樣時冷時熱，激動得手都顫抖，有時抖得連字也寫不下去。那種靈感的強烈衝動，以後就很少有了。」⑨郁達夫的個性也是衝動型的，他聽說自己化了大量心血辦起來的《創造》季刊居然還有剩餘的擺在書店裡，就覺得自家是天底下最不幸的人了，當即去酒家喝了個醉飽。其實《創造》季刊的印數和銷售情況在當時要算好的。郁達夫覺得委屈，很大程度上只是一種被他主觀誇大了的感受。具有這類衝動型性格的人，渴望的是在情緒奔湧中體驗到一種臨風登仙般的快感，通過情緒的發洩，獲得心理的滿足。他們常常有一種自我中心主義和主觀幻想狂的傾向，喜歡冒險，尋找刺激，或乾脆自己虛構種種能激發情緒的幻景，那怕要把自己想像成世界上最可憐的人也罷。這種性格在合適的條件下很容易使人走上浪漫主義的創作道路。

性格形成過程中的天賦因素和個人經歷總是呈現為互為因果的關係，很難說那一方面居於絕對的支配地位，而且這當中還有諸如機遇等許多偶然因素起著作用，但這一過程也往往能夠看出時代的重大影響。郭沫若、郁達夫如果從小循規蹈矩，即使到日本也會安分守己，不致走上浪漫主義的

---

⑦郭沫若：《文藝論集‧論國內的評壇及我對於創作上的態度》，人民文學出版社一九七九年九月版，第一一〇至一一一頁。
⑧《三葉集》，亞東圖書館一九二〇年版，第四五頁。
⑨〈郭沫若同志答青年問〉，《文學知識》一九五九年五月號。

創作道路。如果他們始終處在閉塞的環境中，呼吸不到一點民主的空氣，即使有反抗精神也可能被扼殺在萌芽之中。然而，他們的童年碰上了「王綱解紐」的時代，傳統觀念的控制力已大為削弱，家庭條件又允許他們在學校裡調皮搗蛋，被一個學校開除就轉到另一個學校去。在這樣的條件下，他們的浪漫稟賦才得以發展起來。後來他們又奔赴異國他鄉，「讀的是西洋書，受的是東洋氣」，那種因弱國子民的身份而來的屈辱感和對祖國的懷想，正因為這羅漫蒂克的個性而表現得格外強烈，反過來又使這種個性朝著反抗和感傷的方向發展了。

一個浪漫主義詩人的氣質與他接受外國文藝思潮影響的關係同樣是微妙的。以郭沫若為例，他到日本留學時，正是日本經過明治維新後，現代文化空氣日漸濃厚的時代。各種西方思潮廣泛流行於中國留學生就讀的帝國大學和高等預備學校。學生使用的專業參考書多是德文原著，德國的文學名著，如《浮士德》之類，常被教師選作第一外語課的教材。通過這些德語課，郭沫若接觸並迷上了歌德。他計畫邀集同伴組織歌德研究會，翻譯歌德的作品，他自己還動手譯了《浮士德》的部分章節。可是郭沫若所理解的歌德，僅僅是體現在《浮士德》和《少年維特之煩惱》中的浪漫主義者的歌德，那是充滿了反抗和叛逆精神的歌德，而歌德的另一面，如他的貴族氣派，主張節制，反對痛苦絕望之類的極端情緒出現在詩中來破壞詩的形式完美，以及他文藝觀上的現實主義成分，都被郭沫若輕輕放過，或者說根本沒有引起他的注意。這除了郭沫若對歌德的瞭解不夠全面充分，主要還是由於他以自己的趣味對歌德加以取捨的緣故。他先後迷上泰戈爾、惠特曼，情形也與此類似，都是從自己的主觀出發來接受影響的。不過，接連變換崇拜的對象，既反映了郭沫若的心態和審美趣味在快速變化，也豐富了他的浪漫主義創作風格的色彩。

創造社成員性格相近，藝術追求一致，在國內新文化運動開展後有利於個性發展的環境中，他們順理成章地成了浪漫主義文學運動的中堅。

## 第三節　接受西方文藝影響的特點

五四浪漫主義作家和詩人深受西方文藝思潮的影響。他們在接受西方人道主義觀念的同時，與整個世界文學的潮流，即由再現外部世界的構成到探究人的心靈秘密這一向內轉的趨勢採取了同一步調。

郭沫若有一個關於詩的著名公式，即「詩＝（直覺＋情調＋想像）＋（適當的文字）」。郭沫若解釋說：「詩人底心境譬如一灣清澄的海水，沒有風的時候，便靜止著如像一張明鏡，宇宙萬彙底印象都涵養在裡面；一有風的時候，便要翻波湧浪起來，宇宙萬滙底印象都活動著在裡面。這風便是所謂的直覺，靈感（Inspiration），這起了的波浪便是高張著的情調。這活動著的印象便是徂徠著的想像。」⑩用「風」來比喻直覺、靈感，是受英國浪漫主義詩人雪萊的影響。雪萊在《為詩辯護》中說過，「自有人類便有詩。人是一個工具，一連串外來的和內在的印象掠過它，有如一陣陣不斷變化的風，掠過埃奧羅斯的豎琴，吹動琴弦，奏出不斷變化的曲調。」⑪郭沫若顯然同意了雪萊的觀點，所以在〈《雪萊的詩》小引〉中，他寫道：「風不是從天外來的，詩不是從心外來的。」

⑩《三葉集》，亞東圖書館一九二〇年版，第七頁。
⑪轉引自艾布拉姆斯的《鏡與燈》，北京大學出版社一九九二年版，第七四頁。

關於「直覺」和「靈感」的說法，還有其他方面的影響來源。郭沫若引歌德詩興來臨時甚至來不及擺正稿子，便站著在桌子邊從頭到尾急急忙忙寫下來的例子，證明「詩不是『做』出來的，只是『寫』出來的」⑫。「做」，郭沫若認為相當於Compose。Compose有組合、構成的意義，也有「作文」的意義。可見在英語裡，「作文」一般被認為是用一定的技巧來把文意表達清楚，這正好與浪漫主義的觀點相反。浪漫主義者認為「詩是強烈感情的自然流露」⑬。拜倫甚至向人抱怨：「我怎麼也不能叫人懂得詩是洶湧的激情的表現……」⑭艾布拉姆斯在考察浪漫主義者關於「感情」的看法時，發現他們都有把感情理解為一種類似液體的東西的傾向，認為它由於某種外力的作用從人的心裡被擠出來。「流露」、「表現」等詞就有被擠出來的意思。郭沫若認為詩是「寫」出來的，本意正與此相同，即寫的內容已經在心裡存著，詩人的任務只是把它擠出來，不需要額外的技巧，就像他說的「大波大浪的洪濤便成為『雄渾』的詩」，「小波小浪的漣漪便成為『沖淡』的詩」，這種詩底波瀾，有它自然的週期和振幅，不容你寫詩的人有一毫的造作，一剎那的猶豫。⑮

郭沫若把靈感與直覺等同起來，說明他那時所理解的靈感不僅僅是指一種富有創造性的、意識高度集中的心靈狀態，還包含著整體直觀對象的意思。他說：「詩人的利器只有純粹的直觀，哲學家的利器更多一種精密的推理。」⑯又說：「柏格森的思想，很有些是從歌德脫胎來的。凡為藝術

⑫《三葉集》，亞東圖書館一九二〇年版，第七頁。
⑬華茲華斯：《抒情歌謠集》序言。
⑭轉引自艾布拉斯的《鏡與燈》，北京大學出版一九九二年版，第七一頁。
⑮《三葉集》，亞東圖書館一九二〇年版，第七至八頁。
⑯《三葉集》，亞東圖書館一九二〇年版，第一六頁。

家的人，我看最容易傾向到他那『生之哲學』方面去」⑰。柏格森是個非理性主義哲學家。在柏格森看來，理智只把事物分割開來，無法理解作為整體存在的生命的意義。生命不僅整體地存在，而且還力圖克服物質的阻礙不斷地向上升騰，生命的「注流必定不斷地噴湧出來，每股注流落回去是一個世界」⑱。要理解生命的意義，就只能靠直覺。而他說的直覺，「是指那種已經成為無私的、有意識的、能夠靜思自己的對象並能將該對象無限擴大的本能」⑲。這說明他是把知覺與知覺的對象看成是能夠達成同一的，也就是「在純粹知覺中，我們實際上被安置在自身以外，我們在直接的直覺中接觸到對象的實在性」⑳。這意味著在「直接的直覺」中，人把生命力擴展到知覺的對象，並從對象中體驗到了生命力張揚的那種喜悅，這種喜悅是理智無法獲取的。可以認為，這是一種很高明的哲學，卻是一種很有魅力的美學，它非常符合郭沫若的口味。郭沫若要從直觀中整體地把握對象，從對象中體驗生命的力和美，就像他說的，「命泉裡流出來的strain（旋律—筆者）心琴上彈出來的melody（曲調—筆者），生底顫動，靈底喊叫」，都是「真詩」、「好詩」㉑，這無疑就是他喜歡生命哲學，並深受它影響的一個明顯證據。

郭沫若關於詩的公式中，情調與想像是密切相關的。情調是湧動著的「宇宙萬滙底印象」，想像則使這湧動的情調合乎美的規律。想像並非把「印象」簡單地疊加起來，而是為了獲得更加完美

⑰《三葉集》，亞東圖書館一九二〇年版，第五七頁。
⑱轉引自羅素的《西方哲學史》下冊，商務印書館一九八一年版，第三五六頁。
⑲轉引自羅素的《西方哲學史》下冊，商務印書館一九八一年版，第三四九頁。
⑳轉引自羅素的《西方哲學史》下冊，商務印書館一九八一年版，第三五三頁。
㉑《三葉集》，亞東圖書館一九二〇年版，第六頁。

的效果而要從中激發出一些新的東西來。這種內在的力量不是別的，正是作家「神會」來臨時的那種難以自持的激情。重視激情在藝術創作中的作用，原是浪漫主義者的共同特點。柯勒律治認為：「激情初現之時曾伴有種種的景觀音響，詩歌於復現之時，又通過激情而使這種種景觀音響孕育出一種它們原本沒有的情致。」他又用包含生命的植物來比喻心靈的創造力：「看！——伴隨著初升的太陽，它開始生長，進入了與一切元素的直接交往狀態，既同化了它們，也彼此同化。與此同時它開始紮根長葉，吮吸養分，吐納氣息，散發出涼爽的露氣和甜密的芳香，呼出調精養神之氣，既是大氣的食物，也是它的姿色，送入到滋養它的大氣之中。看！——陽光初照之下，它也作出與陽光相象的氣度，但又以同樣的心跳節律在悄然無息地成長，仍然與陽光為伴，以使它所淨化過的生長固定下來。」[22]植物吸收陽光雨露，把它們轉化成生命的原素而成長起來，就像充滿激情的心靈能創造出一種獨特的「情致」，把印象材料熔鑄成動人的詩篇一樣，都體現了生命的神奇之處。這種「植物」的比喻，歌德喜歡用，郭沫若也用過：「藝術家總要先打破一切客觀束縛，在自己的內心找尋出一個純粹的自我來，再由這一點出發出去，如像一株大木從種子的胎芽發現出來以至於摩天，如像一場大火由一株星火燃燒起來以至於燎原，要這樣才能成個偉大的藝術家，要這樣才能有真正的藝術出現。」[23]這樣的觀點，很能表明浪漫主義者把創作理解為一個自足的生命過程，認為心靈能創造出原本沒有的東西加到藝術中去，使之更為動人。

[22] 轉引自艾布拉姆斯的《鏡與燈》，北京大學出版社一九九二年版，第七八頁。
[23] 郭沫若：〈印象與表現〉，一九二三年十二月三十日《時事新報》副刊「藝術」第三十三期，《沫若文集》未收。

西方文論從古希臘的模仿說發展到現代浪漫主義的表現說，強調靈感和直覺在藝術創作中的作用，這反映了藝術創作的關注重點從外部世界轉向了人的心靈。這一發展是以人對自身瞭解的深入和唯心主義認識論對人的主觀能動性的極度張揚為背景的。郭沫若也許不很清楚西方浪漫主義文論發展的全貌和它的背景，但他通過西方浪漫主義作家感受到了這一趨勢，並在自己的文藝觀和創作中反映出來。這種偏於感性直觀的接受方式，是五四浪漫主義者接受西方文藝思潮影響的第一個特點。

五四現實主義作家一般具有較強的理性精神。他們重視文學的社會功利價值，把借鑒的目光投向俄國和北歐弱小民族的文學，後來又逐漸轉向蘇聯文學。因為俄羅斯和北歐民族所處的歷史時期和它們的遭遇與中國當時的情形比較相近，它們的文學所揭示的問題和包含的精神對中國具有現實的意義。相比之下，五四浪漫主義作家和詩人強調的是文學的非功利性。郭沫若說：「文藝也如春日的花草，乃藝術家內心之智慧的表現。詩人寫出一篇詩，音樂家譜出一支曲子，畫家繪成一幅畫，都是他們感情的自然流露：如一陣春風吹過池面所生的微波，應該說沒有所謂目的。」㉔郁達夫認為：「文藝是天才的創造物，不可以規矩來測量的」㉕；「小說在藝術上的價值，可以以真和美的兩條件來決定……至於社會的價值，及倫理的價值，作者在創作的時候，盡可以不管。」㉖成仿吾也表示：「文學上的創作，本來只要是出自內心的要求，原不必有什麼預定的目的」，因而「除去一切功利的打算，專求文學的全與美，有值得我們終身從事的價值」㉗。他們並沒有一概抹殺文學的

㉔ 郭沫若：〈文藝之社會的使命〉，一九二五年五月《民國日報・文學》第三期。
㉕ 郁達夫：〈文藝私見〉，一九二二年五月《創造》季刊第一卷，第一期。
㉖ 郁達夫：〈小說論〉，《郁達夫全集》第五卷，浙江文藝出版社一九九二年十二月版，第一六〇頁。
㉗ 成仿吾：〈新文學之使命〉，一九二三年五月《創造週報》第二號。

社會功利性，只是認為這必須通過審美的仲介來完成㉘。這種非功利化的觀點，使他們在接受外來文學影響的時候，側重於西方，而且主要是受個人興趣和機遇的支配，常帶有很大的隨意性。

郁達夫在日本高等學校的幾年中所讀的俄英日法小說，總計在一千部內外。他所欣賞的是屠格涅夫小說的零餘者情懷，盧梭的懺悔和自我暴露的抒情方式，日本私小說的以詩意筆調寫身邊瑣事的藝術格局，還有所謂的新浪漫主義（郁達夫在〈怎樣叫做世紀末文學思潮？〉一文中，為十九世紀末興起的新浪漫主義作了辯護。所謂的「世紀末文學思潮」，在他的創作中留下了痕跡。如《銀灰色的死》描寫道生式的愛情，用慘白的月色，迷亂的燈影，蕭瑟的夜風襯托主公人失戀後的絕望心情，洋溢著陰冷的情調。《十三夜》寫人鬼之戀的故事，充滿怪異的色彩）。郁達夫廣泛地吸收從浪漫主義到新浪漫主義的藝術養分，並不是出於某種明確的社會使命，而是為了表現主觀的感傷情緒和意向的需要。他沒有計劃和步驟，往往是隨著個人興趣的轉移讀什麼就喜歡上什麼，而且潛移默化地受到它們的影響。

郭沫若、田漢的情形也與此類似。郭沫若因為在德語課中接觸了歌德而迷上了歌德的浪漫主義。可一九一九年日本文壇為紀念惠特曼一百周年而掀起了一股「惠特曼熱」時，他得見《草葉集》，便很快轉向惠特曼，開始他詩歌創作的惠特曼時期，產生了「惠特曼式」的奔放雄渾的風

㉘ 郭沫若認為文藝的功利作用是在欣賞時自然發生的，因而他堅持「就創作方面主張時，當求唯美主義；就鑒賞方面言時，當持功利主義」（《文藝論集·兒童文學之管見》，人民文學出版社一九七九年十二月版）。郁達夫也持有類似的觀點，認為「真正的藝術品，既具備了美、真兩條件，它的結果也必會影響到善上去，關心世道人心的人，大可不必岌岌顧慮」（〈小說論〉，《郁達夫全集》第五卷，浙江文藝出版社一九九二年十二月版）。

格。田漢在這陣「惠特曼熱」中，寫了《平民詩人惠特曼的百年祭》，並在戲劇創作中貫徹惠特曼的平民主義精神。可一九二一年日本文壇為紀念波特賴爾誕生一百周年，刮起了「波特賴爾熱」，田漢便很快由惠特曼轉向波特賴爾，開始在創作中嘗試象徵主義。田漢前期的劇作，如《靈魂》、《鄉愁》、《落花時節》、《湖上的悲劇》、《古潭的聲音》、《南歸》等，多是通過詩意的渲染表達某種心境，展現人物「靈」與「肉」的衝突，不太重視劇情的曲折複雜，在浪漫主義的主色調中混和了象徵主義和神秘主義的因素，這就跟他此時受到波特賴爾的影響有關。

五四浪漫主義者興之所至地擇取「異域營養」，接受得快，丟棄得也快，在快速頻繁的變換中拓展了他們與西方文藝的聯繫，這是他們接受西方文藝思潮影響的第二個特點。

五四現實主義作家對於外國文藝思潮一般採取理性分析的態度，儘量從它本來意義上來接受其影響，對不符合中國情勢、與他們的藝術宗旨有出入的內容加以揚棄。雖然有時也會發生「誤讀」的現象，如把「自然主義」與「現實主義」等量齊觀，但是他們對「自然主義」的具體闡釋，還是符合現實主義精神的。五四浪漫主義者則不同。五四浪漫主義作家和詩人對外國文藝思想的理解和接受往往具有較大的主觀性，導致各種思想觀點互相干擾滲透，模糊了它們本來的意義。如郭沫若，他自稱由歌德認識了斯賓諾莎，由泰戈爾認識了印度古代詩人伽畢爾，並受到《奧義書》的影響，再回過頭來把他從小喜歡的《莊子》再發現了。在這錯綜複雜的接受過程中，郭沫若實際上改畫了幾位泛神論鼻祖的臉譜。

斯賓諾莎認為，一切事物都是神的一部分，世界的統一性在於神，「神即自然」。這是對外在於自然的上帝的反抗，是對傳統神學的公然挑戰，但它本身並沒有賦予人以自由的意志，就像羅素指出的，在斯賓諾莎那裡，「一切事物都受著一種絕對的邏輯必然性支配。在精神領域中既沒有所謂的自由意志，在物質界也沒有什麼偶然。心發生的事俱是神的不可思議的本性的顯現，所以各種事件照邏輯講就不可能異於現實狀況。」㉙在這種情形下，自由就是對必然的認識。只有先成為整體的一部分，並且借助理解力把握了整體的唯一實在，人才自由。由於「熾情」會妨礙這種「理解力」，危及「對神的理智的愛」，斯賓諾莎甚至反對熾情。因而，當郭沫若把主體的「我」與客體萬物等同起來，一同視為神的本體的顯現，說「我即神」時，當他肯定精神的絕對自由和激情的價值時，他事實上歪曲了斯賓諾莎的哲學。這種歪曲，或者「誤讀」，主要是因為受到了歌德的影響。歌德認為，「我就是自己的一切，因為我只有通過自己才瞭解一切；每個有所體會的人都這樣喊著，他（高視）闊步走過這個人生，為（踏上）彼岸盡頭的路作好準備。」㉚歌德首先將斯賓諾莎的「神即自然」引申為「我即神」。當自然神過渡到「我即神」時，斯賓諾莎的客觀唯心主義哲學便轉化成主觀唯心主義哲學了——「我」居於絕對支配的地位，主觀精神的能動性被無限地誇大。這正好投合郭沫若的口味，因而他把歌德看成是受斯賓諾莎影響的泛神論者，並且斷言泛神論是詩人最適宜的宇宙觀。問題的複雜性在於，郭沫若作出這一判斷時，他心裡其實早已有了莊子的「天地與我並生，萬物與我為一」的觀念，又先於此從古代印度哲學中吸收了「梵我一如」的思想。這些思想成了郭沫若與歌德改造過的泛神論發生共鳴的內在依據，可回過頭來他又用這種被歌

㉙ 羅素：《西方哲學史》下卷，商務印書館一九八一年版，第九五頁。
㉚ 歌德：〈莎士比亞紀念日的講話〉，《西方文論選》上卷，上海文藝版社一九七九年版，第三四五頁。

德改造過的泛神論觀照莊子哲學，把莊子現代化——莊子的淡泊，在他眼中也儼然有了現代人的進取和自由精神。其實豈但莊子，連孔子也被他現代化。他說孔子是個泛神論者，因為他「把三代思想的人格神之觀念改造一下，使泛神論的宇宙觀復活了」㉛。在五四新文化運動一片「打孔家店」的呼喊聲中，郭沫若不但沒有隨聲附和，反而竭力替孔子辯誣，認為孔子是個「主張自由戀愛」、「實行自由離婚」的人㉜。這些都是他把古人現代化的思維習慣的表現。在這種多方面的影響相互干擾、相互修正的過程中，郭沫若建立起來的泛神論與其鼻祖的思想體系已有了不小的差異。浪漫主義者由於他們的思維活動容易受情緒的支配，在接受影響的過程中其主觀傾向和心理預期所起的作用，要比現實主義者大得多，因而所謂接受影響，常常成了心理預期得以實現的一種替換說法。其結果，便是使接受影響的過程帶有某種程度的模糊性，而不是努力精確地去把握對象的本來意義。模糊性，是浪漫主義者接受中外文藝思想影響的第三個特點。

上述三個特點，說到底原是浪漫主義者的浪漫個性和氣質的表現形式。他們對外來文藝思潮的「誤讀」，不能算是嚴謹的學術成果，但實踐中卻使他們富於理論的創造性，因而促進了五四浪漫主義思潮的發展壯大。

當然，所謂「感性直觀」、「快速變換」、「模糊性」等只是相對的說法。如果換一個角度看，在廣泛的接受中，五四浪漫主義者聽從「內心的要求」這一點卻是始終如一、毫不含糊的；不

㉛ 郭沫若：《文藝論集・中國文化之傳統精神》，人民文學出版社一九七九年九月版。
㉜ 《三葉集》，亞東圖書館一九二〇年版，第一五頁。

僅如此，他們在更深的心理層面上其實還受到時代風尚和民族傳統文化的影響。在德國浪漫派中，他們看中歌德、席勒、海涅，對早期的蒂克、史雷格爾兄弟則很少問津，原因就是後者逃避現實、回歸中世紀的傾向，有悖於五四反封建的時代精神。郁達夫小說的大膽描寫，對於封建士大夫的虛偽是一次暴風雨般的閃擊，可他的《沉淪》寫主人公在窺浴後產生了難以自拔的犯罪感，又分明是儒家的禁慾主義道德觀還留在作者意識深處的緣故。這是富有啟示意義的：在接受外來文藝影響的過程中，叛逆反抗的態度之堅決如五四浪漫主義者，仍然不可能割斷與民族傳統文化的內在聯繫，因而今天擺在人們面前的一個課題，應是探索如何更好地實現中外文化傳統的良性對話，而不是一味盲目地走向某一個極端。

## 第四節 「自我表現」的風格

五四浪漫主義文學的核心風格要素，是「自我表現」。這是個性意識覺醒在文學中的反映。「五四運動，在文學上促生的新意義，是自我的發見。」[33]中國的「自我發見」雖比歐美各國晚了半個多世紀，但這一時間差對中國五四浪漫主義卻有著不小的意義。因為比起歐洲浪漫主義思潮，中國五四浪漫主義者心目中的「自我」，由於受到西方現代哲學和現代主義文學思潮的影響而有了新的特

[33] 郁達夫：〈五四文學運動之歷史的意義〉，《郁達夫全集》第六卷，浙江文藝出版社一九九二年十二月版，第八九頁。

點，那就是更側重於「自我」內面世界的表現。郁達夫在〈文學概說〉中這樣寫道：「『生』這個力量是如此的表現在我們的存在之中。組成人類社會的我們個人，以『生』的力量的原因，得保持我們的存在，所以我們的存在，就是『生』的力量的具體化。……『生』是如此的具象的表現在我們身上，而表現就是創造。」因此他認為，「真正的藝術家，是非忠於藝術衝動的人不可的。若有阻礙這藝術的衝動，不能使它完全表現的時候，不問在前頭的是幾千年傳來的道德，或幾萬人遵守的法則，藝術家應該勇往直前，一一打破，才能說盡了他的天職。所以人家說：藝術家是靈魂的冒險者，是偶像的破壞者，是開路的前驅者。」㉞郁達夫把人生的本質理解為生之慾望的滿足，藝術的本質又在於表現追求慾望滿足的內在衝動，這明顯地是受到柏格森的生命哲學、佛洛伊德的精神分析學和尼采的超人哲學等現代哲學的影響，而他接受這種影響的仲介，就是《苦悶的象徵》等著作。在〈文學概說〉「書後」中，他還開著這方面的參考書目。五四浪漫主義者受西方現代哲學和現代美學影響的大有人在。郭沫若、成仿吾等，都發表過文學是生命的表現這類意見。這決定了五四浪漫主義文學更注重表現「自我」的內心慾望和靈肉衝突，具有比西方十九世紀浪漫主義文學更濃的主觀色彩和感傷情調。

一

「自我表現」，主要是表現自我的情緒。五四浪漫主義者非常看重情緒在創作中的作用，郭沫若

㉞ 郁達夫：〈文學概說〉，《郁達夫全集》第五卷，浙江文藝出版社一九九二年十二月版，第三四四至三四八頁。

稱「藝術的本質是主觀的」，「藝術的根底，是立在感情上的」㉟。成仿吾表示：「文學始終以情感為生命的，情感便是它的始終」；「沒有真摯的熱情，便已經沒有了文學的生命。」㊱郁達夫也認為「思想或詩想，根底必須建築在感情上，才能生動」，「詩的實質，全在情感，情感之中，尤重情緒」㊲。他們說的情感，顯然不屬於階級的、社會集團的情感，而是個人的情感和一己的體驗。把個人情感擺在創作中至關重要的位置上，這實際上涉及了創作中處於激情狀態的「自我」——心靈的功能問題。

在實現主義者看來，心靈是一面鏡子，客觀事物映現在這面鏡子裡。十八世紀以前，模仿說的哲學工具還很粗糙，到洛克才把流行的關於心靈的反映論觀點系統化，提出了「白板說」。不過，後來發現這塊「白板」其實也已貯存有資訊，要對事物的映射起某種干擾、修正的作用，因而心靈的鏡子並不是對事物作原樣不動的反映，而是要加以概括、提煉和典型化。但這一以能動反映論為哲學基礎的現實主義觀點，並沒有從根本上改變藝術是對現實的反映這一基本結論，所以現實主義對生活的藝術概括是以不歪曲生活的真實為追求目標的。相比之下，作為浪漫主義者的郭沫若卻把心靈比作「一灣海水」：風平浪靜時，海水如一面明鏡涵映著宇宙萬彙的影像，一有風來，那影像便在湧動的波浪裡變幻無窮了㊳。他沒有否認藝術的最終根源在「宇宙萬滙底印象」，但認為它不是藝術創作的直接源泉。創作的直接源泉只能是處於激情狀態的心靈。心靈波翻浪湧，顯然不再是

㉟ 郭沫若：〈文學的本質〉與〈文藝之社會的使命〉，收入一九三〇年版《文藝論集》。
㊱ 成仿吾：〈批評與同情〉與〈詩的防禦戰〉，收入創造社出版社一九二八年版《使命》。
㊲ 郁達夫：〈詩的內容〉，一九二五年五月三十日《晨報副鐫・藝林旬刊》第六期。
㊳ 《三葉集》，亞東圖書館一九二〇年版，第七頁。

一面冷冰冰的鏡子，而是一個專把它所攝取的「宇宙萬彙底印象」加以熔煉的反應爐了。這個心靈的反應爐接納一切感覺材料，按靈感的指引，合成一種新的東西，那就是「美化」了的感情，「感情的自然流露」便成了真詩、好詩。對此，郭沫若曾作過這樣的表述：「對於藝術上的見解，終覺不當是反射的（Reflective），應當是創造的（Creative）。前者是純由感官的接受，經腦神經的作用，反射地直接表現出來。就譬如照相的一樣。後者是由無數的感官的材料，儲積在腦中，更經過一道濾過作用，醞釀作用，綜合地表現出來。就譬如蜜蜂採取無數的花汁釀成蜂蜜的一樣。我以為真正的藝術，應得是屬於後的一種。所以鍛煉客觀性的結果，也還是歸於培養主觀，真正的藝術作品應當是充實了的主觀的產品。」㊴浪漫主義在藝術上的全部特點，包括強烈的主觀性，奔湧的激情，神奇的想像等等，都與這一把心靈看作是由感覺材料釀造感情的反應爐的看法密切相關。

值得注意的是，西方也有一個大意與此類似的比喻：心靈像一盞燈。心靈發出的光照亮世界，同時也給世界增添了光彩。比如華茲華斯的「神來之光」，使落日披上新的光輝，使鳥之歡歌，水之潺潺更為高揚悅耳㊵。郭沫若引用過這一比喻，他稱歌德「對於宇宙萬滙，不是用理智去分析，去宰割，他是用他的心情去綜合，去創造。他的心情在他身之周圍隨處可以創造出一個樂園；他在微蟲細草中，隨時可以看出『全能者底存在』，『兼愛無私者底彷徨』。沒有愛情的世界，便是沒有光亮的神燈。他的心情便是這神燈中的光亮，在白壁上立地可以生出種種畫圖，在死滅中立地可

㊴ 郭沫若：《文藝論集・論國內的評壇及我對於創作上的態度》，人民文學出版社一九七九年九月版。

㊵ 艾布拉姆斯：《鏡與燈》，北京大學出版社一九九二年版，第九〇頁。

以生出有情的宇宙。」㊶說心靈像一個反應爐，或像一盞神燈，都是在強調藝術創作中心靈改造客觀，在對象中加入它原本所沒有的東西的能力，也就是強調藝術要表現主觀感情，「表現自我」：「藝術是我的表現，是藝術家的一種內在衝動的不得不爾的表現。」㊷

由於感情的「神來之光」具有變幻性、自主性和超越客體的特性，一旦基於心靈萬能的觀點認為創作的直接源泉在於激情狀態中的心靈，在於感情，那就任何大膽的幻想、奇異的神思都不在話下，都有了產生的可能和存在的依據了：「自然界中的桃花是紅的，楊柳是綠的。人事界中桃花會變成碧綠，楊柳會變成猩紅。」雖然郭沫若認為藝術的這種神奇想像有它最終的限度：「不怕你千變萬化，桃還是桃，柳還是柳」㊸，但那桃柳顯然已遷離泥土，成了藝術王國中的神樹了。對於這類表現主觀的浪漫主義作品，衡量其成就高低，所用的標準就不能再是客觀的「真實」，而必須易之以主觀的「真誠」，就像郭沫若自己在《印象與批評》中說的：「藝術家的求真，不能在忠於自然上講，只能在忠於自我上講。」

## 二

五四浪漫派文學的主觀性特點，在郭沫若的《女神》裡表現得最為突出。早在一九二〇年十二

㊶ 郭沫若：《文藝論集．《少年維持之煩惱》序引》，人民文學出版社一九七九年九月版。
㊷ 郭沫若：〈印象與表現〉，一九二三年十二月三十日《時事新報》副刊「藝術」第三十三期。
㊸ 郭沫若：〈曼衍言之六〉，一九二三年二月《創造》季刊第一卷，第四期。

月寫的詩劇《湘累》中，郭沫若就借屈原的口說：「我效法造化底精神，我自由創造。自由的表現自己。我創造尊嚴的山嶽、宏偉的海洋，我創造日月星辰，我馳騁風雲雷電，我萃之雖僅限於我一身，放之則可氾濫於宇宙。」這種把自我當成宇宙精神，自由創造，自由表現的胸懷，這種帶有主觀狂想性質的胸懷，正是郭沫若創作《女神》時的真實心態。他後來明確肯定，《湘累》「裡面的屈原所說的話，完全是自己的實感。」㊹因此，《女神》裡，鳳凰可以死而復生（《鳳凰涅槃》），天狗可以把全宇宙來吞了，還能食自己的肉，吸自己的血，齧自己的心肝，在自己的神經上飛跑（《天狗》），無限的太平洋可以提起全身的力量把地球推倒（《立在地球邊上放號》）。非凡的想像源於詩情的強烈激盪。《女神》的魅力在這裡，《女神》追求個性解放和民族新生的精神也從這裡淋漓盡致地表現出來了。

要容納如此粗暴狂放的激情，就非突破既成的形式不可。中國舊體詩從律詩到詞再到曲的演進，不啻是形式的自由化，更反映了一種精神自由的向度，但這一過程遠沒達到一任感情自由流瀉的地步。要做到這一步，就只有讓詩情自然地外化為詩的形式，即「情緒的呂律，情緒的色彩便是詩。詩的文字便是情緒自身的表現（不是用人力去表示情緒的）。」㊺情緒的節奏取代了詩的外在格律，不加人為修飾的情緒流露，使「大波大浪的洪濤便成為『雄渾』的詩」，「小波小浪的漣漪便成為『沖淡』的詩」㊻。郭沫若正是憑著他的過人才氣，按照這樣的詩學主張而開一代浪漫主義詩風的。

---

㊹ 郭沫若：〈創造十年〉，《沫若文集》第七卷，人民文學出版社一九五八年版，第六九頁。
㊺《三葉集》，亞東圖書館一九二〇年版，第四七頁。
㊻《三味集》，亞東圖書館一九二〇年版，第七頁。

當然，主張詩形的「絕端的自由，絕端的自主」，並不是說可以隨便寫詩。郭沫若認為，「詩的創造是要創造『人』，換一句話說，便是在感情的美化（refine）」。為了不因襲他人已成的形式，他認為藝術的訓練是必要的，但「訓練的價值只可許在美化感情上成立」，意思是說寫詩不必考慮形式，而要先美化感情；感情美化了，詩形自然便美。這原是為了與浪漫主義者把心靈看成是釀造詩情的反應爐的觀點取得一致，以建立他情感一元論的詩學體系的，但它也清楚地表明了，新詩的形式自由，只在結果上成立，創作的過程卻也少不了藝術的加工。按照這一「美化感情」的理論，郭沫若為自己一些不太成功的詩找到了失敗的原因：「我的詩形不美事實正是由於我的感情不曾美化的緣故。」於是，他宣布：「我今後要努力造『人』，不再亂做詩了。」㊼「美化感情」的詩學主張很有價值，它實際上觸及了詩情提煉的問題。但郭沫若出於他當時主情主義的詩學思想，不曾從詩情與詩的形式的相互關係上進一步思考情緒的美化，即如何通過兩方面的反覆調適使詩情的節奏合乎美的規律，同時使詩情的質地更加純粹。詩學思想上的這一欠缺，帶有時代的烙印和個人的特色，顯然影響了郭沫若後來的創作，使他沒能取得更大的成就。

「自我表現」的原則運用於浪漫主義小說，首先表現為作品取材的切近自我。郁達夫信奉「一切文學都是作家的自敘傳」，側重於描寫個人的身邊瑣事。他作品裡的主人公無論叫「質夫」、「文樸」、「我」或者「他」，其實都是他自我形象的寫照。郭沫若早期小說常以愛牟為主人公。愛牟在《漂流三部曲》經歷離亂之苦，到《行路難》已隨全家來到日本。他是一個弱國子民，受盡

㊼《三味集》，亞東圖書館一九二〇年版，第四九至五〇頁。

了日本人的歧視。這個愛牟的經歷、舉止言行和他的內心生活，也分明是郭沫若自己的投影。取材的切近自我，可謂浪漫派小說的第一個風格特徵。

浪漫派小說注重「自我」，得以由事及人，把筆觸伸向人物的內心。由於作者大多處於苦悶的狀態，感傷抒情便成了這派小說的第二個顯著特點。眾所周知，郭沫若的詩以雄渾的音調取勝，可他的小說卻專注於展現內心的哀痛。郁達夫小說的「自我」形象更顯得感情纖弱，稍遭冷遇和挫折便會引發他們要死要活的情緒衝動。作者用這感傷的情緒串連起日常生活瑣事，展現了主人公內心的苦悶，比較典型的有《蔦蘿行》等。《蔦蘿行》寫「我」不愛妻子可不得不愛，經常遷怒於妻子，過後又總是想起她的種種好處和可憐，後悔不已，實際上是作者自我心靈陷於個人自由與道德責任之間的矛盾中而苦苦掙扎的記錄。當然，若認真地把郁達夫小說當作他的自敘傳來讀是要上當的。因為郁達夫早期的小說，主人公大多以死結局，如《沉淪》的主人公蹈海自盡，《銀灰色的死》那個無家可歸而又神經質的「他」橫死在月夜的空地上，可郁達夫還好好的活著。這說明，浪漫主義者的郁達夫有時也會基於自己的情緒而虛構情節，以表達他對黑暗社會的抗議。他的這些虛構往往具有主觀隨意性，主人公都死得很突兀。這從現實主義的原則看去是明顯的敗筆，然而它正好體現出了浪漫主義小說的特點：作者的目的是要強調悲憤之深，歸根到底，還是自我的憤慨和傷感心境的一種表現。

由於以抒情為主，浪漫派小說的筆法非常靈活，隨意揮灑，不受限制，在文體上縮小了與散文和詩的距離。如成仿吾的《一個流浪人的新年》，寫一個旅居海外的青年在新年前後的寂寞無聊，終至懷疑起人生的目的。作者有意淡化情節，主要寫一種心緒和感想：無論身處鬧市還是與朋友一起守歲，流浪人只感到孤冷。因其行文灑脫自如，郁達夫曾讚譽它是「一篇散文詩，是一篇美麗的Essay（隨筆，小品文）」⑱。創造社的小說和散文有時的確難分彼此界限，一篇作品既能入小說集，又可進散文選。楊義說它們「不講情節，不設高潮，隨意著筆，甚至幾無剪裁，想發議論便發議論，想作抒情便抒情，想寫風景不妨寫風景，想寫心情且來寫心情」⑲，總之，相當程度上是用寫散文的筆法來寫小說。當然，小說的散文化並不是說寫小說可以隨意著筆。相反，它格外地需要發掘詩意來彌補內容上可能出現的空疏。所幸浪漫派小說家不重視情節的一個積極成果，是有了空餘的心力來追求詩意的美，使小說單純而不單薄。如郁達夫的小說《青煙》，主人公對燈冥想，眼前幻化出自己二十年後的一幕家破人亡的悲劇，表達了人生如青煙的感受，就很有蘊藉的詩味。陶晶孫是創造社早期成員，他的小說對話精巧，語調別致，善於展現微妙的心態。代表作《木犀》以神秘醉人的木犀香潮為暗線，串起了一個少年與其年輕漂亮的女先生脫俗而淒涼的戀愛故事。他們倆相見時臉熱心跳，分別時惆悵若失，關係還未明朗，就遭到輿論的反對。最後女先生沒等到相約再見時就死了，讓素威年年聞著木犀的香潮，作他「怪美的時候的回想」。這顯然也具有簡約含蓄的詩的素質。浪漫派小說的情節簡單，生活容量不大，但由於包含了詩的因素，就顯得醇厚而有了餘味。散文化和詩意的美，正是浪漫派小說的第三個風格特徵。

題材的切近自我，主觀抒情為主的寫法，散文化結構及詩的意味，構成了浪漫派小說的新鮮風

---

⑱ 郁達夫：《一個流浪人的新年・跋》，《創造》季刊第一卷，第一期。

⑲ 楊義：《中國現代小說史》第一卷，人民文學出版社一九八六年九月版，第五四二頁。

格。這些特點與現實主義小說的客觀敘述、典型塑造、強調性格衝突及佈局嚴謹相區別，表明經過五四浪漫主義作家的努力，一種新的小說體式誕生了。

## 三

需要指出的是，五四浪漫主義思潮緊隨現實主義思潮而起，兩股大潮互相激盪，形成了五四文壇的壯觀景象。在這一過程中，雙方互有影響，但總的看，浪漫主義者的流派意識更強，浪漫主義思潮的來勢更猛，其影響超出了創造社的範圍，波及了整個文壇，甚至滲透進現實主義的創作群體。鄭伯奇說：「在五四運動以後，浪漫主義風潮的確有點風靡全國青年的形勢，狂風暴雨差不多成了一般青年日常口號。當時簇生的文學社團多少都帶有這種傾向。」[50]這的確是一個浪漫主義思潮發展的黃金時代。

具體地說，五四浪漫主義思潮以創造社為核心，主要輻射到了以下幾個創作群體。

一是幾位女性作家。廬隱從問題小說起步，很快就轉向自敘傳的寫法，這與浪漫主義思潮風靡文壇的情形是相吻合的。廬隱是文學研究會成員，她的文學主張卻與創造社相近。她認為「文學創作是重感情，富主觀，憑藉於剎那間的直覺，而描寫事物，創造境地；不模仿，不造作，情之所至，意之所極，然後發為文章。」[51]又說：「創作者當時的感情的衝動，異常神秘，此時即就其本

---

[50] 鄭伯奇：《中國新文學大系・小說三集導言》，上海良友公司一九三五年版。

[51] 盧隱：〈著作家應有的修養〉，收入《東京小品》，北新書局一九三五年九月初版。

色描寫出來，因感情的調節，而成一種和諧的美，這種作品，雖說是為藝術的藝術，但其價值是萬不容否認的了。」[52]盧隱喜歡用書信體，長於展現女性的內心苦悶和憧憬，那種主觀抒情的寫法，原是與她的文藝觀一致的。另一個受到浪漫主義思潮影響的女作家是沅君。沅君最初的作品發表在《創造》季刊和《創造週報》上，她還熱烈稱讚郭沫若《漂流三部曲》裡的〈十字架〉一節：「覺得作者的熱情，直像正在爆發時節的火山，凡在他左近的東西，都要被融化了。」[53]她的前期小說，也充滿了這種熾熱的情感。魯迅解釋《卷葹》的題名說：「卷葹是一種小草，拔了心也不死」[54]。沅君自己在書名下的題記是：「搗麝成塵香不滅，拗蓮作寸絲難絕」，都點出了《卷葹》的主題，那就是用生命作賭注反抗封建勢力對婚姻的干涉和阻攔。在五四作家中，描寫女性戀愛心理之細膩清澈，表達女性的個性解放、戀愛自由的要求之強烈，沅君首屈一指。她要比盧隱少些悲哀，多些抗爭的精神。正是這些方面，再加上她採用的便於抒發主觀激情的第一人稱或書信體的寫法，構成了她前期小說的浪漫抒情的傾向。楊義因此認為《卷葹》雖被魯迅編入「烏合叢書」，「但從它的浪漫主義抒情傾向來說，也許作為『創造社叢書』更為諧調一些。」[55]

女性作家在五四時期捲入浪漫主義的潮流，除了受到個性主義的時代風尚和創造社的影響外，當然還與女性的角色和地位有關。女性的感情細膩，對於愛情婚姻問題特別敏感，而幾千年來壓在

---

[52] 盧隱：〈創作的我見〉，一九二一年七月《小說月報》第十二卷，第七號。

[53] 淦女士：〈淘沙〉，一九二四年三月五日《晨報副刊》。

[54] 魯迅：《中國新文學大系・小說二集導言》，上海良友公司一九三五年版。

[55] 楊義：《中國現代小說史》第一卷，人民文學出版社一九八六年九月版，第二七八頁。

女性身上的枷鎖又特別沉重，所以她們爭取個性解放的困難更大，內心的悲哀也往往格外沉重。當悲哀襲來，哪還顧得了冷靜的思索，所以廬隱等用淚水或憤火寫成主觀色彩很濃、感情顯露的浪漫小說，是毫不足怪的。

第二個群體是文學研究會的一些成員。王以仁參加文學研究會，但他承認自己受郁達夫的影響很深：「你說我的小說很受達夫的影響；這不但你是這般說，我的一切朋友都這般說，就是我自己也覺得帶有郁達夫的色彩的。」㊺郁達夫也很賞識他的才華，在王以仁失蹤後，還特地撰文「打探詩人的消息」。王以仁的作品不多，《孤雁》是由六封書信連綴成的中篇，內中的漂泊身世和苦悶心境的展露，都可看出郁達夫的影響來。如果以發展的眼光看，連文學研究會的一些主要作家也是先以浪漫的風格在文壇上嶄露頭角，然後才轉向現實主義的。葉聖陶早期的創作方法較為雜駁，但一個明顯的主題是借藝術的直覺來表達「愛」和「美」的理想。他說，文藝家「以直覺、情感、想像為其生命的源泉」，「柏格森以為唯直覺可以認識生命之真際，我以為唯直覺方是文藝家觀察一切的法子。」㊼這一時期他的作品寫生活的觀感和印象，蒙上了一層虛幻的輕紗，帶有用主觀理想掩飾現實矛盾的浪漫傾向。當然，他的嚴謹作風和平民主義立場，使他很快走上「為人生」的現實主義道路。王統照轉向現實主義的過程更為曲折一些。他早期的小說與其說是反映人生世相，還不如說是借人生的「材料」來表現自我。《沉思》寫女模特的真和美難見容於現實人生中的醜惡和偽

㊺王以仁：〈我的供狀——致不識面的友人的一封信〉，一九二六年二月十日《文學週報》第二一二期，收入《孤雁》作為「代序」。
㊼聖陶：〈文藝談・九〉，〈文藝談・十〉，一九二一年三月二十五日、二十六日《晨報副刊》。

善，《雪後》寫軍閥戰爭毀壞了孩子心中的美的殿堂，《微笑》歌頌愛拯救了墮落的靈魂。這些作品，用現實主義的原則衡量，都是膚淺甚至缺乏真實性的，但從自我表現的角度看，它們寫出了作者對人生的真切感受和內心的美好理想，在新文學初創期具有不可抹殺的意義和價值。

第三個群體，是一些稍為後起的文學社團。它們多少受到創造社的影響，成了浪漫主義思潮的重要一翼。如淺草——沉鍾社的林如稷，他的《將過去》被魯迅收入《中國新文學大系・小說二集》，但主人公天南地北尋找夢境而不可得，充滿悲苦彷徨的情緒，更接近創造社的風格。他的作品大多運用時空交錯、意緒紛呈的手法，在自我表現的基調中加進了一些現代派的色彩。沉鍾社寫小說成就較大的是陳翔鶴。他的小說多以C君為主人公，帶有明顯的自敘傳性質，顯然是受了郁達夫的影響，只不過他描繪內心苦悶沒有郁達夫那樣大膽。宣稱「我乃藝術之神」的胡山源，原是彌灑社的骨幹，他的作品致力於優美，魯迅批評他「要舞得『翩翩回翔』，唱得『宛轉抑揚』，然而所感覺的範圍卻頗為狹窄，不免咀嚼著身邊的小小悲歡，而且就看這小悲歡為全世界。」㊳他的《睡》寫得很別致，把幾種不同的睡態速寫連綴起來，簡約而富有詩意。「湖畔」詩人寫優美的自然景觀，可愛的少女和純真的戀情，也洋溢著清新的浪漫氣息。他們與創造社沒有直接關係，倒是受周作人等人的大力支持。不過周作人為《蕙的風》辯誣，是基於人道主義的觀念來肯定情詩的正當地位，其性質與他為《沉淪》辯護是相同的，都具有打破陳腐之見的意義。

比較特殊的是新月詩派。就新月詩派的主導傾向而言，也具有從主觀內面來表現人生體驗的特

㊳魯迅：《中國新文學大系・小說二集導言》，上海良友公司一九三五年版。

點，尤其是在前期，可以說與浪漫主義思潮有很深的關係。聞一多詩的沉鬱熱烈的感情，徐志摩詩的浪漫柔情，朱湘詩的優雅感情和婉轉音調，以及他們強調美、理想、情感、想像在詩歌創作中的作用，與浪漫主義是一致的。就連後來大反浪漫主義、提倡古典主義的梁實秋，在他的青年時代也不乏浪漫的情思。他的詩《荷花池畔》發表在《創造》季刊第一卷第四期，表達了青年人的浪漫鬱憂。他的《草兒評論》比較全面地反映了他當時對新詩的看法，即「藝術品所祈求的是美」，「詩的主要職務是在抒情」。這種情感至上、為藝術而藝術的觀點，深得郭沫若的贊許。郭沫若看到《草兒評論》後還特地從東京寫信給他和聞一多，說讀了文章像是在盛夏喝了一杯冰淇淋。當然，新月詩派影響之大，使人很難用「浪漫主義」加以範圍。事實上，它代表了新詩從直抒胸臆到重視形式規範的發展趨勢，在新詩史上獨樹一幟，作出了特殊的貢獻。

上述情形表明，五四浪漫主義文學思潮遠遠超出了創造社的範圍，各文學流派或多或少受到了它的影響。這種影響與各流派的傾向和作家詩人的主觀條件結合起來，又表現為各具個性的創作風格，由此構成了五四浪漫主義思潮的豐富內涵。這種影響的廣泛性是時代造成的，但也跟青年的心理特點有關。「五四」是青年自我意識較為普遍地覺醒的時代。尤其是文藝青年，他們充滿浪漫諦克的幻想，可又常常幻想破滅而陷於痛苦和失望的深淵。他們心中正有苦悶和憧憬需要表達，浪漫主義的「自我表現」很自然地成了他們喜歡的藝術表現方式。事實上，「自我表現」不僅順應了這些人單純的情緒衝動，掩蓋了他們入世不深、閱歷不廣，難以用客觀寫實的方法展現人生世相的弱點，而且也成了他們體驗主觀自由，在想像中實現自我價值的一條方便途徑。時代因素和青年的心態產生共鳴，使「自我表現」和帶有「自我表現」傾向的創作風格在五四文壇風靡一時，成為一種文學的時尚。

# 四

在這一文學時尚中，魯迅處於十分獨特的地位。魯迅的文學道路是從浪漫主義開始的，後來隨著思想的成熟，他明白單憑熱情不足以從根本上改造社會，於是便轉向了現實主義。但他轉向現實主義後，並沒有否定和拋棄浪漫主義的精神，相反，他將重主觀、重個性、重自我表現的浪漫主義精神融彙進了現實主義，使他的現實主義具有鮮明的個性特色。

《故鄉》和《社戲》取材於魯迅個人的經歷。前者在刻畫閏土性格變化、控訴社會黑暗的同時，抒發了魯迅自己離鄉的落寞情懷，對閏土的深厚同情和對未來的希望。《社戲》則寫魯迅記憶深處的童年樂事，在孩子氣的遊戲裡表現了未被扭曲的童心，寄託著他對健康人性的嚮往。這兩篇從取材到主要人物的內心感受都是魯迅自己的。

《在酒樓上》、《孤獨者》、《傷逝》，描寫知識分子夢醒後無路可走的悲劇。魯迅批評主人公身上的種種弱點，可他們內心的那種沉重感，那種奮鬥後得不到理解的寂寞，為堅持理想而體驗到的痛苦，也是魯迅自己的。魯迅經常談到「寂寞」、「無聊」、「彷徨」，就說明他是痛苦地經歷了這種人生後才來創作，在這些人物身上，注入了他個人的情感體驗。

《狂人日記》屬於另一種類型。它代表了魯迅從早年的傾向於浪漫主義轉向後來的現實主義這一過渡時期的藝術特點，那就是它的自我表現色彩很濃，但表現的主要不是自我的情感，而是魯迅對歷史和現實的理性思考。作品揭露禮教吃人，呼籲「救救孩子」，這些精闢的思想，深刻的批判，通過變形和偽裝的技巧，轉化為狂人的語言，而彼此又保持了定向暗示的關係，使人可以由此及彼，從狂人的話語中領會到魯迅的意思。因而狂人絕不是某類瘋子的典型，而是魯迅自我思想的藝術表述。

魯迅以落後群眾為描寫對象的小說，如《阿Q正傳》、《藥》、《風波》等，完全是寫實的。魯迅用犀利的手術刀解剖這些人物，「意思是在揭出病苦，引起療救的注意」，作者自我表現的因素很少。但必須注意，魯迅這裡所憑藉的理性武器不是外加於他的現成思想，而是他從自己的感性人生中凝聚起來的真理。他是先沉痛地感受到中國封建文化的腐朽和民眾思想的痳木，然後才從西方文化中吸取了個性主義思想和反抗精神，通過藝術實踐，開啟了中國啟蒙主義文學的先河。這意味著，魯迅的創作活動雖然受到了西方文化的重大影響，但歸根到底是從他對中國現狀的深刻感受出發的。這使《阿Q正傳》等作品雖然具有很強的理性批判精神，但是理性的背後有深沉的情感，有魯迅的知、情、意相統一的完整人格。基於個人對自我人格的充分自信，由情感引導理性探索的方向，這是自我表現因素存在於五四現實主義文學中的一種特殊方式，也是魯迅現實主義的力量所在。這裡，魯迅主觀情感因素分量很小，卻發揮了非常關鍵的作用：由於感情對舊的理性觀念和封建社會秩序是一種最活躍的否定力量，它不斷地變化發展，總在尋找新的理性原則來證明自己的合理性，因而包含這種感情內核的魯迅的理性精神，便有了批判舊文化、否定封建秩序的傾向，他的現實主義也就表現出批判現實主義的性質。由於情感是完全個人化的，因而魯迅的理性精神和批判現實主義方法具有鮮明的個性特徵。他的作品毫無說教的弊端，讀來能體驗到濃烈的人生況味。事實上，真正的現實主義都有作者得自生活的鮮新的情感體驗注入其中，而且內在的情感與理念處於水乳交融的狀態，由此形成作品的思想傾向，承擔起文藝的社會使命。可見真正的現實主義是不否定浪漫主義精神的；相反，它可以包容浪漫主義的個性、情感原則，使自己更有個性，更具藝術魅力。

現實主義中包含著自我表現的因素，這在五四文學中是一種相當普遍的現象。冰心致力於宣揚她的三位一體的愛的哲學，許地山小說顯示了宗教化的人生觀，葉紹鈞描寫小學教員的艱難處境等等，無不體現了作者的思想傾向和人生追求，無不包含著他們夫子自道的成分。正因為如此，五四文學才呈現出各種流派和風格爭奇鬥豔的繁榮局面。

最後需要說明的是，直到二十世紀八〇年代還常在「自我表現」問題上引發爭議，可「自我表現」是五四浪漫主義文學最基本的風格要素卻是不容置疑的事實。看來關鍵還是如何認識「自我表現」對於五四文學的意義。一般地說，「自我表現」不僅是一種處理藝術與現實關係的原則，而且也是一種人生態度。當從人生態度意義上來理解它時，當然須要求它與進步的歷史觀協調起來，否則就有可能走向極端個人主義和歷史虛無主義。如果從極端個人主義出發，把自我與社會隔絕，與歷史的方向對立起來，只一味地向內發掘自我的潛意識，自然會給文藝帶來負面的影響。五四文學並非毫無這種消極的現象，但總體上它卻是與歷史的發展取了同一步調的。這裡的原因，主要是「五四」是一個特殊的歷史時期，而五四作家大都又採取了進步的立場。

五四時期的新舊過渡的性質，使先驅者以矯枉過正的態度對傳統文化加以全面抨擊。這是由封建禮教對人的思想長期禁錮所造成的一個反彈，是思想解放運動所必須採取的一種激進形式。很明顯，那時必須先打倒封建的權威，才能從時代的高度科學地評價和吸收傳統文化的精華。在封建勢力還相當強大，封建觀念還根深蒂固之際，就來提倡客觀地對待傳統，那只能步清末洋務派「中體西用」的後塵，回到復舊的老路上去。正是由於這個原因，魯迅才主張青年多讀西洋書，少讀甚至不讀中國書，而胡適帶頭整理古典文化遺產，當時卻被視為倒退的行為。在這樣特殊的歷史條件下，五四作家表現自我，肯定情感的價值，打破形式的束縛，哪怕出於最狹隘的爭取個人自由的動機，也是合乎歷史要求的進步行為，有利於清除重理抑情的封建意識。那怕是他們在某些問題上採取了虛無主義的態度，也因為那些東西理該被歷史地否定而具有了某種合理性。事實上，大部分五四作家並非完全如此。他們生活在光明與黑暗的交戰中，其個性解放的要求已經延伸到了社會的領域。他們主張破壞一切偶像，目的是為了「創造一個光明的世界」，否定中包含著肯定，批判中蘊藏著理想。他們崇尚自我、張揚個性，可並沒有因此忘記國家前途和民族命運，相反，在他們的意識深處是把「自我」、「個性」與國家、民族的未來連在一起的。郭沫若說：「人生的苦悶，社會的苦悶，全人類的苦悶，都是血淚的源泉，三者可以說是一根直線的三個分段，由個人的苦悶可以反射出社會的苦悶來，可以反射出全人類的苦悶來。」㊾這段話雖是有感而發，但卻清楚地表明了郭沫若那時的創作雖然專在個人的抒情，但他的苦悶是與社會乃至人類相通的。就連不少人認為是頹廢派的郁達夫，一九二七年在接受日本記者採訪時也表示：「我的消沉也是對國家，對社會的。現在世上的國家是什麼？社會是什麼？尤其是我們的中國？」這一連串的反問，表明他個人的傷感情緒中包含了憂國傷時的內容。他的一些優秀之作，也確是從感傷的抒情轉向對黑暗社會的批判，表達對民族未來的期望。其實，浪漫主義者所理解的「個人」，還沒有達到與社會群體絕對

㊾郭沫若：《文藝論集·論國內的評壇及我對於創作上的態度》，人民文學出版社一九七九年九月版。

地隔絕甚至對立的程度；強調「個人」，只是要求在群體中保持自己的鮮明個性，爭取個人的自由和自主權利的意思。因此，浪漫主義者的自我表現，註定有它的社會性一面，包含著一定的社會內容，只是他們的藝術出發點與現實主義者有所不同乃至相反罷了。但最終的目標卻是一致的，那就是追求人類充滿希望的未來。因此，浪漫主義「自我表現」的積極意義是不能輕易否定的，尤其是對於五四浪漫主義。

## 第五節　從蘇曼殊到郁達夫

五四浪漫主義思潮對於二十世紀初萌芽狀態的浪漫主義是一個突破，一次質的飛躍。這從一個側面，即從郁達夫的浪漫抒情小說對於蘇曼殊小說的超越，即能窺見一斑。

郁達夫的小說並非師承蘇曼殊。他主要是受時代的洗禮，把五四精神融注進小說，使這些小說在思想內容和浪漫風格方面都表現出不同於蘇曼殊小說的特點，顯示了浪漫主義文學的重大發展。

就思想內容而言，從蘇曼殊到郁達夫，浪漫抒情小說的發展可以概括為加強了反封建的力度。這最集中地體現在郁達夫對自我的大膽暴露上。蘇曼殊總是把男女戀情純化到詩意的境界，傾向於逃避現實，諱飾情慾，或乾脆以遁入空門來標榜自己的高潔，充滿了和尚氣。郁達夫則絲毫不考慮感情的節制、情慾的掩飾，總是毫無顧忌地展示靈肉衝突，把心靈中最隱秘、最卑微的慾念公之於眾，甚至誇張頹廢，硬是想像出種種變態的念頭和舉動。其中最驚世駭俗、最易引起爭議的，是他關於性意識、性體驗的描述。

性，在封建時代原是個最骯髒、最禁忌的字眼，人們歷來諱莫如深。道學家們，如魯迅《肥皂》裡的四銘之流，對此採取了極為虛偽的態度：表面上道貌岸然，骨子裡卑鄙無恥。這種表裡不一的風尚反映了封建道德觀念箴視人性的虛偽本質。可是郁達夫從人文主義的思想觀念出發，把性視為人的一種天性，通過其被扭曲的故事，表達對黑暗社會、習俗偏見的控訴。於是性意識的描寫，在郁達夫的筆下，便成了一種文學因素，昇華為精神的東西。只要是心理健全的人，也即周作人所謂的「受戒者」去讀《沉淪》，感到的必定是主人公內心的創痛和我們民族的悲劇。按周作人的意見，《沉淪》最多算不端方的文學，而絕不是不道德的文學⑥⓪。人文主義思想使郁達夫確立了新的道德觀，使他對自我暴露的方式充滿道德上的自信，因此他不怕敞開自己的心靈，絲毫沒有對某些慾念想加以掩飾的企圖。

當然，僅僅具備了一種新的道德觀念，在與強大的封建勢力對陣中還是會敗北的。因為這種道德觀念本身就很可能被侵蝕，慢慢地蛻化變質，就像魏連殳最終只能隨俗，躬行以前他所反對的一切，變成了一個操在鄉鄰手裡的木偶。郁達夫所以能我行我素，置一切人格誣箴與道德責難於不顧，堅持自我暴露的寫法，一個很重要的原因是他有個性意識作為心理支撐。個性意識是人文主義思想的現代化，它主張自我擴張，承認人有弱點和缺陷，因而只求活得真誠，不指望壓抑自我而成為合乎某種道德教條的完人。這樣，它就有效地削弱了腐朽的道德原則對人的束縛。郁達夫在「世

⑥⓪周作人：《自己的園地．《沉淪》》，嶽麓書社一九八七年七月影印本。

紀末的思想中」發現了「自我」，明白要把自我「守住擴張下去，與環境對抗著」㉑。這種強烈的個性主義精神，使他只注重自我價值的實現，而有勇氣置道學家的陳辭濫調於不顧。

郁達夫的自我暴露還與他「唯真唯美」的文藝思想有關。如果說在真實性的問題上，現實主義強調的是藝術地再現生活的真實，要求對素材進行提煉，使之典型化，那麼，浪漫主義追求的則是表現內心的真誠。所以當郁達夫說「藝術的價值，完全在一個真字上」時，他主要是指藝術家要將自然「天真赤裸裸的提示到我們的五官前頭來」，「沒有絲毫虛偽假作在內」㉒，因而他特別聲明：「世人若罵我以死作招牌，我肯承認的，世人若罵我意志薄弱，我也肯承認的，罵我無恥，罵我發牢騷都不要緊，我只求世人不說我對自家的思想採取虛偽的態度就對了。」他把感情的真實當作藝術的最高準則和美的前提，因而「心境是如此，我若要辭絕虛偽的罪惡，我只好赤裸裸地把我的心境寫出來。」㉓

總而言之，郁達夫敢於自我暴露，是因為他有人文主義思想、個性意識和反傳統詩教的美學原則的支持。這些思想武器在蘇曼殊的時代已開始引進，但還來不及產生廣泛的影響。只有經過五四思想啟蒙以後，它們才能被像郁達夫這樣首先從傳統裡比較徹底地解放出來的知識分子所自覺運用。因而，雖說郁達夫小說筆觸略顯浮露，有時情調也過於頹廢，但毫無疑問，他表現了不加掩飾的情感真實和反封建的徹底性，這是蘇曼殊所望塵莫及的。更進一步說，這些缺點，在「五四」這個自由解放的時代，一定程度上反而成了反封建的優點，成了郁達夫抒情風格不可或缺的因素。眾

---

㉑ 參看郁達夫：〈蜃樓〉，《郁達夫全集》第二卷，浙江文藝出版社一九九二年十二月版。

㉒ 郁達夫：〈藝術與國家〉，一九二三年六月二十三日《創造週報》。

㉓ 郁達夫：〈寫完了《蔦蘿集》的最後一篇〉，一九二三年十月十八日《中華新報・創造日》第八六期。

所周知，正是在反封建的意義上，郭沫若曾大聲地讚揚郁達夫的小說：「他那大膽的自我暴露，對於深藏在千百萬年的背甲裡面的士大夫的虛偽，完全是一種暴風雨式的閃擊。」⑭

然而歷史總是在曲折中前進的。新文化運動喚醒了青年，讓他們有了個性解放、戀愛自由的要求，也讓他們嚐到了覺醒後無路可走的苦處。廬隱、沅君等人筆下的人物，那種大膽追求自由、愛情的精神和追求過程中的焦躁不安、痛苦煩悶的情緒，就是這一新舊交替時代中青年們複雜情感的流露。郁達夫除了受這種時代因素的影響外，還有他個人的特殊情況。他家裡有舊式妻子，成了他追求自由的潛在的心理負擔。他東渡日本留學，正當人生的「浪漫抒情的時代」，但為弱國子民的身分所累，哪裡去尋找愛情？再加上他感情纖敏，使他在大膽叛逆的同時嚐到了更濃烈的苦味。用他自己的話說：「眼看到故國的陸沉，身受到異鄉的屈辱，與夫所感所思，所經所歷的一切，剔括起來沒有一點不是失望，沒有一處不是憂傷，同初喪了夫主的少婦一般，毫無氣力，毫無勇毅，哀哀切切，悲鳴出來的，就是那一卷當時很惹起了許多非難的《沉淪》。」⑮因而，感傷情調成了郁達夫早期小說一個非常重要的風格要素。這些小說基本上就是寫情感的失落，幻美的破滅。比如《南遷》，主人公從小就憂鬱厭世，在醫院裡愛上了一個日本少女，可感情尚未明朗，便遭到情敵的中傷，而死神也很快降臨到他的身邊。比較起來，蘇曼殊小說也是感傷的，但同是感傷，蘇曼殊是在虛幻美麗的愛情之夢中徘徊，以遁入空門來標榜自己超脫了塵世，而郁達夫直訴得不到愛情的苦

---

⑭ 郭沫若：《論郁達夫》，《郭沫若全集》第二十卷，人民文學出版社一九九二年版，第三一七頁。

⑮ 郁達夫：〈懺餘獨白〉，《郁達夫全集》第五卷，浙江文藝出版社一九九二年十二月版，第五四二頁。

悶，感傷中自有人的精神活著，表達的是五四青年追求愛情的執著和因追求艱難而生的幻滅之感。

郁達夫寫淒迷的月色，朦朧的樹影，蕭瑟的秋風，斷魂的遊子。但他沒有像蘇曼殊那樣，囿於個人狹小的天地，把自己封閉起來，而總是把個人的哀愁與家國之思相調和，使個人的情感有了較為充實的社會內容，也使家國之思染上了個人哀傷的色彩。《沉淪》裡有郁達夫作為弱國子民的痛切體驗。作品寫了一個悲劇性的故事，但作者把個人命運和祖國的命運連結起來，暗示了由於祖國貧弱而使其兒女受苦的主題，在個人傷感的調子中寫出了我們民族的不幸。《茫茫夜》更為粗俗些：於質夫從日本回國，目睹軍閥當道，政治黑暗，覺得「茫茫的長夜，耿耿的秋星，都是傷心的種子」，意志脆弱的他便因而採取了自暴自棄的態度，去妓女那裡尋求同情和麻醉。作品的情調過於頹廢，但頹廢中又包含著對黑暗社會的含淚控訴。郁達夫在論及現代散文時曾說：「作者處處不忘自我，也處處不忘自然與社會。就是最純粹的詩人的抒情散文裡，寫到了風花雪月，也總要點出人與人的關係，或人與社會的關係來，以抒懷抱；一粒沙裡見世界，半瓣花上說人情，就是現代的散文的特徵之一。」[66]這裡說的雖是散文，然而也可以拿來當他自己主張人性、社會性與大自然相調和的創作宣言來讀。很明顯，從蘇曼殊慨歎身世，一般地詛咒人間不平和人心險惡，到郁達夫由個人悲哀引向對社會的控訴，表達對祖國命運的關注，這反映了五四作家內在情感世界的擴大和他們與人生的接近，因而作品的社會意義也就增強了。

若從藝術方面看，郁達夫對於蘇曼殊小說的發展在於進一步趨向主觀化的表現，這是與他上

---

[66] 郁達夫：《中國新文學大系・散文二集導言》，上海良友公司一九三五年版。

述大膽的自我暴露這一創作態度密切相關的。在新舊交替的時代，人們擺脫了禮教的束縛，精神處於昂奮之中，一般都有表現自我的強烈慾望。而人的價值一旦得到尊重，這種自我表現也就有了可能。因此，從近代到現代，文學發展的一大趨勢便是順應社會心理的這一變化，把描寫的重點從外部世界移到了人的自我和心靈。郁達夫由他的浪漫氣質和重主觀的美學思想所決定，小說的主觀色彩也就比同時代的作家更為強烈。

郁達夫信奉「文學作品，都是作家的自敘傳」，他筆下的人物不論冠以什麼名字，其實都是他自我形象的寫照。這些人物一以貫之的孤獨內省、憂鬱敏感的性格氣質與他簡直同出於一個模子，甚至連一副清瘦的外貌也彼此酷似。但同樣是取材於自我經歷，蘇曼殊小說情節性強，多表現青年男女的情感糾葛，側重於寫人物的遭際命運；而郁達夫的小說則是更為貼近心靈的，一味地表現自我的心境。這種寫法，顯然已經不是蘇曼殊小說那種傳奇的形式所能勝任的了，它要求採用新的結構方式。郁達夫的方法是通過「我」主觀地把握人生，注重內省，以情緒之流組織篇章，讓零碎的事件在主人公的情緒流上連接起來。主人公的內心苦悶和自卑膽怯雖然是由環境的壓迫所致，但環境的壓力並不體現為具體的衝突，只是作為一種氛圍存在於人物的心理感覺中。因此，讀郁達夫的小說，幾乎很難讀出錯綜的人物關係、曲折的情節和複雜的場面描寫。使人樂於回味的，一般只是「自我」心靈律動和情緒起伏所構成的節奏和韻味，以及染上了情緒色彩的優美的寫景片斷。有些小說甚至徹底打破了與散文的界限，用散文筆法寫小說，沒有情節，只有悠遠的情思和深沉的慨歎。如《懷鄉病者》僅記下於質夫在黃昏殘照當中獨坐於小樓時的遐想，一絲懷鄉的愁緒，幾聲無奈的歎息，寫盡了天涯遊子孤獨的心境。此類作品調子是低沉的，但郁達夫通過淡化情節，直接地切入了「自我」的心靈，其濃郁的抒情味是蘇曼殊小說的寫實結構所難以容納的。

蘇曼殊一九一七年寫出最後一篇小說《非夢記》，郁達夫一九二一年發表《沉淪》，前後不過四年，但他們實際上是兩個時代的人物。從蘇曼殊到郁達夫，抒情小說已經沿著更為徹底的反封建和更為鮮明地傾向於主觀表現的軌跡發展到了一個新的階段。如果說蘇曼殊的小說在思想和藝術上還與古典小說和傳統文化保持著較多的聯繫，那麼郁達夫的小說在思想意識上則完全採取了反傳統的姿態，他的浪漫抒情不僅表現為人物氣度，而且成了作品的敘述原則，結構方法和語氣基調，成了藝術表現的靈魂，因而形式和內容、情調和表現手法之間取得了協調統一。這是一種真正浸透浪漫精神、富有時代特色的嶄新的抒情小說。這種小說的廣受讀者歡迎，反過來又可見出整個社會的思想觀念和審美趣味相對於二十世紀初已發生了極為深刻的變化，浪漫主義思潮的影響達到了前所未有的規模和力度。

## 第六節　局限與新變

一

五四浪漫主義思潮「異軍突起」，輝煌一時。可沒過幾年，郭沫若就宣布：「對於反革命的浪漫主義文藝」，「要取一種徹底反抗的態度」⑥⑦。以創造社的「轉變方向」為標誌，五四浪漫主義思潮迅速分化，不再能布成陣勢了。與西方十九世紀浪漫主義思潮相比，它只能算是一個來不及充分發育的孩子。這有兩層意思，一是它的範圍僅限於文學，而西方浪漫主義思潮幾乎波及文學藝術的所有領域，包括音樂、繪畫、建築等，都取得了劃時代的成就；二是不像西方浪漫派那樣擁有一批經典之作。西方浪漫主義文學，隨便檢視，就有歌德的《少年維特之煩惱》，拜倫的《唐璜》，雪萊的《西風頌》，濟慈的《夜鶯歌》和雨果的長篇巨著，都是具有典範意義的不朽名作。五四浪漫主義文學的成就，以郭沫若的詩、郁達夫的小說為最。郭沫若憑他的才氣，達到了他那個時代詩歌創作的最高水準，並且產生了深遠的影響，但他的詩只有作為五四時代的象徵才能最為充分地體現出它的價值，卻經不起時間的淘洗。今天重讀，雖能感受到這些詩的氣勢，卻再難引發當年那種強烈的共鳴。郁達夫的小說文筆圓熟，善於展現內心衝突和描寫景物，是浪漫抒情小說的佳作，可是格局偏小，氣魄不大，缺少震撼人心的力度，顯然也算不上具有世界意義的名著。郭沫若後來總結說：「他們所『創造』出來的結果，依然不外是一些具體而微的侏儒，劃時代的作品在他們的一群人中也終竟沒有產出！」⑥⑧這雖是他轉變方向後的看法，帶有徹底否定五四浪漫主義文學乃至整個五四文學的傾向，但創造社沒有創造出具有世界意義的文學作品卻是事實。

⑥⑦ 郭沫若：〈革命與文學〉，一九二六年《創造月刊》第一卷，第三期。
⑥⑧ 郭沫若：〈文學革命之回顧〉，《沫若文集》第十六卷，人民文學出版社一九六二年十一月版，第九九頁。

## 二

中西浪漫主義思潮的成就相差懸殊，其原因首先是中西浪漫主義者由於處在不同的文化背景和歷史發展階段而對創作採取了不盡相同的態度。西方有悠久的人文主義傳統，經過啟蒙運動，人文主義的傳統發揚光大，並且孕育了浪漫主義思潮。因而，西方浪漫主義者的個性解放乃至情感自由有一個理性精神的先導，他們在表現自我時一般都比較從容，比較重視情感的自然流露要合乎美的規律，比較重視藝術的技巧問題。歌德寫《浮士德》前後經歷了數十年，雨果的小說具有宏偉的結構，非常講究滑稽和崇高的對比與調和，這些都是苦心經營的結果，決不是單靠主觀激情的自主噴發所能做到的。中國五四浪漫主義者則大多沒有直接參與國內的新文化運動。他們是在國外接受西方現代文明，包括世紀末思潮的影響，解放了「自我」，才借五四啟蒙運動所開闢的文化園地來培植現代浪漫主義之花的。由於缺少了現代理性精神洗禮這一重要環節，他們的個性解放顯得十分峻急，優點是具有徹底反封建的精神，缺點是少了點從容自如的氣度，有時甚至過於浮躁，失了分寸，顯得離譜。這好像一個人長期受到束縛，一朝獲得自由，因缺乏思想準備和適應過程，反而會行動過火，舉止失措。這種狀況反映在文藝觀上，就是五四浪漫主義者極端的崇尚主觀，極端的主情主義，放逐了一切形式規範，蔑視任何藝術技巧。這使他們富有創新精神，在小說、詩歌、散文等文體上都有開風氣的功績，但最終還是妨礙了他們在藝術上取得更高的成就。

中西浪漫主義者創作態度上的這一差異及相應的影響，在抒情詩中表現得尤為明顯。這可以通過雪萊的《西風頌》和郭沫若的《天狗》、《鳳凰涅槃》的比較來加以說明。在西方浪漫派詩人中，歌德太博大精深，濟慈又太憂鬱，郭沫若不便與他們比較。夏多布里昂有從政經歷，華茲華斯反對法國大革命，兩人的思想傾向與詩風也與郭沫若相去甚遠。思想和藝術與郭沫若比較接近的是拜倫、雪萊、海涅和惠特曼。郭沫若曾說：「順序說來，我那時最先讀著泰戈爾，其次是海涅，第三是惠特曼，第四是雪萊，第五是歌德。」⑥⑨他沒有提及拜倫。海涅的影響則主要限於愛情詩中感傷委婉的情調，海涅後期政治性很強的詩歌，如《西里西亞織工》、《德國——一個冬天的童話》，他都沒有讀到。惠特曼的詩風是雄渾豪邁的，但它正好助長了郭沫若忽視形式、技巧的傾向。而雪萊的詩是豪放的，又是精美的，他的《西風頌》堪稱千古絕唱。因此拿它與郭沫若的《天狗》、《鳳凰涅槃》比較，可以看出詩歌創作中一些帶有規律性的問題，發現五四浪漫主義詩人在藝術態度上的偏頗。

《西風頌》共五節：

> 狂放的西風啊，你是秋天的浩氣
> 你並不露面，把死葉橫掃個滿天空，
> 像鬼魂在法師面前紛紛逃避，
> 焦黃，黝黑，蒼白，發燒樣緋紅

---

⑥⑨ 郭沫若：《郭沫若論創作・詩作談》，上海文藝出版社一九八三年六月版，第二一八頁。

遭瘟染疫的一大群：你把飛英
車載到它們幽暗的床第去過冬，
讓它們在那裡低低冷冷的躺下，
每一片都像屍首在墳裡發僵，
等你的春風青姊妹出來吹喇叭
喚醒沉沉的大地，成片成行，
把花蕾趕出來像放羊去吃草嚐新，
叫漫山遍野彌滿了活色生香：
你括遍了四處八方，豪放的精靈，
摧毀者又是保存者；聽啊，你聽！[70]

詩的第二節寫西風在高空攪得雲朵飛飄，「從凝固結實的氣流裡就會飛迸／黑雨同火花同冰雹」。第三節寫西風把地中海從它的夏夢裡攪醒，大西洋的萬頃波濤也為它開道，溝底的苔藻認出了西風的聲音，它們膽顫心驚。第四節是對前三節的綜合，又轉為「我」對西風的仰慕和申訴，最後一節是詩情的昇華——「冬天來了，春天難道會太遠？」

---

[70] 卞之琳譯：《英國詩選》，湖南人民出版社一九八三年三月版。

整首詩把狂放的西風、自由的精靈，那種驚天動地的磅礴氣勢寫得淋漓盡致。西風一面摧枯拉朽，一面又催促新生，可以說是雪萊反抗壓迫、爭取自由的精神的生動寫照。以自由的名義，雪萊祈求西風吹起他，像吹起樹葉，像雲，像海浪，甚至甘願「倒在人生的荊棘上！我遍體血污！」這種豪邁的氣概和西風狂放的形象互為表裡，其內在的激情自然地彙集到結尾的名句：「冬天來了，春天難道會太遠？」這是基於深刻的人生體驗，從血淚中孕育出來的詩篇，是寒冬降臨之際對於春天的懷想，是漫漫長夜中對東方一抹黎明的焦心期待，人的信念和堅毅精神包含在裡面，它的藝術生命是與人類生存必然會遇到的挑戰相始終的。

《女神》裡論氣勢堪與之相比的要數《天狗》。天狗鯨吞日月星辰，其狂放甚至超過西風。但《天狗》藝術上顯然難與《西風頌》媲美。《西風頌》想像瑰麗，色彩豐富，旋律激昂而富於變化，實際上它還是一首格律詩：「原詩格律每大節為十四行，易令人誤認為變體十四行詩，其實每大節都是道地的三行聯環體（terza rima，但丁《神曲》全部即用此體），韻式是aba，bcb，cdc，ded，ee……每行抑揚格五音步」[71]，可見它格律的講究。相比之下，《天狗》則粗糙多了。

《女神》裡論內容的豐富和結構的宏偉與《西風頌》相稱的是《鳳凰涅槃》。但不免令人遺憾，《鳳凰涅槃》也欠精煉。作者後來把「鳳凰和鳴」十五節刪成五節，就表明它原本就相當枝蔓，而刪定的版本也不見得能說已到了不能再刪字句的精煉程度。它常以前後左右、東南西北等外在方位作為結構的基礎，未能打破內外界限而使詩情呈現更為活潑的旋律。尤其是它停留於現實感

---

[71] 卞之琳譯注①，《英國詩選》，湖南人民出版社一九八三年三月版。

受的層面上，向黑暗的社會發出憤怒的詛咒，卻沒有充分展示鳳凰面臨生死選擇時的內心衝突。因而所謂的涅槃，成了一種預定的儀式，鳳凰樂於接受的註定會使他們獲得新生的一個過渡，這其實不包含多少真正驚心動魄的痛苦和恐懼，讀者也就無從真正體會鳳凰超越了痛苦和恐懼時的那種大喜悅。於是，「鳳凰更生歌」所展現的美妙景象終究缺少嚴冬過盡聞春雷的那種能淨化人的心靈的藝術力量。它的感染力其實還比不上《女神之再生》裡天崩地裂之後女神們唱出的「叮噹，叮噹，叮噹」的和平之音，那悅耳單純的歌聲，是劫難之後帶給人類的「新鮮的暖意」和永恆的祝福。總之，《鳳凰涅槃》是一首劃時代的詩，但它藝術上並不完美。朱自清沒有把它選入《中國新文學大系・詩歌集》，不是因為他缺少眼力。

問題出在哪裡？出在郭沫若太依賴才氣和感情的衝動來寫詩。他沒有用意志力把詩情蓄積起來，在詩情與形式的反覆激盪調適中，把詩情提煉得更為醇厚，也使形式變得更能體現出詩的內美來。他說讓激情自主噴發，結果失去了藝術上更趨完美的機會，也損害了詩情的內質。雪萊則有所不同。《西風頌》的構思和基本寫成，是在佛羅倫斯附近阿諾河沿岸的一個樹林裡。雪萊回憶道：「當日氣溫和煦，清新，而這場暴風正集聚水氣，傾瀉下秋雨。如我所預料，在日落時分，狂風大作，雨雹如注，伴隨了西薩爾濱地區特有的那種壯觀的雷電。」[72]他目睹雷電交加，狂風大作，體驗到了生命力的飛揚。他把這種激情轉化成西風的形象，把這一形象錘煉得異常鮮明，省去了一切多餘的細節，突出了它的狂放豪邁的性格，從而使詩情與形式取得高度協調。這一切，除了才氣，

[72] 雪萊：《西風頌》自注，見卞之琳譯《英國詩選》《西風頌》注①，湖南人民出版社一九八三年三月版。

顯然還需要在反覆涵詠中尋找最佳的噴發口，絕不是讓詩情自由噴發所能做到的。

其實，郭沫若的《女神之再生》，包括另外兩個詩劇《湘累》和《棠棣之花》，是在他剛剛譯完《浮士德》第一部以後創作的。除了詩劇的形式是受《浮士德》的影響，詩歌的風格也因翻譯《浮士德》而起了變化。他自己說：「假如說惠特曼解放了我，那便是歌德又把我軟禁了起來，我在民八的暑間曾經翻譯了《浮士德》，使我剛解除鐐銬的心靈，又帶上了新的枷鎖。」[73]又說，「翻譯了《浮士德》對我卻還留下了一個很不好的影響。我的短短做詩的經過，並有三四段的變化。第一段泰戈爾式……第二段是惠特曼式……第三段便是歌德式了，不知怎的把第二時期的熱情失掉了，而成為韻文的遊戲者。我開始做詩劇便是受了歌德的影響。」[74]他對這種影響持保留態度，可讀者不應該抹殺它的正面意義。歌德從狂飆時期轉向古典時期，既保留了先前的激情和幻想，又開始重視形式的重要性。他認為「材料是每個人面前可以見到的，意蘊只有在實踐中須和它打交道的人才能找到，而形式對於多數人卻是一個秘密。」[75]歌德提倡的古典主義完全不同於新古典主義，它是指內容的充實健康，形式的「通體完善」。他特別指出：「如果形式特別是天才的事，它就須是經過認識和思考的；這就要求靈心妙運，使形式、材料和意蘊互相適合，互相結合，互相滲透。」[76]他寫作《浮士德》，為了一個韻腳，一個場景的安排，長期地反覆思考，不斷

[73] 郭沫若：《郭沫若論創作・序我的詩》，上海文藝出版社一九八三年六月版，第二一四頁。
[74] 郭沫若：〈創造十年〉，《沫若文集》第七卷，人民文學出版社一九五八年版，第六七至六八頁。
[75] 歌德：〈關於藝術和格言的感想〉，轉引自《朱光潛全集》第七卷，安徽教育出版社一九九一年版，第八三頁。
[76] 歌德：〈《東西合集》的注釋〉，轉引自《朱光潛全集》第七卷，安徽教育出版社一九九一年版，第八三頁。

修改，直到滿意為止。《浮士德》這種形式上的嚴謹給予郭沫若的影響，就是一定程度上糾正了郭沫若早期創作完全忽視形式的毛病。因此，《女神之再生》中那悅耳的晨鐘、含蓄的激情所擁有的藝術感染力，原有歌德的一份功勞在內。郭沫若從他自己的浪漫主義立場出發，忽視了這種積極作用，說明他接受歌德的影響還沒有完全自覺，因而沒能沿著這一方向繼續不懈地努力，這時加上他的詩情開始冷卻，創作的成績和水準反而下降了。

至於郁達夫等人的抒情小說氣魄不大，則另有原因，主要是與日本文壇的影響有關。創造社成員主要是在日本接觸西方文化的。當時日本「大正」文壇正流行西方的浪漫主義、象徵主義、表現主義、唯美主義、未來主義等多種文藝思潮，而且通過創作對這些思潮作了改造。如「大正」文壇流行的唯美主義在理論上與西方的唯美主義相當接近，但日本的唯美主義文學卻與西方的不盡相同。在西方，唯美主義是以反自然主義的姿態出現的，當這兩種思潮相繼進入日本，對日本作家同時發生影響時，日本的唯美主義文學就染上自然主義的色彩。像永井荷風、谷崎潤一郎等日本唯美主義作家，在理論上接受了王爾德等「藝術至上」的觀點，創作卻表現出自然主義的傾向，醉心於感官刺激和女性官能美的瑣細描繪。這也就是郁達夫所說的，「那時自然主義的流行雖已經過去，人道主義正在文壇上氾濫，但是短篇小說的取材與式樣，總還是引自然主義的末流，如寫身邊雜事，或一時的感想者為最多。」⑰創造社成員與日本的唯美主義作家交情不淺，如郁達夫與佐藤春夫，張資本與永井荷風，又處在這樣的文學氛圍中，所以他們在接受西方浪漫主義的影響時，也感

⑰ 郁達夫：《林道的短篇小說》，一九三五年四月十日《新中華》月刊第三卷，第七期。

染上了日本唯美主義的色彩。他們的作品缺少西方浪漫主義所具有的開闊視野、陽剛之氣，卻喜歡去寫身邊瑣事，甚而頹廢的衝動，幻美的追尋，靈的喊叫，肉的沉溺，藝術天地比較狹小，這正是受日本唯美主義影響的表現。

## 三

如果把五四浪漫主義思潮沒能取得更大成績的責任只簡單地推給作家詩人，當然是有失公允的。文學的發展是一個逐步累積的過程。西方十九世紀浪漫主義思潮前後延續了半個世紀，經歷了兩代作家。浪漫主義文學的成就除了依靠文學巨匠個人的傑出才能，還得益於整個思潮在發展過程中所積累起來的藝術經驗。要說頹廢的色彩，德國早期浪漫派如諦克、霍夫曼等人的作品更為頹廢，可它馬上遭到歌德等人的反對，從而削弱了它的影響。因此不妨說，如果讓五四浪漫主義思潮延續更長的時間，使之有機會總結經驗，它的創作傾向上的偏頗未必不能克服，它的技巧也同樣會日漸成熟起來，甚至會波及音樂、繪畫、建築等藝術領域，與西方一樣成為一個時代的突出標誌。因而，關鍵的問題又回到了五四浪漫主義思潮為什麼就這麼快分化了。

簡單地說，這是由於中國社會的急劇變化，五四浪漫主義難以適應新的時代要求的緣故。

浪漫主義文藝觀以個性主義為思想基礎，主張自我擴張，表現內心的要求，反對一切外加的束縛。浪漫主義的理想，是對於美好前景的永不止歇的憧憬，是追求完美人生的內在衝動，可以說它是一種無邊的理想主義。它的另一面就是對現實的不滿和否定，是理想無法實現而引起的痛苦、傷感甚至憤怒。它破壞的多，建設的少。浪漫主義的極端主情的性質，有利於作家詩人展開自由聯想，給創作增添活力和色彩，卻無助於他們面對嚴峻的現實，用堅實的行動從黑暗中開闢出一條光明的道路來。因此，當社會處於新舊交替時期，需要革新僵化的傳統，而社會的壓制暫時鬆動，為個人自由和主觀精神的高揚提供了契機時，浪漫主義文學便獲得了最為適宜的生長環境。一旦社會的發展轉向重建某種穩定的秩序，需要用集體的力量去共同奮鬥，浪漫主義文學便難以充分發揮它的優勢了，甚至它的優勢反而成了新時代的異己因素，要遭到被壓制的命運。

中國進入二十世紀後的社會特點是，反帝鬥爭與反封建的鬥爭相互糾結在一起，思想革命與社會革命交替地進行。世紀初的啟蒙運動，起因於帝國主義大炮打開中國國門後封建制度落後腐朽本質的充分暴露。五四新文化運動把反封建的思想鬥爭推向了新的階段，但思想革命的最終目標仍是為了推進社會變革，只是它的具體方式是試圖通過人的解放來達到這一目的。這時，思想啟蒙成了時代的主旋律，個性主義價值觀得到廣泛傳播，沉重打擊了綱常名教，同時也促成了浪漫主義文學思潮的迅猛崛起。可是由於啟蒙運動自身的局限，再加上「五卅」以後反帝運動的再次高漲，馬克思主義的廣泛傳播，整個時代潮流很快就從思想啟蒙轉向了社會革命。這一轉變，從根本上改變了浪漫主義思潮的生存環境。

一般認為啟蒙的中斷是由於被「救亡」的任務所壓倒，但其實很大程度上是它自身的局限所致。啟蒙的根本目標——喚起民眾覺悟，一開始就註定不可能僅僅憑藉文藝宣傳的啟蒙方式來實現。別無緣故，就因為阿Q讀不懂魯迅的小說，啟蒙對他猶如隔靴搔癢，使魯迅等先驅者改造沉默的國民靈魂的理想終成畫餅。這也說明，在當時中國教育遠沒有普及，群眾普遍不覺悟，封建勢力還根深蒂固的條件下，只要是真正堅守「立人」這一啟蒙目標的思想家，他遲早要從思想啟蒙轉向社會革命的立場。因為這樣的革命既是歷史發展的必然，又是他最終實現啟蒙目標不可缺少的關鍵環節。難以理喻的阿Q一看到趙太爺之流因為辛亥革命暴發而嚇得膽戰心驚，就立刻得意起來，要求革命，這說明只有在社會革命中，思想麻木而又渴望改變自己命運的落後群眾由於看到這場革命能給他帶來實際的好處才能被動員起來，從而邁出思想開始覺悟的第一步。

然而，這場社會革命有自己的特點。它後來由中國共產黨領導，以馬克思主義為指導思想，以工農聯盟為基礎，以武裝鬥爭為手段，以打倒帝國主義、封建主義，建立人民的政權為目標。受這場革命的目的、性質、任務和手段的規定，它必然要提倡集體主義，反對個人主義；要求有統一的指導思想，反對個人的自由意志；號召為理想而奮鬥，反對停留在充滿詩意的憧憬和感傷主義上。它要求文藝發揮戰鬥的作用。因此，如果有人簡單從事，他必然要對包含了個性意識、自由意志、感傷情調的浪漫主義文學進行清算。郭沫若改變對浪漫主義的態度，就因為他以簡單的方式承擔了這一使命。他說：「主張個人主義自由主義的浪漫主義」已經過去，因為現在「講甚麼個性，講甚麼自由的人，可以說就是在替第三階級說話」[78]。現在，「凡是同情於無產階級而且是反抗浪漫主義的便是革命文學」[79]，這樣的文學要「暫時當一個留聲機器」，要「無我」，假若你以為因此而受了侮辱，「那沒有同你說話的餘地，只好敦請你們上斷頭臺！」[80]因為那正好證明你的意識是「唯心的

[78] 郭沫若：〈文藝家的覺悟〉，一九二六年五月《洪水》半月刊第二卷，第十六號。
[79] 郭沫若：〈革命與文學〉，一九二六年五月《創造月刊》第一卷，第三期。
[80] 郭沫若：〈英雄樹〉，一九二八年一月《創造月刊》第一卷，第八號，署名麥克昂。

偏重主觀的個人主義」，「不把這種意識形態克服了，中國文藝青年們是走不到革命文藝這條道路上來的。」[81]很顯然，郭沫若以革命的名義，反對的正是浪漫主義裡面的「個人主義自由主義」精神。但是，克服了「偏重主觀的個人主義」，浪漫主義也就成了沒有靈魂的軀殼，差不多壽終正寢了。

郭沫若的思想轉變不是個別的現象。他周圍有一批激進的青年，主要是剛從日本回國的後期創造社成員李初梨、馮乃超、彭康等，文藝觀點與他一致，另有太陽社的蔣光慈、錢杏邨等，文藝觀點也與他大致相同。他們倡導「革命文學」，標誌著文學潮流已從五四文學革命前進到了「革命文學」的階段。在這一新的階段，浪漫主義文學觀點被清算，浪漫主義的創作隊伍發生了急劇的分化。郭沫若向左轉變到「革命文學」的立場，張資平向右墮落到「三角」戀愛「四角」戀愛的庸俗趣味裡，郁達夫則有些手足無措地在狹縫中摸索。此外，盧隱早逝，王以仁夭亡，周全平擱筆，沅君轉行搞古典文學研究，倪貽德從日本回國後去從事美術研究和教學，「湖畔」詩人大多去做革命工作，新月派在意識形態上與左翼處於對立的地位。由此可見，浪漫主義作為一種思潮，這時已四分五裂，它的輝煌已成了昨天的記憶。

這樣的結局，雖有其歷史的必然性，但中間也確有一些值得認真反思的問題。

首先，「革命文學」的倡導者粗暴地割斷了「革命文學」與五四文學的內在聯繫，簡單地否定了五四文學的個性主義和人道主義精神，以致魯迅也成了「封建餘孽」、「二重反革命」。這是因為他們對人的自覺和獨立思考精神缺乏完整正確的認識，把它簡單地與無產階級意識對立起來。而

[81] 郭沫若：〈留聲機的回音〉，一九二八年三月十五日《文化批判》第三期。

事實恰好相反，這種意識同樣是革命過程中所需要的。比如，阿Q這樣的落後群眾一旦參加社會革命，他們身上的革命潛力會被充分地調動起來，而他們沒有經過人的啟蒙階段的弱點也會逐漸暴露出來。他的階級意識由於沒有人的自覺精神做基礎，往往比較空洞抽象，甚至會扭曲變形，他對革命的理解是膚淺片面的，很容易導致封建性的專斷與盲從。革命隊伍內部經常出現的教條主義、宗派主義和封建殘餘意識，社會心理基礎就是這種阿Q式的精神。要克服這種消極的現象，必須科學地繼承五四遺產，把階級的啟蒙與人的啟蒙有機地結合起來，使更多的人能在個人自覺的基礎上能動地掌握馬克思主義的理論。魯迅的過人之處，便是從反封建的意義上吸收了五四思想啟蒙的積極成果，把人的自覺精神與階級鬥爭學說結合起來，因而馬克思主義在他手裡成了指導行動的活的靈魂。「革命文學」的倡導者，由於時代的限制和個人思想上的局限未能意識到這一點，一筆鉤消了個性主義精神在新的時代條件下仍然存在的積極意義，從而對高揚主體自由精神的浪漫主義採取了徹底否定的態度。

其次，他們混淆了政治學意義上的「個人主義」與作為一般人文思想的「個性主義」概念的區別。如果說，政治學意義上的個人主義是與集體主義對立的，是革命過程中需要克服的一種意識形態，那麼，作為一種人文思想的個性主義則與集體主義不在同一個概念層次上，彼此不構成矛盾對立的關係，而在文學領域它卻可以轉化為個人的視角，主觀的激情，奇麗的想像，是文學具有內在活力的重要的思想資源。文學需要心靈自由，浪漫主義文學尤其需要主觀精神的高揚。文學家，包括浪漫主義者，以個人的獨特體驗寫出來的作品，只要他真誠地熱愛生活，懂得生命的意義，憎惡偽善和醜陋，就必然有它激發正義、美化人類心靈的價值。在中國的那個時代，它也完全可以用自己的方式為人民大眾反帝反封建的鬥爭作出特殊的貢獻。對於文學領域裡的不同傾向和流派，本應該像張聞天所主張的那樣用統一戰線的方針加以引導[82]，不能因為要反對政治意義上的個人主義和自由主義，就用政治鬥爭的方式宣判浪漫主義是反革命的文學，把它一刀斬於馬下。

第三，簡單地否定浪漫主義，反映了傳統功利主義文學觀的潛在影響。中國雖然有過魏晉文學這樣文學的自覺時代，但長期占主導地位的還是「文以載道」的思想。這一觀念到五四時代受到巨大衝擊，創造社提出「為藝術而藝術」，就是對它的徹底反叛。可是它的影響並沒有因此消失；相反，它與中國知識分子傳統的實用理性精神和甘為天下先的使命感結合在一起，不時地發揮著重要的作用。比如，郭沫若知道一旦放逐自由的精神，他的詩也就死了，但他表示：「這是沒有法子的，我希望它早些死吧」，因為「現在而談純文藝是只有在年青人的春夢裡，有錢人的飽暖裡，嗎啡中毒者的迷魂陣裡，酒精中毒者的酩酊裡，餓得快要斷氣者的幻覺裡了！」[83]他情願放逐純文藝而來提倡「為第四階級說話的文藝」，這既是知識分子歷史使命感的體現，也是因為他把傳統的「文以載道」文學觀復活在自己的身上了。處在這樣的文化背景中，中國現代知識分子很容易接受經過各種包裝的「工具論」文學觀。事實上，左翼文壇一度流行的把文藝當作「政治的留聲機器」的觀點，正是「文以載道」的傳統觀念與來自「拉普」、「納普」的左傾文藝思想相互結合的產物。這一觀點的錯誤，就在於把文學簡單地政治化，當作政治鬥爭的武器，否認文學有自身的規

[82] 歌特（張聞天）：《文藝戰線上的關門主義》，一九三二年十一月三日《鬥爭》第三十期。
[83] 郭沫若：〈孤鴻——致成仿吾的一封信〉，一九二六年《創造月刊》第一卷，第二期。

律和獨立的審美價值，否定文學對現實所取的審美態度。當文學的功能縮小到只剩政治的「工具」時，自然會得出這樣極端荒謬的結論：一部天才的作品，比如是托爾斯泰或陀思妥耶夫斯基現在寫的，倘若它在政治上和我們隔閡，那麼對不起，也只好把它揮淚斬殺[84]。天才的作品尚且如此下場，「反革命的浪漫主義的文學」當然更不在話下。其實，西方浪漫主義者也有很強的政治參與意識，如拜倫直接參與了希臘人民爭取民族解放的武裝鬥爭，歌德是魏瑪公國的顯貴，雨果為抗議王政復辟而號召公民起義，最後在國外避難近二十年，他們的政治熱情並不淡薄。可政治歸政治，從事文學創作還得遵循藝術的規律。西方浪漫主義者的作風和中國五四浪漫主義者的中途轉向，反映了中西文化傳統的差異和兩者所處社會發展階段的不同。

第四，五四浪漫主義思潮的迅速分化，表明了中國現代浪漫主義者的處境尷尬和他們個性力量的單薄，而這又是由於中國人文主義思想傳統薄弱的緣故。西方浪漫主義興起時，它已經處於一個比較普遍地尊重個性和人的價值的文化氛圍中，浪漫主義者對保守勢力和古典主義規則的挑戰能得到相當廣泛的社會支持，圍繞《歐娜尼》上演所展開的鬥爭和最後以雨果為代表的浪漫派取得勝利，就是一個例證。在那場鬥爭中，巴黎的青年穿著花花綠綠的奇裝異服，招搖過市，佔領劇場，以充滿激情的群眾運動的方式宣告了古典主義的終結，並且預示著復辟王朝的即將垮臺。同時，西方浪漫主義者具有很堅定的性格力量，拜倫、雪萊頂著「惡魔詩人」的罵名，仍然笑罵由人，我行我素。中

---

[84] 盧那察爾斯基：〈文藝領域內的黨的政策〉，郭沫若《桌子的跳舞》一文轉引這段文字，認為「這可以說是最公平的態度」，說明他完全贊同盧氏的觀點。

國五四浪漫主義者並不缺少那種個性意識，但他們所處的文化環境大為不同。新文化運動後，人道主義和個性主義的思想雖得以傳播，可僅限於知識分子中間，遠沒有深入社會底層，成為大眾的意識形態。所以，中國浪漫主義者文化上的反封建鬥爭，無法取得西方浪漫派那樣廣泛的社會支持，他們相對說要孤獨得多，也脆弱得多。當時代的潮流轉向社會革命，浪漫主義似乎真的成了「反革命文學」的時候，他們中的許多人就不能像拜倫、雪萊那樣敢於堅守自己的立場，尊重藝術的規律，用貫穿反封建精神的文學作品來配合社會革命鬥爭，而是通過降低原先那種自我表現的調門來適應潮流的轉變，從隨俗的行為中獲得個人的心理安全。這在客觀上又加速了五四浪漫主義思潮的分化。

由於五四浪漫主義自身難以適應新的時代要求，也由於中國特殊的文化背景和時代轉換過程中主流話語的一些失誤，五四浪漫主義思潮迅速分化，轉入低谷。但分化和低潮並不等於滅寂。中國現代浪漫主義思潮正是在低潮中探索新的發展方向，並以新的形態出現於三〇年代初的文壇上。代表這一趨勢的，就是郁達夫。

## 四

郁達夫小說風格的轉變開始於一九二七年初的《過去》。周作人讀了《過去》後寫信給郁達夫，稱讚他作風的改變，而郁達夫也以此自勉[85]。其實《薄奠》的風格更為明朗，慾情淨化的主題

---

[85] 郁達夫一九二七年二月十五日日記，《日記九種・窮冬日記》，北新書局一九二七年初版。

也先於它在《春風沉醉的晚上》裡得到表現。《過去》所以被如此看重，主要是因為它標誌著郁達夫在處理靈肉衝突這類他寫慣了的題材時，態度發生了變化。同是慾情淨化，在《春風沉醉的晚上》表現為面對純潔的女性時靈魂的昇華，而《過去》則更多地帶有自我懺悔的意味。主人公一句「我們的時期的確已經過去了」，道盡了人到中年，感歎青春早逝，追悔歲月蹉跎的複雜情懷。郁達夫一向喜歡誇飾頹廢，可這裡卻注意起情感的節制，讓李白時面對有情的寡婦，依靠自己的力量超越了狹隘的情慾，達到靈魂淨化的境界，使作品風格由直露趨向蘊藉含蓄，這的確是他創作的重大轉變，而轉變的突出標誌是懺悔意識的出現。

懺悔意識是郁達夫這一時期抒情風格的重要特徵。《清涼的午後》寫小市民的庸俗生活，但在聚芳號老闆身上顯然有郁達夫自己的影子。從風格演變的角度看，它顯示了作者評價人生的標準發生了微妙變化。以前郁達夫總是強調風塵女子的忠厚深情，她們大多成了主人公的情感依託，而《清涼的午後》第一次描寫了妓女的輕薄負心，以及主人公受騙後的自愧自悔。這意味著郁達夫在藝術上拋棄了把秦樓楚館寫成人生逍遙宮的態度。《祈願》的情節與以前的《寒宵》、《街燈》相連，但稍加比較，也可以發現它減弱了後者的頹廢氣息，主人公在沉溺中萌生了尋找新的人生出路的念頭。

郁達夫這一時期風格的變化，是由於受到了新潮流的鼓動。他一向採取個人反抗的方式，但一九二六年春他為南方革命形勢所鼓舞，與郭沫若同赴廣州。雖然他年底即返回上海，對廣州的革命深感失望，還因此與郭沫若發生了衝突，可他畢竟受到了全國革命熱潮的影響，他說：「我覺得走消極的路，是走不通了，我想一改從前的退避的計畫，走上前路去。」[86]「以後如有機會，也不

---

[86] 郁達夫：〈公開狀答日本山口君〉，《郁達夫全集》第五卷，浙江文藝出版社一九九二年十二月版，第三〇二頁。

妨去做實際的革命工作。」[87]與此同時，他的文藝觀也發生了變化，認為「我們在這個時代裡所要求的，是烈風暴雨般的粗暴偉大，力量很足，感人很深的文學，就是我在前面所說的躍動的、有新生命的文學。」[88]隨後他積極提倡農民文學，宣傳無產階級藝術。郁達夫的這些言行難免情感衝動之嫌，可他的精神面貌在變也是事實。

個人生活上的變化對他的創作也有重要影響。此時他與王映霞女士從相戀到結婚，從根本上改變了他浮躁孤苦的心情。郁達夫一向抱怨「金錢、女人、名譽」的壓迫，其實金錢他不缺少，名譽也不甚看重，唯有得不到傾心之愛才是一大心病。他作品中的許多靈肉描寫，一般都是他內心苦悶的象徵。而現在他心滿意足，就像他自己所說，「這前後卻得到了一種外來的助力，把我的靈魂，把我的肉體，全部都救度了。」[89]這被救度的靈魂便成了他懺悔過去的力量。

大革命失敗後，社會鬥爭日趨尖銳激烈。一九二八年，由於跟郭沫若等人有了分歧，又與創造社的「小夥計」產生了矛盾，郁達夫宣布退出創造社。三〇年代初，他又疏遠了「左聯」，開始接近林語堂的圈子。他的文藝觀和創作作風也隨之受到左翼的批判。從寫《迷羊》後的兩年裡，他很少有作品問世。有人說他為新的生活沉默了，其實他是在努力尋找新的方向。此後數年，他嘗試用寫實手法表現民生疾苦，展現時代風貌。《出奔》等作品，就體現了這一努力。但是一者，郁達夫纖敏的情感和注重內心體驗的浪漫氣質，註定他能成為一名出色的抒情高手，卻拙於表現社會、刻

---

[87] 郁達夫一九二七年四月二十二日日記，《日記九種・閒情日記》，北新書局一九二七年版。

[88] 郁達夫：〈《鴨綠江》讀後感〉，《郁達夫全集》第五卷，浙江文藝出版社一九九二年十二月版，第二九八頁。

[89] 郁達夫：〈《雞肋集》題辭〉，《郁達夫全集》第五卷，浙江文藝出版社一九九二年十二月版，第三三〇頁。

劃人物；再者，他雖有弄潮之意，但總是淺嚐輒止，始終與社會運動保持一段距離，因而他的寫實小說沒能在二、三〇年代之交的文壇上形成獨立風格，而在抒情小說裡也沒能如他所自勉的那樣發出「粗暴偉大、力量很足、感人很深」的聲音，真正能體現他後期創作特色的還是那些優美閒適之作。在這些作品裡，郁達夫調整風格，頹廢情調不見了，憂傷開始淡化，其中成就最高的當推《遲桂花》。

郁達夫此前不少名篇都有寫景妙筆，令人回味無窮，但全然陶醉在湖光山色間，則是他後期小說獨有的。《遲桂花》寫「我」應邀赴翁家山參加同學婚禮，與翁則生的寡妹蓮同遊五雲山。「我」一時衝動，想擁抱蓮，可又旋即被大自然淨化了慾念，心情複歸寧靜，由此表現了作者尋求純真、返歸自然的生活態度和審美理想。

《遲桂花》對山水的陶醉，又表現為對意境的追求。作品的魅力主要還在於翁家山那獨特的生活情調。他寫山居幽暝，高秋時節晚鐘的餘音，朦朧的月色，晃動的樹影，白牆青瓦，碧湖薄霧，以及隨處飄漾、「聞了好像是宿夢也能搖醒」的晚桂香氣，境界清新宜人。生活在這裡的人與世無爭，自有樂趣，情景交融，實在是一曲極好的略帶憂鬱的田園牧歌。它雖不能激發人的豪情，但能夠安撫受傷的靈魂。

可以看出，後期郁達夫小說的抒情風格趨向清麗雋永，說明他的審美趣味在向傳統靠攏。本來，古典文學根基非常深厚的郁達夫，在律詩裡早就表現了他過人的才氣和蘊藉含蓄的風格，只是由於他自覺地反傳統，抑制了他在小說裡對和諧美的追求。可是到三〇年代初，隨著他意氣趨向平和，減弱了對傳統的敵視，於是晚唐風度、明末小品的意境開始滲入他小說的基調。這些作品自然沒能體現昂揚熱烈的時代精神，社會影響也不及他早期作品強烈，但那淡遠含蓄的風格，因為符合大多數中國人的審美趣味，反而具有更為久遠的藝術生命力。

綜上所述，郁達夫是在劇烈的社會變動中，在左右兩翼社會力量的夾縫中，在中西文化的持續碰撞中探索著創作的新方向。他的小說風格的變化，是創作心態變化的結果，但歸根結蒂是時代的發展使然。其間的張惶失措、無所適從以及懷著破釜沉舟的決心「勇往直前」的舉動，包含了一個浪漫主義者在新的時代裡必然會遇到的艱難和尷尬。他在左右碰撞中通過自我調適所選擇的創作道路，體現了五四浪漫主義思潮在低谷中的發展動向。這一發展直接接上了三〇年代前期沈從文等人的創作，共同構成了一種新的浪漫主義形態。

# 第三章　浪漫抒情的樂章

五四浪漫主義文學是一個自足的生命宇宙，它的「自我表現」是多姿多彩的：有高音部，低音部，悅耳的和聲，像一曲氣度不凡、旋律豐富的交響樂。本章為論述的方便，把這些豐富多采的形態根據其所包含的情感的性質，概括為三個類型，即「男性的音調」、「感傷的行旅」、「清純的戀情」，聯繫作品進行較為具體的考察，並從中西文化交流的背景上，運用比較文學的方法探討一些影響關係。

## 第一節　「男性的音調」：郭沫若的《女神》

郭沫若在《浴海》裡有這樣的詩句：「無限的太平洋鼓奏著男性的音調！」「男性的音調」，適足以概括郭沫若《女神》的主導風格。郭沫若以他雄壯的旋律、激越的音調歌唱，像黃鐘大呂，給五四浪漫主義樂章注入了恢宏的氣勢。

人們都注意到了這樣一個事實：郭沫若不是最早發表新詩的詩人，《女神》也不是新詩史上第一部詩集。在郭沫若發表新詩之前，《新青年》已於一九一七年二月發表了胡適的《白話詩八首》。一九一八年後，《新青年》推出了更多的新詩，作者有沈尹默、胡適、劉半農、周作人、俞平伯等。在《女神》之前，新詩個人專集也已有《嘗試集》出版，若算選集，還有一九二〇年一月出版的《新詩集・第一編》，一九二〇年九月出版的《分類白話詩選》，《女神》只能位居第四。可是隨著一九二〇年一月郭沫若接連發表了《晨安》、《立在地球邊上放號》、《三個泛神論者》等十首詩，一月三十日又發表《鳳凰涅槃》，他立即成了詩壇矚目的焦點，到一九二一年八月《女神》一出版，他成了天之驕子——《女神》光芒四射，使此前的一切新詩都黯然失色了。

郭沫若說：「五四運動發動的那一年，個人的鬱積，民族的鬱積，在這時找出了噴火口，也找出了噴火的方式，我在那時差不多是狂了。民七民八之交，將近三四個月的期間差不多每天都有詩興來猛襲，我抓著也就把它們寫在紙上。」①時代喚起了郭沫若的「個人的鬱積，民族的鬱積」，把他的熱情、智慧、才氣鼓勵起來，如火山爆發一樣猛烈地噴薄而出；也是時代成就了郭沫若，因為那時文學革命剛開始沒幾年，新詩才掙脫舊詩束縛不久，初期白話詩人還正在為新詩該如何發展苦苦探索，他們的作品或留著舊詩詞的痕跡，或存在過於散文化的傾向，普遍缺乏真正的詩質，就在這新詩還很幼稚的時候，郭沫若以他過人的敏銳、非凡的才氣向詩壇奉獻了一批從思想內容到藝術形式都全新的詩歌。這不僅使新詩的總體水平躍上了一個新的臺階，而且確立了新詩發展的真正

① 郭沫若：《沸羹集・序我的詩》，群益出版社一九五〇年版。按之《女神》，「民七民八之交」應為「民八民九之交」。

起點。正是在這樣的意義上，《女神》堪稱中國「第一部偉大的新詩集」。②

郭沫若的敏銳性和他擁有的驚人的創作爆發力，可以從一個不太為人所注意的方面感覺到。他最早在《時事新報・學燈》上發表的新詩是寫於一九一九年夏秋間的《路鷺》和《抱和兒浴博多灣中》，發表日期是一九一九年九月十一日。〈路鷺〉後來編入《女神》第三輯，它的構思和格調與胡適發表於一九一八年一月《新青年》第四卷第一號的《鴿子》相去不遠。郭沫若緊接著發表的《死的誘惑》，帶有海涅式的憂鬱，《新月與白雲》是泰戈爾式的抒寫愛情的短章，它們都還沒有什麼過人之處。可就在這些詩作發表的九月份寫的《浴海》、《立在地球邊上放號》等篇什，便爆發出了郭沫若式的狂放的豪情。僅僅因為自己寫的詩變成了鉛字所引起的激動就帶來了一個「詩的創作爆發期」，而且剎那間一改委婉抒情的風格，用高腔大調唱出了「男性的音調」，說明這位詩人擁有常人難以企及的天賦——他可以憂鬱，可以彷徨，可連他自己或許也不曾感覺到，他事實上早就在等待詩情爆發的那一刻到來了。他的才能使他不甘平凡，他能輕易地跑在時代的前列，做到出類拔萃、與眾不同，那怕這要否定自己，把生命燃燒了也罷。正是憑著這種強大的才能，郭沫若在短短的幾個月裡迅捷地解決了曾困擾著人們的新詩發展的方向問題。可以說，他是後來居上，成了中國新詩的奠基者。

郭沫若說：「生命是文學底本質。文學是生命底反映。離了生命，沒有文學。」③這種受生命

② 周揚：〈郭沫若和他的《女神》〉，一九四一年十一月十六日延安《解放日報》。
③ 郭沫若：〈生命底文學〉，一九二〇年二月二十三日《時事新報・學燈》。

哲學影響的文學觀，在五四時期並不是郭沫若獨有的。郭沫若的突出之處，他高出同時代詩人的地方，在於他的詩所表現的「生命」擁有無以復加的強力。他以生命的強力徹底否定舊世界，堅決反抗傳統，憧憬著一個光明、芬芳、華美的未來。

《鳳凰涅槃》通過鳳凰死而復生，象徵舊世界、舊我的毀滅，象徵祖國的新生、民族的新生和自我的新生。在《女神之再生》裡，女神們唱道：

> 破了的天體怎麼處置呀！
> 再去煉些五色彩石來補好他罷？
> 那樣五色的東西此後莫中用了！
> 我們盡他破壞不用再補他了！
> 待我們新造的太陽出來，
> 要照徹天內的世界，天外的世界！

郭沫若反對在舊的基礎上作修修補補的工作，主張推倒重來，徹底破壞，創造一個新的太陽。這種破壞、創造的歌聲，對於正陷於苦悶彷徨的青年不啻是一聲震聾發聵的驚雷，而且是一種激勵人心的力量。因為郭沫若雖然自己也不清楚未來世界的模樣，但他用詩的語言向人們預告了那個光明的世界：

太陽雖還在遠方，
太陽雖還在遠方，
海水中早聽著晨鐘在響：
叮噹，叮噹，叮噹。

太陽，象徵著希望、溫暖和光明的太陽，雖還在遠方，可報告他即將降臨的晨鐘已經敲響了，人們浴著刺骨的寒風，可以期待黑暗將要過去，還有比這更令人心焦、更讓人激動的時刻嗎？

郭沫若主張破壞舊世界之堅決已達到了傾向於暴力革命的程度。在《匪徒頌》裡，他向「一切社會革命的匪徒們」三呼「萬歲」。在《巨炮之教訓》裡，正當托爾斯泰宣講他的不抵抗主義時，列寧打斷了他的迂腐說教，在一旁高叫：「為自由而戰喲！為人道而戰喲！為正義而戰喲！至高的理想只在農勞！最終的勝利總在吾曹！同胞！同胞！同胞！」雖然郭沫若這時並不真正瞭解列寧的思想，但他向「社會革命的匪徒」致禮，否定不抵抗主義，呼籲為自由、人道、正義而戰，這種激烈的傾向不僅標誌著他的思想居於時代青年的前列，而且也預示了他後來在人生道路上所作的關鍵選擇。

這種徹底否定舊世界的精神，是前無古人的。它是「力的繪畫，力的舞蹈，力的音樂，力的詩歌」（《立在地球邊上放號》）。《女神》打動無數青年的心，奧秘就在這裡。它以這種氣勢宣洩了青年心中的苦悶，正如聞一多說的：「『五四』後之中國青年，他們的煩惱悲哀真像火一樣燒著，潮一樣湧著，他們覺得這『冷酷如鐵』，『黑暗如漆』，『腥穢如血』的宇宙真一秒鐘也羈留不得了。他們厭這世界，也厭他們自己。於是急躁者歸於自殺，忍耐者力圖革新。革新者又覺得意志總敵不住衝動，則抖擻起來，又跌倒下去了。……他們的心裡只塞滿了叫不出的苦，喊不盡的哀。他們的心快塞破了，忽地一個人用海濤底音調，雷霆底聲響替他們全盤唱出來了。這個人便是郭沫若，他所唱的就是《女神》。」聞一多據此斷言，「若講新詩，郭沫若與舊詩詞相去最遠，最要緊的是他的精神完全是時代的精神——二十世紀底時代的精神。」二十世紀的時代精神，就是「動」的精神，「反抗」的精神④。

與這種摧枯拉朽的氣勢相輔相成的，是《女神》詩中矗立著一個巨大的「自我」。這個「自我」頂天立地，甚至昂首天外，能「立在地球邊上放號」（《立在地球邊上放號》），能「把全宇宙來吞了」（《天狗》）；他威力無邊——「天上的太陽也在向我低頭」（《金字塔》）；變幻無窮——「全身的血液滴出律呂的幽音，同那海濤相和，松濤相和，雪濤相和」（《雪朝》），更不用說鳳凰在自焚的餘燼裡更生了。

這個「自我」突破了一切既成的道德規範，打碎了一切精神枷鎖，從心靈深處，迸著血淚喊出了反叛的聲音：「一切的偶像都在我面前毀破」（《梅花樹下醉歌》），「我崇拜炸彈，崇拜悲哀，崇拜破壞；我崇拜偶像破壞者，崇拜我！我又是個偶像破壞者喲！」（《我是個偶像破壞者》），其狂暴、強悍，真如一顆炸彈，震撼了五四詩壇。

這個「自我」敢於否定自己，從否定中獲得新生：「我剝我的皮，我食我的肉，我吸我的血，我齧我的心肝」，「我的我要爆了」（《天狗》）。

④聞一多：〈女神之時代精神〉，一九二三年六月三日《創造週報》第四號。

這個「自我」表達愛情時也挾帶著雷霆：

我這瘟頸子上的頭顱
好像那火葬場裡的火爐；
我的靈魂呀，早已被你燒死了！
哦，你是哪兒來的涼風？
你在這火葬場中
也吹出了一株——春草。（《火葬場》）

這首向戀人表達靈魂獲救的感激和喜悅的情詩，為了加強感情色彩的對比居然用了「火葬場」的比喻，似乎非如此不足以傳達他內心的激動。天底下這樣的情詩能有幾首？

這個「自我」的內心世界又是博大的，他愛祖國，愛勞動者，要求正義、人道、自由。他偶爾也發出輕輕的歎息，但那是覺醒者的歎息；偶爾也消沉，那也是覺醒者的消沉。

這是個立志與舊世界徹底決裂，向光明的未來奮進的新人。他在《女神》的詩句裡喧囂著，「從它，發生音調，生出色彩，湧出新鮮的形象」，「這個我應當用最大號的字來寫，最高的聲音來歌唱」⑤。它就以這種無所顧忌的氣概，樂觀的信念，博大的胸懷，率真的靈魂，成了五四青年

⑤周揚：〈郭沫若和他的《女神》〉，一九四一年十一月十六日延安《解放日報》。

所嚮往的理想人格的象徵。而且，它事實上還標誌著魯迅在二十世紀初所呼喚的摩羅詩人出場了，表明「人的解放」達到了嶄新的階段，在這一階段，不僅實現了思想的解放，而且宣告了情感的解放，心靈的解放，整個人格的解放。換言之，束縛人性的禮法習俗已失去了往日的威嚴，詩人可以一任自我的情緒衝動，拉開心靈的閘門，抒寫胸中自然湧起的激情，那管它是悲是喜，是苦是甜，是感激是反叛，因而詩情呈現出狂放恣意的姿態。這是真正人的聲音。

「五四」是個性解放、自我覺醒的時代。表現自我，歌唱自我，是五四文學的一個基本主題，但是誰也沒有像郭沫若那樣把「自我」作了如此誇張有力的表現。在這種誇張的背後，隱藏著詩人郭沫若的獨特個性。就在創作《鳳凰涅槃》的前兩天，郭沫若致信宗白華說：「我現在很想能如Phoenix一般，採集些香木來，把我現有的形骸燒毀了去，唱著哀哀切切輓歌把他燒毀了去，從那冷淨了的灰裡再生出一個『我』來！」⑥這種渴望新生的真切心願成了《女神》的情感基調，而它所指明的激烈、奇特的新生方式，植根於詩人衝動性的浪漫個性中，預示著《女神》將會採用一種「男性的音調」來抒寫。

《女神》的表現自我與謳歌大自然是互為表裡的。熱愛大自然是浪漫派的本性，郭沫若的特點表現在偏愛大自然雄偉壯麗的一面。《女神》中雖有一些描寫春光和新月之類的片段，使人覺得郭沫若並不缺少浪漫的柔情和對沖淡寧靜之美的感受力，但他寫得最有激情的是巍峨的金字塔，筆立的山頭，一望無際的太平洋，金光四射的太陽，到處洋溢著生命歡笑的光海。這都是些大傢伙，他

⑥《三葉集》，亞東圖書館一九二〇年版，第一一頁。

要在這些宏偉的景觀面前充分體驗生命力激揚所帶來的強烈快感，體驗生命自由的真諦。而在這種忘情的陶醉中，他又把自己的主觀激情投入到對象上，使這些自然風光凸現出壯麗、明朗的色調。這種色調構成了他的浪漫主義風格的重要特點。

郭沫若是一個偏於主觀的詩人。他認為「只有在最高潮時候的生命是最夠味的」，「像產生《女神》時代的那種火山爆發式的內發情感」才是最可寶貴的⑦。所以他一開始就堅決主張打破詩的一切外在形式的束縛，讓詩情自然流露，以情緒的律呂構成詩的內在節奏。不過，作為一個豪放型的浪漫詩人，他的讓詩情自然流露的觀點，在絕大多數時候的真正含義是，讓詩情在它最高潮時猛烈地噴發。他的創作情形足以提供相關的證據。他後來曾回憶說，在詩情襲來時，「就好像生了熱病一樣，使我作寒作冷，使我提起筆來戰顫著有時候寫不成字。」⑧他特別舉出寫《地球，我的母親！》的例子，說那時把木屐脫了，赤腳踱來踱去，不時躺在地面上，想真切地與「地球母親」親昵，去感受她的擁抱。而《鳳凰涅槃》的寫作也有類似的情形：「上半天在學校的課堂裡聽講的時候，突然有詩意襲來，便在抄本上東鱗西爪地寫出了那詩的前半。在晚上行將就寢的時候，詩的後半的意趣又襲來了，伏在枕上用著鉛筆只是火速的寫，全身都有點作寒作冷，連牙關都在打戰。就那樣把那首奇怪的詩也寫了出來。」⑨他說的是詩人靈感產生時的情形。可以想像，他兩天前在致宗白華的信中已經有了集香木自焚以求新生的想法，這以後他一直沉浸在這種激動人心的幻景

⑦郭沫若：《沸羹集・序我的詩》，群益出版社一九五〇年版。
⑧郭沫若：〈創造十年〉，《沫若文集》第七卷，人民文學出版社一九五八年版，第五九頁。
⑨郭沫若：〈我的作詩經過〉，《沫若文集》第一一頁，人民文學出版社一九六二年版，第一四四頁。

裡，直至課堂上突然爆發了不可遏止的創作衝動。浪漫主義詩人總是在等待這種靈感降臨的時刻，他們為此可以採取諸如親昵地球母親之類的浪漫姿態。這類姿態的真正意義，就是為了解除一切外在的束縛，使生命呈現自由、奔放、鮮活的原色，讓靈魂赤精裸裸地顯露出來。郭沫若堅持把詩情激發到最高潮，到白熱化的時候讓它電閃雷鳴般地釋放出來，他說這是「盡我一時的衝動，隨便地亂跳亂舞」，但這是天才的舞蹈，給人的感覺是氣勢逼人，也使他的詩形如天馬行空，一無傍依，真正做到了「絕端的自由，絕端的自主」。

郭沫若高出同時代詩人的地方，是他在這「絕端的自由、絕端的自主」的詩形中貫注了真正的詩情。所以《女神》中有不少詩在形式上是粗厲的、狂放的，有時可以說是單調的，乃至有敗筆，稱不上精美，但那也是有意味的形式。因為它不僅容納了它這種形式才能容納的狂放的暴烈的詩情，而且它就是這種詩情的象徵，因而也成了自由、解放的時代精神的象徵。五四時期，社會劇變，人的精神世界發生著深刻的變化，傳統的偶像都在打倒之列，一切陳規都要破除，多數青年喜歡新奇，他們鍾情於粗暴有力的聲音，高昂嘹亮的歌聲，連披心瀝膽的哀傷抒情也行，就是不喜歡「楊柳岸，曉風殘月」那種精美然而軟綿綿的淺斟低唱。因為在特定的時代，精美意味著束縛和生命力的萎縮。在這樣一個大時代，郭沫若的自由詩不僅突破了古典詩詞的僵化格律，而且也超越了初期白話新詩的散文化局限，從詩的形式方面充分地表現出自由粗獷的精神，這就使無數青年感到驚異，興奮不已。茅盾後來說：「《女神》裡的詩劇和詩，真可以說神思飈舉，遊心物外，或驚采絕豔，或豪放雄奇，或幽閒澹遠。這樣的思想內容和藝術風格，在當時未見可與對壘者。」⑩無人堪

⑩ 茅盾：《我走過的道路》（上），人民文學出版社一九八一年十月，第二〇一頁。

與對壘的「藝術風格」，顯然也包括形式的突破和創新在內。

不過《女神》詩形上的突破是以詩情的超越為基礎的，是詩情的性質決定了詩形的特點，兩者的統一性在於詩情。這體現了郭沫若的情感一元論的詩學觀點。如前所述，這種詩學不是最高明的詩學，它忽視形式的相對獨立性事實上也給《女神》帶來了負面的影響。因為詩情的缺陷不能單純憑這詩情本身去克服。郭沫若雖然又有「美化感情」之說，認為真正的好詩必須做到「體相一如」，但這仍不能解決創作中所面臨的困惑，因為感情如何美化，體相如何一致，依然是一個超出了詩情本身的問題。但是，郭沫若的貢獻在於，他的情感一元論的詩學觀中包含著「詩的本職專在抒情」這樣的真知灼見⑪。中國詩歌擁有源遠流長的抒情傳統，「詩言志」一直是占主導地位的美學思想。新詩初創時期，先驅者為了打破舊詩的格律，強調詩歌應遵循現代語言的自然節律，「有什麼話，說什麼話；話怎麼說，就怎麼說」⑫，這種側重於形式解放的理論在突破舊詩藩籬的同時，卻也模糊了詩的基本特性。郭沫若提出「詩的本職專在抒情」，重新確認了符合詩歌本質的詩的抒情的功能。雖然他的理論還欠完善，但他抓住了關鍵，方向是對的。這不僅使他自己得益，有了一本詩情橫溢的《女神》，而且也有助於糾正新詩初創期只提出形式問題的偏頗，為後來者發展以抒情為核心的新的詩學理論開闢了道路。

《女神》的主旋律高昂、激越、粗暴、狂放，這除了時代和個性的因素，顯然還與郭沫若受

---

⑪《三葉集》，亞東圖書館一九二〇年版，第四七、四六頁。
⑫胡適：《嘗試集・自序》，上海亞東圖書館一九二〇年三月初版。

到惠特曼的影響有關。郭沫若最早迷上的外國詩人是泰戈爾。泰戈爾的人道、博愛精神，泛神論思想，以及充滿東方氣息的溫柔清新的抒情調子曾使他感動得淚水漣漣。但五四運動一爆發，鼓蕩的時代氛圍，燃燒的個人感情，使郭沫若再難安心於泰戈爾的精神世界。由於日本適逢其時流行「惠特曼」熱，郭沫若立即迷上了惠特曼。郁達夫在論述包括惠特曼在內的「新浪漫派」的特點時指出，這些人毅然決然有了他們個性的力量，在那裡戰鬥，想征服大地，他認為「這一種表現的傾向，給人生的好處，至少有兩三點可以說得出來。第一，人生內在的當為的能力，因而覺醒了。被宿命觀壓倒了的人類的自由意志，因而解放了。第二，因為主張自己的尊嚴和自由的結果，對於他人的個性的自由和尊嚴，也容忍起來了。第三，對於人類生活的見解，因而非常流動了。」⑬郁達夫對新浪漫派人物的歸類和論述未必正確，但他的這段話用到惠特曼頭上是大致合適的。惠特曼站在民主、正義的立場上，猛烈抨擊宗教禁慾主義，謳歌勞動者，讚美大海、森林、城市、工廠、煙囪、船舶。讀他的詩，給人以「聽軍歌軍號軍鼓時的感覺」⑭。這種豪放雄渾的浪漫主義風格為郭沫若提供了一種狂放不羈的抒情方式，為他激盪於胸中的熾熱感情找到了一個火山噴發口。雖然郭沫若不久又對惠特曼感到不滿，說「海涅底詩麗而不雄，惠特曼底詩雄而不麗」⑮，但這只表明浪漫主義者郭沫若的情緒變化和興趣轉移的速捷，而《女神》中的一些最重要的作品，代表了《女神》的「男性的音調」的，如《鳳凰涅槃》、《天狗》、《匪徒頌》、《晨安》，包括歌頌現代物

⑬ 郁達夫：〈文學概說〉，《郁達夫全集》第五卷，浙江文藝出版社一九九二年十二月版，第三七六頁。
⑭ 郭沫若：《論節奏》，一九二六年三月十六日《創造月刊》第一卷第一期。
⑮ 《三葉集》，亞東圖書館一九二〇年版，第一四三至一四四頁。

質文明的《日出》，無疑都是惠特曼影響的產物。

郭沫若認為「詩人底宇宙觀以泛神論為最適宜」⑯。他從西方的歌德、斯賓諾莎，我國的莊子，印度的泰戈爾及《奧義書》裡各取一些思想成分，形成了他自己的以「我即是神」為核心的泛神論思想，作為他的浪漫主義詩學的哲學基礎。《女神》的浪漫主義風格是與這種泛神論密切聯繫在一起的。本來，在我國古代豐富的山水詩遺產中，早就存在著基於「天人合一」的思想而對大自然懷有特殊的敏感，乃至可以輕易地進行物我交流的那種傳統。郭沫若確立了泛神論宇宙觀後，把這一傳統建立在一個新的思想基礎上，即認為「我」是萬物的主宰，從而把傳統的物我雙向交流變成了單向的由「我」向對象投射我之主觀情緒的模式。這一改變符合時代的精神，也體現了郭沫若要求自我擴張的浪漫個性。它的一個積極成果，就是大大拓展了郭沫若的心靈所能涉及的領域。從廣袤的天宇到遼闊的大海，從風雲雷電到日月星辰，一切自然現象，在他都是有了靈性的能傾聽他訴說的生靈，都改變了它們原本外在於心的客觀屬性，成了他心靈世界的有機部分，成了他個人情感的象徵，從而被賦予了強烈的主觀色彩，彷彿它們能與他一起在那裡怒吼、咆哮、哭泣、歡笑。換言之，泛神論為郭沫若插上了一對自由翱翔於主觀與客觀世界之間的幻想的翅膀，使他能上窮碧落下黃泉，從大自然的春秋代序、光色變幻中汲取豐富的靈感，發為浪漫的華章。這使他得以一改傳統山水詩由強調「天人合一」、物我和諧而來的寧靜淡遠之美，確立起與五四時代精神相匹配的描寫山水風光的新風格，擴大了新詩的表現天地。

---

⑯《三葉集》，亞東圖書館一九二〇年版，第一六頁。

泛神論對郭沫若的另一個積極影響，是使他的詩具有哲理的內涵。泛神論本是披著神學外衣而反對神學的一種哲學，這無形中引導著郭沫若的想像方向，使哲學的一些基本問題在《女神》中有所反映，比如「一切的一，一的一切」所包含的個別與一般、現象與本質、部分與整體、萬彙與本體的關係，鳳凰死而復生所暗示的否定之否定的辨證發展觀和涉及倫理領域的生死觀，「鳳歌」對宇宙本源和生命存在的意義的追問等，其中最重要的，無疑是詩人的幻想翅膀得以充分展開的那個「我即是神」的基本哲學命題。對於郭沫若詩的哲理內涵，宗白華早在它們發表的當時就指了出來，在致郭沫若的信中他說：「你的鳳歌真雄麗，你的詩是以哲理做骨子，所以意味濃深，不像現在許多新詩——讀過後便索然無味了。」⑰這些「哲理」在五四時期頗為新鮮、從而增加了詩的內涵。但現在看來，它們自然已相當平淡了，比如宗白華認為「意味濃深」的鳳歌，對宇宙本源和人的存在意義的追問都是淺嚐輒止，沒有達到堪稱「意味濃深」的形而上的層次，也沒有產生與這一層次相稱的深刻的人生感受。但是，幸虧沒有到形而上的層次，否則《女神》的風格必定超出了浪漫主義的範疇。

《女神》以其高吭嘹亮的「男性的音調」，鼓舞了整整一代人，而且影響深遠。《女神》之後，郭沫若的詩情開始冷卻。隨著他從思想上清算了浪漫主義，他的浪漫的個性受到了規範，「像產生《女神》時代的那種火山爆式的內發情感是沒有了」⑱。因而，《女神》是他的成名之作，也

⑰《三葉集》，亞東圖書館一九二〇年版，第二五頁。
⑱郭沫若：《沸羹集・序我的詩》，群益出版社一九五〇年版。

是他新詩創作一個頂峰。

《女神》是五四時代的一個象徵——它在那個時代發出最為燦爛的光彩，但隨著歲月的流逝，背景的轉移，它自身過於直露、缺乏餘味的弱點暴露出來，因而再難在今天的讀者中引發當年的那種強烈反響。今天的讀者所關心的問題，他們的心智結構、審美趣味已與五四青年迥然有別，而《女神》不是那種歷久彌新的藝術品，它不能適應這種變化，它的光榮是跟一個偉大的時代連在一起的。但也正因為如此，它作為中國新詩的源頭，澤被後世，在新詩史上是一座巍峨的豐碑。

## 第二節　「感傷的行旅」：浪漫抒情小說

### 一

五四浪漫派小說家大多在「感傷的行旅」中留下了深深的足印⑲。連在新詩中充滿反叛精神的郭沫若，他寫小說也專去表現幻美的追尋、異鄉的情調和懷古的幽思。可以說，感傷幾乎成了五四浪漫派小說的文體特點。

⑲ 郁達夫有散文題為〈感傷的行旅〉，這裡取其篇名一用。

作為一種文化現象，浪漫主義中的感傷也是自我意識覺醒的產物。席勒就曾把浪漫主義與「感傷」聯繫起來，他認為近代詩人由於文明薰陶的結果，他的感覺和思想的一致只能作為一個觀念存在著，而這樣的觀念遠遠超出了現實的界限。所以近代詩人要實現感覺和思想的統一，就必須「以自己內在的努力使帶有缺陷的對象完善起來，並且依靠自己的力量使自己從有限的狀態轉移到絕對自由的狀態」，但是這又勢必導致他「對現實生活感到厭惡」⑳。歌德也以他青年時代帶有感傷色彩的《少年維特之煩惱》奠定了在文壇的地位。不過，由於中西文化背景的差異，中西浪漫主義小說的主題類型是有所不同的。儘管歌德的《少年維特之煩惱》經郭沫若翻譯，在中國青年中引起了強烈反響，可是五四浪漫抒情小說畢竟缺少歌德這部作品所包含的壯烈情懷，它們更多地是傾訴作者內心的苦悶和矛盾，而且這些苦悶和矛盾帶有中國的特點。

在中國，封建禮教長期壓抑人的感情和慾望，戀愛婚姻的自由根本無從談起。五四青年對此感觸最深，作為一種反拔，他們首先是從爭取婚姻自主和戀愛自由開始反封建的。但正因為如此，他們恰恰在這一問題上最先感受到了理想難以實現的苦悶。五四浪漫抒情小說大量涉及了青年婚戀的題材。這些作品大多以悲劇告終，從一個側面反映了中國社會轉型時期新舊勢力的彼此消長和相互搏擊的複雜情形。如若進一步分析，這類悲劇又大致可以分為三種類型：

第一種是主人公受舊式婚姻的束縛，掙扎在夾縫中，身心遭受了巨大的創傷。比如，陳翔鶴

⑳ 見席勒的〈論素樸的詩和感傷的詩〉，《歐美古典作家論現實主義和浪漫主義》（二），中國社會科學出版社一九八一年七月出版。

的《西風吹到枕邊》，C先生覺得舊式婚姻是一種「長期的酷刑」，可又不得不同情那個身不由己的女子，頗有郁達夫《蔦蘿行》的情調。林如稷的《流霰》，主人公內受累於舊式婚姻，外不見容於專制的學校，覺得世途暗昧，心境無寧，追慕起「自沉湘江的屈原」和「狂歌醉沒的謫仙」。這些青年不滿於舊式婚姻，是由於舊式婚姻成了落伍的象徵和他們追求浪漫愛情的心理負擔，與他們配偶的個人德性沒有多大的關係，所以儘管妻子很賢慧，他們也心有不甘。可真要離婚，他們又必須面對這些善良無辜的弱女子離婚後的黯淡前景，這不能不招致家庭的、社會的嚴厲責難，不能不使他們背上沉重的良心的十字架，所以實際上他們又不可能輕舉妄動。大多數的情形是，他們家裡留著原配，外面追尋情人，而這種婚姻與愛情兩相分離、相互矛盾的狀況又轉化為他們內心的激烈的情理衝突，使他們加倍地經受了精神的痛苦，更有甚者導致了心理變態。可以說，這是時代的苦悶，是舊時代遺留下來的孽債，是新時代誕生時不可避免的陣痛。

第二種是受門第觀念的限制，造成有情人難成眷屬。葉靈鳳的《浪淘沙》寫的就是這樣的悲劇：文藝青年陳西瓊與表妹淑華相愛，但淑華的母親為了門第和聲譽，淑華的哥哥為了權勢和金錢，棒打鴛鴦，替淑華另擇高門，陳西瓊只得「到沒有幸福的地方去」，了卻殘生。倪貽德的《花影》情調委婉得多，但主題與此相同：一對青梅竹馬的情人，由於當母親的為女兒擇定了家財豐厚的婆家，他們無法抗拒命運，只能忍淚吞聲，心繫遠人。

第三種是受社會輿論的牽制，主人公孤掌難鳴，徒增傷悲。倪貽德的《玄武湖之秋》寫「我」與三個女學生在玄武湖蕩舟作畫，相互體貼關懷，脈脈含情，他們的行止不過比較浪漫罷了，但這一不失純潔的舉動在風氣尚未開化的地方招來了眾人的嫉妒與嘲罵，「我」走投無路，感歎道：

「境遇的困苦，生世的孤零，社會的仇視，便把我這美好的青春時代，完全淪落在愁雲慘霧的裡面。」

上述種種，從不同側面折射出青年一代對愛情的渴求和封建勢力及其觀念對這種追求的束縛。這比之歌德筆下的維特主要礙於友情和榮譽而使愛情歸於無望的那種悲劇，無疑更能見出中國的特點。但是，時代畢竟發生了變化，五四浪漫派作家也開始津津有味地抒寫內心對幻美的追尋，從而透露了封建勢力和封建觀念正在走向瓦解的歷史趨勢。郭沫若的《喀爾美羅姑娘》，寫一個留學日本的中國青年因偶然的機緣與街頭賣糖餅的日本姑娘相識，從此陷入了單相思。他尊重妻子，情感上卻擺脫不了那個美麗的影子。為了與她見上一面，幾乎弄得荒廢了學業和職務。可直至那姑娘成為富商的外室，他還不敢向對方表白自己的心思。這種浪漫諦克的單相思很能說明五四青年追求愛情的大膽勇敢，而主人公性格中畏縮的一面，又顯示了中國學生在日本受到民族歧視時的那種心理負擔。滕固的《石像的復活》也寫單戀之情，所不同的是主人公原先潛心研究宗教，似乎早已忘了塵緣。「牧師的女兒老是喝白開水，到頭來總會成為一個酒鬼」，在參加美術展覽會後，他突然厭棄了宗教，發瘋似地尋找心中單戀的情人。直至最後看見櫥窗裡的蠟像酷似情人，破窗而入，被員警扭送瘋人院。這個悲劇故事顯示了人性在美的感化下從宗教的壓抑中解放出來的艱難的心路歷程。但「美」畢竟戰勝了「理」，這一人性解放的主題是富有時代色彩的。

五四時期，一方面是現代意識開始在青年中流傳，另一方面是封建觀念在社會上依然根深蒂固，所以五四浪漫主義者常由愛入「性」，大膽展現性的苦悶，以這種極端的方式向封建觀念挑戰。這類作品有一些寫得出色，具有時代意義，但也有一些存在較多的問題。如郁達夫的《沉淪》在性苦悶的描寫中寄寓了希望祖國快快強大起來的愛國主義主題，可他後來的《秋柳》、《寒宵》、《街燈》，主人公越來越頻繁地出入秦樓楚館，與風塵女子相戀相悅，把那一點頹廢的姿態無節制地放大了。雖然這反映了他二〇年代中期心境的焦躁和對現實的失望，但這畢竟不是藝術的正道，連他自己也承認在描寫上是失敗了。㉑

五四作家無論是寫戀愛悲劇還是表現性的苦悶，所根據的都是現代人的性愛觀念，那就是追求靈肉一致的愛情。主人公的苦悶起因於靈肉的分離，他們所追求的就是使兩者得以統一。但片面性也是存在的：由於封建觀念是妨礙個性解放的主要因素，所以作者的同情很自然的在要求自由解放者的一邊，有時失去了分寸就難免模糊了情與性的界限。張資平的「△」小說姑且不論，葉靈鳳的一些作品某種程度上也存在這種毛病。如《女媧氏之遺孽》，有夫之婦惠與一個青年學生偷情三年，被人察覺後忍辱負重，一病不起，絕望中她曾想為保全小情人的面子去死。這種犧牲精神表明她的愛情觀是現代人的，但又是蒼白病態的。作者對她的同情只能說是一種帶有時代特點的激進態度。

五四浪漫小說所表現的另一大主題是「生」的苦悶，這主要與社會不公、金錢支配人的命運、知識分子生計維艱等問題連在一起。王以仁的《孤雁》以書信體的形式告白「我」漂泊無定，挨餓受凍的人生景況：住旅館付不起食宿費，只能窘極而逃；從城裡逃到家鄉，也難逃世人白眼，終至精神崩潰，一病不起。作者痛切地感到「金錢制度是萬惡的根源」，因而不無悲憤地宣稱「以後有點機會，我定要把全世界的銀行炸得粉碎」。陳翔鶴的《茫然》寫C先生在窮厄中「看不出前途，

---

㉑郁達夫：〈我承認是「失敗了」〉，《郁達夫全集》第五卷，浙江文藝出版社一九九二年十二月版。

更望不著歸路」，迷惘悲傷之情充塞於心中。葉鼎洛的中篇《前夢》，寫主人公畢業即是失業，備受嘲弄，流落街頭，最後動了自殺的念頭。這些小說都是寫人生的艱難，是對社會黑暗、世道不公的悲憤抗議。

寫「生」的苦悶，引人注目的是廬隱。廬隱從小缺乏溫暖，童年的厄運給她留下的是一顆「殘破的心」和易感多愁的性格，成年以後，又四處漂泊。她的創作從問題小說入手，很快轉向以抒寫內心感受的方式來扣問「人生究竟」。她所看到的人生大都像演戲一般，名利的代價只是「愁苦勞碌」，神聖的愛情到頭來靠不住，人們都戴著假面具互相猜忌傾軋。《海濱故人》是她的代表作，主人公露莎和一群女友對生活充滿憧憬，而冷酷的現實把她們的理想撞得粉碎，不僅事業成了泡影，而且愛情在結婚後也變了味。個人與社會、理想與現實、感情與理智的矛盾糾纏在一起，使這些人不堪重負。幾千年來女性深受綱常名教的壓迫，連表達苦悶的權利也沒有。廬隱衝破封建觀念的藩籬，以一個女流之輩大膽宣布女性對社會、對人生、對自我的思考，表達了女性在婚姻戀愛問題上要求擁有與男子平等權利的願望，這從一個側面反映出社會的深刻變化，象徵著一個新時代已經到來。

但是不能忽視這樣一個事實：五四浪漫主義作家大多數固然經濟窮困，可是他們在小說裡哭窮歎苦，動輒尋死覓活，這更主要的還是一種刻意追求的浪漫姿態，不能說沒有一點古代名士的放浪形骸的作風在內。尤其是郁達夫，越「窮」心中越煩躁，越煩燥越要去買一個醉飽：「橫豎是不夠的，節省這幾個錢，有什麼意思，還是吃吧！」於是左腳下的一張鈔票變成了一頓西餐，右腳下的一張鈔票也因為要了啤酒、汽水而被茶房撕去一半（《還鄉記》）。他的小說裡常寫到這類自暴自棄的念頭，真正的原因與其說是窮，還不如說是因為發現了自我的價值，對讀了多年書還得受資本家的奴役盤剝這種人生際遇憤憤不平，要借此向這不公正的社會表達他心中的強烈不滿。郁達夫說：「碰壁，碰壁，再碰壁，剛從流放地點遇赦回來的一位旅客，卻永遠地踏入了一個並無鐵窗的故國囚牢」㉒。這既道出了他剛從日本回國時的失望心情，也頗能代表一般浪漫主義者的真實心態，即主觀上恃才傲物，可現實逼得他們處處低頭，由此形成的內心鬱積也就只有借直抒胸臆的浪漫小說來宣洩。

但同樣是寫「生」的苦悶，五四浪漫主義者各人的風格又是大有差異的，這反映了他們不同的創作個性、文化修養和審美趣味。陶晶孫學醫出身，有很好的音樂造詣，他的小說有較多的音樂成分，如語言的節奏鮮明，結構上採用標題音樂的章法，他的日語比漢語好，這在一定程度上又助成了他的寓巧於拙的語言風格。《音樂會小曲》是他早期的代表作，小說分三節，各以「春」、「秋」、「冬」命名。「春」是傷感的：擔任樂隊演奏的「他」，在音樂會上發現聽眾中有一位姑娘與他的女友非常相像。女友對他一往情深，三年前在東京大地震中遇難了。他急切地想與這位姑娘談一談，跟著她來到咖啡館，一訴心中的落寞惆悵。「秋」是蕭瑟的：「他」收到一張不知來歷的音樂會門票，正好與從前認識的音樂家A女士聯座。送門票的是他從前的情人，為的要看看他現在的光景。但她陪著丈夫遠遠地看到「他」正在與A女士熱情交談，便嫉從中來，拂袖而去。臨了，「他」還不知送門票的究竟是誰。「冬」是尷尬的：「他」把愛情看作詩，誤以為身邊同行的女學生對自己有意，可是女學生的熱情原來全是沖著要他代為轉遞情書的，這不免使他悵然若失。

---

㉒ 郁達夫：〈懺餘獨白〉，《郁達夫全集》第五卷，浙江文藝出版社一九九二年十二月版，第五四三頁。

陶晶孫筆下的主人公一般就像這位「他」，浪漫而溫文爾雅，擅長在女學生和舞女中周旋，可又不流於輕薄，常在浪漫諦克的際遇中讓人覺得有淡淡的哀愁在心頭。

倪貽德則有所不同，他的特點是在感傷抒情中流露出古典的趣味。《江邊》寫一個學美術的青年由於生活窘迫，環境平庸，感到悲從中來，想去憑弔屈原遺跡。《下弦月》裡貧寒的畫家在夏夜幻想著初戀時的女友用血汗換來工錢為他置辦蚊帳。《寒士》中的藝術青年在窮困和寂寞中夢見故鄉的情人有信來噓寒問暖。倪貽德的小說裡主要就是這類寒士的形象。他們薄命多才，追求的是典雅溫馨的情調。倪貽德明確地說：「晴湖不如雨湖，晝湖不如夜湖，這兩句話確含有幾分真理。美術家常常說，模糊比清晰更美，雨湖夜湖之所以美者，大約也是因為模糊的緣故吧。」㉓又說：「在我個人理想中的繪畫，是應當在一種夢裡的境，如真而若幻，如幻而又若真，是一種恍惚的，憧憬的，朦朧的東西，我們看到了這張畫，要如同聽到一個提琴名手在那裡幽訴陽春的哀調一樣。」㉔這些話切中他的小說那種哀而不怒、怨而不傷的風格，頗能從中窺見他美術上的修養和衰敗的大家庭出身的背景。

陶晶孫、倪貽德是浪漫抒情小說家中風格較為溫和的兩位，而滕固卻顯示了感傷抒情向怪誕的一面發展。《石像的復活》，這篇名就有些怪誕。《壁畫》、《葬禮》則更甚，前者是一個赴日本學美術的青年不滿於舊式婚姻，先後單戀上業師的女兒和模特姑娘，可她們都看不上他，這使他的

㉓ 倪貽德：〈道村通信〉，收入《東海之濱》，上海光華書局一九二五年初版。
㉔ 倪貽德：〈看了萬國美術展覽會之後的感想〉，收入《藝術漫談》，上海光華書局一九二八年初版。

性格更趨於怪僻。一次狂飲之後，他用嘔出的血在壁上昏亂地塗了幅畫：一個女子站在一個僵臥者的腹上跳舞，這是他一生中唯一完成的生命之作。《葬禮》則寫了一個大學教員在貧病交加之中，用書籍擺成一個死人模樣，外加兩大包女人的情書折成紙錠，舉火自焚。作者對社會的控訴是嚴厲的，但他顯然吸收了現代派的因素，這跟他受唯美派的影響是有關係的。滕固著有《唯美派的文學》一書，他認為唯美運動是浪漫運動「驚異之再生」。這表明他在創作上自覺借鑒了唯美主義大師王爾德等人的表現技巧，採用了「妖魔式的誇張」的手法。

在五四浪漫抒情小說家中，影響最大的無疑是郁達夫，這是因為郁達夫把當時年輕人最為關心的人生兩大問題，即愛情和金錢，以驚世駭俗的方式在小說裡提了出來。沈從文這樣評論道：「郁達夫在他作品中，提出的是當前一個重要問題。『名譽、金錢、女人取聯盟樣子，攻擊我這零落孤獨的人……』這一句話把年青人心說軟了。」因而，「郁達夫，這個名字在《創造週報》上出現，不久以後，成為一切年青人最熟習的名字了。人人都覺得郁達夫是個值得同情的人，是個朋友，因為人人皆可從他作品中發現自己的模樣。」㉕這表明，郁達夫的名聲源於他的才氣，但更主要的是因為他以自我表現的方式抒發了時代的苦悶，喊出了一代青年的共同心聲。

五四浪漫抒情小說的感傷色彩雖由多種因素所致，（其中包括世紀末思潮、俄羅斯文學的「多餘人」形象、西方和日本的唯美主義等外國文學思潮的影響）但郁達夫等浪漫主義先驅所起的作用不可低估，尤其是一些新進作家和創造社外的文藝青年，他們都不同程度地受到了郁達夫等人的直

---

㉕沈從文：〈論中國創作小說〉，《沈從文文集》第一一頁，花城出版社一九八四年版，第一七二頁。

接影響。王以仁完全是學郁達夫的，且不說他的懷才不遇的感傷情懷和剖白內心的手法與郁達夫小說有直接的淵源關係，就連表現主人公落魄命運和頹放作風的某些細節也與郁達夫驚人的一致。郁達夫《還鄉記》有這樣一段：「被他催迫不過，我就提起筆來寫了一個假名，填上異鄉人三字，在職業欄下寫了一個無字，不知不覺我的眼淚竟濮嗒濮嗒的滴了兩滴在那張紙上。茶房也看得奇怪，向紙上看了一看，又問我說：『先生府上是哪裡，請你寫上了吧。職業也要寫的。』我沒有方法，就把異鄉人三個字圈了，寫上了朝鮮兩字，在職業下也圈了一圈，填了『浮浪』兩字進去，茶房出去之後，我就關了房門，倒在床上盡情的暗泣起來了。」過了八個月，王以仁發表《流浪》，寫到了住旅館時的類似境遇：「我雖然在上面寫了一個假姓名和籍貫，當他們要我在那張表上填寫著我的職業和來杭的目的時，我真是目瞪口呆住了。徑三！我想在職業的下面填上了失業，在來杭目的之下填上了籙飯兩字，但是我的手無論如何也不肯寫下去的。經了茶房的再三催促，我終忍淚寫上了流浪的名目；在名士眼中看來，或者以為我的職業和目的都是含有豐富的詩趣的。」㉖很明顯，除了郁達夫的語言比王以仁的更流暢，情感更為浪漫外，這兩段文字的相似是一目了然的。難怪王以仁自稱是郁達夫的崇拜者，說他對郁達夫的小說有「嗜痂之病」㉗。在淺草社、沉種社的成員中長期致力於小說創作的是陳翔鶴，他也說過在創造社和郁達夫的作品中，「可以聽見那青春熱情，

㉖郁達夫的〈還鄉記〉原載於一九二三年七月二十三日至八月二日《中華新報・創造日》，後收入《達夫散文集》，浙江文藝出版社一九九二年版的《郁達夫全集》把它編入《小說集》第一卷。王以仁的《流浪》寫於一九二四年三月十二日。

㉗王以仁：〈我的供狀——致不識面的友人的一封信〉，載一九二六年二月十日《文學週報》第二一二期，收入《孤雁》為「代序」。

和對舊社會舊制度的反抗，以及自我覺醒後的苦惱煩悶的叫號」，他認為許多青年「在郁郭諸人影響下，各各叫出了自己對舊社會，舊家庭，舊婚姻，舊學校種種不同的憤懣的反抗的呼聲。從他們的『形式』上，似乎很脆弱的，退讓的，而其實其本質是硬朗的，積極的」。㉘綠波社的趙景深也表示：「我常因別人的作品引起我寫小說的靈感」，「我在看過郭沫若的《橄欖》以後，便接連的寫了《漂泊》部分四個連續而又可獨立的短篇。」㉙總的看，郁達夫及前期創造社成員在抒寫感傷情緒的方面對新進作家的影響是基於共同的時代氛圍，又具體地表現在兩個方面，一是內容上圍繞「愛情」與「金錢」兩大問題而產生的種種煩悶、反抗乃至自暴自棄、放浪形骸的姿態；二是寫法上的「自我表現」乃至「自我暴露」。中國傳統小說歷來看重故事情節，郁達夫受西方小說的影響最初寫出《沉淪》時，還有友人懷疑這是否可以叫做小說。待到《沉淪》一炮打響，引起許多青年的強烈共鳴，一種浪漫抒情小說的文體也就隨之被接受了，而這又反過來進一步推動了感傷抒情的浪漫小說的發展，使之成為五四文壇的一道獨特風景線。

## 二

五四浪漫小說的感傷情調與「零餘人」的形象大有關係。許多作品的主人公以零餘人自居，如葉鼎洛自敘傳小說的主人公自歎是「最弱最弱的弱者」，林如稷《流霰》的主人公稱自己是「一隻

㉘ 陳翔鶴：〈郁達夫回憶瑣記〉，一九四七年《文藝春秋副刊》第一卷，第一期。
㉙ 趙景深：《梔子花球‧序》，上海北新書局一九二八年十一月初版。

迷途的鳥」，陳翔鶴《不安定的靈魂》的主人公說：「我只覺得我這條生命是多餘著！」倪貽德則直接告訴讀者，他是「一個一無可取的世界上所無用的人」[30]。寫「零餘人」最為著名的，當然是郁達夫。郁達夫小說的主人公自稱是「零餘者」、「畸零人」、「庸奴」，很明顯地傳達出一種共同的時代病，然而從淵源上說，這又不能不看到是因為他受到了俄羅斯文學中「多餘人」形象的重大影響的緣故。

談起郁達夫與俄羅斯文學的影響關係，人們首先會想到屠格涅夫。因為屠格涅夫是俄羅斯作家中寫「多餘人」形象最有成就的一位，郁達夫自己又特別強調在他與西方文學極為廣泛的聯繫中，屠格涅夫的影響占著舉足輕重的位置。他說過，他從屠格涅夫的《初戀》和《春潮》開始閱讀西洋文學，此後還多次寫文章論及屠格涅夫及其作品，一九二八年又翻譯屠格涅夫的論文〈《哈姆雷特》和《堂吉訶德》〉，並寫傳記兩篇。在他所有談及屠格涅夫的文字中，下面這一段話尤其值得注意：「在許許多多古今大小的外國作家裡面，我覺得最可愛、最熟悉，同他的作品交往得最久而不會生厭的，便是屠格涅夫。這在我也許是和人不同的一種特別的偏嗜，因為我的開始讀小說，開始想寫小說，受的完全是這一位相貌柔和，眼睛有點憂鬱，繞腮鬍子長得滿滿的北國巨人的影響。」[31]

研究屠格涅夫對郁達夫的影響，有助於弄清楚中國五四文學中「零餘人」形象的一個重要來源。但一般考察兩者的關係，往往只注意他們筆下「多餘人」系列形象的相似性。屠洛涅夫寫過不

[30] 倪貽德：《玄武湖之秋・致讀者諸君》。上海泰東圖書局一九二四年四月初版。

[31] 郁達夫：〈屠格涅夫的《羅亭》問世以前〉，《郁達夫全集》第六卷，浙江文藝出版社一九九二年十二月版，第九六頁。

同類型的多餘人性格，與郁達夫的多餘人相似的是那些善良溫和、然而又自卑怯弱的人生失意者。我們盡可以從兩個作家所寫人物個性和命運的相似中去揣摩他們的影響關係，但更為重要的是確切把握這種影響產生的途徑和實質。古今中外優秀之作，由於深刻地反映了各自時代和民族生活的某些本質方面，不自覺地採用了某些相似的手法，甚至表現出近似的風格，使人們有可能進行類比，但這未必意味著彼此有直接的影響關係。而且從本質上說，屠格涅夫和郁達夫所塑造的多餘人形象其實也是頗不相同的。大致而言，屠格涅夫概括的是十九世紀中葉俄羅斯貴族先進知識分子的特點，他們大多有進步的思想，敏感的頭腦，其可悲之處在於需要他們行動的時候他們卻習慣於主觀反省，白白地錯失了良機。郁達夫寫的是二十世紀初中國平民知識分子，同是覺醒的一群，但他們身受異族歧視，心存時代苦悶，個性更為卑微。屠格涅夫的多餘人，大多能在愛情與義務相矛盾時，因卑怯或善良而傾向於自我克制；而郁達夫的多餘人則具有更為強烈的個性意識，幾乎完全擺脫了傳統道德的束縛，熱烈地追求著理解和愛情，雖然他們同樣受到環境壓迫，悲歎著自己的不幸。無須再舉例子，可以肯定，這兩個作家寫的各是自己時代和民族的多餘人。因此，我們考察屠格涅夫對郁達夫的影響，不能僅憑多餘人的血統而簡單地通過類比得出結論，而應該深入到作家的創作過程中去，到他們的創造性思維活動中去尋找內在影響關係。

從創作心理過程的角度看，屠格涅夫對郁達夫的影響首要之點是一種情感上的觸動以及由此而產生的如何認識自我的思想啟迪。

屠洛屠夫塑造的多餘人，性格各不相同，但有一個共同點，就是性格的貧血和在生活中顯得「多餘」的命運。比如羅亭以驚人的辯才、深刻的思想和瀟灑的風度打動了娜塔莉婭的心，可是當姑娘因母親反對勇敢地跑來找他商量對策時，他卻怯懦地表示：「當然是服從！」羅亭不會毫無考慮就行動，可在碰到第一個障礙時，他就完全垮了，一事無成便是他的命運。這些多餘人儘管善良，也不乏才智，可他們缺乏行動力量，在生活急流中被沖得暈頭轉向。對於這些人的不幸遭遇，屠格涅夫滿懷深情，但他也巧妙而尖銳地批評了他們嚴重的性格弱點。屠格涅夫以出色的才能通過這些人愛情和事業上的破產表現了他們在社會上的軟弱地位，實際上宣告了一個真理：貴族階級中的先進代表人物無力推動歷史前進，也無力解決重要的社會問題，他們註定要被歷史淘汰。

一個作家受外來影響，總是基於自身的條件。情感纖敏，富有詩人氣質的郁達夫，顯然沒有也不可能採取屠格涅夫式的批判態度，他還缺乏相應的理性力量。他更多的是從自身受人歧視、聊無寄託的感受出發，同情屠氏筆下多餘人零餘無用的遭遇，並由同情他者發展為對自我的憐憫。他的散文《零餘者》敘述的便是這種聯想的情形，「我在城郊漫步，忽然感覺得天寒歲暮，好像一個人漂泊在俄國的鄉下」——俄國的鄉下不是羅亭們的故鄉？正是在這種類似俄國鄉下的環境中——「我的腦裡忽而起了一個霹靂」，那些毫無系統的思想都集中在一個中心點上，即「我是一個真正的零餘者！」「生在這裡，世界和世界上的人類，也不能受一點益處；反之，我死了，世界和社會也沒有一點損害。」很顯然，這是基於相似命運而產生的情感觸動，由情感觸動所導致的一種思想啟迪，一種對於自己的多餘人身份的恍然大悟——如果以前郁達夫只是朦朧地感到苦悶，那麼現在他才明確知道了：「我是一個真正的零餘者！」

過程創作中，作家對自我的「恍然大悟」是至關重要的。它會像一道閃光，剎那間照亮自我本來朦朧的內心世界，使他明瞭自己，從而能自覺地調動起全部的生活結累和藝術經驗把他所自覺意識到的情緒意向或者人生感觀表達出來。所謂作家找到了「自我」，發現了「自我」，大致就是這種情形。不難理解，對於詩人氣質極濃的郁達夫來說，恍然意識到自己的「零餘者」的身份，無異於像給一缸混濁的水下了一大劑明礬，使他從小就有的然而原本處於朦朧狀態的憂鬱情緒朝「多餘人」這個明確的中心凝聚，因凝聚而加強了情緒的能量；那也等於給他創作暗示了一個主題和一種宣洩內心情感的方式，使他得以從自我的憂鬱情緒出發，描繪、甚至誇飾多餘人的種種病態心理，寫出一篇篇充滿感傷情調的作品。郁達夫的多餘人，無論「質夫」、「文樸」、「伊人」，還是「我」或「他」，其思想和感情都是中國人的，不是屠格涅夫的翻版，但啟發他以多餘人的眼光審視自己，讓自己的情緒向多餘人這個情感中心湧動，由此進入創作過程的則確是屠格涅夫。而且在耳聞目濡中，他也難免受了屠氏筆下多餘人的消沉意氣的感染，正如他自己所說的：「在高等學校的神精病時代，說不定因為讀俄國小說過多，經受了一點壞的影響。」㉜從這樣的角度看，屠格涅夫對郁達夫的影響就具有深層次的總體性的意義：他喚醒了郁達夫的憂鬱詩情和文學創作的才能，影響著郁達夫創作過程中情感活動的方式，因而規定了郁達夫創作的始發方向和情感基調。郁達夫真誠地奉屠格涅夫為自己走上文學道路的宗師，原因大概就在這裡。

毫無疑問，引起感情共鳴，性格是一個重要的因素，但最根本的原因還是中國社會和俄國社會的相似性，以及由此造成的兩國知識分子的命運的類似。俄羅斯農奴制趨向崩潰時的黑暗現實，使

㉜ 郁達夫：〈五六年來創作生活的回顧〉，《郁達夫全集》第五卷，浙江文藝出版社一九九二年十二月版，第三三八至三三九頁。

受過良好教育的羅亭們首先醒悟過來，而貴族生活並沒有培養他們的意志，結果他們被拋出了生活常軌，陷於思想和行動的尖銳矛盾中。五四時期的中國，同樣面臨著歷史性巨變，新的社會力量在日漸壯大，但保守的傳統勢力仍很頑固。郁達夫從西方思想庫中獲取了個性主義的武器，碰到的卻是社會黑暗和守舊勢力的圍攻：「惡人的世界塞盡了我的去路，有名的偉人，有錢的富商和美貌的女郎，結了三角同盟，擯我斥我，使我不得不在空想的樓閣裡寄託我的殘生。」㉝這裡，性格因素和特定的社會條件互相作用，規範了郁達夫的人生態度和感情傾向，使他在羅亭們身上照出了自己的影子，體驗到了自己的悲哀。

既是總體性的影響，就勢必會在創作的其他方面體現出來。其中，首先是刻劃人物的方法。要寫出多餘人複雜的內心世界，關鍵自然在心理描寫。屠格涅夫和郁達夫心理描寫各有千秋，但由於他們面臨著相似的表現對象，所用的手法仍能讓人悟出某種內在的聯繫。屠格涅夫善於寫人物的孤獨內省，如描寫青年的熱戀，他喜歡讓小夥子在一個明月之夜隻身來到花園或河邊捫心自問：「我愛上她了嗎？」這時周圍的景色是神秘縹緲的，似乎小草在細語，微風在低吟，大自然的生命氣息激發著人的感情，在這樣的氛圍裡，他終於肯定：「我愛上了她。」於是一幕悲劇拉開了序幕。這樣的寫法，好處在於能充分展示多餘人性格的猶豫多疑。屠格涅夫小說的精彩之處，也往往是在這類描寫主人公在富有詩意的環境中內心自省的部分。這種方法，在郁達夫手裡顯然貫徹到了絕大多數作品。他寫的幾乎全是主人公內心的自省，外部事件只有作為引起主人公情感活動的刺激源才具

㉝ 郁達夫：《蔦蘿集・自序》，《郁達夫全集》第五卷，浙江文藝出版社一九九二年十二月版，第七五頁。

有意義。因此，郁達夫小說的一個顯著特點便是情節淡化，支撐作品結構的基本上是主人公流動的情感和思緒。

但是，屠格涅夫同時也善於通過外部衝突來表現主人公內心情緒和意向之間錯綜複雜的矛盾，藉以暴露多餘人意志的軟弱。他出色地把人物的外部選擇轉化為內在的衝突，寫出主人公為他們的個性所拖累，越是反抗某種情勢，越是朝這種情勢加速前進，明知前面再跨一步便是懸崖，卻身不由己地往深淵跳。而就在這縱身一跳之間，情節發展過程中積累起來的張力剎那間釋放出來，化為驚心動魄的藝術光彩。類似的手法，我們也可在郁達夫的小說裡看到，比如《沉淪》著意表現主人公清醒的理智和卑微的情感之間的衝突：他憑理智譴責自己的無恥、墮落，可情感又拖著他向最不願去的方向滑去，最後在酒家妓院買醉求笑，毀掉了自己純潔的情操。此外，《蔦蘿行》裡「我」對妻子不能愛然而不得不愛，《茫茫夜》、《秋柳》中的質夫沉溺於酒色而不能自拔等，寫的都是多餘人內心的情理衝突和他們的悲劇性格的破產，從中都可看出郁達夫對於屠格涅夫組織錯綜複雜心理矛盾的手法的獨到運用。

若從作品風格的角度看，屠格涅夫和郁達夫是頗為不同的。屠格涅夫是講故事的能手，郁達夫喜歡寫自我的憂鬱；屠格涅夫刻劃多餘人時，擅長於讓他們進行自我分析，作品有較強的理性色彩，郁達夫則一瀉無餘地抒寫主人公的內心哀怨，情味很濃；屠格涅夫力求概括整整一代多餘人的性格和命運，郁達夫則只在悲歎自我的不幸。一句話，屠格涅夫重在模仿生活，郁達夫則偏於表現主觀，但這決非說他們風格上毫無相通之處。決定風格的因素非常複雜，其中題材的特點和作者處理題材時的態度對形成風格有著不可低估的影響。赫拉普欽科說：「創作對象本身的性質，那些成為作家作品的推動因素的矛盾衝突的獨特性，同藝術家對待周圍世界的態度一起，在風格形成中起著重要的作用。」㉞既然屠格涅夫和郁達夫都寫多餘人的題材，而且都傾向於通過心理衝突表現他們性格的破產，那麼他們的風格也必定會在某個側面相重合，這個側面就是他們風格的抒情性。屠格涅夫是一個現實主義作家，但他的現實主義跟果戈理的冷峻和契訶夫的簡煉有明顯區別，而比較接近普希金和萊蒙托夫的抒情風格。特別是他的中篇和短篇，如《三次相逢》、《阿霞》、《春潮》、《初戀》等，寫男女青年的愛情故事，充滿了憂鬱的情調。可以說，這種柔和的抒情風格正是使郁達夫產生興味的重要因素，並使他在喜愛中受到感染，進而影響到自己的審美追求和抒情風格的形成。

當然，郁達夫對屠格涅夫風格的理解很大程度上帶有主觀性，多了點感傷詩人的誇張，而缺少學者式的冷靜。他曾這樣評論屠格涅夫的早期小說：「因離別（引者按：指與費雅度夫人的分別）而產生的那一種無可奈何之情，因貧困而來的那一種憂鬱哀傷之感，更因孤獨而起的那一種離奇幻妙之思，竟把屠格涅夫煉成了一個深切哀傷、幽婉美妙的大詩人。」㉟如果把「深切哀傷、幽婉美妙」的評語移用到屠格涅夫一八六〇年以後的作品上，也許更妥貼些，但重要的是這向我們提示了郁達夫自己偏於「深切哀傷」的情感傾向和賞識「幽婉美妙」的審美態度。郁達夫曾譯過屠格涅夫《零餘者日記》中的詩：「柔心，問我柔心，為什麼憂愁似海深？如此牽懷，何物最關情？即使身

---

㉞ 米・赫拉普欽科：《作家的創作個性和文學的發展》，上海人民出版社一九七七年版，第一二二頁。
㉟ 郁達夫：〈屠格涅夫的《羅亭》問世以前〉，《郁達夫全集》第六卷，浙江文藝出版社一九九二年十二月版，第一〇二頁。

流異域，卻是江山絢美好居停——柔心，問我柔心，——此處復何云？」㊱這與其說是翻譯，還不如說是充分體現了他的出眾才情和憂鬱心懷的再創作。這些都表明，郁達夫不太重視屠格涅夫小說描寫的客觀性，而格外偏愛他的抒情性；不去體味屠格涅夫對俄羅斯前途的樂觀信念，而特別強調他因去國懷鄉和個人生活的不如意而產生的悲哀之感。不用說，這種偏愛與郁達夫的氣質和他所處的環境密切相關。郁達夫敏感纖弱，生活在動亂的時代，又受到世紀末思潮的影響，因而容易對屠格涅夫作品的哀怨情調產生共鳴。但也正因為有所偏愛，他才能既有所感染，又自成一家。結果他的憂鬱發展為哀痛，而屠格涅夫的不少中篇是在暮年時節對於往昔的回憶，能以從容寬徐的筆調寫出惆悵若失的心情，他因此可以像普希金那樣自信地說：「我的悲哀是明媚的。」

抒情格調的相近，還能說明另一個涉及創作過程的重要問題，即意味著兩位作家採用了大致相似的醞釀詩情的辦法。一八五一年屠格涅夫寫成中篇《三次相遇》，作品沒有正面展開故事情節，只是截取「我」與一個年青漂亮的貴族女子三次偶然相遇時目睹的情形，用虛筆暗示了一個悲劇，以此揭露上流社會司空見慣的道德淪喪，而它的成功則主要在於借助極為巧妙的構思渲染了一種撲朔迷離的氛圍和憂鬱動人的詩情。涅克拉索夫讀後深為感動，特意寫信要屠格涅夫繼續並深化這種抒情中篇的寫法，建議他再把這部作品看一遍，重溫「自己的青年時代，自己的愛情，以及那飄忽不定、如醉如癡的青春激情和那沒有煩惱的愁悶」，寫出與這種情緒相吻合的作品來。他感歎說：「你自己不知道，只要能用愛情、痛苦和任何一種理想去撥動那根同你那顆心兒一樣跳動著的

---

㊱ 郁達夫一九三二年十月十五日日記，《水明樓日記》，《郁達夫全集》第十二卷，浙江文藝出版社一九九二年十二月版。

心弦，它就會發出怎樣的聲音啊……」屠格涅夫採納了這一寶貴的建議，寫出了同樣充滿詩情美的中篇《阿霞》。用不著再分析《阿霞》和格調類似的《初戀》、《春潮》和《煙》等，已經可以發現，屠格涅夫的訣竅就在於他善於「用愛情、痛苦和任何一種理想」去撥動那根敏感的心弦，醞釀出憂傷而甜密的詩情。一般地說，文藝創作都伴隨著作家的情感活動，但情感的性質、強度和介入創作過程的方式，各個作家都有自己的特點。郁達夫醞釀創作激情的方法以及它介入創作過程的方式，看來與屠格涅夫頗為相似。他總是喜歡回味自己的可憐情狀，讓自己沉入最憂鬱、最卑微的心態，甚至用幻想的痛苦折磨自己，然後直接記錄心靈的每一次顫動。郁達夫沒有特別點明這方法取自屠格涅夫，但是對這兩個作家來說，既然屠格涅夫在總體上和其他重要方面對郁達夫的創作有著深刻影響，而且郁達夫對屠氏的詩情來源心領神會，那麼他為了完成自己的抒情風格而採取的類似方法中存在著屠氏的影響是不可否認的。因為藝術創作是一個複雜的心理過程，作家間的相互影響是微妙的，往往由某一點啟示就會導致其他方面的領悟，有時甚至在不知不覺中使你受到感染，影響到你的風格形成。

屠格涅夫和郁達夫都是描寫大自然的高手，大自然的美在他們的抒情風格中佔有極為重要的位置，而且總是跟多餘人的心境連在一起的。可以設想，如果沒有這些優美的寫景文字，他們作品裡的感傷情調就會缺乏詩意的美。對自然美的永不消逝的敏感和表現自然美的高巧手法，正是屠格涅夫和郁達夫影響關係的另一個不容忽視的重要方面。當然，喜歡大自然是郁達夫從小就有的一種天性。還在讀小學時，他就愛上江邊置身於綠樹濃蔭中，眺望江中的白帆和隔江的煙樹青山，做「大半日白日之夢」㊲。而情景交融的寫法也是中國古代山水詩的傳統，古典文學修養很好的郁達夫深受其影響。不過，這些方面最終並不妨礙他自覺地向外國文學，尤其是向屠格涅夫學習欣賞自然的態度和表現自然美的技巧。

屠格涅夫對於大自然的生命，大自然中的豐富多彩的美具有一種令人驚歎的敏感。他非常善於分辨最細微的差異，在和諧的畫面中，表現出極難捉摸的細節。這種描寫的才能，前蘇聯學者早有定評：「屠格涅夫繼承了普希金的那種善於從普通現象的事實中抽出詩歌的驚人才能，因此，那些初看起來可能是平淡無奇的一切，在屠格涅夫的筆下卻獲得抒情詩的色調和浮雕般的美麗畫面。不管是什麼樣的平庸乏味的老菩提樹，只要一遇到這位藝術大師的巧妙畫筆，就會變為永遠成蔭的樹木，長著各種普通蔬菜的菜園就會呈現出一種津津有味的豐盛的景象。」㊳屠格涅夫描寫大自然的美基本有兩種情形，一種是把它當作俄羅斯的象徵來謳歌，寄託他對祖國未來的理想。如《獵人筆記・森林和原野》以優美的筆調寫出祖國大地上的四時景物及其晦明變化，你讀後會覺得心胸舒展，心裡充滿喜悅和希望，情不自禁地向俄羅斯致以熱烈的敬意。另一種是以自然景象來渲染氣氛，襯托人物，使之達到情景交融的境界。

郁達夫由衷嘆服屠格涅夫的寫景筆墨。他在〈小說論〉裡把文藝作品中景與人的關係歸納為「調和」與「反襯」兩種：寫戀人在春景裡漫遊，是調和；寫窮人在歡笑的人群旁垂淚，是反襯。

---

㊲ 郁達夫：〈懺餘獨白〉，《郁達夫全集》第五卷，浙江文藝出版社一九九二年十二月版，第五四一頁。
㊳ 普斯托沃依特：《屠格涅夫評傳》，人民文學出版社一九五九年版，第四五頁。

他認為「俄國的杜葛納夫，最善用這兩種方法，我們若欲修得這兩種描寫的秘訣，最好取杜葛納夫的《羅亭》和《煙》來一讀。」㊴這滿懷敬意的會心之論再好不過地道出了他寫景筆法的一個重要藝術淵源。

在郁達夫的小說裡，能顯示他對自然美的敏銳感受力和富有詩意的描寫技巧的例子是俯拾即是的。且不說他的幾處寫景妙筆，如《薄奠》的寫北京的晴空遠山，《小春天氣》寫陶然亭的蘆蕩殘照，久為人們所稱道，我們只引他《南遷》裡的一段：

她那尾聲悠揚的游絲似的哀寂的清音，與太陽的殘照，都在薄暮的空氣裡消散了。西天的落日正掛在遠遠的地平線上，反射一天紅軟的浮雲，長空高嶺，帶起銀藍的顏色來，平波如鏡的海面，也加了一層橙黃的色彩，與周圍的紫色溶作了一團。

歌聲如同游絲，這是聽覺與視覺的打通，「絲」前用一「游」字，寫歌聲的縹渺；浮雲之為「軟」，這是視覺與觸覺的融合，著一「浮」字，強調其質地之輕。這裡顏色的調配也是極為高明的：在西天殘照映射下，浮雲的紅，海面的橙黃和流動的紫氣融成一種暖色調，與長空高嶺帶起的銀藍相映成趣，構成了一幅五彩繽紛但是含著一種淒涼情調的畫面，而「銀藍」之為長空高嶺所帶起，顯然又是以主觀感覺寫畫面的動勢。可見郁達夫不是冷冰冰地描摹山水景物，而是像屠格涅夫

㊴ 郁達夫：〈小說論〉，《郁達夫全集》第五卷，浙江文藝出版社一九九二年十二月版，第一八一至一八二頁。

那樣用整個心靈擁抱自然，融情入景，在情景相互激盪感應中提煉詩意，寫出大自然的光色變幻和生命質感，以此反襯「零餘者」落寞惆悵的情懷。與屠格涅夫有所不同，郁達夫很少賦予大自然以某種象徵性的意義，大自然對他來說永遠是寄託感情的處所，但他善於用景物來「調和」或「反襯」抒情主人公，其精神是與屠格涅夫相通的。

總而言之，屠格涅夫主要是使郁達夫強烈地意識到了自己的「零餘者」的身份和命運，激發了他內心的感傷情緒，並且啟示他借鑒屠格涅夫的某些表現手法和技巧來抒寫胸中的悲傷，這無疑大大豐富了五四浪漫感傷小說的內涵和色彩。

## 第三節　清純的戀情：「湖畔」與「新月」

由於自我意識的覺醒，五四青年首先在婚姻愛情問題上提出了自主自決的要求。這反映到創作中，主要表現為兩種傾向，一是在浪漫抒情小說中描述愛情與婚姻兩相分離的痛苦，二是在抒情詩裡謳歌清沌的戀情。這種區別，一定程度上顯示了小說和詩歌兩種文體在抒情功能上存在的差異。一般說來，小說長於展現內心衝突的過程，抒情詩則宜於攝取瞬間的感受，表現剎那的情感火花和對理想的憧憬。當年輕人受單純的人生閱歷的限制，滿懷純真的感情需要抒發時，他們是不容易把這種感情鋪排成小說的，而比較喜歡選擇詩的形式。正是在與作者的藝術氣質、文化修養、人生閱歷等因素相互作用形成作品的情感基調的過程中，文體的意義顯示出來了。

愛情是人類的天性，然而在封建社會中，由於人的價值得不到尊重，愛情被道德家認為卑劣有害，人類的這一天性長期遭到壓抑和扭曲。朱自清說：「中國缺少情詩，有的只是『憶內』、『寄內』或曲喻隱指之作，坦率的告白戀愛者絕少，為愛情而歌詠愛情的沒有。」㊵他指出的就是愛情被貶低扭曲所造成的一個後果。新文學運動初期，情況有所改觀，出現了一些情詩，如胡適的《應該》，郭沫若的《Venus》，魯迅的《愛之神》，劉半農的《教我如何不想她》，俞平伯的《怨你》，劉大白的《郵吻》，康白情的《窗外》等，傳達出文化變革的資訊。但總的看，這些詩數量少，又缺少火辣辣的激情，而且被作者其他方面的成就所掩，因而影響有限。這反映出過渡時期的特點，即人們雖已意識到愛情是美好的，是人性的正常表現，不能壓制它，否則只會導致病態的虛偽，可是要把理性上確立的這一認識自覺貫徹到情感的領域，在歷來最能檢驗人性解放程度的婚戀題材中表現出徹底反封建的精神，還需待以時日。這是因為人們長期受到封建觀念的束縛，舊的價值準則已內化為道德律令，要打破它很不容易，常常是想得到而做不到，就像胡適所作的一個類似比喻：一個纏過腳的婦人再放腳，已經落下了終身的殘疾，不可能再有天足女孩子的那一份自然。率先打破這種保守局面、在愛情詩領域實現重大突破的是被稱為「湖畔詩人」的潘漠華、馮雪峰、應修人、汪靜之。這四位青年於一九二二年四月在杭州出版了詩歌合集《湖畔》，同年九月汪靜之出版《蕙的風》，次年十二月潘漠華、馮雪峰、應修人又出版了《春的歌集》。這些詩謳歌母愛、童稚和大自然，而為數最多、且在當時詩壇上獨樹一幟而產生了重大影響的卻是其中的情詩。

㊵ 朱自清：《中國新文學大系・詩集導言》，上海良友公司一九三五版。

與文學革命的先驅者相比，「湖畔」詩人的古典文學功底不深，又沒能直接從國外接受西方文化思潮的影響。修養和閱歷上的這點欠缺，限制了他們創作所能達到的深度。但是弱點有時也會轉化成優勢，他們較少受封建舊文化的毒害，沒有太多的歷史包袱，所以反而能在時代春風吹拂下，比較迅速地打破傳統觀念的束縛，真誠地表達關於愛情的浪漫想像，給詩壇吹進一縷清新的空氣。

康白情一九二九年在《草兒在前・四版重讀後記》中寫道：「七八年前，社會上男女風俗，大與今天不同。著者雖也曾為主倡男女道德解放的先驅，而鑒於舊人物的擯斥，尤其是新青年的猜忌，竟不敢公開發表。」與這種保守的精神狀態相比，「湖畔」詩人的觀念卻開放多了。汪靜之的《禱告》有這樣的詩句：「我每夜臨睡時，向掛在帳上的《白蓮圖》說：白蓮姊姊呵！／當我夢中和我底愛人歡會時，／請你吐些清香薰向我倆吧。」他的《一步一回頭》是：「我冒犯人們的指摘，／一步一回頭地瞟我意中人，／我怎樣地欣慰而膽寒呵。」應修人的《妹妹你是水》：「妹妹你是水——／你是清溪裡的水。／無愁地鎮日流，／率真地長是笑，／自然地引我忘歸路了。」這些詩句都是青年人關於愛情的坦率表白，其中並不缺少對女性美的大膽欣賞和愛的歡愉的感受。描寫愛情，以審美的態度調和靈肉關係，一點也不諱言渴望愛情和想像得到愛情時的歡樂，這是「湖畔」詩人比前輩詩人勇敢、率直的地方。不僅如此，在這些詩人的筆下，連和尚也會按捺不住：「嬌豔的春色映進靈隱寺，／和尚們壓死了的愛情，／於今壓不住而沸騰了。／悔煞不該出家呵！」（汪靜之：《西湖雜詩・十一》）；似乎狗也懷了春：「有個人走到那裡，／它們向他點點頭，／仍舊看它們的月亮，／而且親親嘴搖搖耳朵，／他呆視了一會，說：『它們相戀著罷。』／他流著眼淚回去了」（馮雪峰：《三隻狗》）他們把愛情泛化的浪漫想像，在五四詩壇上是空前的。這表明，到了「湖畔」詩人那裡，封建主義的枷鎖已被打碎，人性獲得了解放，愛情得到了肯定。他們敢於把「非禮勿視、非禮勿聽」的封建教條拋在一邊，向「男女大防」的傳統道德挑戰，毫無顧忌地表達內心的激情，這是時代前進了的一個很好的證明。只有在封建的枷鎖被徹底打碎後，人們「才敢『坦率的告白戀愛』，才敢堂而皇之、正大光明地寫出情詩，才敢毫無顧忌、理直氣壯地寫情詩。」㊶「湖畔」詩人的愛情詩也許不能說深邃，但它的好處也就在這率真。馮文炳曾這樣稱讚道：「『湖畔』詩人，那時真是可愛，字裡行間沒有一點習氣，這是極難得的。他們的幼稚便是純潔。」㊷胡適說汪靜之的詩「有時未免有些稚氣，然而稚氣究竟勝於暮氣；他的詩有時未免太露，然而太露究竟勝於晦澀。況且稚氣總是充滿著一種新鮮風味，往往有我們自命『老氣』的人萬想不到的新鮮風味。」㊸周作人也表示：「他們的詩是青年人的詩，許多事物映在他們的眼裡，往往結成新鮮的印象，我們過了三十歲的人所感受不到的新的感覺，在詩裡流露出來，這是我所時常注目的一點。」㊹這些都在說明「湖畔」詩人的情詩充滿生氣，不僅拓寬了中國現代新詩的題材範圍，而且增添了新的精神，具有填補現代詩壇空白的意義。

「湖畔」情詩的現代性，主要體現在兩個方面：一是愛情至上的態度，二是對女性的尊重。現代意義上的愛情，以其自身為目的，排除了一切外在於愛情的因素，諸如功名利祿、門第高下的

㊶ 汪靜之：〈愛情詩集《蕙的風》的由來〉，《文匯報》一九八四年五月十四日。
㊷ 馮文炳：《談新詩《湖畔》》，北平新民印書館一九四四年初版。
㊸ 胡適：《蕙的風・序》，上海亞東圖書館一九二二年八月版。
㊹ 周作人：《介紹小詩集《湖畔》》。

計較，更反對一切封建主義的道德清規。「湖畔」的愛情詩，全都體現了這種現代的愛情觀。如汪靜之的《伊底眼》：「伊底眼是溫暖的太陽，／不然，何以伊一望看我，／我受了凍的心就熱了呢！」充分展現了愛情的美麗和非理性的力量。他的《謝絕》則把愛情的魅力進一步提升，使之成為解除人間一切苦惱的良方：「她底情絲和我的，／織成快樂的帳幕一套，／把它當遮攔，／謝絕醜惡人間的苦惱。」應修人的長詩《小學時的姊姊》又別具一格：「我」小時在姨媽家寄讀，與小表姐兩小無猜。四年後重逢，已是小表姐出嫁之日，「我」只能借回憶來重溫舊情。詩中一件件童年的趣事，如放學歸來跟小表姐學繡花，菜園裡、灶火前教小表姐讀書等，都蒙上了一層憂鬱的詩意，蕩漾著「我」感情失落的痛苦。「我」悔的是「那時的英雄想頭誤了我」，為了謀生離開了小姐姐；又恨自己膽小怕羞，白白錯過了好機會。這種銘心刻骨的悔恨，包含著愛情高於功名的觀念，是充滿現代人的精神的，具有反封建的時代意義。

尊重女性，是與愛情至上的態度相輔相成的。真正的愛情，是男女雙方彼此靈肉一致的交融，而不是單純的性的遊戲，因而特別要求把女性當作對等的人來看待。「湖畔」詩人筆下的少女形象都嬌美動人，而且具有獨立的人格，沒有一點依附性。看得出他們是把少女當作美的象徵和道德的尺度來表現的，真正體現了男女平等的精神。由於社會上還普遍存在著歧視女性的現象，有時他們甚而以一種仰視的姿態來特別地強調男女人格上的平等權利：「我沒有崇拜，我沒有信仰，／但我拜服妍麗的你！／我把你當作神聖一樣，／求你允我向你歸依。」（汪靜之：《不能從命》）詩人聲稱甘願拜倒在意中人腳下，看似自我貶低，實乃具有道德自信的表現。從現代人的觀點看，愛情的奴隸與愛情的主人其實沒有兩樣，因而做她的奴隸又有何妨？這顯然是對不把女人當人的傳統偏見的勇敢挑戰。汪靜之後來在回憶「湖畔」詩社時就強調了他們當時這種平等的意識，他說：「湖畔詩社的愛情詩和剝削階級的豔體詩不同；封建地主階級把情人視作奴婢，彼此之間是主奴關係，他們的詩是對情人的侮辱；資產階級把情人視同商品，彼此之間是買賣關係，他們的詩是對情人的玷汙；湖畔詩人把情人看成對等的人，彼此之間是平等關係，詩裡只有對情人的尊重。湖畔詩人的愛情詩像民間情歌般樸實純真，沒有吸血鬼的糜爛生活裡醞釀出來的那種淫豔妖冶。」㊺

由於個人經歷、氣質、修養的不同，「湖畔」詩人的詩風各有特點。朱自清在論及這種差異時說：「潘漠華氏最是淒苦，不勝掩抑之致；馮雪峰氏明快多了，笑中可也有淚；汪靜之氏一味天真稚氣；應修人氏卻嫌味兒淡些。」㊻但就其處子情懷和天真的幻想而言，他們的詩風又是大體一致的。他們用純潔無邪的心去感知愛情的美好，展開幻想的雙翼飛翔於愛的王國。即使品味到了失戀的痛苦，那也是單純的少年富有詩意的一種人生體驗，發出的不會是絕望的詛咒，而是含淚的歌詠（只有潘漠華是個例外，他愛上了一個按照舊禮教是不該愛的人，就像他自己在《隱痛》一詩中所寫的：「我心底深處，／開著一朵罪惡的花，／從來沒有給人看見過，／我日日用懺悔的淚灑伊。」因而他的情詩常常把愛情與「黑夜」、「墳墓」、「火山」等等意象連在一起，包含著悲哀絕望的情調。不過透過這層痛苦的情緒，仍然可以探摸到詩人一顆真摯純潔的心）。馮雪峰的《被拒絕者的墓歌》想像被拒絕者含恨死去，可是他癡心不改，要在墓上開放爛漫的花朵，把姑娘重新

㊺ 汪靜之：〈回憶湖畔詩社〉，《詩刊》一九七九年七月號。
㊻ 朱自清：《中國新文學大系．詩集導言》，上海良友公司一九三五年版。

誘上：「等她姍姍地步來擷花的時候，／花刺兒已把她底裙裳鉤住了。」這與其說是失戀者的哀歌，還不如說是天真少年對愛情的浪漫想像。汪靜之的《月夜》：「我那次關不住了，／就寫封愛的結晶的信給伊。／但我不敢寄去，怕被外人看見了；／不過由我的左眼寄給右眼看，／這右眼就代替伊了。」詩人用了左眼給右眼寄信的比喻，這種孩子氣的語言顯示了天真，充滿了童稚之美。「湖畔」詩人的愛情詩，幾乎都具有這種單純可愛的品質。單純源自童心。朱自清說「湖畔」詩人「所歌詠的又祗是質直、單純的戀愛，而非纏綿、委曲的戀愛」㊼，這的確道出了他們愛情詩的基本特點。

真正的愛情一般具有浪漫的性質。按照西方人的說法，丘比特的神箭射中人心就產生了愛情。這象徵著愛情起因於精神上的「受傷」，即一個人因墜入情網而失去常態，變得如醉如癡。然而正是這種迷狂的病態顯示了愛情的偉大——它使常人超越了平庸，變得純粹和高尚。但在整個封建時代，人的權利被剝奪，愛情的光芒也被遮蔽，尤其是在中國。情況的改變，從世界範圍來看，開始於文藝復興時代，而文學作品中大量涉及愛情的題材，則幾乎是與浪漫主義思潮的興起差不多同時的，以至於它可以成為後者的一個突出標記。這是因為到了浪漫主義時期，從文藝復興開始的人的解放進程達到了一個新的階段，禁慾主義的枷鎖被徹底打碎，個性的獨立得到了充分肯定，在情感領域裡真正確立起了自由的原則，愛情這才最充分地激發出強大的能量，得到廣泛而且純粹的表現。以此反觀中國，可以認為，「湖畔」詩人專以愛情的歌者出現於文壇，標誌著中國現代浪漫主

㊼ 朱自清：《蕙的風・序》，上海亞東圖書館一九二二年八月版。

義思潮的發展，即從郭沫若式的呼喚民族的新生、自我的新生，郁達夫式的靈肉衝突的展現，達到了歌詠愛情浪漫的階段。換言之，「湖畔」詩人以他們的情詩豐富了浪漫主義思潮的內容。

「湖畔」詩人的情詩一露面，就招來了守舊派的攻擊，最先發難的是胡夢華。胡夢華發表〈讀了《蕙的風》以後〉，指責《蕙的風》「滿紙『愛』呀，『戀』呀，『伊』呀，『接吻』呀」，「是有意的挑撥人們的肉慾」，「是獸性衝動之表現」，「是淫業的廣告」。面對這樣的誹謗，魯迅、周作人等立即著文予以回擊。魯迅在一九二二年寫的《反對「含淚」的批評家》一文狠狠嘲諷胡夢華一類人的偽善：「中國之所謂道德家的神經，自古以來，未免過敏而又過敏了，看見一句『意中人』，便想到《金瓶梅》，看見一個『瞟』字，便即穿鑿到別的事情上去。」周作人專門做了《情詩》一文，指出汪靜之的詩若從傳統的權威看去，不但有不道德的嫌疑，而且確實是不道德的，「但這舊道德上的不道德，正是情詩的精神」。他們為《蕙的風》辯護，與周作人為《沉淪》辯誣在性質上相似，都是站在個性主義和人道主義立場上，基於自然人性的觀點，大力肯定青年人追求愛情的正當權利，揭穿衛道者的虛偽嘴臉。綜觀文學革命的發展，可以看到新舊勢力的鬥爭分別圍繞著語言問題和倫理問題來進行，而倫理之爭主要集中在浪漫派作品上。關於《沉淪》的風波是這樣，圍繞《蕙的風》的爭論也復如此。這是因為浪漫派的小說和詩歌比一般作品更鮮明地表達了作者的主觀性，而浪漫主義者的主觀精神具有最為激進的反傳統性質，他們我行我素，很容易落下個「不道德」的罵名。《蕙的風》所引起的爭論，倒是從反面印證了「湖畔」愛情詩的浪漫主義性質。

中國現代愛情詩到「湖畔」派已初具規模。但「湖畔」的愛情詩畢竟是以天真取勝，它還處在情詩發展的早期階段。當「湖畔」詩人進入成熟期時，馮雪峰、應修人、潘漠華卻先後走上了別樣的人生道路，作為一個詩歌流派，「湖畔」也就不復存在。這像沈從文說的：「幼稚的心靈，與青年人對於愛慾朦朧的意識，聯結成為一片，《蕙的風》的詩歌，如虹彩照耀於一短時期國內文壇，又如流星的光明，即刻消滅於時代興味旋轉的輪下了。」㊽中國現代愛情詩的「成熟」，因此是由另一個新詩流派——「新月」派的崛起而實現的。「新月」詩派比「湖畔」稍為後起，但創作成就和對新詩發展的影響卻是後來居上。這不僅是指它倡導了一場新詩格律化運動，扭轉了新詩自初創期以來日漸散文化的趨勢，而且也因為它在取得多方面成就的同時，把愛情詩的創作推向了一個新的階段。

「新月」詩人大多留學歐美，開始寫詩時年齡又略大於「湖畔」詩人，因而他們詩的題材較為開闊，不像「湖畔」詩人那樣專注於寫情詩。其中有歌詠愛情之作，也不像「湖畔」派的那樣質樸天真，而是在清純的主旋律上添加了青年人特有的纏綿情調。如朱湘的《懇求》首章：

天河明亮在楊柳梢頭
隔斷了相思的織女，牽牛；
不料我們聚首
女郎呀，你還要含羞……

---

㊽沈從文：〈論汪靜之的《蕙的風》〉，《沈從文文集》第一一頁，花城出版社一九八四年版，第一六〇頁。

好，你且含羞；
一旦我們也阻隔河流，
那時候，
要重逢你也無由！

朱湘後來在談到這首詩的產生時，曾說他當時正與一個男同學在小山上散步，舉頭望著楊柳梢頭的一勾新月，心裡忽然起了一種奇怪的感覺：「這身旁的伴侶如若是一個我所鍾愛的女子，這時的情境真要成為十分清麗了！」㊾幻想與鍾愛的姑娘意外相逢於月籠柳梢的晚上，姑娘驚喜然而含羞，「我」則發出了深情的抱怨，這種情調雖然清新，卻是十分纏綿的，那是熱戀中的青年特有的心態。

在「新月」詩人中，感情最為細膩纏綿的是徐志摩，他的情詩最能體現風流瀟灑、溫柔多情的浪漫風度。《雪花的快樂》，寫半空裡娟娟飛舞的雪花認準方向，消融進「她」的柔波似的心胸，媚而不俗。《沙揚娜拉》把日本少女嬌羞不勝涼風、脈脈含情的溫柔寫絕，勾起多少男兒的神往卻不會抱半點非分之想。這類詩讚美女性的妖嬈，從側面暗示相思之苦，卻又包含著對女性人格的尊重和愛情高於功名的觀念。

由於受現代文明的充分薰陶，「新月」詩人對愛情持有更為自在的態度。許多時候，他們的愛情得到昇華，不是以佔有對方的感情為目的，而是把它轉化為美的永恆憧憬。徐志摩的《海韻》，

---

㊾朱湘：〈詩的產生〉，收入《文學閒談》，北新書局一九三四年八月版。

一面是女郎執著於單純的信仰：「啊不，回家我不回，／我愛這晚風吹。」為美而不顧性命；一面是難以避免的悲劇：「海潮吞沒了沙灘，／沙灘上再不見女郎。」詩人為美在現世的消亡而悲哀，但在他的心裡，信仰依然單純：「海韻」——女郎——美的精靈——上帝的天使，那是永生的。朱湘的《棹歌》、《催妝曲》等，也莫不是渲染出輕鬆愉快的情調，描寫年輕人的歡愛，表現出詩人自己的優雅。這反映了「新月」詩人的西方文化的背景，但更重要的是表明，隨著思想啟蒙運動的深入，中國社會的風氣有所變化，文化領域裡的民主化程度有所提高。至少在「新月」詩人那裡，自由戀愛已經不是難以實現的夢想，因而它不再成為詩人心頭一個解不開的情結了。這使他們能夠超越以結婚為目的的愛情，更多的是去追求一種青年人自由交往的境界。在這樣的情境中，青年人既有戀愛自由的權利，也避免了做愛情的犧牲品，就像陳夢家的《雁子》一詩所寫的：「從來不問她的歌／留在那片雲上？／只管唱過，只管飛揚，／黑的天，輕的翅膀。」就是說，不在乎目的，只在乎展現人的自由本質的過程。這就灑脫多了，也健康多了。

愛情詩的趨向成熟，另一個重要標誌是它在藝術上更加精美含蓄。「新月」詩人寫愛情，很少採用「湖畔」派那種直率的方式，而是多用側筆，著意於營造一種富有詩意的氛圍，顯示出詩人屬於上流社會的典雅精緻的審美趣味。《沙揚娜拉》、《雪花的快樂》等是如此，徐志摩的另一首詩《月下小景》也同樣。詩的第一節：

> 深深的黑夜，依依的塔影，
> 團團的月彩，纖纖的波鱗——

假如你我蕩一支無遮的小艇，
假如你我創一個完全的夢境！

在月色微明的晚上，縱一葉扁舟，聽水聲潺潺，岸列煙柳，塔依遠山，管它什麼憂喜得失，一切皆可以不想，又一切都可以在無言中意會，身心獲得了完全的自由。然而這畢竟是一個「夢境」！雷峰塔的故事復給這夢境增添了幾分逗人遐思的意味。詩著墨於月彩、波鱗、塔影，並用疊詞竭力渲染出花前月下的情調，可他抒發的情思卻是來自性靈深處，沾滿晶瑩的露珠，洋溢著青春激情的。至於徐志摩一些正面描寫戀情、含著幾分情慾的詩，像《她是睡著了》、《我來揚子江邊買一把蓮蓬》，按說更近綢繆婉轉之度，但他善把情慾掩藏在香草粉蝶、蓮蓬沙鷗的意象裡，避免了庸俗的直白。從「湖畔」派質直的表白愛情，到「新月」詩人通過意象的經營，含蓄地表達戀愛的微妙心態，可以說是浪漫派詩歌在藝術上走向成熟的一個重要方面。

換一個角度，追求意境的美和意象的生動，也標誌著「新月」詩人在處理外來文化和民族文化的關係方面抱著更為從容的心態。在新詩的初創時期，詩人一律向自由體詩看齊，竭力要擺脫古典詩詞格律的影響。稍後，「湖畔」詩人應修人開始注意吸收古典詞的韻律，但還存在不夠圓熟的缺陷。到「新月」詩派，這才在實現中西文化的融合方面取得了重要的進展。眾所周知，「新月」詩人深受西方文學思潮的影響，可是人們往往忽視他們在更深的層次上與中國傳統文化的血脈聯繫。說得重一點，「新月」詩人取得的成就，在相當程度上得益於他們自覺借鑒古代文化遺產，尤其是古典詞的經驗。比如朱湘，他一面嘗試著各種西方的詩體（三疊令、四行、四環調、巴俚曲、英體和意體十四行詩），一面向中國古典詞學習。他說：「在舊詩中，詞是最講究音節的，所以我對於詞，頗下了一番體悟的功夫」㊿。當然，他沒有被詞調縛住，而是根據內容表達的需要，確定一種有「節律」的「圖案」，各節沿用。這圖案常用長短句適當地搭配，使語調輕重緩急交替，音韻疏密宏幽相間，打破了詞的固定形式，卻吸收了詞的韻律節奏的美。他的《採蓮曲》共五節，節與節完全對稱，每節間用二言、五言、七言句，靈活添加襯字「呀」，造成詞的節奏和民歌的風味，其中首章：

小船呀輕飄，
楊柳呀風裡顛搖；
荷葉呀綠蓋，
荷花呀人樣嬌嬈。
日落，
微波，
金絲閃動過小河。
左行，
右撐，
蓮舟上揚起歌聲。

---

㊿朱湘：〈詩的產生〉，收入《文學閒談》，北新書局一九三四年八月版。

看得出，詩句中的音節由襯字而延長，產生了悠揚的樂感，給歡歌著蕩舟採蓮的少女平添了幾分嫵媚和優雅。接下來的二言句「日落，／微波」與「金絲閃動過小河」押韻，「左行，／右撐，／蓮舟上揚起歌聲」同例。這就宛若從《花間・河傳》的句式化出。溫庭蘊的《河傳・其一》有「江畔，相喚，曉妝鮮」，《採蓮曲》的句式與情調正與此相同。這不是說朱湘具體地參照了花間詞，而是為了表現少女的嬌嬈，追求典雅清麗的樂感，他不期然而然地汲取了婉約詞的精髓，把它復活在新詩裡了。

中國的律詩一韻到底，而詞的韻法稍寬，可以轉韻，如《菩薩蠻》的平仄四換韻。朱湘自覺地利用了詞的這種優點，來為他的詩表現感情的微妙變化服務。《婚歌》首章：「讓喜幛懸滿一堂，／映照燭的光；／讓紅氈鋪滿地上；／讓鑼鼓鏗鏘。／低吹簫，／慢拍鐃，／讓樂聲響徹通宵。」他說「起首用『堂』的寬宏韻，結尾用『簫』的幽遠韻，便是想用音韻來表現出拜堂時熱鬧的鑼鼓聲撤帳後輕悄的簫管聲，以及拜堂時情調的緊張，撤帳後情調的溫柔。」⑤¹他在《文學閒談》中以《懇求》一詩為例，說過類似的意思：仄韻表現求愛時緊促的情調，煞尾的平韻表現和緩的情調，「暗示出懇求後得不到答應的那時候心情的降墮」。他的朋友以為這也許是詩人的錯覺，說平仄的差別沒有大到可以表現出兩種不同情調的地步。其實，韻的平仄幽宏為表現感情的細微變化提供了可能，它的作用則要通過適當的歌詠才能顯示出來。寬宏韻利於高歌，幽遠韻可以斂聲，仄韻緊促，平韻舒緩。在深刻理解詩意的基礎上，詠者處理得當，就可以借助音調的變化把喜怒哀樂之情

---

⑤¹ 轉引自羅念生等著的《二羅一柳憶朱湘》，三聯書店一九八五年四月版，第七一至七二頁。

更為有力地傳達給聽眾。因此，朱湘詩的用韻原是在歌詠方式上強化了它的作用，讀者須結合詩意細細體味才能覺得它的妙處。這好比從前的詞，要做到韻與曲調相協，才不拗口能夠唱。

朱湘生就一副跳水自殺的乖戾脾氣，一生又多磨難，可是這些在他的詩裡沒留下多少痕跡。也許是他追求單純晶瑩的美，使他強忍住流連之苦不說，卻專以靜觀的態度描寫眼前之景，唱著憂傷的戀歌。沒有情慾，沒有紛亂，沒有憂鬱，沒有頹唐，平心而論，優點是美，缺點在淺。缺少銘心刻骨的愛與恨，不足以震撼人心，所以朱湘的詩是寂寞的。

徐志摩則癡得多了，癡到要把「柔軟的心窩緊抵著薔薇的花刺，口裡不住的唱著星月的光輝與人類的希望非到他的心血滴出來把白花染成大紅他不住口。」[52]這種率真，使他的詩反比朱湘的能打動人心。徐志摩聲稱，「從永樂以來我們家裡沒有寫過一行可供傳誦的詩句」，「在二十四歲以前，詩不論新舊，於我是完全沒有相干。」[53]又說他的性靈全是康橋給的，似乎與舊詩沒有一點關係，但他同樣受到中國古典詞、尤其是婉約詞的很深影響。他口占「海外纏綿香夢境，銷魂今日竟燕京」；又作「紅蕉爛死紫薇病／秋雨橫斜秋風緊／山前山後亂鳴泉／有人獨立悵空溟」[54]，且不論詩的優劣，單看那種香豔的調子，豈非舊時風流才子氣的遺傳？尤其是他的審美趣味，也受到傳統文化的影響。他喜歡在月光下看雷峰靜極了的影子——「我見了那個，便不要性命。」即使在康橋鄉村，也是陶醉於「草青人遠，一流冷澗」。醉心於清麗的美，那怕它帶點頹廢；多情，卻又脫

[52] 徐志摩：《猛虎集・序》，上海新月書店一九三一年八月初版。
[53] 徐志摩：《猛虎集・序》，上海新月書店一九三一年八月初版。
[54] 徐志摩：《愛眉小紮》，八月十二日、九月十六日日記。

了俗氣，這是富有東方情調的，令人想起「楊柳岸，曉風殘月」的名句。他的情詩的好處，很大程度上也就在於能把這種東方情調用相應的優美音節——起源於純真詩感的波動性表達出來。因此，朱湘在《悼徐志摩》一詩中，稱徐是「『花間集』的後嗣」，方瑋德也說：「志摩是舊氣息很重而從事於新文學事業的一個人」，「他的作品也往往用舊的氣息（甚至外形）來從事他新的創造。他的新詩偏於注重形式，雖則這是他自己主張和受西洋詩的影響，但他對於舊詩氣息的脫不掉，也頗可窺見。」[55]所謂「花間」味、「舊氣息」，早已融化在音節的婉轉裡，更多的則表現為情調上的淡淡憂愁，滿含著醉人的溫柔。就詩所表達的情感的真切、深入、細膩而言，徐志摩要比朱湘高出一籌。

在「新月」的情詩中，因追求詩的音節優美和情感的委婉，不經意地借鑒婉約詞，絕非個別的現象。林徽音的《仍然》，陳夢家的《夜》，方瑋德的《幽子》、《海上的聲音》，方令孺的《詩一首》，都是委婉有致的佳作。這反映了五四高潮過去後文化激進主義的勢頭逐漸受到削弱，有一部分詩人轉而對傳統文化重新作出評價，開始在創作實踐中比較自覺地吸收民族文化遺產中的精華，使之與西方文化的影響結合起來。同時這也體現了藝術發展規律的作用：詩畢竟首先應該是詩，過分的散文化會導致詩自身特性的模糊，因而為了增強詩美，必須另闢蹊徑，其中就包括向民族古典詩詞學習。

「新月」詩人中，聞一多佔有特殊的地位。他的詩影響最大的是愛國詩，但情詩也很有成就，

---

[55] 方瑋德：〈志摩怎樣了〉，收入《瑋德詩文集》，上海時代圖書公司一九三六年三月初版，第一一五頁。

而且為數不少。在婚姻愛情方面，聞一多不乏浪漫的激情，可他的特點是當婚姻與愛情發生矛盾時，他受道德觀念的束縛，傾向於放棄愛情而向婚姻俯就。對此，他說：「從前都講我富於浪漫性，恐怕現在已開始浪漫生活了。唉，不要提了！……浪漫『性』我誠有的，浪漫『力』卻不是我有的。」⑯這種矛盾的情感，在他愛情詩的代表作《紅豆》組詩中就有所反映⑰。在這些詩中，詩人對舊式婚姻流露出不滿之意，但又忠於家庭，力求借去國離家之際對妻子的一份思念來培植起愛情的基礎。總的看，他是想認同現狀，表現出了他的「浪漫『力』」不足的問題。因而有學者認為，「《紅豆》的基調不是愛情而是哀情，它們是禮教制度犧牲品的自艾自憐。」⑱

不過，青春的激情畢竟是難以完全壓抑的。聞一多也有理智的防線受到感情衝擊的時候，於是有了《相遇已成過去》和《奇蹟》。《相遇已成過去》用英文寫成，聞一多自己沒有發表的打算，

---

⑯ 聞一多一九二三年一月二十一日致梁實秋信，《聞一多全集》第十二卷，湖北人民出版社一九九三年十二月版，第一三九頁。

⑰ 《紅豆・二四》：「我們是鞭絲抽攏的夥伴，／我們是鞭絲抽散的離侶。／萬能的鞭絲啊！／叫我們讚美嗎？還是詛咒呢？」《紅豆・二五》：「我們弱者是魚肉；我們曾被求福者／重看了盛在籩豆裡，供在禮教底龕前。」《紅豆・二六》：「你明白了嗎？／我們是照著客們吃喜酒的／一對紅蠟燭；／我們站在桌子底／兩斜對角上，／悄悄地燒著我們的生命，／給他們湊熱鬧。／他們吃完了，／我們的生命也燒盡了。」《紅豆・四一》：「有酸的，有甜的，有苦的，有辣的。／豆子都是紅色的，／味道卻不同了。／辣的先讓禮教嘗嘗！／苦的我們分著囫圇地吞下。／酸的酸得像梅子一般，／不妨細嚼著止止我們的渴。／甜的呢！／啊！甜的紅豆都分送給鄰家作種子罷！」這些情詩都流露出詩人對婚姻有所不滿然而決心保持忠貞的矛盾心態。在詩人看來，「她」也是一個禮教的犧牲品。他不願用傷害弱者的辦法來拯救自己，而是要相濡以沫，互相慰藉。所以《紅豆》的最後一首，稱這些詩是「一字一顆明珠，／一字一顆熱淚，／我的皇后啊！／這些算了我贖罪底菲儀，／這些我跪著捧獻給你。」

⑱ 劉川鄂：〈現代知識分子情感世界的切片解剖〉，《湖北大學學報》一九九四年第五期。

僅在給友人梁實秋的信中提及：「你問我的詩興、畫興如何，畫興不堪問，詩興，偶有，苦在沒有功夫執筆。倒是戲興很高，同你一樣。……前數星期作了一首英文詩，我可以抄給你看看。人非木石，孰能無情！」⑲梁實秋推測說，「一多的這首英文詩，本事已不可考，想必是在演戲中有了什麼邂逅。」⑳詩寫的是一段纏綿淒婉的戀情，詩人覺得這樣的戀愛發展下去終將釀成苦汁，倒不如「趁悲傷還未成章」就改變初衷，「在愛剛抽芽時就掐死苗頭」。看得出，詩人經歷了一場嚴重的情感危機，不是沒有愛，而是不敢愛，因而最終只得找了個「不受俗愛的汙染」的藉口給自己一個無奈的安慰。《奇蹟》這首詩，人們有不同的理解，梁實秋明確地說：「實際上是一多在這個時候在情感上吹起了一點漣漪，情形並不太嚴重，因為在情感剛生出一個蓓蕾的時候就把它掐死了。但是內心當然有一番折騰，寫出來仍然是那樣迴腸盪氣。」㉑這首詩比《相逢已成過去》感情熾熱，那是一顆燃燒的心在期待著奇蹟的降臨：「我是等你不及，等不及奇蹟的來臨！」「可也不妨明說，只要你——／只要奇蹟露一面，我就馬上放棄平凡。」然而他只是「等待」，然而「奇蹟」並沒有出現！

總之，聞一多的愛情詩充滿了矛盾。他渴望愛情，然而又信守責任；對自己的婚姻有所不滿，可又做到了忠貞不渝。在婚姻愛情問題上，他遠沒有郭沫若、郁達夫、徐志摩大膽勇敢，這與他的文化保守主義立場是相吻合的。因而當魯迅、周作人等為《蕙的風》辯誣時，他卻對友人

---

⑲ 見梁實秋的〈談聞一多〉，方仁念編《聞一多在美國》，華東師大出版社一九八五年版。
⑳ 梁實秋：〈談聞一多〉，方仁念編《聞一多在美國》，華東師大出版社一九八五年版。
㉑ 梁實秋：〈談聞一多〉，方仁念編《聞一多在美國》，華東師大出版社一九八五年版。

說：「《蕙底風》只可以掛在『一師校第二廁所』底牆上給沒帶草紙的人救急……我罵他誨淫而無詩。」⑫不自覺地充當了一個衛道的角色。聞一多的這種矛盾情形，表明他有別於一般的浪漫主義者。確切地說，他是一個古典的浪漫派，浪漫的激情受到了理性的規範，很難自由地奔湧起來。他在新詩形式上追求格律體，同樣反映了這種古典的精神。古典的浪漫主義，加上新詩格律化的美學主張，意味著聞一多在新詩發展過程中代表了浪漫主義向古典主義過渡的潛在趨勢。「新月」詩人或多或少都有向古典主義靠攏的跡象，聞一多只是其中較為突出的一個罷了。向古典主義靠攏的一個結果，便是新詩在藝術上趨向精美，同時軟化了此前浪漫派詩歌的徹底反傳統的態度。由於這一點，「新月」詩派實際上宣告了新詩在新的基礎上推進中西文化融合的新階段已經悄然開始。

---

⑫ 聞一多一九二二年十二月二十七日致梁實秋信，《聞一多全集》第十二卷，湖北人民出版社一九九三年版，第一二七頁。

# 第四章　建構浪漫主義的新形態

中國現代浪漫主義思潮有沒有在三〇年代延續下來？這一問題實際上取決於如何理解浪漫主義。如果把五四浪漫主義看作是中國現代浪漫主義的標準形態，拿它衡量三〇年代及以後的中國文壇，當然會得出結論說，浪漫議思潮到二〇年代末就衰落乃至消亡了。但是，如果把浪漫主義看作是一種變化發展的文學現象，一個運動著的文學潮流，從它不同發展階段的差異性中尋找其本質屬性上的前後一致，那麼情形就完全兩樣，人們會發現中國現代浪漫主義思潮並沒有在二〇年代末劃上句號，因為它為了適應新的時代潮流而作出了種種選擇，到三〇年代形成了一種新的形態。這一新形態與五四浪漫主義具有內在精神上的一致性，又在發展過程中獲得了新的表現形式。這一過程，本文第二章末尾曾簡要地概括為從郁達夫到沈從文。

任何文明都是一種歷史現象，浪漫主義思潮也不例外。作為現代世界浪漫主義文學思潮先導的西方浪漫主義，孕育於法國啟蒙運動，卻借啟蒙運動在整個歐洲的影響率先在德國和英國取得巨大成果，反過來又在法國引發了一場聲勢浩大的浪漫主義運動，並向歐洲其他地方擴散其餘波。這一歷時約半個世紀，被勃蘭兌斯稱為「十九世紀文學主流」的歐洲浪漫主義思潮，呈現了不同民族，不同發展階段的特點，勃蘭兌斯依據這些特點把它們分別稱為「德國的浪漫派」、「英國的自然主義」、「青年德意志」、「法國的浪漫派」等等。這一事實有助於人們確立起一種歷史的觀念，即從過程中來把握一種文明現象的內質及其豐富的表現形式。這裡，混淆不同事物的界限和忽視同一類事物的不同形態都是要不得的。研究中國現代浪漫主義思潮，正需要確立這樣的歷史觀。

其實，早已有人指出或承認浪漫主義在二〇年代以後依然存在的事實。魯迅一九三六年五月在接受斯諾採訪時，把廢名歸入「無黨派浪漫主義」①，沈從文稱自己是二十世紀中國的「最後一個浪漫派」②。而現在人們習慣於把廢名、沈從文歸入現實主義的鄉土寫實的流派，明顯地是基於這樣一個假設的前提，即他倆所描寫的鄉村世界雖然在現實社會中不可能存在，然而在過去的某一時代曾經存在過，而且在某一狹小的地域，如湘西，現在依然存在著。這種必須依靠某種先驗前提的觀點，雖然出於好心和善意，但難以避免人為地限定廢名和沈從文創作的意義。因為說他們的作品富有詩意也好，風格優美也罷，一經採用鄉土寫實的標準，「詩意」和「優美」就難以掩蓋這些作品在反映時代和生活真實性上存在的問題。於是論者往往只好採用二元論的方法，即在肯定它們藝術上很美的同時又批評它們內容的失真。這種把內容和形式分割開來的不得已的做法完全是由於立論的基礎不穩造成的，也就是說，上述的「假定」一旦放到更大的時空裡，放到充滿血與火的社會背景中，就立即失去了它的現實依據，很難抵擋住來自現實主義反映論方面提出的挑戰。但是，如

① 〈魯迅同斯諾談話整理稿〉（斯諾整理），《新文學史料》一九八七年第三期。
② 沈從文：〈水雲〉，《沈從文文集》第十卷，花城出版社一九八四年版，第二九四頁。

果換一個角度，把廢名和沈從文的創作的主要方面看成是他們「夢」的表現，是其「情感上積壓下來的一點東西」，是「那種和我目前生活完全相反，然而與我過去情感又十分相近的牧歌」，他們不過是把這「夢」寫在紙上③，那就不僅切近了他們創作的實際情形，而且還可以避免人為造成的追問他們描寫的生活形態真不真實的問題，可以從內容和形式的統一中揭示他們創作的風格特點，包括它的真正價值和局限所在。但這樣一來，也就意味著認同了魯迅的觀點和沈從文自己的立場，放棄了現實主義的標準，而把這些作品劃入了表現主觀的浪漫主義的範疇。

將廢名和沈從文塞進現實主義的框框，不認為他們代表了浪漫主義思潮在三〇年代的發展，這反映了特定的社會文化背景及相應的思維模式。自從二〇年代末「革命文學」論爭以後，浪漫主義在現實進程中所扮演的角色起了變化，它從五四時期的文學主潮之一的地位退居到支流的位置，與代表文藝主潮的左翼文藝運動產生了矛盾；而在相當長的時期裡，人們受「左」的思想的影響，獨尊現實主義，論及浪漫主義，也只按郭沫若劃線，把郭沫若順應時代潮流的「轉變方向」看作是浪漫主義思潮的壽終正寢。這兩方面的因素結合，使浪漫主義思潮在二〇年代後作為一種新的形態出現，一直難以得到較為普遍的認可。當然，這種局面某種程度上也與浪漫主義自身後來的發展有關。對廢名和沈從文可以同時採用上述兩種不同的研究角度，其作品常被當作鄉土文學，可又難以抹殺其中的浪漫傾向，這就意味著他們事實上已在五四浪漫主義的基礎上綜合了鄉土小說的一些因素。這種綜合是複雜的，而且，整個浪漫主義思潮在新時代的發展也不僅僅是廢名和沈從文兩人的

③沈從文：〈水雲〉，《沈從文文集》第十卷，花城出版社一九八四年版，第二七九至二八〇頁。

問題，而是一個更為複雜的回應時代挑戰的綜合過程。本書將在這一章和第五章，用兩章篇幅討論這一曲折的、充滿挑戰的歷程。

## 第一節　社會革命與浪漫主義的調適

二〇年代中期開始，中國社會逐漸從思想啟蒙轉向了社會革命。「五卅」運動，北伐戰爭，「四・一二」反革命政變，一連串重大的政治事變接踵而至。在光明與黑暗的交戰中，中國應該走什麼樣的道路，這一嚴重的政治問題成了人們普遍關注的焦點。與此同時，馬克思主義廣泛傳播，民眾的階級覺悟開始提高，一場新的政治風暴拉開了帷幕。新文學敏銳地反映了時代潮流的這一急劇轉變，從文學革命前進到革命文學的階段。但由於受傳統文化的潛在影響和時代條件的限制，許多進步作家歷史責任感的加強主要表現為政治意識的強化，而對個性主義等啟蒙思想採取了全面否定的態度，有些甚至為了他們膚淺地意識到的無產階級利益而放棄了藝術上的追求，把藝術簡單地看作是「煽動的工具」和「政治的留聲機器」。同時，反動當局為了鞏固自己的統治，則一方面發動文化圍剿，另一方面又提倡尊孔讀經。在這種左右夾擊的形勢下，象徵個人自由的浪漫主義思潮所擁有的天地大大縮小了，它被迫作出了艱難的選擇：一部分浪漫主義作家詩人開始自我否定，另外一些浪漫主義者則試圖作出調整，讓浪漫主義以新的形態出現。前者以郭沫若為代表，「否定」的結果是郭沫若丟掉了與自己的創作個性相適應的創作精神和創作手法，藝術的質量隨之大幅下降，不僅詩歌再沒有達到《女神》的水準，小說也只能在收入集子時自我解嘲地以「水平線下」名命。而「調整」，則是一個在不同的方向上進行探索的曲折過程。

在這一過程中，首先出現的是「革命的浪漫諦克」。它的出現反映了浪漫主義思潮嘗試與社會革命的實踐相結合，以適應新的時代需要的企圖。帶有這一傾向的作家，一般與五四浪漫主義有很深的淵源關係。如郁達夫肯定過蔣光慈的《鴨綠江上》，熱情介紹了洪靈菲出版處女作，太陽社、我們社的一幫人也與郁達夫過從甚密。蔣光慈在倡導「革命文學」之初，幾乎罵遍所有五四作家，唯獨認為「郭沫若是現在中國唯一的詩人」④。孟超解放初也說：洪靈菲「以浪漫主義的表現方法，在革命的故事中揉雜了不少的戀愛場面，我們也不能否認在風格上是受了郁達夫的影響（自然他沒有郁達夫的頹廢的一面）。」⑤這些人的作品的確有浪漫主義的特點。蔣光慈的《少年漂泊者》篇首著錄《懷拜倫》的詩句為序：「拜倫呵！你是黑暗的反抗者；你是上帝的不肖子；你是自由的歌者；你是強暴的勁敵。漂零呵，譭謗呵……這是你的命運罷，抑是社會對於天才的敬禮？」作品裡的汪中在漂泊歷程中的確有幾分拜倫式的英雄氣概，充滿浪漫諦克的激情。蔣光慈的另一篇小說《弟兄夜話》和洪靈菲的《流亡》（由郁達夫「熱烈介紹」，上海現代書局於一九二八年出版）等作品，明顯地是自敘傳的寫法。這表明，革命的浪漫諦克與五四浪漫主義有著親緣關係，而它最終與五四浪漫主義分道揚鑣，則主要是由於它從浪漫主義轉向了「革命」的浪漫諦克，即它的

④ 蔣光慈：〈現代中國社會與革命文學〉，一九二五年一月一日上海《民國日報》副刊《覺悟》。
⑤ 孟超：〈我所知道的靈菲〉，《洪靈菲選集》，一九五一年開明書店版。

思想基礎已經不是個性主義，而是革命集體主義的意識了。

革命的意識與「自我表現」拼在一起，形成了後來長期受人詬病的「革命＋戀愛」的模式。這由蔣光慈的《野祭》、《菊芬》發其端倪，戴平萬、華漢、洪靈菲等群起仿效，遂成潮流。它由戀愛表現革命，在革命中考驗愛情，把戀愛與革命看成是二位一體的事業。如洪靈菲的《流亡》寫到沈之菲與戀人攜手革命，歷經革命的艱難與戀愛的浪漫，覺得「革命與戀愛都是生命之火的燃燒材料」：「人之必需戀愛，正如必需吃飯一樣。因為戀愛和吃飯這兩件大事，都被資本制度弄壞了，使大家不能安心戀愛和安心吃飯，所以需要革命！」他的戀人黃曼曼在離亂之中寫來信說：「家於我何有？國有於何有？社會於我何有？我所愛的唯有革命事業和我的哥哥！」這裡，戀愛與革命齊頭並進，戀愛的微妙心理繼承了五四浪漫主義的餘緒，革命的意向則體現了整個時代潮流向社會革命的轉變。

實事求是地說，「革命＋戀愛」的小說，寫得較好的是「戀愛」部分。如蔣光慈《野祭》對兩性心理的溫婉細膩的描寫，《麗莎的哀怨》表現主人公無可奈何花落去的那種惆悵落寞的心態，《衝出雲圍的月亮》展示走上革命道路的王曼英經歷革命受挫時的彷徨頹喪，對社會進行病態的復仇，想用梅毒來毀滅毫無希望的人類，最後受到革命者李尚志的感召，重新振作起來，那些曲曲折折的心路反映了大革命失敗後一部分知識分子的精神歷程。這部分內容寫得較為扎實，藝術上也有可取之處。原因不外乎這些作家都受過「五四」洗禮，正當青春年華，對戀愛有很真切的感受，而主人公感情上的迷惘也往往從一個側面透露出作者一度經歷的精神危機。但這些作家不同於五四浪漫主義者，因為他們已經獲得了「革命的意識」，並且經歷了大革命的失敗，內心充滿了對國民黨背叛革命的強烈憤慨。因此，他們總是把「戀愛」直接地引向社會革命，在觀念中勾畫革命勝利的前景，給作品加上一條革命浪漫諦克的「光明尾巴」：「出路！出路！這便是與自然主義不同之點，正因為作者是以無產階級的意識，去觀察社會，所以才有這麼一個出路，它不但寫出病狀，還要下藥，這『暗示的出路』便是革命文學的活力，沒有這個活力，便不成為革命文學。」⑥然而，他們的「無產階級的意識」大多僅僅是得自書本，還沒有跟革命的實踐結合起來，因而這種觀念不僅幼稚，而且缺乏實實在在的革命生活作為基礎。於是，他們所急於表達的「無產階級的意識」只能作為概念的圖解在作品裡出現。通常是一獲得革命意識，主人公就頃刻脫胎換骨，成了個登高一呼，應者雲集的革命者。由於缺少生活體驗，這些作品只能以敘述代替描寫，藝術上失之粗糙，感染力不強。

其實，「革命」與「戀愛」在那時結合不好是必然的。因為從浪漫主義這方面看，革命的浪漫諦克所表達的是一種集團的激情和意識，裡面還摻雜了不少「拉普」、「納普」以及當時黨內存在的左傾教條主義的影響，這遠遠超出了表現自我的浪漫主義所能承擔的限度。革命浪漫諦克的作家在氣質上具有浪漫的傾向，但他們的理性卻是反對個性主義和浪漫主義的，因此對五四浪漫主義採取了全盤否定的態度。這種深刻的矛盾，使他們的浪漫抒情難以充沛淋漓，理性常常干擾乃至壓抑了情感，使藝術感染力大打折扣。而站在現實主義的立場上，革命浪漫諦克的作品，那種缺乏可信性的人物性格的突變，主觀化、概念化的毛病，同樣表明它是失敗的。無論從哪個方面看，革命的浪漫諦克都會受到責難。這倒非常真實地反映了它所起的連結五四浪漫主義和三〇年代左翼文學思潮的橋樑的作用。過渡事物不可避免的某種程度的混亂和不成熟性，註定了它不可能獲得真正的成功。

⑥芳孤：〈革命文學與自然主義〉，一九二八年六月《泰東月刊》第一卷，第十期。

三〇年代初，左翼文學陣營從現實主義立場對革命的浪漫諦克提出了批評。茅盾最先把清算「革命＋戀愛」的公式這一光榮送給了丁玲的《水》⑦。馮雪峰也認為《水》是丁玲「從浪漫諦克走到現實主義，從舊的寫實主義走到新的寫實主義的一個路標」⑧。一九三二年四月，華漢的《地泉》再版，由瞿秋白、茅盾、鄭伯奇、錢杏邨與作者本人分別作序，他們指出革命浪漫諦克的弊端是，「個人英雄主義」、「概念主義」、「臉譜主義」，認為這些傾向導致「把現實的殘酷的革命鬥爭神秘化，理想化，簡單化，公式化，抽象化，甚至庸俗化」。瞿秋白還特別強調，《地泉》「連庸俗的現實主義都沒有做到，最膚淺，最浮面的描寫，顯然暴露出《地泉》不但不能夠『改變這個世界』的事業，甚至於也不能夠『解釋這個世界』。因此《地泉》正是新興文學應當研究的：不應當這樣寫的標本。」⑨這些評論體現了左翼文學運動的方向——革命的浪漫諦克必須克服感傷情調、主觀空想和概念圖解，轉向新的寫實主義，即「唯物辯證法的創作方法」，後來又進一步按蘇聯的模式用「社會主義現實主義」取而代之。其實，要糾正革命浪漫諦克的缺點，還有另一條途徑，即拋棄那種標語口號的腔調，回到基於個人真切體驗的主觀抒情，自我表現的路上去。倘若只從藝術效果上考慮，這是可行的，但在思想傾向上顯然不符合整個左翼文學界清算「個人主義的浪漫主義」的時代潮流。因此，處於過渡地位的「革命的浪漫諦克」在受到批評以後，最終是依照它所包含的革命意識所指示的方向，克服了空幻的浪漫情調，匯合到新的寫實主義中去了。

⑦ 茅盾：〈女作家丁玲〉，《文藝月報》第一卷，第二期。
⑧ 馮雪峰：〈關於新的小說的誕生〉，《馮雪峰論文集》上冊，人民文學出版社一九八一年版，第七二至七三頁。
⑨ 瞿秋白：〈革命的浪漫諦克〉，《瞿秋白文集》第一卷，人民文學出版社一九八五年版，第四五七頁。

在五四浪漫主義向三〇年代初革命文學的過渡中，有一個很重要的人物，就是二〇年代末脫穎而出的丁玲。在短短幾年中，丁玲身上重現了從五四浪漫主義到三〇年代新寫實主義的十多年歷史。她的處女作《夢珂》發表於一九二七年十二月《小說月報》第十八卷第十二號，成名作《莎菲女士的日記》發表於一九二八年二月《小說月報》第十九卷第二號。這些作品「好似在這死寂的文壇上拋下一顆炸彈一樣，大家都不免為她的天才所震驚了。」⑩一九二八年十月，她把最初的四篇小說結集為《在黑暗中》，由開明書店出版。次年，她的第二本小說集《自殺日記》內收六篇作品，由光華書局出版。這批小說突出地表現了女性在歷史過渡時期的內心苦悶，因為找不到出路而百無聊賴的精神狀態以及靈的掙扎，有很強的女性主義意識。表現的手法主要是內心獨白，精神剖析，而不是客觀的寫實。人物大多屬於莎菲型，經歷和命運雖與丁玲不盡相同，但就她們的內心苦悶和精神歷程而言，顯然是丁玲的自我寫照。因此，這些小說是很典型的浪漫抒情的作品，是五四浪漫主義思潮在二〇年代末濺起的一朵璀璨的浪花。

在「反革命的浪漫主義」受到左翼文藝界同聲譴責，「革命文學」的論爭風起雲湧的年代，丁玲「五四」式的浪漫小說居然引發了那麼大的社會反響，而且幾乎都是正面的好評，這不能不說是一個奇蹟。其中的原因，我以為，一是丁玲遇上了為人穩健的葉聖陶。葉聖陶欣賞丁玲的才華，把她的作品發在《小說月服》的頭條位置，這一舉措顯然沒受「革命文學」倡導者那些左傾教條的影響。因而可以認為，五四浪漫主義樂章的一個漂亮尾聲是通過一位深乎眾望、態度溫和持重的五四

⑩ 毅真：〈丁玲女士〉，袁良駿編《丁玲研究資料》（乙種），天津人民出版社一九八二年三月版，第二二三頁。

文學革命老將之手推向廣大讀者的。二是由於當時人們已開始不滿「革命＋戀愛」的濫調，也反感一些「革命文學」倡導者的教條主義和只有口號沒有作品的局限，因而對丁玲的大膽率真的自我表現，她提出的知識女性的內心苦悶和精神出路問題反而感到耳目一新，表現出少有的同情和喜欣。茅盾稱丁玲「滿帶著『五四』以來時代烙印」，她的人物「是心靈上負著時代苦悶的創傷的青年女性的叛逆的絕叫者」⑪。魯迅私下裡也認為，「丁玲是我們最優秀的作家，近來她很努力，茅盾都要寫不過她的。」⑫這些文學革命的先驅從藝術的角度，從作品表現人的心理深度的方面肯定了丁玲的成就，不能說沒有一點嘲諷「革命的浪漫諦克」和教條主義者的意思在內。當然，這些評論也從一個側面反映了三〇年代隨著蘇聯清算「拉普」路線，中國左翼文藝陣營開始糾正教條主義、左傾關門主義和宗派主義的錯誤這一大的背景，雖然糾正的程度還說不上徹底。其三，丁玲的一朝成名表明，二〇年代末，人的解放這一問題實際上還遠沒有過時。雖然時代的主潮已轉向社會革命和革命文學，可個性主義思想和個性解放的主題依然具有現實的意義，可以被社會革命的時代所容納。這一點是意味深長的，它暗示了人的解放問題僅僅是被更為緊迫的社會革命問題暫時掩蓋起來罷了。丁玲後來發表《三八節有感》和《在醫院中》等小說，對解放區部分同志身上的封建意識和小生產者的冷漠態度提出批評，結果招致嚴重的麻煩，受到不公正對待，說明人的解放問題甚至到四〇年代解放區也還是一個十分尖銳的社會問題。丁玲的幸運在於，當時代剛轉向社會革命，「革

⑪ 茅盾：〈女作家丁玲〉，一九三三年七月《文藝月報》第二期。
⑫ 轉引自張永年的〈魯迅訪問記〉，一九三三年六月《文藝月報》創刊號。

命文學」的論爭正熱火朝天的時候，她得到了忠厚長者的扶持，以自己的才華冷不丁兒地冒了出來。如果再遲幾年，不難想像她不僅寫不出《莎菲女士的日記》，即使寫出，帶給她的恐怕也不是鵲起的文名，而是落伍的罪證了。

不過上述因素都是外在的，丁玲傳奇式的成名歸根到底還是由於她自己。丁玲二〇年代初開始接觸新思潮，一心追求自由。一九二二年她衝破外祖母的包辦婚姻，與女友王劍虹一起來到上海，稍後在北京結識了勇猛、樂觀、熱烈而窮困的青年詩人胡也頻，並於一九二五年開始同居。物質生活的狼狽，不僅沒有磨滅她的靈性，反而促使她的個性朝浪漫的、感受性強、追求精神自由和女性自我價值的方向發展。沈從文在《記胡也頻》一文中這樣寫到丁玲：「自己說是姓丁的丁玲，那時也獨自住在一個名為通豐公寓的小房間裡，如同當時的許多男子一樣，什麼正式大學也無從進去，只能在住處就讀點書，出外時就學習欣賞北京一切的街景，無錢時習慣敷衍公寓裡的主人，躺到床上時就做夢安慰到自己。我同胡第一次到她住處時，看見房子裡一切都同我們住處差不多，床是硬板子的床，地是濕濕的發黴發臭的地，牆上有許多破破爛爛的報紙，窗子上畫了許多人頭，便覺得稀奇。以為一個女子住到這樣房子裡，不害病，不頭痛，還能很從容的坐在一個小小的條桌旁邊寫字看書，真是個了不起的人物。」不過，小倆口有時也會鬧點熱情的青年男女都免不了的那種浪漫的意氣：「有眼睛的不去注意那事的細微處，卻肆無忌諱的流淚，有口的也失去了正當的用途，只是罵人賭咒，凡是青年男女在一塊時，使情侶成為冤家以後用得著的那一份，這兩人差不多都使用了。」從這些描述裡，人們不難想起莎菲的百無聊賴和她對精神生活的執著追求。這意味著，丁玲是由於當時跟南方的革命形勢比較隔膜，在北京一個相對寧靜狹小的天地裡所感受到的主要還是五四式的個性解放問題，接受的還是西方人道主義和個性主義思想的影響，她才以自己的才華和勇氣把這些躺在床上所做的「夢」真切地寫在紙上，從而使讀者感到了震驚。

不過，比起五四時代的浪漫抒情小說來，同樣是寫性苦悶，丁玲這時所取的基本態度與郁達夫和盧隱、沅君不同。郁達夫是從男性的立場落筆，帶有才子式的頹廢情調，丁玲則是站在女性的立場追求靈肉一致的愛情，爭取女性的人格獨立和尊嚴。盧隱筆下的自我形象總覺得難以逃脫人間的網，哀怨而惆悵，反映了五四時代覺醒了的女性她們無奈的心態。沅君小說的反抗精神要強於盧隱，但她的才情似乎稍遜一籌。丁玲綜合了盧隱的纏綿和沅君的氣概，她的莎菲女士在經歷一番心意迷亂後，一腳踢開了外表漂亮而內心骯髒的凌起士，對喜歡掉眼淚的葦弟也只覺得他可憐，這種倔強剛烈的性格帶有時代女性的烙印，已經預示了丁玲日後要走的路——「昨天文小姐，今日武將軍。」⑬

丁玲走向「武將軍」的路，也經過了「革命＋戀愛」的階段。代表這一階段的作品是長篇小說《韋護》和系列中篇《一九三〇年春上海》。《韋護》取材於瞿秋白和作者的好友王劍虹的愛情生活。共產黨人韋護和浪漫女性麗嘉一度沉溺在兒女私情中，後來幡然悔悟，一個接受組織派遣南下廣東從事革命，一個也表示要「好好做點事業」。小說在戀愛的故事中描寫革命者，寫戀愛繪聲繪色，寫主人公的革命信仰和重新振作卻顯得一般化，丁玲後來說這是「陷入戀愛與革命的衝突的光赤式的阱裡去了」⑭。《一九三〇春上海》同樣採用了革命與戀愛相衝突的套路。第一篇，青年作

⑬ 毛澤東賦贈丁玲的《臨江仙》詞中的兩句。
⑭ 丁玲：〈我的創作生活〉，收入天馬書店一九三三年六月版《創作的經驗》。

家子彬一心撰稿掙錢，兩耳不聞窗外事，他的朋友若泉參加了革命。革命的春風吹進子彬的溫馨小巢，他妻子美琳不願再做「娜拉」，跟隨若泉來到大眾中間。第二篇寫革命者望微與情人瑪麗的感情糾葛。望微成了革命者，瑪麗依然是個愛情至上主義者，愛虛榮貪享受，兩人的思想距離越來越大。最後望微被捕，瑪麗另有新歡。這兩篇小說依然是女性的複雜心態寫得精彩，尤其是瑪麗因拉不住望微的心，由愛生忌，對望微用殘酷手段加以精神上的折磨，很有心理深度。丁玲過渡階段的這些作品總體上並不成功，看不出有多少屬於她個人的特點，但由於引入了革命的主題，表明她的創作視野比「莎菲」時代大大拓展了，並且預示了她後來的發展方向。這一方向的第一個成果，便是被茅盾譽為清算了「革命加戀愛」俗套的短篇小說《水》。

丁玲的道路進一步顯示，一個浪漫主義作家詩人的走向革命，少不了要在創作上經歷一個「革命＋戀愛」的階段。戀愛的浪漫諦克是這些人前一時期生活內容和創作主題的延續，「獻身革命」則是他們此一時期的事業和對未來的憧憬。過去、現在與未來就在「革命＋戀愛」這一過渡點上連結起來，通過這座承前啟後的橋樑他們方能到達一個新的天地。不過就丁玲個人而言，她轉向新的寫實主義以後，經過一番探索，重新表現出她那鮮明的創作個性。這是非常難能可貴的，卻同時又註定了她日後必須經受「千錘百煉」的考驗。

在五四浪漫主義探索新方向的途中，另一個有影響的作家是繼丁玲之後一舉成名的蕭紅。如果說丁玲的「莎菲」系列小說是五四浪漫主義的最後一朵浪花，「革命的浪漫諦克」是連結五四浪漫主義和三〇年代左翼文學思潮的一座橋樑，那麼，蕭紅則是把浪漫主義精神與寫實手法糅合起來的一位很有才氣的女作家。蕭紅初涉文壇於北方，到上海經魯迅栽培脫穎而出。魯迅曾預言：「蕭紅，是當今中國最有前途的女作家，很可能成為丁玲的後繼者，而且她接替丁玲的時間，要比丁玲接替冰心的時間早得多。」⑮魯迅如此評說的背景，是丁玲經由「革命＋戀愛」轉向現實主義的過程中，她的創作個性有點模糊，新的風格還沒有形成，而且她被國民黨政府拘禁三年，文壇很久沒有了她的消息，就在這當口，蕭紅作為一個女作家，以她柔中含剛的風格在文壇崛起，特別地耀人眼目。

蕭紅小說的題材比較開闊，大量描寫的是下層民眾的悲慘遭遇以及他們自發的反抗，這是她能夠被左翼文壇接受的根本原因。但蕭紅的寫實有她的「越規的筆致」⑯，具體說來，大致就是對生活細節和自然景物的直覺感悟，散文化的結構，充滿溫暖而憂鬱情調的童年視角，稚拙可愛的文筆，以及從這一切方面蒸發出來的抒情詩的品質。她有很鮮明的階級觀念，可那不是從書本上讀來，而是用自己的青春作賭注，經歷了逃亡、饑餓、甚至陷於絕境之後得來的經驗，因而她對下層民眾的同情，是基於個人珍惜生命、同情弱者的立場自然而然地流露出來的真摯感情。階級意識與個人的情感傾向的一致使蕭紅的寫實具有自我表現的浪漫主義的因素，寫實與抒情彼此融合，形成了一種很有個性的文體。也許正是由於這一點，胡風對蕭紅懷著特殊的偏愛，他曾當面向蕭軍誇獎蕭紅說：「她在創作才能上可比你高，她寫的都是生活，她的人物是從生活裡提煉出來的，活的。不管是悲是喜都能使我們產生共鳴，好像我們都很熟悉似的。而你可能寫得比她的深刻，但常常是沒有她的動人。你是以用功和刻苦，達到藝術的高度，而她可是憑個人的天才和感覺在創作。」⑰

⑮〈魯迅同斯諾的談話〉（斯諾整理），《新文學史料》一九八七年第三期。
⑯魯迅：《生死場．序言》，上海容光書局一九三五年十二初版。
⑰胡風：〈悼蕭紅〉，中國現代作家選集《蕭紅．代序》，人民文學出版社一九九六年版。

胡風從現實主義的角度肯定蕭紅的才氣，他不認為「個人的天才和感覺」具有浪漫主義的性質，但胡風的現實主義理論體系本來就特別地標榜「主觀戰鬥精神」，他指出蕭紅「憑個人的天才和感覺在創作」，而且才能比蕭軍高，確是敏銳精當的見解。

蕭紅是個敏感多情、很有個性的作家。她在魯迅的關懷下倔強地走自己的路，創作上與時代取了同一步調，卻又沒怎麼受左傾教條的影響，所以她的風格是前後一致的，沒有也不必像丁玲要經過一段曲折的路去追趕潮流。由於這個原因，也由於英年早逝，她沒有丁玲四〇年代的輝煌，可也避免了丁玲一度有過的藝術上的困惑。直至逝世前她在香港完成的長篇小說《呼蘭河傳》，借用茅盾的話，依然是「一篇敘事詩，一幅多彩的風土畫，一串淒婉的歌謠」⑱。在這部代表作中，她帶著含淚的微笑回憶故土、童年，悲憫民眾的愚昧和風俗的落後，稚嫩的生命橫遭摧殘，但又寫出生的堅強，死的掙扎。這樣的主題和風格，透露了她寂寞的心境和人在旅途，尤其是作為一個柔弱的女性漂泊異鄉、生活屢經巨大變故、身心遭受重創時對鄉土的一份深深的眷戀。茅盾以他一貫的開闊視野指出蕭紅此時「和廣闊的進行著生死搏鬥的大天地完全隔絕」了，寂寞地回憶呼蘭這一小城，因而「人物都缺乏積極性」，「看不到封建的剝削和壓迫，也看不見日本帝國主義那種血腥侵略」⑲，現在看來，這只代表茅盾自己對時代、對人生的態度和他的現實主義文學觀點，而蕭紅卻認為：「一個題材必須要跟作者的情感熟悉起來，或者跟作者起著一種思戀的情緒」，才能寫好⑳。

⑱ 茅盾：《呼蘭河傳．序》，重慶上海雜誌公司一九四一年五月初版。
⑲ 茅盾：《呼蘭河傳．序》，重慶上海雜誌公司一九四一年五月初版。
⑳ 蕭紅：〈現代文藝活動與《七月》〉，一九三八年五月《七月》，第十五期。

她在一九三七年胡風代表《七月》召集的座談會上，表示不贊同「戰場高於一切」的口號，認為作家把握題材都須經過一段「思索的時間」，而「現在或是過去，作家寫作的出發點是對著人類的愚昧！」㉑這些意見初看全都不合時宜，但從中卻可以看出魯迅的影響和蕭紅自己的思考，也可以悟出她之所以能保持自己鮮明的創作個性的原因所在。

「革命的浪漫諦克」、丁玲和蕭紅，各自代表了浪漫主義在探索途中不同的發展階段，但最終都彙入了現實主義。所以這些探索從浪漫主義這方面看，都帶有自我否定的性質。但這並不意味著整個浪漫主義思潮就此消亡了。因為事實上，五四浪漫主義通過另一條途徑，即由於廢名、沈從文和二〇年代末、三十年前期的郁達夫的藝術探索，發展出一種新的浪漫主義形態，並且取得了相當高的成就。

## 第二節　三〇年代：從中心走向邊緣

在社會革命時期，浪漫主義所包含的個性自由的精神，以其固有的叛逆性既難為政府當局所認可，而它主張寬容、反對思想統一和暴力革命、要求創作自由，這又與無產階級革命的原則相抵觸。在這種情形下，五四浪漫主義思潮發生了急劇分化。一些剩下的浪漫主義者只有一條路可走，

㉑見〈抗戰以來的文藝活動動態和展望〉和〈現時文藝活動與《七月》〉，《七月》第七期、第十五期。

那就是在觀念和心理上從社會革命的中心退居邊緣，通過疏遠時代、與政治鬥爭保持一定距離從而獲得乃至擴大個人心理自由的空間，只有這樣才能堅持他們「個人主義的浪漫主義」的創作方向，但不言而喻，這又註定了他們必然地要遭受被社會革命時代冷落的命運。廢名、沈從文和二〇年代末、三〇年代前期的郁達夫選擇的就是這樣一條道路。

郁達夫一九二八年宣布脫離創造社，三〇年代初又離開「左聯」。他在西子湖畔建起「風雨茅廬」，開始與達官顯貴相周旋，左翼方面因此批評他是沒落的小資產階級。

廢名在大革命前曾追隨魯迅。他以自己的創作「聲援」魯迅編輯的《莽原》㉒，魯迅日記多次提到廢名往訪，尤其是一九二六年三月二十一日廢名拜訪魯迅，那正是「三・一八」慘案後三天，可見他對魯迅先生的感情不淺。魯迅也很關心廢名的成長，一九二六年八月臨離開北京之際和一九二七年一月他在廈門分別寫信給韋素園，囑咐贈書的名單中就有廢名的名字。但廢名與周作人的關係更深一層。他常借居周作人在八道灣的寓所，周作人不僅把他視為得意門生，而且幾乎把他當作「家人」看待。一九二七年八月，奉系軍閥解散北京大學，周作人在重組的「京師大學校」中未被聘用，廢名憤而退學，卜居西山。直至南京政府恢復了北大，聘請周作人為北大文學院國文系主任和日文系主任，廢名才又回到北大英國文學系繼續讀書，畢業後又由周作人推薦作講師。他的五本小說集一例由周作人包作序言。廢名自己也承認：「我在這裡祝福周作人先生，我自己的園地，是由周先生的走來。」㉓他與周作人越來越親近，與魯迅卻越來越疏遠，甚而化名丁武寫雜

㉒ 魯迅：《中國新文學大系・小說二集導言》，上海良友公司一九三五年版。
㉓ 廢名：《竹林的故事・序》，北平新潮社一九二五年十月初版。

文，說魯迅轉向革命文學，是由於害怕孤獨而失掉了自我㉔。他為《周作人散文鈔》作序，稱「魯迅先生有他的明智，但還是感情的成份多，有時還流於意氣」，「豈明先生講歐洲文明必溯到希臘去，對於希伯來，日本、印度、中國的儒家與老莊，都能以藝術的態度去理解它，其融彙貫通之處見於文章，明智的讀者諒必多所會心。」㉕在抑揚之間，他追隨周作人的態度是非常明顯的。對於這種盲評，魯迅曾感到十分氣憤㉖。從廢名與魯迅、周作人關係的親疏遠近的變化中，人們不難看出他漸漸與主流社會隔膜的傾向來。

沈從文自稱是一個「對政治無信仰對生命極關心的鄉下人」㉗。他不僅與城市文明格格不入，而且與時代潮流也保持了距離。雖然寫過〈記胡也頻〉等長文，表達了對國民黨當局鎮壓革命者的憤慨，但他取的是比較寬泛的正義立場，出於對朋友的一份情誼和反對獨裁、同情弱者的道義責任。由於反對一切「政治」，他對「革命文學」論爭和後來的左翼文學運動也頗有微辭，說「那裡罵人的同被罵的，都似乎只有『主義』而無『作品』的人」㉘。他表示要練好「一枝筆」，認為把

㉔ 丁武：〈閒話〉，《駱駝草》第三期。

㉕ 廢名：《周作人散文鈔・序》，上海開明書店一九三二年八月版。

㉖ 魯迅在知道「丁武」即系廢名的化名後，曾在一九三二年十一月二十日寫給許廣平的信中表示：「周啟明頗昏，不知外事，廢名是他薦為大學講師的，所以無怪乎攻擊我，狗能不為其主子吠乎？……」私人信函，用語不免率直。後魯迅又看到廢名的《〈周作人散文鈔〉序》、《知堂先生》與《關於派別》等為周作人捧場的文章，便作《勢所必至，理有固然》一文。但這篇反擊文章寫成後又被他丟進字紙簍裡，由許廣平揀起，延至四〇年代初才發表。發表時有許廣平寫的一段附記，說及魯迅當時反對發表此文的情形。這篇文章現見於魯迅《集外集拾遺》。關於魯迅不願發表此文的原因，恐怕是它牽及周作人，魯迅在兄弟失和後始終避免公開談及他與周作人的關係。

㉗ 沈從文：〈水雲〉，《沈從文文集》第十卷，花城出版社一九八四年版，第二九四頁。

㉘ 沈從文：《記胡也頻》，《沈從文文集》第九卷，花城出版社一九八三年版，第八三頁。

生命處置到一個美麗的形式中去，最需要的就是自由：「文學方向的自由，正如職業的選擇自由一樣，在任何拘束裡在我都覺得無從忍受」，「我主要就是在任何困難下，需要有充分自由，來使用我手中這支筆。」㉙又說：「我不是宜於經營何種投機取巧的人，也不能成為某種主義下的信徒。我不能為自己宣傳，也就不能崇拜任何勢利。我自己選定了這樣事業寄託我的身心，可並無與人爭正統較嫡庶的餘裕」，「更不會因為幾個自命『革命文學家』的青年，把我稱為『該死的』以後，就不來為被虐待的人類畜類說話。」㉚從這些話中，讀者不難把握到他的自由主義傾向。

郁達夫、廢名、沈從文抱著自由主義的態度，置身於時代潮流之外，保持了他們自己的創作個性，說穿了，這是自由主義社會思潮在文學方面的特殊表現。稱它「特殊」，是因為自由主義的社會思潮可以衍生出寫實的自由派文學，而郁達夫、廢名、沈從文的風格無疑是屬於浪漫主義的。

郁達夫後期的作品，藝術上更為可取的是以《遲桂花》為代表的浪漫抒情小說，這一點大致不會有異議。但廢名、沈從文，人們一般都把他們當作鄉土寫實的作家看待，而不認為他們代表了浪漫主義思潮的一個新的發展階段。那是由於他們筆下的風情畫面都被當成了鄉土寫實的緣故，卻把他們獨特的藝術態度和隱藏在這些鄉土畫面背後的個人憂愁和痛苦忽略了。

主動退守社會邊緣者，其人生態度必定相當達觀。好像到真的懂得了愁滋味時，「欲說還休，卻道天涼好個秋」，把心中的哀愁掩蓋起來了。當然，沈從文等人的達觀不是高蹈派的隱逸，他們

㉙ 沈從文：〈記胡也頻〉，《沈從文文集》第九卷，花城出版社一九八三年版，第九二至九三頁。
㉚ 沈從文：《阿麗思中國遊記・第二卷的序》，《沈從文文集》第一卷，花城出版社一九八二年版，第三四五至三四六頁。

只是在政治上保持低姿態，在人生的其他方面卻是非常認真堅毅的，而對藝術更有一份執著的追求。這使他們看淡了功名利祿和毀譽褒貶，卻向遠景凝眸，守望著自己的精神家園。比如沈從文二十歲獨闖北京時連標點符號都不會，考燕大得了個零分，卻以一個「鄉下人」傻得可愛的強勁想用一支筆在故都創一番事業，而且居然大獲成功。人們只看到成功了的沈從文，卻不曾理解這成功背後的辛酸。沈從文後來以自嘲的口吻回顧說：「怎麼向新的現實學習？先是在一個小公寓濕黴的房間，零下十二度的寒氣中，學習不用火爐過冬的耐寒力。再其次是三天兩天不吃東西，學習空空洞洞腹中的耐饑力。再其次是從饑寒交迫無望無助狀態中，學習進圖書館自行摸索的閱讀力。再其次是起始用一支筆，無日無夜寫下去，把所有作品寄給各報章雜誌，在毫無結果等待中，學習對於工作失敗的抵抗力與適應力。各方面的測驗，間或不免使得頭腦有點兒亂，實在支撐不住時，便跟隨什麼奉系直系募兵委員手上搖搖晃晃那面小小白布旗，和五七個面黃肌瘦不相識同胞，在天橋雜要棚附近轉了幾轉，心中浮起一派悲憤和混亂。快要點名填志願書發飯費時，那親戚說的話，在心上忽然有了回音，『可千萬別忘了信仰！』這是唯一的老本，我那能忘掉？便依然從現實所作成的混亂情感中逃出，把一雙餓得昏花朦朧的眼睛，看定遠處，藉故離開了那個委員，那群同胞，回轉我那『窄而黴小齋』，用空氣和陽光作知己，照舊等待下來。……這就是我到北方來追求抽象，跟現實學習，起始走的第一段路，共約四年光景。年青人喜歡說『學習』和『鬥爭』，可有人想到這是一種什麼學習和鬥爭！」㉛沈從文說得輕鬆幽默，顯示了他的達觀。但達觀畢竟是面對苦難的

㉛ 沈從文：〈從現實學習〉，《沈從文文集》第十卷，花城出版社一九八四年版，第三〇一至三〇二頁。

一種姿態，並不是說已經忘了苦難。試想一下，然一身在北京街頭餓得眼冒金花，僅靠一點飄渺的希望在精神上支撐著熬下來，這樣得來的成功該是什麼代價！只有充分掂出這中間的沉重，才能理解沈從文後來功成名就、新婚燕爾之際，反而產生了這樣的心情：「我準備創造一點純粹的詩，與生活不相粘附的詩。情感上積壓下來的一點東西，家庭生活並不能完全中和它、消耗它，我需要一點傳奇，一種出於不朽的痛苦經驗，一分從我『過去』負責所必然發生的悲劇。換言之，即完美愛情生活並不能調整我的生命，還要用一種溫柔的筆調來寫愛情，寫那種和我目前生活完全相反，然而與我過去情感又十分相近的牧歌，方可望使生命得到平衡。」他因而寫了《邊城》，「這一來，我的過去痛苦的掙扎，受壓抑無可安排的鄉下人對於愛情的憧憬，在這個不幸故事上，才得到了排洩與彌補。」[32]人們都說《邊城》是一個優美的故事，認為沈從文要借它表現一種「優美、健康、自然而又不悖乎人性的人生形式」，「為人類『愛』字作一度恰如其分的說明」[33]，沒曾想到它根本上是作者主觀的表現，是他靈魂痛苦掙扎的結晶。這種掙扎的真正涵義，我以為，就是他對於過去生活的莊嚴回顧，是慶賀成功時節的淚水，是生命旅途中新的起跑線。一句話，《邊城》是沈從文長期受壓抑的感情的流露，是他唱給自己聽，為了讓自己的心感動起來的「情歌」。他需要用柔和濕潤的心去迎接新的生活，因而須對「過去」的感情欠帳作一番清理總結。他寫祖孫相依為命，那種溫暖的氛圍，是他在現實中不曾充分享有而在想像中始終追尋著的充滿人類愛意的「人生形式」；

㉜ 沈從文：〈水雲〉，《沈從文文集》第十卷，花城出版社一九八四年版，第二七九至二八〇頁。
㉝ 沈從文：《從文小說習作選・代序》、《沈從文文集》第一一頁，花城出版社一九八四年版，第四五頁。

祖父死了，白塔倒了，留下個沒有成年的翠翠去等那不知回不回來的儺送，這種源於稚嫩的生命失去了呵護的人類悲哀和隱憂，又分明是他在北京街頭餓得眼花耳鳴，找不到一點依靠時所體驗到的那種孤苦無助的感覺！他把這種理想和悲哀調和起來，構成了《邊城》的情緒基調，用這個優美然而不幸的故事把自己的靈魂超度了。沈從文後來曾抱怨說：「沒有一個人知道我是在什麼情緒下寫成這個作品，也不大明白我寫它的意義。即以極細心朋友劉西渭先生批評說來，就完全得不到我如何用這個故事填補我過去生命中一點哀樂的原因。」㉞他的抱怨是有道理的。

把《邊城》這類作品當成鄉土寫實小說，除了沒從作者心理的角度來理解它的意義，還由於忽略了故事發生地湘西雖然民風淳樸，但也有野蠻的殺戮，卑鄙的靈魂。寫於《邊城》之前的〈從文自傳〉已經說到他十幾歲當小兵時，「在那地方約一年零四個月，大致眼看殺過七百人。一些人在什麼情形下被拷打，在什麼狀態下把頭砍下，我可以說全部懂了。又看到許多所謂人類做出的蠢事，簡直無從說起。」㉟他後來寫的《湘西》，則把他從前小說的背景和盤托出，不曾諱言湘西的弱點是「極頑固的拒他性」㊱。《巧秀和冬生》寫巧秀母親二十幾歲被活活沉潭，一個關鍵的原因就是那個主事的族長由於沒從這小寡婦身上占到便宜，要對她進行見不得人的變態殘忍的報復。總之，湘西不是世外桃源。《邊城》把這一切醜陋的方面一概除去，寫成了一首與湘西的現實不太牽連而與作者過去的情感十分相近的牧歌。因而，若再要說它是寫實小說，那似乎只能按主觀邏輯把

---

㉞ 沈從文：〈水雲〉，《沈從文文集》第十卷，花城出版社一九八四年版，第二八一至二八二頁。
㉟ 沈從文：《從文自傳》，《沈從文文集》第九卷，花城出版社一九八三年版，第一六二頁。
㊱ 沈從文：《湘西．題記》，《沈從文文集》第九卷，花城出版社一九八三年版，第三三三頁。

這種缺乏現實依據的優美的人生樣式和生命形態進一步推向「過去」，認為它是一個關於民族的歷史的動人回想，就像作者曾說過的：「《邊城》中人物的正直和熱情」，「已經成為過去了」，㊲「這作品或者只能給他們一點懷古的幽情，或者只能給他們一次苦笑。」㊳可這樣一來，正好表明《邊城》不是現實鄉土的寫照，而只是作者「排洩」與「彌補」長期受壓抑感情的一個桃花源式的好夢罷了。如果說沈從文寫《邊城》還有什麼外在的目的，那也只能是他要讓《邊城》中的人物的正直與熱情，「保留些本質在年青人的血裡或夢裡，相宜環境中，即可重新燃起年青人的自尊心和自信心」，使人們將「過去」與「當前」對照，明白「所謂民族品德的消失與重造，可能從什麼方面著手。」㊴

沈從文的確是在寫夢，他說：「我要寫我自己的心和夢的歷史。」㊵他把人事分成兩部分：「一是社會現象，是說人與人相互之間的種種關係；一是夢的現象，便是說人的心或意識的單獨種種活動。……必須把人事和夢兩種成分相混合，用語言文字來好好裝飾剪裁，處理得極其恰當，才可望成為一個小說。」㊶他用「社會現象」來表現「夢」，即在生活中擷取「幾件瑣碎的事情，在情感興奮中粘合貫串了這些事情，末了就寫成了那麼一個故事。」㊷這樣的故事，在他看來，是

---

㊲ 沈從文：《長河・題記》，《沈從文文集》第七卷，花城出版社一九八三年版，第四頁。
㊳ 沈從文：《邊城・題記》，《沈從文文集》第六卷，花城出版社一九八三年版，第七二頁。
㊴ 沈從文：《長河・題記》，《沈從文文集》第七卷，花城出版社一九八三年版，第四頁。
㊵ 沈從文：〈水雲〉，《沈從文文集》第十卷，花城出版社一九八四年版，第二七三頁。
㊶ 沈從文：〈短篇小說〉，《沈從文文集》第十二卷，花城出版社一九八四年版，第一一四頁。
㊷ 沈從文：〈水雲〉，《沈從文文集》第十卷，花城出版社一九八四年版，第二七三頁。

「情真」勝過「事真」的，因為「精衛銜石，杜鵑啼血，情真事不真，並不妨事」㊸。重「情真」而輕「事真」，不用說，正是重主觀表現的浪漫主義文學觀的特色。

沈從文在創作中貫徹了這種文學觀。他擅長寫湘西，他筆下的湘西山水就很有浪漫派的特點。比如《三三》寫楊家碾坊的景色：「堡子位置在山灣裡，溪水沿到山腳流過去，平平的流到山嘴折彎處忽然轉急。」就在此處築一道壩，壩邊是碾坊，上游有一潭，潭裡四面大樹覆蔭，白鴨子在水中悠遊，一群水車成日成夜不知疲倦的唱著含糊的歌。這就宛若十九世紀浪漫派風景畫中的鄉村風光。而那些清純少女，如翠翠、三三、夭夭，在這和諧的自然背景中各展現其生命的本色，成了善的化身，美的使者。尤其是翠翠，像坡上幽篁一般清，如山頭黃麂一般乖覺明慧：「面對陌生人對她有所注意時，便把光光的眼睛瞅著那陌生人，作成隨時皆可舉步逃入深山的神氣，但明白了人無機心後，就又從從容容的在水邊玩耍了。」這像是天地靈氣所鍾的奇蹟，是沈從文夢中所期待的理想的生命形態。

至於以湘西傳說為題材的神性小說系列，如《龍珠》、《神巫之愛》、《豹子・媚金與那羊》、《月下小景》等，又別具一番浪漫的風情。神巫的愛是那麼奇：所有花帕青裙的美貌女子都在守侯神巫的來臨，那怕是在神巫跟前只作一次呆事就到地獄裡去做鬼推磨她們也無怨無悔。可是神巫竟無動於衷，卻為一個啞巴姑娘所傾倒，第三天晚上他破窗跳進這姑娘的房間時，發現「姊妹兩個，並在一頭」。這個傳說的寓意是很浪漫的，那就是一切口上說出的「愛」都是平凡世俗的，

㊸ 沈從文：〈水雲〉，《沈從文文集》第十卷，花城出版社一九八四年版，第二七六頁。

最真摯神聖的愛跟生命融為一體，不必也不能用語言表達，就像安徒生童話裡的海的女兒甘以生命作賭注去追求愛情，卻無法用語言向王子表明心跡那種心焦而偉大的境界。《龍珠》的神奇性不比《神巫之愛》遜色：龍珠是美男子中的美男子，所有姑娘面對他都失去了表示愛慕的自信，他的歌好得沒有一個女人敢接聲。最後，龍珠被一位美麗而氣度驕傲的姑娘惹惱，由惱生愛，超凡入聖的美終於回到人間，使人間的愛煥發出浪漫的異彩。顯然，沈從文不是在簡單地複述傳說，從他的浪漫想像裡，讀者不難體味到他作為一個「鄉下人」的寂寞和心靈的騷動。這意味著，沈從文創作的真正價值，原是作為表現主觀的浪漫主義思潮在三〇年代的體現而存在的。

有趣的是，廢名也認為文學是「夢夢」。他說：「創作的時候應該是『反芻』。這樣才能成為一個夢。是夢，所以與當初的實生活隔了模糊的界。藝術的成功也就在這裡。」「字與字，句與句，互相生長，有如夢之不可捉摸。然而一個人只能做他自己的夢，所以雖是無心，而是有因。結果，我們面著他，不免是夢夢。但依然是真實。」[44]在自傳性小說《莫須有先生坐飛機以後》中，他又寫道：「我讀莎士比亞，讀庾子山，只認得一個詩人，處處是這個詩人自己表現，不過莎士比亞是以故事人物來表現自己，中國詩人則是以辭藻典故來表現自己，一個表現於生活，一個表現於意境。表現生活也好，表現意境也好，都可以說是用典故，因為生活不是現實生活，意境不是當前意境，都是詩人的想像。」[45]廢名說「夢夢」，其實就是表現主觀。小說材料經過了主觀加工，

[44] 廢名：〈說夢〉，《馮文炳選集》第三三二至三三三頁，人民文學出版社一九八五年三月版。
[45] 廢名：《莫須有先生坐飛機以後・莫須有先生教國語》，《馮文炳選集》，人民文學出版社一九八五年三月版。

材料的組合更少不了「夢」——主觀的情緒、意向來串連，所以他認為作品處處是「詩人自己表現」。廢名寫過幾篇契訶夫式的小說，但他最優秀的作品大多即是「夢」的寫照。

《竹林的故事》是他早期的代表作。三姑娘爸爸在三姑娘八歲時躺進了河邊斜坡上圓圓的墳。可是母女勤敏，家事興旺，春天一到，林裡的竹子園中的菜，都綠得可愛。「青草鋪平了一切」，連曾經有個爸爸這件事也慢慢忘了。人們看到三姑娘挑菜，只有三姑娘同她的菜，其餘什麼也不記得，因為「三姑娘的白菜原是這樣好，隔夜沒有浸水，煮起來比別人的多，吃起來比別人的甜」。三姑娘嫻靜得像竹林，又乖巧得像竹林裡的雀子，鑼鼓喧天，驚不動她。別人買青椒：

「三姑娘，你多稱一兩，回頭我們的飯熟了，你也來吃，好不好呢？」

三姑娘笑了：

「吃先生們一餐飯便使不得？難道就要我出東西？」

我們大家也都笑了；不提防三姑娘果然從籃子裡抓起一把擲在原來稱就了的堆裡。

廢名把三姑娘寫得那麼清純，世人面對她只覺得自己俗氣，這反而不經意地洩露了天機：三姑娘原來是廢名心中一尊聖潔的美神，怪不得「我」碰見三姑娘迎面走來，要趕緊「暫時面對流水，讓三姑娘低頭過去。」

《菱蕩》寫竹林、流水、蕩圩、石塔，尤其蕩水寫得好：

菱葉差池了水面，約半蕩，餘則是白水。太陽當頂時，林茂無鳥聲，過路人不見水的過去。如果是熟客，繞到進口的地方去玩，一眼要上下閃，天與水。停了腳，水裡唧唧響，——水彷彿是這一個一個的聲音填的！偏頭，或者看見一個釣魚人，釣魚的只看他的一根線。

蕩的四周是一片樹，人在林裡走一圈，「聽得斧頭斫樹響，一直聽到不再響了還是一無所見。」就在這樣一個地方，陳聾子挑水種菜摘菱角。城裡人並不以為菱蕩是陶家村的，而是陳聾子的。不見陳聾子，也處處有陳聾子的影子。這簡直就是「空山不見人，但聞人語響」的境界了。這種詩意的美，到《橋》有了進一步發展。

周作人曾指出：「廢名君的小說裡的人物也是頗可愛的。這裡邊常出現的是老人，少女與小孩。這些人與其說是本然的，無寧說是當然的人物；這不是著者所見聞的實人世的，而是所夢想的幻景的寫像，特別是長篇《無題》中的小兒女，似乎尤其是著者所心愛，那樣慈愛地寫出來，仍然充滿人情，卻幾乎有點神光了。」㊻這是非常有見地的。解放後，廢名自己也不無愧意地表示：「我所寫的東西主要的是個人的主觀，確乎微不足道。」「人家說我的文章難懂，現在我自己讀著有許多也不懂了。道理很簡單，裡面反映了生活的就容易懂，個人腦海深處就不容易懂。我笑著對自己說，主觀是渺小的，客觀現實是藝術的源泉。」㊼他的自責反映了那個時代的特點，但他說自

---

㊻ 周作人：《桃園・跋》，《永日集》，北新書局一九二九年五月初版。
㊼ 廢名：《廢名小說選・序》，《馮文炳選集》第三九四頁，人民文學出版社一九八五年三月版。

己的創作主要是表現主觀，卻是十分中肯的。正是表現主觀，使廢名與五四浪漫主義思潮有了聯繫，並以他自己的獨特風格代表了浪漫主義思潮的一個新的發展。

廢名、沈從文寫山水和人物的美，目的是要對抗現實的醜。沈從文認為社會到處是醜陋，「可是人應當還有個較理想的標準，也能夠達到那個標準，至少容許在文學藝術上創造那標準。因為不管別的如何，美應當是善的一種形式！」[48]廢名借莫須有先生的口也說，想起童年，「黑暗的世界也都是光明的記憶」[49]。他們這種執著於理想的態度，包含了「五四」式的個性自由的精神，但它與五四精神有一個重要差別：「五四」的個性自由精神兼顧了個性解放與社會改造兩個方面，它要通過個性解放的途徑達到社會改造的目的。因而體現了這種精神的五四浪漫主義文學具有很強的反抗性。無論郭沫若期待「新造的太陽出來」（《女神之再生》），抑或郁達夫譴責「現代的社會，現代的人類都是我們主人公的壓榨機」[50]，他們都是以自己的方式在與社會的正面衝突中表現出強烈的反抗精神。然而沈從文卻主張「從『爭奪』以外接受一種教育，用愛與合作來重新解釋『政治』二字的含義」[51]，他要讀者「從一個鄉下人的作品，發現一種燃燒的感情，對於人類智慧與美麗永遠的傾心，康健誠實的讚頌，以及對於愚蠢自私極端憎惡的感情。」[52]廢名和這時的郁達夫也有與此相似的傾向，這一傾向的特點，就是想通過與現實拉大距離來保持個性獨立和創作自由，希

---

[48] 沈從文：〈水雲〉，《沈從文文集》第十卷，花城出版社一九八四年版，第二七六至二七七頁。
[49] 廢名：《莫須有先生坐飛機以後・舊時代的教育》，《廢名選集》，四川文藝出版社一九八八年版。
[50] 郁達夫：〈寫完了《蔦蘿集》的最後一篇〉，《郁達夫全集》第五卷，浙江文藝出版社一九九二年十二月版，第七八頁。
[51] 沈從文：〈從現實學習〉，《沈從文文集》第十卷，花城出版社一九八四年版，第三一六頁。
[52] 沈從文：《從文小說習作選・代序》，《沈從文文集》第一一頁，花城出版社一九八四年版，第四六頁。

望用「美」與「愛」醫治墮落了的文明，讓人性複歸自然。毫無疑問，這是關於自由、生命、道德秩序重建等等具有永恆魅力的話題，可在腥風血雨的社會革命時期，它的聲音不免顯得微弱飄渺。因而，沈從文只能以「鄉下人」自嘲（自傲），郁達夫躲進了「風雨茅廬」，廢名則早已造好了藝術的塔。他們所代表的浪漫主義思潮徘徊於時代主潮之外，是寂寞的。

由於環境的改變和作者自動退向社會邊緣，這一脈浪漫主義思潮受中外文化傳統的影響，在側重點上與五四浪漫主義相比也有了顯著變化。五四浪漫主義主要是受西方十九世紀以拜倫、雪萊為代表的包含著強烈抗爭精神的浪漫主義思潮的影響；對世紀末思潮，五四浪漫主義者也主要是取其否定傳統、反抗現實的精神。然而廢名卻偏愛莎士比亞、哈代。他從莎士比亞戲劇中看出了文藝是「詩人自己表現」，從哈代那裡更沾染到一點美麗而厭世的傾向。他說：哈代的小說「寫風景真是寫得美麗，也格外的有鄉土的色彩，因此我嘗戲言，大凡厭世詩人一定很安樂，至少他是冷靜的，真的」。他還特地引述自己的一首詩《夢》為例加以說明，詩云：「我在女子的夢裡寫一個善字，／我在男子的夢裡寫一個美字，／厭世詩人我畫一幅好看的山水，／小孩子我替他畫一個世界。」[53]他把童心的純真、女人夢中的善、男子夢裡的美，跟厭世的情調結合起來，體現出他所喜歡的「霜隨柳白，月遂墳圓」那種美與墳墓相關聯的淒美境界。這也很能代表他的一些小說的風格，這種風格與五四浪漫小說在感傷中包含著悲憤的風格是大不相同的。

五四浪漫主義接受的西方人文主義觀念側重於十九世紀的個性主義，而沈從文卻聲稱他要造希

[53] 廢名：《馮文炳選集・中國文章》，人民文學出版社一九八五年三月版，第三四四頁。

臘小廟，精緻、結實、勻稱，廟裡供奉的是「人性」，說明他更嚮往希臘式的以和諧、勻稱、健全為特點的古典人文主義傳統。

五四浪漫主義與民族傳統文化的聯繫處於作家潛意識的層面，作家在理性上卻是最堅決地反對傳統的。然而，廢名、沈從文和三〇年代初的郁達夫卻開始表現出某種程度向傳統回歸的傾向。廢名寫小說，自稱受了中國詩詞的影響，他說：「我寫小說同唐人寫絕句一樣，絕句二十個字，或二十八個字，成功一首詩，我的一篇小說，篇幅當然長得多，實是用寫絕句的方法寫的，不肯浪費語言。」又說，「到了《菱蕩》，真有唐人絕句的特點，雖然它是五四以後的小說。」[54]他在李義山的詩裡發現了「感覺的串聯」，從溫庭筠的詞中看出了「自由表現」，說那是「畫他的幻想」，「都是一個幻想，上天下地，東跳西跳」[55]。他把唐人絕句、李義山詩和溫庭筠詞的意境化入小說，形成了他蘊藉含蓄，有時被人說成是「晦澀難解」的獨特風格。沈從文也認為，「一個短篇小說作者，肯從中國傳統藝術品取得一點知識，必將增加他個人生命的深度，增加他作品的深度。一句話，這點教育不會使他墮落的！如果他會從傳統接受教育，得到啟迪或暗示，有助於他的作品完整、深刻與美麗，並增加作品傳遞效果和永久性，都是極自然的。」這裡，「傳統」是指中國傳統藝術品所包含的創造者的「巧思」和「匠心獨運」，即如何在小小作品中，「一例注入崇高的理想，濃厚的感情，安排得恰到好處」，使「一塊頑石，一把線，一片淡墨，一些竹頭木屑的拼合，

[54] 廢名：《廢名小說選・序》，《馮文炳選集》，人民文學出版社一九八五年三月版，第三九四頁。
[55] 廢名：《談新詩・已往的詩文學與新詩》，北平新民印書館一九四四年初版。

也見出生命的洋溢。」⑯沈從文成熟期的小說，確實堪稱吸收了中國古典藝術的經驗、分寸上「安排得恰到好處」的佳作。

應該說，廢名、沈從文的回歸傳統，表現了某種程度的認同儒家價值觀的跡象。這方面，廢名稍見突出。他寫老人的慈祥，少女的嬌美，孩子的天真，各守本分，古風融融，頗符合儒家的倫理和審美的理想。沈從文要求作品「安排得恰到好處」，表現優美的人性，客觀上也合乎詩教的傳統。但是，他們向傳統回歸的趨勢中，更多的是反映了禪意和道心，即順乎自然、守靜致遠的人格理想和審美準則。讀廢名的小說，周作人稱宜於「在樹蔭下閒坐」的時候，因為「廢名君小說中的人物，不論老的少的，村的俏的，都在這一種空氣中行動，好像是在黃昏天氣，在這時候朦朧暮色之中一切生物無生物都消失在裡面，都覺得互相親近，互相和解。在這一點上廢名君的隱逸性似乎是很占了勢力。」⑰「隱逸性」，就是寧靜美。沈從文比廢名離儒家的觀念更遠些。他表示他的作品裡「沒有鄉願的『教訓』，沒有腐儒的『思想』，有的只是一點屬於人性的真誠感情，浸透了矜持的憂鬱和輕微瘋狂」。在性問題上，他認為「二千年前僧侶對於兩性關係所抱有的原人恐怖感，以及由恐怖感而變質產生的訶欲不淨觀，卻與社會上某種不健康習慣相結合，形成一種頑固而殘忍的勢力，滯塞人性作正常發展。」⑱他寫優美的生命形式，也寫粗糙的靈魂，單純的情慾，認為後者在天真一點上遠較城裡人的虛偽做作更合乎自然之道。雖然他把這說成是「鄉下人」的尺度，並

---

⑯沈從文：〈短篇小說〉，《沈從文文集》第十二卷，花城出版社一九八四年二月版，第一二四至一二五頁。

⑰周作人：《桃園・跋》，《永日集》，北新書局一九二九年五月初版。

⑱沈從文：《看虹摘星錄・後記》，《沈從文文集》第一一頁，花城出版社一九八四年版，第四九至五二頁。。

且稱「佛釋逃避，老莊否定，儒者戇愚而自信」[59]，對這「三個老老」都加以否定，但比較起來，他的取捨在趣味上與儒家的對立，與道家的純任自然卻是較為接近的。他的《月下小景》，把佛經小故事放大翻新，注入自己生命中屬於情緒散步的種種纖細感覺和荒唐想像，來表達他對人生意義的思考，其中包含的承認人力限度和知足常樂的觀點，不用說也是受到了佛教的影響。當然，沈從文並非佛教信徒，更不是宿命論者。他預設一個「偶然」的前提，承認「風不常向一個方向吹」，人力有它最終的限度，使自己對命運的反覆無常有了一個心理準備，能泰然從容地處置驟然來臨的毀譽禍福，然而又不否認人事可為，應該在追求中證明人生的意義。這種「鄉下人」的「狡猾」原是一種知白守黑、以柔克剛的人生哲學，因而它又顯出一點道家色彩，就像他說的，「明白偶然和感情將來在你生命中的種種，說不定還可以增加你一點憂患來臨的容忍力——也就是新的道家思想，在某一點某一事上，你得有信天委命的達觀，你因此才能泰然坦然繼續活下去。」[60]

廢名、沈從文等在特殊的環境中採取了邊緣人的立場，加上對中外文化傳統作了新的取捨，這一切與他們自己的生存方式和所感悟到的人生意義結合起來，構成了這一時期的浪漫主義不同於五四浪漫主義的特點。

首先，五四浪漫主義者強調「自我表現」，表現的是作者的情緒；沈從文雖然也認為創作是「一份『情感發炎』的過程紀錄」，[61]可他表現的卻是寄寓了主觀理想的夢境。沈從文敘寫自己經

[59] 沈從文：《看虹摘星錄．後記》，《沈從文文集》第一一頁，花城出版社一九八四年版，第四九至五二頁。
[60] 以上引語見〈水雲〉，《沈從文文集》第十卷，花城出版社一九八四年版，第二六七至二六九頁。
[61] 沈從文：《看虹摘星錄．後記》，《沈從文文集》第一一頁，花城出版社一九八四年版，第五十頁。

歷的小說，缺少郁達夫、郭沫若自敘傳小說的那種強烈的激情。他寫得最好、最能體現出他個人風格的是以《邊城》、《蕭蕭》、《三三》、《阿黑小史》、《月下小景》為代表的湘西題材的小說，還有《豹子・媚金與那羊》、《神巫之愛》等寫傳說中具有神性的人物的浪漫小說。在這些作品中，他描畫著那個生命的「抽象」，雖然它最終被證明是「在海上受水雲教育產生的幻影，並非實有其事」⑥²。廢名的小說，他自己就說是「夢夢」，周作人也指出那些老人和小兒女是「所夢想的幻影的寫像」。寫夢境與抒發激情的最大差別不僅僅是自我表現的力度強弱，更主要的是後者以情緒起伏為結構基礎，前者卻按美的尺度以虛擬的具體性顯示了樸素的形式，因而容易被誤認為是一般的鄉土寫實小說。

其二，五四浪漫主義者表現的是粗暴的反抗的聲音，或是哀哀切切的感傷的抒情，而三〇年代的浪漫派，心境相對的比較寧靜，他們更欣賞「節制」的美麗。沈從文下面這段話很有代表性：「我懂得『人』多了一些，懂得自己也多了些。在『偶然』之一過去所以自處的『安全』方式上，我發現了節制的美麗。在另外一個『偶然』目前所以自見的『忘我』方式上，我又發現了忠誠的美麗。在第三個『偶然』所希望於未來『謹慎』方式上，我還發現了謙退中包含勇氣與明智的美麗。」⑥³「節制」、「忠誠」、「謙退」、「明智」，反映到創作，便使三〇年代浪漫派文學的主導風格包涵著隱逸性。

⑥² 沈從文：〈水雲〉，《沈從文文集》第十卷，花城出版社一九八四年版，第一七六頁。
⑥³ 沈從文：〈水雲〉，《沈從文文集》第十卷，花城出版社一九八四年版，第二八七頁。

其三，五四浪漫派的創作態度是感情自然流露：「什麼技巧不技巧，詞句不詞句，都一概不管，正如人感到了痛苦的時候，不得不叫一聲一樣，又哪能顧得這叫出來的一聲，是低音還是高音？或者和那些在旁吹打著的樂器之音和洽不和洽呢？」⑭所以五四浪漫抒情小說是隨意揮灑的，不講究篇章結構，有時就不免流於枝蔓。廢名、沈從文的小說不注重故事，也有散文的美，但他們更進一步把散文美推進到詩的境界。廢名五年造「橋」，可知他自稱把小說當詩寫的話不假，並且幾乎到了惜墨如金的程度。沈從文受了廢名的影響，用抒情詩的筆調寫湘西，並且為寫不到廢名那樣的「經濟」而覺得遺憾⑮，但他強調「恰當」：「文字要恰當，描寫要恰當，全篇分配更要恰當。作品的成功條件，就完全從這種『恰當』產生。」⑯他就在追求「恰當」的反覆不斷的磨煉中，為自己的風格注入了一種詩的抒情，與廢名的追求詩的效果一樣，創造了文體之美。

總而言之，廢名、沈從文和此時的郁達夫從各自的人生態度和審美趣味出發，共同發展了一種鄉村牧歌型的浪漫主義，從而把五四浪漫主義思潮推向了一個新的階段。本來，浪漫主義就有兩種可能的形態。以西方為例，一種是熱情外露，聲調高昂，力量很足，充滿反抗破壞精神的浪漫主義，這以拜倫、雪萊最為典型；另一種是情感內斂、精神上回歸自然並與之取得和諧的優美型的浪漫主義，它把一切生靈乃至小草、原野、森林、小路、晨曦、朝霧、落照，都籠罩在溫暖的情調裡，好像黃昏的陽光把遠方的孩子招回到母親的身邊，讓人在驚歎大自然的美麗的同時也感受到生

⑭ 郁達夫：〈懺餘獨白〉，《郁達夫文集》第五卷，浙江文藝出版社一九九二年十二月版，第五四二頁。
⑮ 沈從文：《夫婦・附記》，《沈從文文集》第八卷，花城出版社一九八三年版，第三九三頁。
⑯ 沈從文：〈短篇小說〉，《沈從文文集》第十二卷，花城出版社一九八四年版，第一一四頁。

命的自在和隱憂，這可以「湖畔」詩人華茲華斯為代表。對華茲華斯，我們在自己的特殊的歷史背景裡，一般容易慮及他後來反對法國大革命的態度，不願評價過高，有時還簡單地用一句「消極浪漫主義」抹殺了他藝術上的成就。其實，「消極浪漫主義」的概念並不能確切地概括華茲華斯全部的創作成績，也難以令人信服地解釋他的深遠影響。這當然是與本書關係不大的另一個話題，這裡的意思是——比較起來，五四浪漫主義相當於前一種「摩羅」型的浪漫主義，廢名、沈從文和此時的郁達夫所推動的浪漫主義則較為接近華茲華斯等人開創的優美抒情的浪漫主義。

當然，二〇年代後期到三〇年代大部分時期的這一脈浪漫主義思潮力量單薄，當時的影響有限。這不僅是指它徘徊於時代潮流的邊緣，聲勢不大，招來了不少非議和冷遇，其局限性是明擺著的事實，而且還因為這一思潮的代表作家，如廢名、沈從文，他們還創作了一些寫實的小說。這說明他們受了多方面的影響，他們的總體風格就不及五四浪漫主義作家的那麼純粹。然而若把這一思潮放到一個更大的時空框架中來考察，則它與同一時期的現實主義和新現實主義思潮的差別，它與五四鄉土寫實小說的差別，就顯示出來了；而且可以肯定，它所包含的嚮往自由的精神與社會革命最終要從社會制度上實現人的全面解放這一目標是一致的，只是它的這種精神更多的帶有文學的特點，而不是通過政治鬥爭的途徑表現出來。這樣，它事實上又與該時期的左翼文學思潮構成了一種矛盾統一、共存互補的關係。這意味著，三〇年代田園牧歌型的浪漫主義以對人性的探索，自然美和風俗民情的生動表現以及珍重生命，與左翼文學的重大題材相映成趣，拓展了新文學的表現領域。它以一種比較寬泛的正義立場和美的標準憧憬未來，以真誠和博大的愛心贏得了讀者，雖不能說是戰鬥的號角，卻是能夠淨化人的心靈的一曲悠揚的牧笛，在這方面它所取得的經驗有助於人們反鑒部分左翼作品藝術上過於粗糙的缺陷；而左翼文學在展現廣闊的生活畫面，提出重大的社會問題和參與歷史進程等方面所顯示出來的氣魄和取得的成就，同樣可以作為一面鏡子，反映出這些浪漫派作品時代氣息不濃、藝術格局偏於狹小的不足。最後，這些浪漫派的藝術實踐還表明了，在人生與藝術的統一中求美，這曾被瞿秋白嘲笑為「抽象的美，無所附麗的美」，原是藝術家的天職，不是他們的恥辱，這就有助於糾正那種忽視甚至否認「美」具有獨立價值的片面觀點；但另一方面，這些浪漫派又存在著以「美」取代「善」的傾向，認為「美應當是善的一種形式」[67]，降低乃至否認文學的社會功能，這種理論和實踐上的片面之處也正有賴於吸收左翼文學自覺承擔時代使命的優點來加以補救。不僅如此，這些浪漫派所營造的美是一種陰柔美，還必須與左翼文學的一些優秀之作所展示的陽剛之美配合起來，才能更為完整地反映出新文學在這一時期的豐富多彩的總體風貌。

[67] 沈從文：〈水雲〉，《沈從文文集》第十卷，花城出版社一九八四年版，第二七七頁。

# 第五章　尋找精神家園

廢名、沈從文採取邊緣人的立場，在心理上主動從社會中心退卻，看似無奈，實則是悠然自得的。「邊緣」的一個重要地盤是自然。「自然」以博大的胸懷傾聽叛逆者的訴說，「自然」的原始面貌又頗符合浪漫主義者追求新奇刺激的趣味，所以浪漫主義者喜歡說的一句話往往是：「大自然，我在你的懷裡終老了吧。」他們不會喜歡宮廷裡的花園，那怕花園裡蜂回蝶舞，玫瑰盛開，綠樹成蔭，也會嫌其太人工氣。他們喜歡的是自然、原始的狀態，觀賞風景只朝人跡罕至的地方走，不喜歡人工雕琢而成的景物，後者只有欣賞和諧、講究規則的古典主義者才會發出由衷的讚歎。不過，從「回歸自然」到把「自然」作為一種基本的價值準則，在這一發展過程中，「自然」的實際涵義在眾多的浪漫主義者心目中已有了一些微妙的差異。簡而言之，盧梭提出「回歸自然」的口號，是要恢復人的自然本性；郁達夫說，當文學藝術「墮入衰運，流於淫靡的時期，對此下一棒喝的就是『歸向自然』，『回到天真』上去的一個標語」①，這是受盧梭的影響而把「自然」用作了

① 郁達夫：〈藝術與國家〉，《郁達夫全集》第五卷，浙江文藝出版社一九九二年十二月版，第六四頁。

矯治文學「淫靡」之風的標準。廢名、沈從文寫下一曲曲鄉村牧歌，表現出回歸自然的傾向，體現了他們創作風格上的浪漫主義特色。但與富有反抗精神的浪漫主義者相比，他們所理解的「自然」更具有精神家園的性質。如果再要在他倆之間進行比較，那麼廢名傾向於把「自然」內化為「自心」，沈從文則把「自然」當作理想的境界來追求。換言之，從創作的主導傾向上看，廢名的風格近於禪，沈從文的風格近於道。

## 第一節　禪意與佛性

廢名會習靜打坐、談禪論道，不少人曾親見、親聞、親歷。卞之琳回憶說：「我記得一九三七年初在北河沿他家寄住期間（在他回南以前），曾認真對我說他會打坐入定，就是沒有讓我看過（他想必是在左邊一頭臥室裡做的功夫）。」「一九四九年春我從國外回來，他把一部好像詮釋什麼佛經的稿子拿給我看，津津樂道，自以為正合馬克思主義真諦。我是凡胎俗骨，一直不大相信他那些『頓悟』，……無暇也無心借去讀，只覺他熱情感人。」②卞之琳回憶的前一段，有廢名的另一位好友程鶴西作證：「（卞之琳）序裡說的他靜坐中會不覺地手之舞之也是事實，他在北河沿家裡自己也對我說過，因為見面都在談話，當然沒有親見。」③卞之琳提及的那部詮釋佛經的稿子，

② 卞之琳：《馮文炳選集．序》，人民文學出版社一九八五年三月版。
③ 鶴西：〈懷廢名〉，《新文學史料》一九八七年第三期。

則是廢名為了反駁熊十力的《新唯識論》而在抗戰時寫成的《阿賴耶識論》。這部書稿未出版，但大致內容廢名在自傳性小說《莫須有先生坐飛機以後・莫須有先生動手著論》裡有所交待。廢名最為不滿意的是熊十力反對「種子義」，他寫道：「熊十力翁不但不知佛，而且不知孔子，只看他看不起宗教而抬高哲學的價值便可知。只看他遵奉生物進化論便可知。」廢名認為佛教的真諦正在它的「種子義」，即一切現象都源於「種子」，由種子生出各種現象，熊十力反對種子說，便是曲解佛教。這場論辯開始於三〇年代，周作人《懷廢名》一文有這樣的記敘：「廢名平常頗佩服其同鄉熊十力翁，常與談論儒道異同等事，等到他著手讀佛書以後，卻與專門學佛的熊翁意見不合，而且多有不滿之意。有餘君與熊翁同住在二道橋，曾告訴我說，一日廢名與熊翁論僧肇，大聲爭論，忽而靜止，則二人已扭打在一處，旋見廢名氣哄哄的走出，但至次日，乃見廢名又來，與熊翁在討論別的問題矣。」由論道而至於動手扭打，可見雙方認真得可愛。廢名從此一頭鑽進佛學，連周作人也說怕與之論道了。在給廢名的《談新詩》作序時，周作人寫道：「隨後他又讀《論語》、《莊子》，以及佛經，特別是佩服《涅經》，不過講到這裡，我是不懂玄學的，所以就覺得不大能懂，不能有所評述了。廢名南歸後曾寄來所寫小文一二篇，均頗有佳處，可惜一時找不出來，也有很長的信講到所謂道，我覺得不能贊一辭，所以回信中只說些別的事情，關於道字了不提及，廢名見了大為失望，於致平伯信中微露共意，但即是平伯亦未敢率爾與之論道也。」④周作人是懂佛學的，他尚且怕與廢名論道，益見廢名在《莫須有先生教國語》中借莫須有先生之口稱自己成了「空前的

④ 周作人：《談新詩・序》，《知堂序跋》嶽麓書社一九八六年版。

大乘佛教徒」，不是一句戲言。

廢名醉心於禪佛之道，一是從小受環境的影響。他的故鄉黃梅是禪宗五祖弘忍傳法之處，他說五祖寺對莫須有先生有重大影響，「那是宗教，是藝術，是歷史，影響於此鄉的莫須有先生甚巨。」⑤莫須有先生就是廢名心中的廢名。二則受周作人的薰陶。周作人自稱於佛道不能贊一辭，但他在西山養病時讀過大量佛經，《五十自壽詩》中又自稱「半是儒家半釋家」，廢名一心追隨周作人，不免受到這種半儒半釋的人生觀的影響。三是廢名有避世傾向。禪佛作為一種見性功夫歷來為一些尋求精神解脫的士大夫所偏愛，廢名生當亂世，無意於追隨時代潮流，湊合各種因緣，漸漸地把參禪悟道當成了精神生活的一項重要內容。參禪悟道的一個方便法門，便是文學。

廢名小說開始有禪味大約在二〇年代後期。如果說《橋》的上篇寫史琴子、程小林的童年，還有一點淡淡的故事，包含了廢名自己童年時代的一些記憶，那麼《橋》的下篇寫十年後程小林、史琴子的青年時代，又加進來一個清純的女孩子細竹，他們的遊山玩山、打鬧嬉戲，則純粹是寫他心造的一幅幅幻影，充滿了禪味。這些二十多歲的青年男女天真單純如同沒有長大的孩子，心理狀態、言談舉止與他們的年齡很不相稱，一點不像是世間的人物。這從寫實的角度看去，是失敗的，但換成禪的觀點，外形的真不真就不重要了，重要的是廢名從這一幅幅幻影中「明心見性」，領悟了人生的真諦。廢名領悟到了什麼？大概不外乎「美」和「自由」。卞之琳在評《莫須有先生傳》時說：「廢名喜歡魏晉文士風度，人卻不會像他們中一些人的狂放，所以就在筆下

⑤ 廢名：《莫須有先生坐飛機以後‧五祖寺》，《廢名選集》，四川文藝出版社一九八八年版。

放肆。」⑥這話移到《橋》上來也適用，因為廢名一任自己的想像在「楊柳」、「茶鋪」、「花紅山」、「天井」、「橋」、「八丈亭」、「楓樹」、「塔」之間盤桓徘徊，也可說是在「筆下放肆」，而從中流露出來的卻是他親近自然、嚮往美和自由的意向。當然，禪悟是純粹的個體心理直覺，按禪家的觀點，是難以用文字表達的，因而旁人的闡釋也僅僅是對廢名直覺的體驗罷了。

按禪家的觀點，人人有佛性，只要直悟自心，便可成佛。所以禪家特別強調頓悟，以心傳心。相傳佛祖在靈山法會上拈花示眾，眾皆默然，面面相覷，不知所措。只有迦葉尊者破顏微笑，於是佛祖當即宣布：「吾有正法眼藏，涅妙心，實相無相，微妙法門，不立文字，教外別傳，付囑摩訶迦葉。」⑦佛祖傳授給摩訶迦葉的這正法眼藏，便是後來禪宗「以心傳心，不立文字」的宗旨。禪宗的修行方法前後有變化，達摩的「壁觀」還帶有從心外尋覓佛性的特點。六祖慧能立「無念為宗，無相為體，無住為本」，反對一切形式的靜修坐禪，標誌著習禪已從外境轉向了內境。至狂禪之風盛行，則認為呵佛罵祖、屙屎送尿也可成佛。但禪宗的修行有一點是始終如一的，就是以心傳心的「悟」。悟的境界不可訴諸文字，否則便落了言詮，分解了佛性，但從世俗的眼光看，它應該是圓融和諧的一種心態。宗白華在論及審美意境時曾說：「人生忘我的一剎那，即美學上所謂『靜照』。靜照的起點在於空諸一切，心無掛礙，和世務暫時隔絕。這時一點覺心，靜觀萬象，萬象如在鏡中，光明瑩潔，而各得其所，呈現著它們各自的、充實的、內在的、自由的生命，所謂萬物靜

⑥卞之琳：《馮文炳選集序》，人民文學出版社一九八五年三月版。
⑦《五燈會元》卷一。

觀皆自得。」⑧這種圓融、自在、空靈的審美心理，就近於禪悟的境界。它的特點是情感內斂，想像指向「自心」，即「空訴一切，心無掛礙，和世務暫時隔絕」。隔絕的結果，是心獲得了高度的自由，人享受到解脫的愉悅。歷來文人士大夫不少喜歡參禪論道，原因在此。

廢名的《橋》，不顧及心與外物的對應關係和真實性原則，只致力於內心的圓融和諧，讓三二個小兒女在他心境上活崩亂跳。他說這是在「夢夢」，其實正體現了禪宗「外若離相，內心不亂」的精神，即空諸一切，讓想像與「自心」一致，成全圓融和諧、毫無掛礙的心境，渾然不覺人物的現實分寸，從而使創作帶有解除心中盤鬱的自娛的傾向。自娛——解脫，是禪宗見性功夫的目的，也是體現了禪宗藝術精神的文藝作品的一個重要功能。廢名通過這一途徑，獲得了審美愉悅和精神的自由超脫。

《橋》的一些篇什，其藝術想像所依據的時空模式是主觀化的，這是廢名的創作開始與禪宗藝術精神相涉的又一個方面。禪宗強調在剎那的頓悟中，個體精神超越一切時空、因果，從有限體驗無限，從瞬間體驗永恆，對人生意義的追思變為一種無我的審美人生，即如壇經所言：「若起真正般若觀照，一剎那間，妄念俱滅；若識自性，一悟即至佛地。」⑨這種時空觀顯然是絕對主觀化的。按這種時空觀，現實中不可能出現的事物或現象在禪悟中就有可能出現，比如王維的《雪中芭蕉圖》。王維的這幅畫現已不傳，宋人沈括《夢溪筆談》記曰：「余家所藏摩詰畫《袁安臥雪

⑧ 宗白華：《藝境》，北京大學出版社一九八七年六月版，第一七六頁。
⑨ 《壇經·般若品第二》。

圖》，有雪中芭蕉。」⑩《王右丞集注》的注者趙殿成也談到明代有人見過此圖。千餘年來圍繞這幅名畫爭論不休，是因為它涉及了藝術創作的一些根本性問題。有識者指出：「詩者妙觀逸想之所寓也，豈可限以繩墨哉？如王維作《畫雪中芭蕉》詩，法眼觀之，知其神情寄寓於物，俗論則譏以為不知寒暑。」⑪「法眼觀之」，就是要明白王維的「雪中芭蕉」是受禪風影響的產物。在禪悟的狀態，現象界的滯礙已蕩然無存，芭蕉和雪兩個意象在主觀心境上赫然並列，融為一種獨特微妙的審美悟道的境界。這裡已不再有真不真的問題，只有適意與否，也即「明心見性」的問題。「雪」與「芭蕉」並列，把作者對禪佛的熱情、對人生不即不離、亦即亦離的超然自適的態度充分地發揮了。這種創作原則，反映了中國封建時代的審美觀念已從悟道於心外山水的老莊藝術精神發展到了直悟自性的禪宗藝術精神。

廢名造「橋」，就體現了這種「萬法盡在自心」、不執著於外境的禪悟特色。《橋・橋》有這麼一段：小林、琴子、細竹去遊百丈亭，先得過一架木橋。小林要兩位姑娘先走，他站在那裡看她們過橋——

推讓起來反而不好，琴子笑著首先走上去了。走到中間，細竹掉轉頭來，看他還站在那裡，嚷道：

「你這個人真怪，還站在那裡看什麼呢？」

---

⑩ 沈括：《夢溪筆談・書畫》。
⑪ 宋僧惠洪：《冷齋夜話》卷四〈詩忌〉。

說著她站住了。

實在他自己也不知道站在那裡看什麼。過去的靈魂愈望愈渺茫，當前的兩幅後影也隨著帶遠了。很像一個夢境。顏色還是橋上的顏色。細竹一回頭，非常之驚異於這一面了，「橋下流水嗚咽，」彷彿立刻聽見水響，望她而一笑。從此這個橋就以中間為彼岸，細竹在那裡站住了，永瞻風采，一空倚傍。

這一下的印象真是深。

過了橋，站在一棵樹底下，回頭看一看，這一下又是非同小可，望見對岸一棵樹，樹頂上也還有一個鳥窠，簡直是二十年前的樣子，「程小林」站在這邊望它想攀上去！於是他開口道：

這個橋我並沒有過。」

說得有一點傷感。

「那一棵樹還是同我隔了這一個橋。」

接著把兒時這段事實告訴她們聽。

「我的靈魂永遠是站在這一個地方，——看你們過橋。」

是忽然超度到那一岸去了。

這橋，既是空間的眼前的橋，又是時間的永恆的橋。程小林既過了這橋，又沒有過這橋。明明他跨了過來，可望中所見是對岸二十年前的自己正爬上那棵樹去，時間還是二十年前，所以他說「這個橋我並沒有過」。說沒有過，那棵樹卻「還是同我隔了這一個橋」。程小林感覺既過了橋，又沒有過這橋，時間與空間分割開來——過去的時間與眼前的空間重疊在一起，這與「雪中芭蕉」一樣，有別於在一般客觀的時空裡的回憶，而是把現實中不可能發生的現象實現在一剎那的禪悟裡了。在這一剎那，時間和空間的界限不復存在：「靈魂永遠站在這一個地方」，「忽然超度到那一岸去了」。就是說，此岸即彼岸，瞬間即永恆，程小林的心靈達到了來去無滯無礙、圓融明澈的境界。這其實就是廢名自己的禪悟境界，在這一境界中，生命呈現了自由鮮活的形態，人則在過橋，永恆的橋。

「橋」的末尾又寫小林三人談詩和花，小林忽然說——

「我嘗想，記憶這東西不可思議，什麼都在那裡面，而可以不現顏色，——我是說不出現。過去的什麼都不能說沒有關係。我曾經為一個瞎子所感，所以，我的燦爛的花開之中，實有那盲人的一見。」

細竹忽然很懶的一個樣子，把眼睛一閉——

「你這一說，我彷彿有一個瞎子在這裡看，你不信，我的花更燦爛了。」

細竹是取笑小林，活現出她姑娘家的淘氣可愛，而小林的感覺卻是真實的。盲人看見花的燦爛，即是觀自心——禪悟，悟到的當比俗人眼中所見更為深刻。那是不執著於物的「佛性」，是比形相中的「真」更真實的真諦。《橋》的下篇隨處可見這類以主觀化時空為出發點的充滿禪機的語言和畫面，說明廢名寫這些篇章在很大程度上是他「無所住心」，於一切境上不執著的習禪悟道的方式，是他體驗主體精神自由的過程。

廢名的文體非常簡潔，字與字、句與句之間充滿彈性，這常被看作是廢名用寫詩的方法來寫小說。其實，這是廢名的創作受禪學影響的再一個方面，即追求語言的機趣。禪宗「不立文字，以心傳心」，但它沒有絕對否定語言文字的傳法作用，一卷《壇經》，許多語錄、偈頌、話頭等，便是證據。它只是主張破文字執，用語言文字開啟方便法門，獲得這工具，再來破除這工具的迷障，使人向內心去悟得真如本性。因此，禪宗的傳法總是避免正兒八經的說教，常用對偈、參禪、講公案等方法，目的是為了打破人的常規思維，使人在觀念、感覺的無序撞擊中突然產生嶄新的聯想，從而「頓悟成佛」。「公案」之所以具有這樣的功效，是因為它的語言充滿機鋒，如語言的反邏輯組合、思路中斷跳躍、觀念的奇特反接、空白、暗示等，它利用這些技巧把人的思維從常規思路中逼出。

看來，廢名是深諳此中三昧的，他的小說有許多這方面的生動例子。一九二五年十月《語絲》第五十期開始，廢名連著發表了一組以「花炮」命名的短作。它們屬於練筆性質，後來沒有收入任何集子，可在廢名的創作中卻佔有重要的位置。其中如《幽會》，寫兩個孩子在觀音庵前的對話：

少年：你的眼睛裡是什麼？我的寶貝，這樣要把我砸碎了。
少女：我願我的淚能照見你的心。
少年：我的心同你的淚一般明。
少女：我的鞋被草濕了。
少年：但是他不走露你一點聲響。

少女：月亮啊，你也留不住我們的影子。

對話充滿機趣，簡潔得不能再簡潔，但正因此留下了大量供人聯想的空白——少男少女的純真及他們的奇思妙想不同凡響，這背後又該是多少人事糾葛。《花炮》只是廢名發現語言本身趣味的起點，到《無題》系列，即後來彙集出版的長篇小說《橋》，他才淋漓盡致地發揮了這種才能。

如《橋．天井》一節寫小林三人遊花紅山回來夜宿史家莊，細竹和琴子聊一會便睡了，天井這面的小林在黑暗中天上地下的胡想——

然而到底是他的夜之美還是這個女人美？一落言詮，便失真諦。

漸漸放了兩點紅霞——可憐的孩子眼睛一閉：

「我將永遠是一個瞎子。」

頃刻之間無思無慮。

「地球是有引力的。」

莫明其妙的又一句，彷彿這一說蘋果就要掉了下來。

思維呈現大跨度的跳躍，初讀費解，細品別有會心。「佛教的真實是示人以『相對論』」⑫，

⑫ 廢名：《莫須有先生坐飛機以後．莫須有先生教國語》，《馮文炳選集》，人民文學出版社一九八五年三月版。

世間的一切形相都是因緣生成，是相對的、空的。既如此，「女人美」與「夜之美」的區別便失去了意義，最真實的還是瞎子「看」到的美。所以，「我將永遠是一個瞎子」。這一悟，頃刻心如明鏡，不著塵埃，冒出一句「地球是有引力的」，也就毫不足怪。

《黃昏》一節寫小林躑躅溪邊，看楊柳想心事——

「史家莊啊，我是怎樣的同你相識！」

奇怪，他的眼睛裡突然又是淚，——這個為他遮住了是什麼時分哩。

這當然要叫做哭呵。沒有細竹，恐怕也就沒有這哭，——這是可以說的。為什麼呢？星光下這等於無有的晶瑩的點滴，不可測其深，是汪洋大海。

「嗳呀！」

這才看見夜。

史家莊是小林童年的樂園，如今在琴子身邊又冒出個天真可愛的細竹，小林不免為她流淚了。但這不像是世俗情緣之累，他大致是為美而哭的。有人批評廢名小說文法不通，他反唇相譏，說他的好處正在這文法不通。其實，雙方都沒道著要害：「文法不通」，正是禪悟的語言形式。讀這樣的文章，雖費精神，但如打破文字障，便可深入一個變化萬千、廣袤無垠的主觀空間，從有限體悟無限，從瞬間直了永恆。

不過，廢名有時也做得過分。他曾抱怨說：

有許多人說我的文章obscure，看不出我的意思。但我自己是怎樣的用心，要把我的心幕逐漸展出來！我甚至於疑心太clear得厲害。這樣的窘況，好像有許多詩人都說過。

我最近發表的《楊柳》（《無題》之十），有這樣的一段——

「小林先生沒有答話，只是笑。小林先生的眼睛裡只有楊柳球——除了楊柳球，眼睛之上雖還有天空，他沒有看，也就可以說沒有映進來。小林先生的楊柳球浸了露水，但他自己也不覺得，——他也不覺得他笑。」

我的一位朋友竟沒有看出我的『眼淚』！這個似乎不能怪我。⑬

其實這也應該怪他。他所引的那一段，原是寫小林到史家莊過清明節，細竹為孩子們紮柳球玩，小林在旁看到細竹被柳絲綴滿一身，極為感動，眼睛逐著孩子手上一顛一顛的柳球，於是有這一段，而且緊接著還加了一句：「小人兒呵，我是高高的舉起你們細竹姐姐的靈魂。」小林（廢名）為美而流淚，他說得太晦澀，怎能怪讀者沒看出他眼中的淚水。

《橋》的風格可用「清」、「靜」、「奇」、「美」四個字來概括，這可以說是廢名的小說在整體上與禪宗藝術精神密切關係的一種體現。佛教講四大皆空。中國化的禪宗佛教，尤其是慧能禪宗，拋棄了印度佛教繁瑣的名相說法和分階段悟得佛性的觀點，但「性空」的基本思想卻保留了下來。因為「性空」是佛教之所以為佛教的根本。禪宗的特點是承認性空，卻又不執著性空，它要

---

⑬ 廢名：《馮文炳選集．說夢》，人民文學出版社一九八五年三月版，第三二一頁。

人捨棄一切妄念，返歸自性。自性在禪僧看來本就清淨，因此凡是受到禪風影響，習靜修禪的詩人畫家，其藝術風格總是偏向談遠空靈，如王維的詩，南宗的畫。廢名小說的主導風格不同於一般的可以逗引起傾慕之情的那種優美，他的小說清靜淡遠，宜於閑坐在樹蔭底下似讀非讀，你感不到興奮，而是靜靜地讓思緒流向遠方又回觀自心，體悟到生命的奇蹟和美的永恆。這說得玄一點，就因為他的小說包含著佛性，通俗一點，便是由於靜觀——靜觀小兒女，靜觀花紅山。「高山之為遠，全賴乎看山有遠人，山其實沒有那個浮雲的意思，不改濃淡。」（《橋・八丈亭》）一切皆緣於那點清靜之心，清靜之心便是佛性。因而，廢名文體簡潔類似南宗寫意畫，淡淡幾筆，意味無窮，正是他高遠簡直、清靜灑落的禪風情調的體現。

廢名小說的禪意有一個產生和演化的過程。早年他寫過一些有政治色彩的小說，《竹林的故事》、《河上柳》是他風格趨向成熟的標誌，到《桃園》、《菱蕩》，詩意盎然，有周作人所謂的「文章之美」。這些小說體現了他二〇年代創作風格中清新雋永的一面，周作人稱之為「平淡樸訥」⑭，按說更近於道家純任自然的藝術精神。但《菱蕩》已含空靈之意，與《菱蕩》同一時期的《橋》的下篇，禪味尤為濃郁。不過此一時期的禪味其實還混和著仙氣。這不奇怪，佛教在傳入中國之初，為了與本土文化妥協，即開始吸收老莊思想，乃至以老解佛，以「無」釋「空」，使佛教老莊化，產生了盛行一時的玄佛藝術精神。作為東土禪宗初祖的菩提達摩面壁九年，其禪法稱為「壁觀」，就有道家「致虛極，守靜篤」的遺風。這說明，釋與道確有不少相似點，佛教正是在融

⑭ 周作人：《竹林的故事・序》，《談龍集》，上海開明書店一九二七年十二月初版。

合儒學的一些因素，尤其是在吸收了老莊的虛、無、靜、淡的思想以後，才逐漸具備了中國的特點，最終形成了中國特有的禪宗佛教。在這樣的文化背景中，對一個具體的人來說，習禪悟得的是什麼，就如人之飲水，冷暖自知，不妨是禪家的性空，也可以是帶道家色彩的虛靜。廢名的創作體現了這種複雜性。他的《橋》在禪味中混合了仙氣，表明它是作者從道家的純任自然轉向禪宗的主觀唯心論的過渡階段的產物，這一趨勢的進一步發展，便是他的長篇自敘性小說《莫須有先生傳》和《莫須有先生坐飛機後》⑮。

《莫須有先生傳》以難懂聞名，周作人準備為之作序，好幾天寫不出來，後來自以為道著了文章的好處，說：「這好像是一道流水，大約總是向東去朝宗於海，他流過的地方，凡有什麼汊港灣曲，總得灌注瀠洄一番，有什麼岩石水草，總要披拂撫弄一下子，才再往前去，這都不是他的行程的主腦，但除去了這些也就別無行程了。……能做好文章的人他也愛惜所有的意思，文字，聲音，故典，他不肯草率地使用他們，他隨時隨處加以愛撫，好像是水遇見可飄蕩的水草要使它飄蕩幾下，風遇見能叫號的竅穴要使它叫號幾聲，可是他仍然若無其事地流過去吹過去，繼續他向著海以及空氣稀薄處去的行程。這樣，所以是文生情，也因為這樣所以這文生情異於做古文者之做古文，而是從新的散文中間變化出來的一種新格式。」⑯周作人這裡依據的仍是他「文章之美」的標準。可當書印出來再讀，他恍然大悟，發覺自己得魚忘筌，落了文字障，便當即致信廢名說：「前此做

⑮《莫須有先生傳》，共十五章，未完成，一九三二年十月由開明書店出版。《莫須有先生坐飛機以後》，一九四七年六月開始在《文學雜誌》上連載，刊出十七章，未完成。
⑯周作人：《莫須有先生傳・序》，上海開明書店一九三二年十月版。

序純然落了文字障，成了文心雕龍新編之一章了。此書乃賢者語錄，或如世俗所稱言行錄耳，卻比禪和子的容易瞭解，則因系同一派路，雖落水有淺深，到底非完全異路也。語錄中的語可得而批評之，語錄中的心境——『禪』豈可批評哉。」⑰

但必須指出的是，從廢名創作發展的角度看，《莫須有先生傳》裡的「禪」，已接近慧能之後馬祖道一和石頭希遷一路了，即進一步強調佛性即「平常心」，如慧照禪師說的：「道流佛法無用功處，只是平常無事，屙屎送尿，著衣吃飯，困來即眠。」⑱這是說，要將參禪悟道落實到日常生活中去，明白此岸即彼岸，理想世界就是現實世界，現實世界即理想世界；關鍵看你是否悟，所謂「一念覺，眾生即佛，一念迷，佛即眾生」。只要一念之際看穿人生，以隨緣任運的態度處世，連佛也罵得，一切權威偶像盡在打倒之列，那麼精神便獲得了高度的自由，世間即成佛地。莫須有先生採取的就是這種態度。他平凡得不能再平凡，可又超然得不能再超然——

> 莫須有先生來回踱步。踱到北極，地球是個圓的，莫須有先生又仰而大笑，我是一個禪宗大弟子！而我不用驚歎符號。而低頭錯應人天天來掏茅司的叫莫須有先生讓開羊腸他要過路了。而莫須有先生之家犬狺狺而向背糞桶者迎吠，把莫須有先生乃嚇糊塗了。於是莫須有先生趕緊過來同世人好生招呼了。
>
> 「列位都喜歡在這樹蔭下涼快一涼快？」

⑰《周作人書信》，上海青光書局一九三五年二月再版。
⑱《古尊宿語錄》卷五。

列位一時聚在莫須有先生門前偶語詩書，而莫須有先生全聽不懂。背糞桶的還是背糞桶，曩子行，今子止，挑水的可以扁擔坐禪，賣燒餅的連忙卻曰，某在斯某在斯，蓋有一位老太太抱了孫兒攜了外孫女出來買燒餅。⑲

這裡，想像的出發點已不是現實世界，而是佛教的「空」，因而莫須有先生從中可以來去自由，了無滯礙。換言之，這是莫須有先生（廢名）在禪悟的狀態中將客觀的時空化為主觀的時空：他踱到北極，又身在此地，心如明鏡，無住於境，一切外在的障礙已蕩然無存。於是「此岸即彼岸」，在雞鳴狗吠的現世他得道了，體驗到了精神的自由和生命永恆的喜悅。這才真正算是廢名從平凡世界中找到了精神家園。然而，正因為平凡，《莫須有先生傳》和《莫須有先生坐飛機以後》在藝術上反而失去了他此前的飄逸新奇的浪漫主義光彩，實際上它們已經超出了浪漫主義的範圍。

## 第二節　自然與道心

道家在養性方面不同於禪宗之處，在於它認為最高的境界是「與道冥符」，合乎天然。道為萬物的本源，外在於心而又如恍如惚，要與之冥符，就必須「心齋」、「坐忘」，做到「無己」。莊

⑲ 廢名：《莫須有先生傳．莫須有先生今天寫日記》，《馮文炳選集》，人民文學出版一九八五年三月版。

子雖然對「定乎內外之分，辨乎榮辱之境」的功夫不屑一顧，認為那還算不得絕對的自由，但他說的「乘天地之正，而御六氣之辨，而遊無窮者」，那種絕對自由的逍遙，其邏輯起點實際上依然是先承認了內外之分，天人對立。有分別和對立，才需要因順自然，以人入天，達到「人與天一」。但這種修養觀念恰恰是禪宗所反對的。慧能立「無念為宗」，決不是不念，而是指「於一切境上不染」，不執著於任何一境，既不為塵緣所累，也不被自性束縛，既明白性空，又不執著於性空，認為從這不二法門便可「見性成佛」。這反映的是佛教唯心主義的宇宙觀，頗有點「酒肉穿腸過，佛祖心中留」的意味。因而，就本質而言，禪宗的主體自由要比道家高出一截。從形式上看，禪家完全是在自心中求佛性（心境的和諧），道家無論如何還有協調主客觀關係的關鍵一步。這就是說，道家的「無己」，是以道的客觀存在為前提的，一割斷「己」與「道」的內外聯繫，意識也就回到自心，從而躍升到禪宗佛教的境界了。

基於宇宙觀的不同而造成的悟道見性方式上的差異，反映到文學創作中，就導致道家藝術精神和禪宗藝術精神的區別。前者的想像是心游於物，隨物賦形，即指向心外之道，把自我消融在自然中；後者卻是空諸一切色相，內觀自性，想像是內斂的。說廢名的創作近於禪，沈從文的創作近於道，主要就是由於他們的創作在主導風格上體現了禪宗藝術精神和道家藝術精神的這一差別。

## 一

廢名的創作心態如上所敘，是內斂的，相當於禪悟，可謂「中得心源」。沈從文的心態是外傾的，即他的想像沒有封閉於「自心」，而是與心外的參照系相聯繫，反映了道家「定乎內外之分」的思維方式，可謂「外師造化」⑳。造化，體現了道家的觀點，它是指自然，而不同於通常所說的現實。「道」是絕對的精神實體，「自然」是道的載體。所以，「外師造化」與一般的寫實也有區別，它是以一種特殊的方式來表達理想。

沈從文小說表達理想的「特殊方式」，就是題材取自生活，形式是樸素的。翠翠有三個模特兒，一個是絨線鋪老闆的女兒：「那女孩子名叫『××』，我寫『邊城』故事時，弄渡船的外孫女，明慧溫柔的品性，就從那絨線鋪小女孩印象而來。」㉑這個女孩的故事包含了十七年的人事滄桑，其中命運的無常和生命的奇蹟，以及父女相依為命的那種淒涼景況，全可在《邊城》裡讀到。另外兩個模特兒，一個是「在青島嶗山北九水旁見到的一個鄉村女子」，另一個就是他新婚不久的夫人張兆和。沈從文從前者「取得生活的必然」，從後者「取得性格上的素樸式樣」，而在「一切充滿善，然而到處是不湊巧」的感覺中寫出了翠翠㉒。人物有模特兒，這是沈從文寫小說區別於廢名造「橋」的最大不同處。其實不僅翠翠，凡是體現了沈從文理想的生命形態，包括三三、夭夭、阿黑、老船夫、天保、儺送等人，比起廢名的細竹、琴子、小林、史家奶奶來，都更具人間性。尤其是沈從文寫那些小女兒性情上的天真純粹處，並不忽略女性所特有的美。比如「翠翠在風日裡長養著，把皮膚曬得黑黑的。觸目為青山綠水，一對眸子清明如水晶。自然既長養她且教育她，

⑳「外師造化，中得心源」，語出唐張璪的《繪境》。《繪境》不傳，僅此兩句保留於張彥遠的《歷代名畫記》。
㉑沈從文：《湘行散記・老伴》，《沈從文文集》第九卷，花城出版社一九八三年版，第二九六至二九七頁。
㉒沈從文：〈水雲〉，《沈從文文集》第十卷，花城出版社一九八四年版，第二八〇頁。

為人天真活潑，處處儼然一隻小獸物。」夭夭「腿子長長的，嘴小牙子白，鼻樑完整勻稱，眉眼秀拔而略帶野性」，人稱「黑中俏」（《長河》）。阿黑「長得像觀音菩薩，臉上黑黑的，眉毛長長的」（《阿黑小史》）。這表明，沈從文創作時更多地顧及了心外的生活樣式，力求把印象中的生命安排到一個美的形式中去，而事實上又並沒有因此妨礙他在這些故事中宣洩他個人長期受壓抑的情感，展現他所神往而現實中往往其實並不存在的「優美、健康、自然而又不悖乎人性的人生形式」。這種情形，充分體現了純任自然的道家藝術精神的特點，而與直指自心的禪宗藝術精神是有所不同的。

沈從文是寫景的好手。不過他筆下的景觀沒有廢名的空靈，相反，他展現了造化所具有的那份素樸。如寫月夜：

月光如銀子，無處不可照及，山上篁竹在月光下皆成為黑色。身邊草叢中蟲聲繁密如落雨。間或不知道從什麼地方，忽然會有一隻草鶯「落落落落噓！」囀著它的喉嚨，不久之間，這個小鳥兒又好像明白這是半夜，不應當那麼吵鬧，便仍然閉著那小小眼兒睡了。（《邊城》）。

他渲染的是一幅平和安詳的畫面，與翠翠依偎著爺爺聽講悠悠往事的那種情調十分諧合，這種情調是《橋》所缺少的。

又如寫秋景：

秋天為一切圓熟的時節。從各種人家的屋簷下，從農夫臉上，從原野，從水中，從任何一處，皆可看到自然正在完成種種，行將結束這一年，用那個嚴肅的冬來休息這全世界。但一切事物在成熟的秋天，凝寒把濕露結為白霜以前，反用一種動人的幾乎是嫵媚的風姿，照耀人的眼目。春天是小孩一般微笑，秋天近於慈母一般微笑。在這種時節，照例一切皆極華麗而雅致，長時期天氣皆極清和乾爽，蔚藍作底的天上，可常見到候鳥排成人字或一字長陣寫在虛空。……薄露濕人衣裳，使人在「夏天已去」的回憶上略感惆悵。天上纖雲早晚皆為日光反照成薄紅霞彩，樹木葉子皆鍍上各種適當其德性的顏色。（《鳳子》）

這是沈從文小說中不多見的大段景物描寫，其中的趣味依然有濃濃的鄉土氣息，是農家豐收的景象，寫在慈母臉上溫暖的笑意，是空中的雁陣，或是「夏天已去」的惆悵回憶。似乎皆是眼前之景，可在這樸素的外表下包涵著單純的信仰，「蘊蓄了多少抒情詩氣分」。㉓

在沈從文的觀念中，「自然」還具有一種神奇的功效，即映襯生命的原色，減少肉的成分，增加靈的氣息。四狗和七妹子的姐姐在雨後斜陽下，四周繁密的蟲聲和鳴中，唱了一支生命歷程中的青春小曲，這並不怎麼惹眼，全由於大自然的單純美化了年輕人的荒唐和近人情處（《雨後》）。《採蕨》、《夫婦》，也莫不是用懶懶的陽光，和煦的春風把青年男女處置到忘情的境界裡去，在那樣一種自然懷抱中，他們不做一點傻事，反而似乎成了一種罪過。這從根本上說，是因為沈從文

㉓ 沈從文：《長河・題記》，《沈從文文集》第七卷，花城出版社一九八三年版，第三頁。

堅持自然人性的觀點，把這些人都當作自然的一部分來寫，人與自然已融為一體了。

不過，「天人合一」永遠只能是一種理想。是非起於有別，不平源於差異，「定乎內外之分」，已經埋下了愛憎的種子。沈從文的創作也體現了這一規律。表面看，他寫的湘西是一片田園風光，但仔細回味，田園風光裡浸透了隱憂甚至悲哀。《阿黑小史》寫長輩們用寬厚慈祥的目光，含笑注視著阿黑和五明說一些蠢得不能再蠢的話，做一些傻得不能再傻的事，一切皆籠罩在溫暖和諧的氛圍中。可到頭來，五明成了癲子，阿黑不見了，昔日熱鬧歡樂的油坊頹敗得如同《聊齋》中鬼魂出沒的荒廟。這一切是如何發生的？作者沒有交待。其實也無須交待，他原不過是要表現人事的無常和命運的難以抗拒罷了。

沈從文擅長把童年記憶中的瑣事，如逃學、游泳、撒謊、賭博、打架、被老師打手心、被大哥擰著耳朵從河邊捉回家去，寫得饒有趣味。聽他的口氣，一個人如果在小孩的時代沒有逃過學，那簡直等於沒有當過小孩一樣。但同樣，從這些童年的趣事中時常會突然流露出很傷心的情緒來。《卒伍》是自傳性小說，寫十四歲的「我」頭天還在河裡盡情的洗澡遊戲，第二天就要去當兵，背起比自己腰身大三倍的包袱，去服侍從前曾是他父親部下的團長的千金，要學會自己擦自己的眼淚了。稚氣未脫的他還捨不得剛捕來的蛐蛐，想找一個小竹筒裝起來帶它出門。大姐見了，傷心地問他：「小弟，你還捨不得那蛐蛐嗎？」聽到大姐的話，「我立時且想起這一去的一切難過，只覺得我的過錯都是不應當，我即刻走轉到書房去把那蛐蛐捉到手中拋到瓦上去。回頭時，就告給大姐說已經放了。」這一放，意味著他的無憂無慮的童年在它還遠沒有到應該結束的時候就從他手中過早地悄悄溜走了。

沈從文常覺得冥冥之中有一隻無形的巨手在播弄人，陰差陽錯，造成諸多人事哀樂。這在一定程度上也正是他的道家觀點的體現。莊子《達生》篇云：「不知吾所以然而然，命也。」《德充符》又曰：「死生存亡，窮達貧富，賢與不肖，毀譽、饑渴、寒暑，是事之變，命之行也。」這是說生命存亡、事業窮達、品性好壞，乃至饑渴寒暑的交替變化都是無可奈何的命之演化；人對此唯有「安之若命」。沈從文當然沒有莊子那麼消極，他總是用抒情的暖和色調把人生的悲劇性包裹起來，使之化成淡淡的哀愁，像黃昏落照那樣美麗而憂鬱。比如《邊城》，命運難以抗拒，爺爺死了，白塔倒了，幼小的生命失去了呵護，可楊馬兵，這個翠翠母親昔日的情人取代了爺爺的位置，負起了保護孤雛的責任，而離家出走的二佬也還有回來的可能，讓翠翠在等待中有一絲暖意。就是《卒伍》，雖說團長不許女兒再喊我「四哥」了，說這是規矩，可蓮姑卻以她孩子的純真聲明：「四哥，我不信他們的話。」這多少使人感到在世態炎涼、人情淡薄中還有一點童心的可愛。總之，沈從文表現的是隱憂而非劇痛。這也許符合儒家「哀而不傷」的詩教傳統，但肯定可以說不違背道家「致虛極、守靜篤」的人生信條，因為沈從文竭力平息心中的激情，向遠景凝眸，對人生悲劇取了一種保持適當距離的姿態，說明他是在朝著道家因順自然的修養境界看齊的。

沈從文的這種情懷，追究起來，包含了兩方面的內容，一是個人的悲哀，二是人類的愛心。悲哀起於心與物、人與天的分別和對立，讓人感受到生命的脆弱和命運的無常。愛心則以「忘我」的方式調和了心與物、人與天的矛盾，彌合了心靈的創痛。他在《卒伍》裡寫道：「娘你所給我的愛，我卻已經把它擴大到愛人類上面去了。我能從你這不需要報酬的慈愛中認識了人生是怎樣可憐可憫，我已經學到母親的方法來愛世界了。」忘我地去愛人類，愛世界，也就是「以人入天」，使人能在失敗的事情上不固執，拿得起放得下，悲痛也就由此減輕了它的分量。不過，當十四歲的「我」說著這些話的時候，他眼中一定是盈滿淚水的，那該是一種非常頑強而又實在無可奈何的心境！

## 二

廢名寫《橋》，在創作動機上帶有自娛的傾向，沈從文則有意要來宣傳他「鄉下人」的義利取捨的觀點，因而比廢名較多地參與了現實生活的進程。但他這種參與，跟儒家的入世精神相去甚遠，即他不是站在現實政治的立場尋找社會問題的合理解決，而是從疏遠現實政治而親近自然的立場上為人們醫治現代文明病提供了一副清涼、去火、解毒的藥劑。他說：「我就是個不想明白道理卻永遠為現象所傾心的人。我看一切，卻並不把那個社會價值攙加進去，估定我的愛憎。我不願問價錢多少來為百物作一個好壞批評，卻願意考查它在我官覺上使我愉快不愉快的分量。……換句話說，就是我不大能領會倫理的美。接近人生時，我永遠是個藝術家的感情，卻絕不是所謂道德君子的感情。可是，由於社會人與人的關係產生的各種無固定性的流動的美，德性的愉快，責任的愉快，在當時從別人看來，我也是毫無瑕疵的。」[24]在《水雲》中，他又寫道：「我是個鄉下人，走到任何一處照例都帶了一把尺，一把秤，和普遍社會總是不合。一切來到我命運中的事事物物，

---

[24] 沈從文：《從文自傳・女難》，《沈從文文集》第九卷，花城出版社一九八三年版，第一七九頁。

我有我自己的尺寸和分量，來證實生命的價值和意義。我用不著你們名叫『社會』為制定的那個東西，我討厭一般標準，尤其是什麼思想家為扭曲蠹蝕人性而定下的鄉願蠢事。」既為「現象」所傾心，又不想明白其中的「道理」；既不缺少德性的美，「責任的愉快」，可又「和普遍社會總是不合」，因而要反對社會的「一般標準」，這種「鄉下人」的人生觀，很明顯又是帶有道家色彩的。

沈從文對自然人性的推崇，便是他這種人生觀的重要組成部分。通觀沈從文的湘西小說，他所勾勒的自然人性系統實際上呈現了一個金字塔的形狀。處在塔尖的是情純少女翠翠、三三、夭夭，她們代表聖潔的美，透著神性。

第二層是老船夫，儺送、楊馬兵等。老船夫重義輕利，像渡船一樣樸實無華。他從不思索自己的職務對於本人的意義，只是靜靜地很忠實的在那裡活下去。對於別人贈予的超過其本分應得的錢，他儼然吵嘴似的要把它塞還那人手裡；實在沒辦法，就買了茶葉和煙草一扎一扎掛在自己腰邊，誰需要必慷慨奉送。生活的清貧對他不算什麼。唯一使他憂心的是該把孫女託付給一個可靠的人。他把翠翠拉扯大已是一個奇蹟，他對孫女的憂慮也不無道理。要翠翠自己來決定終生大事，辦法雖迂了一點，然而從中正可見出他當爺爺的一切為孫女幸福著想的一副慈愛心腸，為此他甚至付出了生命的代價。在大雷雨之夜行將告別人世之際，他還起身給翠翠加了一條布單，安慰說：「別怕」。樸實、慈愛，使他成了善的化身。儺送則被賦予了俊美的外貌，善歌的嗓子和勇敢、坦白、無私、正直的品質。他不要碾坊要渡船，說明他愛的是人，為愛情可以不計較任何物質的得失，這就比天保可貴。總之，這一層次的人物在沈從文心目中，具有道德典範的意義，是他所神往的淳厚民風和正直素樸的人格的主要載體。

阿黑、五明（《阿黑小史》），四狗、「阿姐」（《雨後》）等，處在第三層。他們不及「翠翠們」清純，可也是自然的兒女，而且大自然美化了他們的情慾，把他們的心靈提升到了一個純樸的境界。

第四層是會明（《會明》）、老司務長（《燈》）等。這些人有《邊城》裡老船夫的純樸，可命運已把他們安置到一個更為平凡的環境裡去了。會明「排班站第一，點名最後才喊到」，是資格最老的兵，十年來卻依舊做他的伙夫。世事的變化他渾然不覺，他所關心的是「天氣合宜，人們精神也較好」，若要打仗就快點動手，別拖著到熱天死了人爛得快。見雙方無動靜，他便專心致志地在前線孵起小雞來。到奉命撤退時，他的伙食擔上多了一群「小兒女」——一窠毛絨絨的雛雞，慈愛的笑意蕩漾在臉上，他很覺滿足了。老司務長原是「我」父親從前的一個兵，他以僕人的身份和長輩的愛心安排起「我」的飲食起居，他最操心的是「我」能找一個合意的女人。當他自以為「我」找到了，便熱情招待，到被告知弄錯了，他就對那女孩愛理不理，儼然生氣，這點小心眼，益顯出他悖時中的忠誠。《從文自傳》中的那個老戰兵滕師傅，按說也屬於這類人物。在火槍大炮的時代，他教預備兵的是翻筋斗、打藤牌、舞長茅，耍齊眉棍，可他又「樣樣來得懂得，並且無一事不精明在行，你要騙他不成，你要打他你打不過他。最難得處就是他比誰都和氣，比誰都公道。」這些人看去都已過時，不合時宜處甚至顯得滑稽可笑，但他們信守自己的本分，瀟灑自在，光明磊落，在平庸呆愚處保留了一份人性的古樸和民風的淳厚。

第五層是順順、天保等。他們不失美好品性，如重情守諾、仗義疏財、公平講理，可他們已從自然村落走進了商業化的小鎮。順順處處關照老船夫，在老船夫死後又要把翠翠接去他家住，十分難得。然而他是水碼頭上的頭面人物，身份與老船夫一家有高下之別。他的關心反而使後者常感到不安，必格外感激地承受。天保雖則不缺少弟弟的真誠和善良，可他不如儺送純潔。他愛翠翠，可又犯了難：「翠翠太嬌了，我擔心她只宜於聽點茶峒人的歌聲，不能作茶峒女子做媳婦的一切正經事。我要個能聽我唱歌的情人，卻更不能缺少個照料家務的媳婦。『又要馬兒不吃草，又要馬兒走得好』，唉，這兩句話是古人為我說的！」他在愛情裡摻了點世俗的計較，表明他的身心已離開了自然的母體。這是一群介於都市與鄉村之間的人物，他們尚保留著鄉村的純樸，但已受到現代商業文明的薰陶。

第六層是水手柏子（們）與跟他相好的妓女（們）。柏子在江上辛苦一個月，掙來的錢和積蓄的精力一夜功夫化在女人身上，從不曾要人憐憫，也不知道可憐自己，反而覺得這還「合算」，不僅抵了打牌輸錢的損失，還把下一個月的快樂預支了（《柏子》）。而那些做「生意」的妓女也自有她們的「德性」：不相熟的，先交錢再關門，人既相熟，錢便在可有可無之間。他們生活多靠商人維持，但恩情所結必多在水手方面。有了感情，賭咒發誓「分手後各人皆不許胡鬧」，癡癡地等著江上漂浮的那一個。超過約定的時間還不見男的來，便起疑心，做夢時或投河吞鴉片或手執菜刀直奔那水手而去。風俗所繫，她們的心靈與肉體似乎奇蹟般地分開了，生意儘管做，低賤的生涯卻並不辱沒其心靈的純潔和感情的淳厚。

這六類人物構建了一個金字塔型的人性系統，可用下圖表示：

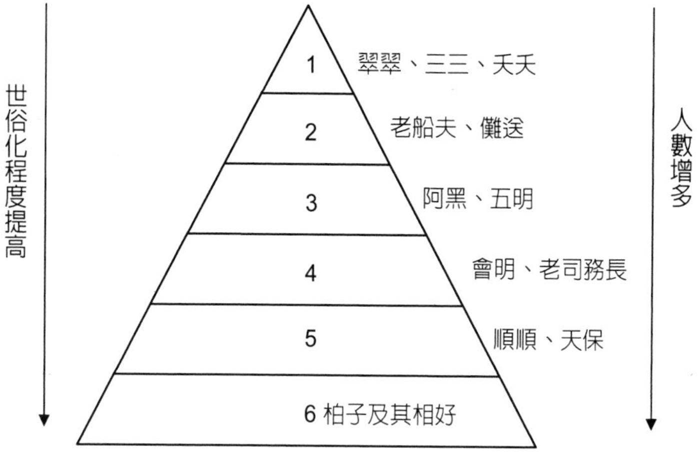


看得出，越靠近塔底，人數就越多，也越接近底層的社會。對這些人物，沈從文的感情是有細微差異的。他覺得最宜相處的是處於第四層的人物，他說：「我總是夢到坐一隻小船，在船上打點小牌，罵罵野話，過著兵士的日子。我喜歡同『會明』那種人抬一籮米到溪裡去淘，我極其高興把一支筆劃出那鄉村典型的臉同心。」㉕這是因為他在這群人中不僅可以獲得關懷和愛護，而且可以得到平等和自尊。越往上越具神性，他也越懷著虔誠感動的心情。越往下則越顯出他「鄉下人」的固執，因為在他看來，順順、天保在人格上當然遠遠高出都市裡「要禮節不要真實，要常識不要智慧」的精明人，而那些水手和妓女與都市中把愛情當作商品的男女相比，與心存邪念卻猥瑣得沒有勇氣、或背地裡偷雞摸狗表面上卻裝得一本正經的「文

㉕沈從文：《生命的沫・題記》，《沈從文文集》第一一頁，花城出版社一九八四年版，第八頁。

明人」相比，也見出他們品性上的直率和真誠。

其實，這個自然人性的「金字塔」正是在與都市文明的對照中才顯出它的整體性的，而一旦成為一個整體，其內在的層次在沈從文看來已失去了高下的區別。如果有人硬要在其中定出尊卑高下，那是由於這人採取了「城裡人」的觀點，與他「鄉下人」的本意相違拗了。他曾寫道：「我崇拜朝氣，歡喜自由，讚美膽量大的，精力強的。一個人行為或精神上有朝氣，不在小利小害上打算計較，不拘拘於物質攫取與人世毀譽；他能硬起脊樑，筆直走他要走的道路，他所學的或同我所學的完全是兩樣東西，他的政治思想或與我的極其相反，他的宗教信仰或與我的十分衝突，那不礙事，我仍然覺得這是個朋友，這是個人。我愛這種人也尊敬這種人。這種人也許野一點，粗一點，但一切偉大事業偉大作品就只這類人有份……至於怕事，偷懶，不結實，缺少相當主見，凡事投機取巧媚世悅俗的人呢，我不習慣同這種人要好，他們給我的『同情』，還不如另一種人給我『反對』有用。這種『城裡人』彷彿細膩，其實庸俗；彷彿和平，其實陰險；彷彿清高，其實鬼祟。這世界若永不變個樣子，自然是他們的世界。……老實說，我討厭這種城裡人。」㉖這段話沈從文直接點明了他對鄉村和都市這兩個世界截然相反的態度。他的小說所構建的自然人性系統，正是在與都市文明的這種對照中才顯示了它作為一個整體的道德尺度的意義，在這樣的意義上，柏子及其相好，與「翠翠們」一樣具有人之為人的基本品性，他們在德行上甚至會讓有些城裡人自慚形穢。

李健吾曾稱讚《邊城》「細緻，然而絕不瑣碎；真實，然而絕不教訓；風韻，然而絕不弄姿；

㉖ 沈從文：《籬下集．題記》，《沈從文文集》第一一頁，花城出版社一九八四年版，第三三至三四頁。

美麗，然而絕不做作。這不是一個大東西，然而這是一顆千古不磨的珠玉。在現代大都市病了的男女，我保險這是一副可口的良藥。」㉗這一語道著了沈從文的高明處。高明就高明在他「不教訓」，卻無時無刻不在「教訓」——通過鄉村與都市的對照，「宣揚」他的價值觀和人生哲學。這一份「鄉下人」的固執頑強正是他有別於廢名的「隱逸性」的地方，也是他具有道家「無為而無不為」精神的重要表現。「無為」是因循自然，它作為手段其中已包涵了「無不為」的目的；「無不為」是目的，可它作為目的卻是為使社會和人生合乎自然之道，包涵著更高的目的，因而它又轉化為手段。「無為」與「無不為」互相包涵，兩者都是目的，又都是手段，難以分割。沈從文懷著這樣的精神，已經表明他決不是一個唯美主義者。他對文藝有很強的「功利」考量，只是這不表現在政治上，而是企圖用道家式的理想來重鑄民族的德性，就像他自己說的：「美麗、清潔、智慧，以及對全人類幸福的幻影，皆永遠覺得是一種德性，也因此永遠使我對它崇拜和傾心。這點情緒同宗教情緒完全一樣。這點情緒促我來寫作，不斷的寫作，沒有厭倦，只因為我將在各個作品各種形式裡，表現我對於這個道德的努力。」㉘

## 三

沈從文的藝術觀有三個極重要的範疇：一是童心，二是生命，三是神性。

---

㉗ 李健吾：〈《邊城》——沈從文先生作〉，《李健吾創作評論選集》，人民文學出版社一九八四年八月版，第四四七頁。
㉘ 沈從文：《籬下集・題記》，《沈從文文集》第一一頁，花城出版社一九八四年版，第三四頁。

沈從文不僅透過歲月的距離，在回想中把自己童年的種種「劣跡」充分詩化，惹人讀來啞然失笑，拍案叫絕，而且用童心透視真善美的生命形式，寫就了他一生中最為優秀的一些篇章。翠翠的可愛，一個重要原因，就是她有顆純淨的童心。她受到「冒犯」罵儺送：「悖時砍腦殼的！」罵得二佬很開心。她拉著擺渡客衣角說：「不許走！不許走！」要別人收回錢去，引來了一陣歡笑。尤其是她對爺爺的依戀：「『我要坐船下桃源縣過洞庭洞，讓爺爺滿城打鑼去叫我，點了燈籠火把去找我。』她便同祖父故意生氣似的，很放肆的去想到這樣一件事，她且想像她出走後，祖父用各種方法尋覓全無結果，到後來如何無可奈何躺在渡船上。」夕陽映照下的黃昏有點薄薄兒的清涼，翠翠心中由生命的節律萌動了一點她自己也不明白緣由的煩惱，她這樣放肆的設想離開爺爺讓爺爺團團轉，實在是由於離不開爺爺。她從爺爺堅定不移的回答中，認定了自己對爺爺的意義，「儼然極認真的想了一下，就說：『爺爺，我一定不走。』」清冷的碧溪嘴，白塔，渡船，黃狗，祖孫倆相依為命，若說是爺爺的慈愛給了翠翠安全感，那麼必是翠翠的乖巧、明慧和天真給了風燭殘年的爺爺以人生的意義和活下去的勇氣。這一切成全了碧溪嘴，使它儼然成了人們心中的一方淨土、一塊聖地。

沈從文筆下的少女幾乎都具有這種品性。十歲的三三看到不相熟的人來她家壩前釣魚，總說：「不行，這魚是我家潭裡養的。」她的意思是碾坊既是她家的，游到這裡來的魚也成了她家的。她急了便叫媽媽來折斷人家的魚竿。魚竿當然不會被折斷，她就在旁邊靜靜的看，數著這不講規矩的人究竟釣了多少魚去，回頭好告訴媽。「有時魚太大了一點，上了釣，拉得不合式，撇斷了釣竿，三三可樂了，彷彿娘不同自己一夥，魚反而同自己是一夥了的神氣」。三三天真得可愛，而且純潔得如同一塊璞玉。無獨有偶，她跟翠翠一樣，也常設想自己離家不回來——母親喊三三，「三三一面走回來，一面就自己輕輕地說：『三三不回來了！』」「三三永不回來了。」為什麼說不回來，不回來又到哪裡去，她並不曾認真想過，只是孩子氣的依戀罷了。（《三三》）

沈從文寫童心時見神來之筆，但他的童心世界又是憂鬱的。那些清純少女，如翠翠、三三，包括阿黑，都長在一個殘缺的家庭，不是父母雙亡，就是缺爹少娘。這與沈從文的趣味有關，他說：「美麗總使人憂愁，可是還受用。」㉙因為在他看來，凡美好的東西都不容易長久。在這種趣味的背後，顯然是一顆憂鬱的靈魂。沈從文從小瘦弱，十四歲去當兵，過早地體驗到了人生的辛酸和世態炎涼，氣質偏向憂鬱，是很自然的。這種氣質缺少的是力度，但是從韌勁、同情心和感受力的發達方面得到了補償。因而，當他孤獨地徘徊於故都的街頭，需要一方心靈的淨土而向故鄉的山水風情投去深情一瞥的時候，他的憂鬱和企盼就包涵在其中，融化在作品裡了。這是說，殘缺家庭的那種氣氛符合他的心境，化成了他作品的情調。說來奇怪，一個人丁興旺、吃穿不愁的家庭，往往不太會計較到情感的價值，一個圓滿的家庭體會不到生命的全部意義。而翠翠與爺爺，三三與她母親，彼此對對方的意義，沒有別的，就是生命；他們為了對方的生存而生存。那種排除了任何世俗得失考慮的純淨的情感，奇蹟般地使一個個殘缺而清貧的家庭充滿了溫馨。這種情調，正是在北平體味著孤獨、渴望著母愛般關照的沈從文所神往，而事實上也是他在這些作品裡所刻意渲染的。

沈從文從不幸的家庭背景中來寫童心，還有一個隱秘的動機，那就是為了突出童心在磨難中的美麗。家庭殘缺了，生活那麼清貧，可孩子依然單純快樂。她們有了爺爺或媽媽，就可以無憂無慮

㉙ 沈從文：〈水雲〉，《沈從文文集》第十卷，花城出版社一九八四年版，第二七七頁。

的玩耍，不知不覺地成長。即使遭受了新的打擊，如爺爺死了，但翠翠還擁有她最最無價的財富，誰也奪不去的「未來」。童心，這時就成了純潔和希望的象徵。

不過，沈從文心目中的童心，意義還不啻這些。他說：「所有故事都從同一土壤中培養成長，這土壤別名『童心』。一個民族缺少童心時，即無宗教信仰，無文學藝術，無科學思想，無燃燒情感證實真理的勇氣和誠心。童心在人類生命中消失時，一切意義即全部失去其意義，歷史文化即轉入停頓死滅，回復中古時代的黑暗和愚蠢，進而形成一個較長時期的蒙昧和殘暴，使人類倒退回復吃人肉的狀態中去。」㉚他如此強調「童心」的重要，顯然是想用「童心」這面旗幟，把人們引導到一個充滿愛心，超越了功利得失和貧富等級的理想社會中去。在這樣的社會中，人的關係單純，沒有陰謀詭計，不受金錢支配，不為虛名奔走，其樂融融——一個十足的桃花源。以此反觀現實，沈從文就不免要發出無奈的喟歎：「共同缺少的，是一種廣博偉大悲憫真誠的愛，用童心重現童心。而當前個人過多的，卻是企圖用抽象重鑄抽象，那種無結果的冒險。社會過多的，卻是企圖由事實繼續事實，那種無情感的世故。」㉛

「生命」，是沈從文所遵循的又一個價值準則。「對於一切自然景物，到我單獨默會它們本身的存在和宇宙微妙關係時，也無一不感覺到生命的莊嚴。」㉜生命是天地間的最高律令，自然景物因為能使人感覺到生命的莊嚴才顯得美麗。當然，沈從文所崇尚的是一種自然狀態中的生命，它大

㉚ 沈從文：《青色魘•青》，《沈從文文集》第七卷，花城出版社一九八三年版，第二四八頁。
㉛ 沈從文：《青色魘•黑》，《沈從文文集》第七卷，花城出版社一九八三年版，第二五八頁。
㉜ 沈從文：〈水雲〉，《沈從文文集》第十卷，花城出版社一九八四年版，第二八八頁。

致可分為兩種主要類型。一類是優美的，如翠翠；另一類是有朝氣、舒展粗獷的，它通常超越了現代文明的道德準則。《旅店》的女老闆黑貓就屬於後一類。黑貓年輕俊俏，「二十多歲的婦人，結實光滑的身體，長長的臂，健全多感的心。」丈夫死去三年，她獨自在荒僻之地經營著旅店，不為任何人所誘惑，無論是白耳族的美男子，還是土司的財富都不能打動她的心。可是有一天，她突然起了一種不端方的慾望，需要一種圓滿健全而帶頑固性的攻擊，一種蠢的變動和一場暴風雨後的休息。於是她主動暗示大鼻子旅客，生了一個「小黑貓」。沈從文把黑貓的舉動看成是生命固有的權利；黑貓超越了金錢和文明社會的道德準則，是生命本身賦予了她這種行為以「善」的意義。

蕭蕭是個童養媳，「丈夫」還抱在她手裡。花狗大用情歌唱開了她的心。事情暴露後，按規矩或沉潭或發賣，伯父可憐她一條命，不主張沉潭。於是婆家人就養著她等買主來。辦法既經商定，一家人照樣過日子。小孩子的「丈夫」捨不得「姐姐」走，蕭蕭也不願意離開，大家對為什麼必須這樣做全莫名其妙。第二年蕭蕭生下一個兒子，團頭大眼，聲響洪壯，婆家把母子倆照顧得好好的，照規矩吃雞補身體——「生下的既是兒子，蕭蕭不嫁別處了。」（《蕭蕭》）這也是憑生命自身的價值使蕭蕭免於被沉潭。總之，生命是美麗的，在生命的壯嚴美麗面前，假裝的熱情，虛偽的戀愛，謙卑諂媚裝模作樣動輒揚言要自殺這一切文明社會所發明的智慧和以金錢虛名為前提的婚姻，都失去了光彩。沈從文表示要用「自己的尺寸和分量，來證實生命的價值和意義。」㉝同時又抱怨一般人「對個

㉝沈從文：〈水雲〉，《沈從文文集》第十卷，花城出版社一九八四年版，第二六六頁。

人生命的意義，也缺少較深刻的理解」㉞，正是憑著這種獨特的生命觀，他來謳歌純樸，抨擊虛偽。

「神性」在沈從文心目中，是真善美的極致，是他理想的湘西社會和生命形式的最本質的屬性。因而，關於「神性」的觀點是他生命觀的哲學基礎。他說：「鄉下人所想的，就正是把自己全個生命押到極危險的注上去，玩一個盡興，」㉟「不管它是帶鹹味的海水，還是帶苦味的人生，我要沉到底為止。這才像是生活，是生命。我需要的就是絕對的皈依，從皈依中見到神。」㊱這是說，不計較任何功利得失，讓生命在自由奔放的燃燒中迸發出燦爛的光芒，或以固執的熱情，瘋狂的愛，火焰般地燃燒了自己後還把另一個也燒死，或憑著單純的信仰，在人生的大海上揚帆遠航，去證明那個彼岸的存在，無怨無悔，這才是絕對的因順自然，是神的境界，因而「神即自然」——他借人物之口說：「神的意義在我們這裡只是『自然』，一切生成的現象，不是人為的，由於他來處置。他常常是合理的，寬容的，美的。人作不到的算是他所作，人作得的是人去作。人類更聰明一點，也永遠不妨礙到他的權力。……我這裡的神並無迷信，他不拒絕知識，他同科學無關。」不過沈從文又認為，神的「莊嚴與美麗，是需要某種條件的，這條件就是人生情感的素樸，觀念的單純，以及環境的牧歌性。神仰賴這種條件才能產生，才能增加人生的美麗。缺少了這些條件，神就滅亡。」㊲沈從文小說中一切具有神性的人生樣式和生命形態，的確莫不是在牧歌的環境中固守

㉞沈從文：《長河・題記》，《沈從文文集》第七卷，花城出版社一九八三年版，第三頁。
㉟沈從文：《從文自傳・一個大王》，《沈從文文集》第九卷，花城出版社一九八三年版，第二〇一頁。
㊱沈從文：〈水雲〉，《沈從文文集》，第十卷，花城出版社一九八四年版，第二六六頁。
㊲沈從文：〈鳳子〉，《沈從文文集》第四卷，花城出版社一九八二年版，第三四七頁。

著生命的純真和美麗的。而一旦世俗的觀念侵入，在他看來，神就死了。所以他常不免發出歎息：「『現代』二字已到了湘西」，「農村社會所保有那點正直素樸人情美，幾乎快要消失無餘，代替而來的卻是近二十年實際社會培養成功的一種唯實利庸俗人生觀。敬鬼神畏天命的迷信固然已經被常識所摧毀，然而做人時的義利取捨是非辨別也隨同泯滅了。」㊳他的創作，可以說，主要就是為了抗議這一文明墮落的趨勢，使人們在「當前」與「過去」的對照中，看出神性秩序的重建應該從何處著手。表現這一主題的有許多佳作，其中最有意味的當數《豹子・媚金與那羊》。

關於《豹子・媚金與那羊》，讀者多看重它所表達的命運觀：本來美滿的愛情由於不可捉摸的「偶然」——那隻羊，釀成了流血的悲劇。但我以為，在「偶然」的背後，還有一個更高的原則，一個禁忌，那就是「神性」。

豹子與媚金約定當星星出現時去寶石洞相會，可豹子為了尋找那隻允諾給媚金的羔羊，反把約會的時間耽擱了，導致媚金以為他負心爽約，在絕望中自刎。豹子的舉動看似悖乎常情，可那全是由於他把媚金視若神明，他對媚金的承諾於是成了對神的承諾，因而他要用非凡的虔誠，找到一隻世上最完美的純白羔羊來表明他的最神聖的愛，然而這註定了是一個沒有結果的永恆的尋找過程，因此也是通向悲劇的過程。因為任何最完美的事物（羊）總是下一個，不可能在經驗的範圍內得到實證，所以事實上豹子從尋找的那一刻起就已註定了他永遠找不到那只足以象徵他對媚金神聖的愛的羔羊，他必然會以失敗告終。就在這無望的迷狂的尋找過程中，愛上升到了抽象的終極的位

㊳沈從文：《長河・題記》，《沈從文文集》第七卷，花城出版社一九八三年版，第二頁。

置，羊反而成了尋找的直接的具體目標；抽象與具體的兩相分離，則是一個人的心靈的巨大分裂，是這分裂了的心靈發出的兩種矛盾的聲音相互的交鋒，是它們煎熬人心的絕望的博鬥。豹子最終似乎找到了那隻羊，它純白如雪，正合他的心意，但「完美」是難的：那隻小羊羔負了傷。為了「完美」，他命定要先給羊羔治傷，於是時間耽擱太久了，大錯無法挽回地鑄就了。人們可以說豹子著了魔，甚至發了瘋，但正是在他這種如瘋如癲的行為中，包含著他對媚金的無與倫比的愛。如果豹子聽從老人的勸告隨隨便便的找一隻羊，或者他隨意認為那便是一隻合格的羊，他本來滿可以擺脫心靈的煎熬，暢飲愛情的美酒，但如此一來，他得到的也就只是世俗的愛，不復擁有他所期望的那種神性了。神聖的東西，人不甘輕易下手，神聖的愛，人不會輕易表白，因而神聖的愛總是折磨人的。翠翠的愛情搭進了爺爺的一條命，豹子和媚金為愛而命歸黃泉，全因為他們的愛近乎「神」，很難在平凡的世界中存活。

豹子與媚金的悲劇初看是由於「偶然」，但只有進一步看到「偶然」背後的這種「必然」，才明白這是他們為神聖的愛所付出的必然的代價，才能體會到沈從文改寫這個傳說的良苦用心，那就是他要樹立一座愛回到愛自身的永恆的豐碑，給世人一個警醒，一次震撼。就在作品中，他寫道：「地方的好習慣是消滅了，民族的熱情是下降了，女人也慢慢像中國女人，把愛情移到牛羊金錢虛名事上來了，愛情的地位顯然是已經墮落，美的歌聲與美的身體同樣被其他物質戰勝成為無用東西了。」正是相對於這樣的世態人心，豹子與媚金的悲壯的愛情才格外地呈現出神性的美麗。

總而言之，「童心」、「生命」、「神性」這三個範疇在沈從文的文學世界裡原來都指向「自然」。豹子與媚金的悲劇以及其他不幸的故事，只意味著「回歸自然」是難的。老子曰：「常德不離，復歸於嬰兒。」（《老子・第二十八章》）又曰：「人法地，地法天，天法道，道發自然。」（《老子・第二十五章》）莊子曰：「與天為徒」，「人謂之童子，是之謂與天為徒。」（《人間世》）這些都是強調純任自然為道德和審美的極致。沈從文推重童心的純真，珍視生命的價值，認為「神即自然」，他的倫理觀和審美趣味上這種回歸自然，崇尚渾樸的傾向，就是他的創作浸透了道家藝術精神的重要表現。

## 四

沈從文回歸自然的傾向，不能排除受西方浪漫派影響的可能。但這種影響比起廢名所受的來要小得多。沈從文沒有系統地受過現代教育。他當小兵時從文書那裡看到一部《辭源》，發現能從中查出許多千奇百怪的知識，居然大為驚異。他那時讀的只是《秋水軒尺牘》、《西遊記》、《聊齋志異》、《四部叢刊》、《西清古鑒》、《花間集》等。後來喜歡看《新潮》、《改造》，便把他引到了北京。但到北京他連新式標點也不會，他這時的「師傅」只是一部《史記》和一本破舊的《聖經》，他得以從中揣摩敘事抒情的基本知識。後來去京師圖書館，「不問新舊，凡看得懂的都翻翻」，這與其說是在系統學習，不如說他是在翻「社會」這部大書。[39]西方的影響既然不大，道家的影響就相對突出了。但仔細分析，這種影響也不是他潛心研究所得，而是在大自然潛移默化的

[39] 以上材料見於〈從文自傳〉，《沈從文文集》第九卷，花城出版社一九八三年版。

薰陶中所涵養成的一種氣質稟賦和他從自然中悟得而應付於人事方面的一種智慧。

沈從文從小是個貪玩的孩子。翹課、游泳、捉蛐蛐，「盡我到日光下去認識這大千世界微妙的光，稀奇的色，以及萬滙百物的動靜。」「我感情流動而不凝固，一派清波給予我的影響實在不小。我幼小時較美麗的生活，大部分都同水不能分離。我的學校可以說是在水邊的。我認識美，學會思索，水對我有極大的關係」。「二十年後我『不安於當前事務，卻傾心於現世光色，對於一切成例與觀念皆十分懷疑，卻常常為人生遠景而凝眸』，這份性格的形成，便應當溯源於小時在私塾中翹課習慣。」翹課被發覺，自然免不了受罰，但「我一面被處罰跪在房中的一隅，一面便記著各種事情，想像恰如生了一對翅膀，憑經驗飛到各樣動人事物上去。按照天氣寒暖，想到河中的鱖魚被釣起離水以後撥剌的情形，想到天上飛滿風箏的情形，想到空山中歌呼的黃鸝，想到林木上累累的果實。由於最容易神往到種種屋外東西上去，反而常把處罰的痛苦忘掉……我應感謝那種處罰，使我無法同自然接近時，給我一個練習想像的機會。」⑩這些自白清楚地表明，是大自然從小陶冶了他的性格，他的人生觀和審美趣味傾向於道家返真歸樸的理想，很大程度上是由於大自然的感染和暗示。

同時也不可忽視，作為一個「鄉下人」，他在北京的困難的現實處境又促進了他這種向自然回歸的傾向。他立志用一支筆養活自己，所面臨的困難是可想而知的。他憑韌勁挺了過來，這韌勁就與他從小所諳熟的水性有關。老子曰：「天下莫柔弱於水，而攻堅強者莫之能勝。」（《老子•七十八章》）水固柔弱，但水滴石穿，能以柔克剛。沈從文那麼鍾情於水，這除了童年的記憶，恐

---

⑩ 以上引文見於〈從文自傳〉，《沈從文文集》第九卷，花城出版社一九八三年版，第一〇九至一一二頁。

怕主要就是由於他在水性中悟出了道家智慧而能用之於應付他所面臨的現實挑戰。他的性格溫順且又孤傲，溫順與孤傲的統一便是水性，即「尚柔」、「守雌」、「無為而無不為」的人生哲學。他後來表示：「明白偶然和感情將來在你生命中的種種，說不定還可以增加你一點憂患來臨的容忍力——也就是新的道家思想。」㊶這分明就是他從自己坎坷人生中學來的智慧，是他帶著苦笑的經驗之談。

需要指出的是，「道家思想」使沈從文在觀念上陷入了歷史進步與文明墮落的「二律背反」，這使他的作品所包含的歷史觀和道德觀呈現了錯綜複雜的關係。因而，評價他小說的得失，必須仔細掌握好分寸，不能以片面的政治判斷取代審美的評價。關鍵是要尊重文學的特點，因為從政治學的觀點看去缺少現實意義的那種烏托邦理想，一旦放到文學的視野中，往往具有了鼓舞人們為永恆的理想而奮鬥的神奇魅力。正是在後一種意義上，沈從文用他那支富有表現力的筆描繪優美、健康而又不悖乎人性的生命形態，為人類「愛」字作一度恰如其份的說明，創造了一個「美」的標準，這一切有了淨化人的心靈、陶冶人的情操的價值，正如他自己說的：「先生，你接近我這個作品，也許可以得到一點東西。不拘是什麼，或一點憂愁，一點快樂，一點煩惱和惆悵，甚至於痛苦難堪，多少總得到一點點。……那不會使你墮落的！」㊷

當然，一旦「回歸自然」轉化成對都市文明的批判，或純粹地以「自然人性」的觀點展示低層

㊶ 沈從文：〈水雲〉，《沈從文文集》，第十卷，花城出版社一九八四年版，第二六九頁。
㊷ 沈從文：《從文小說習作選・代序》，《沈從文文集》第一一頁，花城出版社一九八四年版，第四五至四六頁。

民眾的人事哀樂，使作品的內容趨向平凡性、世俗化，沒有了純淨的詩做內美，這時，沈從文的風格也同廢名寫《莫須有先生傳》一樣，超出了浪漫主義的範圍。

## 第三節　沈從文：三〇年代的「最後一個浪漫派」

在中國現代浪漫主義思潮的演變過程中，有幾個關鍵性的人物，他們是二十世紀初的魯迅，五四時期的郭沫若和郁達夫，到三〇年代則是沈從文。魯迅最早把西方現代浪漫主義介紹到中國，可他開始創作時已轉向現實主義。郭沫若和郁達夫奠定了中國現代浪漫主義文學的基礎，但郭沫若到二〇年代中葉徹底否定了浪漫主義；郁達夫與創造社分手後一度處於寂寞中，其創作也再難重現五四時期的輝煌。因而，到三〇年代初，沈從文的影響從浪漫主義思潮這方面看，就相對地突出了。所謂「突出」，不是說他的成就已無人可及，而是指他轉變到田園型的浪漫主義，這一轉向代表了中國現代浪漫主義思潮在二、三〇年代之交的發展趨勢，他的湘西小說又是這種田園浪漫主義的典型形態。他勇於探索，綜合了「五四」鄉土文學和創造社、新月社一些作家的藝術經驗，把五四浪漫主義推向一個新的階段，從中可以看出中國現代浪漫主義發展演變的軌跡和各種風格的彼此消長。更為重要的是，他的創作與時代的要求存在著距離，與作為主潮的左翼文學構成了矛盾統一、共存互補的關係，由此給他帶來的始則受冷遇終則被當成出土文物重見天光的經歷，折射出一個浪漫主義者在中國二十世紀三〇年代以後難以避免的命運。總之，沈從文的創作從許多方面看，對於中國現代浪漫主義都具有象徵的意義，可以把它當作浪漫主義思潮在三〇年代前期的一個典型來看待的。

## 一

沈從文初涉文壇，正當創造社「異軍突起」，郁達夫的浪漫抒情小說風行一時。他說：「郁達夫在他作品中，提出的是當前一個重要問題。『名譽、金錢、女人取聯盟樣子，攻擊我這零落孤獨的人……』這一句話把年青人心說軟了。」㊸「郁達夫那自白的坦白，彷彿給一切年青人一個好機會，這機會是用自己的文章，訴之於讀者，使讀者有『同志』那樣感覺。」㊹這充分道出了他對郁達夫的理解和仰慕之情。沈從文從小經歷磨難，過早地告別了無憂無慮的童年，形成了他的偏於憂鬱的氣質。到北京後，又幾乎陷於極端貧困之中，連吃飯也成了問題。他的內在氣質和現實感受使他在創作的起步階段自然地靠近了名聲鵲起的郁達夫，因而開始學著用郁達夫的自我表現方法來宣洩內心的鬱積，寫出了《棉鞋》等作品。這些早期的作品筆調比較粗糙，但採用第一人稱的敘述角度，以反諷的語調寫自我在貧困中的狼狽處境，帶點落魄才子的戲謔味道，很明顯是摹仿郁達夫小說的。

但隨著社會革命運動的高漲，郁達夫式的浪漫抒情小說所包含的個性解放精神與社會革命的原

㊸ 沈從文：〈論中國創作小說〉，《沈從文文集》第一一頁，花城出版社一九八四年版，第一七二頁。
㊹ 沈從文：〈郁達夫張資平及其影響〉，《沈從文文集》第一一頁，花城出版社一九八四年版，第一三九頁。

則產生了矛盾，逐漸難以適應時代的要求了。對此，沈從文是有所感覺的：「現在的世評，於作者是不利的。時代方向掉了頭，這是一個理由。」㊺雖然沈從文囿於他的自由主義立場，從來不曾追趕潮頭，可他也分明感受到了時代的變遷，不得不對此有所回應。更為重要的是，他不具備郁達夫那樣強大的浪漫氣質和才情；他是質樸的鄉下人，與鄉土保持著特殊的聯繫，因而他必須尋找更加切合自己創作個性、適應自己的生活積累而在某種程度上又能被正在轉向的潮流所能容納的風格。在這樣的背景下，魯迅所代表的鄉土文學對他的影響就明顯地增大了。

鄉土文學濫觴於魯迅的《故鄉》和《社戲》，稍後便形成了一個頗具聲勢的文學流派。這一流派的作家多受魯迅影響，以寫實手法回憶童年的故鄉，展示鄉土落後的風俗民情和民眾的艱難人生。其作品對於拓展五四文學的題材，校正一些五四浪漫主義小說因過於注重表現內心的要求而失之空疏的缺點，起了積極的作用，就像沈從文說的：「鄉土文學的發軔，作為領路者，使新作家群的筆，從教條觀念拘束中脫出，貼近土地，挹取滋養，新文學的發展，進入一新的領域。」㊻沈從文不只一次聲明他受過魯迅的影響：「魯迅先生起始以鄉村回憶做題材的小說正受廣大讀者歡迎，我的學習用筆，因之獲得不少勇氣和信心。」㊼聯繫沈從文的創作道路，以魯迅為代表的鄉土文學對他的影響，主要是在他的創作個性還未形成時，把他從郁達夫式的自我表現的道路上拉到了他自己得天獨厚的鄉土題材的領域，他在這裡發現了豐富的藝術礦藏，並在創作手法上也從鄉土文學中

---

㊺ 沈從文：〈郁達夫張資平及其影響〉，《沈從文文集》第一一頁，花城出版社一九八四年版，第一四〇頁。
㊻ 沈從文：〈學魯迅〉，《沈從文文集》第一一頁，花城出版社一九八四年版，第二三三頁。
㊼ 沈從文：《沈從文小說選集・題記》，《沈從文文集》第一一頁，花城出版社一九八四年版，第六九頁。

得到了重要啟示，即採用樸素的形式來表達個人富有詩意的情感和理想，從而使他獲得了不少寫作的「勇氣和信心」。這種影響之所以發生，除了時代的因素，還因為僑居北京的沈從文此刻有一份強烈的思鄉之情，他對少年時代的鄉土生活始終保持著生動的印象，並且堅守著作為一個鄉下人所特有的審美和道德理想。他的一些最為精彩的作品，如《邊城》、《三三》、《蕭蕭》、《阿黑小史》、《長河》等，幾乎都是寫鄉土題材，也幾乎都採用了這種樸素的寫意手法。憑這些作品，他奠定了自己在三〇年代文壇中的重要地位。

不過沈從文是一個富有創造精神的作家。他不會滿足於簡單的模仿，而是要取眾家之長進行創新探索，形成自己的風格。因此，他雖然借鑒了鄉土文學的經驗，可最終並沒有真正走上鄉土文學的創作道路。能夠顯示這種創新精神的一個例子，就是他雖受到魯迅的影響，卻無意追隨魯迅，去反映農村的落後面貌和農民愚昧的精神狀態；相反，他醉心於表現鄉土的樸素與寧靜，把它們當作美的極致，或者寫一些美麗而憂傷的愛情故事來寄託他作為一個鄉下人的靈魂的痛苦掙扎㊽。這說明他在突破了郁達夫式的「自我表現」之後，在深層次上仍然保留了郁達夫的一點影響。簡單地說，他只是去除了郁達夫浪漫小說中感傷和頹廢的成分，而讓「自我表現」採取了樸素的形式，或者乾脆把它運用於神話傳說的題材，給作品增添了浪漫的色彩（《龍朱》、《神巫之愛》、《豹

㊽沈從文在城市題材的小說中倒是貫徹了啟蒙的主題——對「城裡人」的種種劣根性加以無情的抨擊。這可以認為是以魯迅為代表的鄉土文學對他創作的另一個重要影響。然而這種影響的結果卻是使沈從文的創作逸出了浪漫主義的軌道，趨向現實主義。浪漫主義和現實主義對應於不同的題材，又以浪漫主義創作最有特色，成就最高，這是沈從文獨特之處，反映了他處於多元影響並存的複雜環境中，而又有能力把它們成功地用運於不同的方面。因而，這也可看作是本文所說的「綜合」的另一重意義。

子、媚金與那羊》等）。而在另一些作品中，如《雨後》、《柏子》、《丈夫》等，他又並不違避性的描寫，而只是把郁達夫式的自我暴露改造成對自然人性的生動展現，讓大自然的清新氣息淨化了人物的肉慾衝動，凸現他（她）們心靈的純樸。因此，可以說沈從文在追求屬於自己的風格的最初努力中，鄉土文學和郁達夫的影響是綜合地起作用的。前者使他回歸鄉土，很大程度上沖淡了早期由於學郁達夫而帶來的感傷色彩和幼稚的名士氣；後者使他得以堅守自己的創作個性和審美理想，並且抵禦著外界的要他在現實中消解自我、趨向平凡化的壓力。兩者相互作用，彼此克服了與作者的創作個性相抵觸的因素，共同制約著沈從文選擇了一種既綜合了兩者特點而又能夠減輕迅猛變化的時代所加給的壓力的風格，那就是一種樸素優美、洋溢著詩情畫意的田園牧歌。沈從文以此超越了郁達夫和鄉土文學，以邊緣人的立場和個性化的方式，在新的時代條件下守望著浪漫主義的精神家園。

當然，沈從文的借鑒超出了郁達夫和鄉土文學的範圍。在他的田園牧歌風格中，事實上還包含著徐志摩和廢名的影響。徐志摩是新月派的骨幹。作為一個具有濃厚浪漫主義氣質的詩人，徐志摩在浪漫主義思潮的生存空間漸趨狹小之時，充分發掘了文字的樂感，把一腔柔情熔鑄在活潑而輕盈的形式中，展示了一個詩人感官的敏銳和感情的細膩，創造了一種典雅溫婉的抒情風格。這種風格體現了對詩歌形式規範的自覺，它一方面糾正了新詩自五四以來因過分強調自由表現而過於散文化的傾向，另一方面因減弱了反社會的力度和其藝術上的精美而在社會革命時代求得了自身生存和發展的空間。沈從文是新月社的成員，對徐志摩懷著仰慕之情。他從徐志摩的創作經驗中吸取有益的營養，是順理成章的，就像他說的：「在寫作上想到下筆的便利，是以『我』為主，就官能感覺和印象溫習來寫隨筆。或向內寫心，或向外寫物，或內外兼寫，由心及物由物及心混成一片。方法上多變化，包含多，體裁上更不拘文格文式可以取例作參考的，現代作家中，徐志摩作品似乎最相宜。」㊾他從徐志摩的作品中主要借鑒了以理節情的技巧，不讓筆下放肆，力求把感情處置到和諧優美的形式中；同時還學習了在獨處中細膩地感知對象的方法，即「就官能和印象溫習來寫隨筆」。這兩方面，使沈從文的創作在鄉土的底色上越來越顯出溫柔細膩的特點。

廢名形成個人風格的時間略早於沈從文。他用寫詩的方法來寫小說，在浪漫的想像中融入了晚唐絕句的意境，形成了簡潔、充滿詩意、清麗典雅的文體。在社會革命運動不斷高漲的時期，廢名的獨特性在於追隨周作人的自由主義立場，陶醉於心中的幻美的影子，違避時代的重大問題，寫他的天真爛漫的少男少女和溫厚慈祥的老人，專注於發掘詩意的美。他以這種方式確定了自己的藝術信仰，其實質就是通過把生活藝術化為自己在動盪的歲月尋一塊安息靈魂的淨土。沈從文由衷地稱讚廢名的「《竹林的故事》、《橋》、《棗》，有些短短篇章，寫得實在好。」㊿他尤其賞識廢名小說中的詩意的抒情，承認自己的風格深受廢名的影響，並認為描寫上還做不到廢名那樣的簡練：「自己有時常常覺得有兩種筆調寫文章，其一種，寫鄉下，則彷彿有與廢名先生相似處。由自己說來，是受了廢名先生的影響，但風致稍稍不同，因為用抒情詩的筆調寫創作，是只有廢名先生才能那種經濟的。」(51)沈從文向廢名靠攏，是因為廢名在退守社會邊緣時所採取的藝術方式，對於

---

㊾ 沈從文：〈從徐志摩作品學習「抒情」〉，《沈從文文集》第一一頁，花城出版社一九八四年版，第二一一頁。
㊿ 沈從文：〈由冰心到廢名〉，《沈從文文集》第一一頁，花城出版社一九八四年版，第二三一頁。
(51) 沈從文：《夫婦‧附記》，《沈從文文集》第八卷，花城出版社一九八三年版，第三九三頁。

身處動盪之中而又渴望心境寧靜的沈從文產生了同樣的吸引力。同時，他們的主要作品在題材上的相近也對彼此的風格提出了類似的要求，即鄉土題材本身包含了一份詩意，而優美的風景、純樸的民風、天真的少女，需要用一種與之相稱、最能體現出它（她）們的恬淡詩美的風格去加以表現。沈從文受廢名影響的結果，是在他的樸素的文字中，「蘊蓄了多少抒情詩氣分」[52]。由於情節的淡化，抒情小說為詩的因素留下了更多空間，它的魅力也更多地依賴於蘊藉含蓄的詩美。廢名對沈從文的影響，正體現了這一特點。當然，廢名的個性更為奇詭，他的詩性抒情趨向清靜脫俗，不含人間煙火味，沈從文則比較寬厚，不避世俗之美，所以他的用筆顯得從容，詩的素質多了一份暖意。對此，沈從文作過精彩的比較：「馮文炳君所顯的是最小一片的完全，部分的細微雕刻，給農村寫照，其基礎，其作品顯出的人格，是在各樣題目下皆建築到『平靜』上面的。有一點憂鬱，一點向知與未知的慾望，有對宇宙光色的眩目，有愛，有憎，——但日光下或黑夜，這些靈魂，仍然不會騷動，一切與自然諧和，非常寧靜，缺少衝突。作者是詩人（誠如周作人所說），在作者筆下，一切皆由最純粹農村散文詩形式下出現。作者文章所表現的性格，與作者所表現的人物性格，皆柔和具母性，作者特點在此。《雨後》作者傾向不同。同樣去努力為彷彿我們世界以外那一個被人疏忽遺忘的世界，加以詳細的注解，使人有對於那另一世界憧憬以外，馮文炳君只按自己的興味做了一部分所歡喜的事。使社會的每一面，每一棱，皆有機會在作者筆下寫出，是《雨後》作者的興味與成就。用矜慎的筆，作深入的解剖，具強烈的愛憎，有悲憫的情感。表現出農村及其他去我們都市

[52] 沈從文：《長河・題記》，《沈從文文集》第七卷，花城出版社一九八三年版，第三頁。

生活較遠的人物姿態與言語，粗糙的靈魂，單純的情慾，以及一切由生產關係下形成的苦樂，《雨後》的作者在表現一方面言，似較馮文君為寬而且優。」[53]

其實，從郁達夫、徐志摩、廢名到沈從文，中國現代浪漫主義思潮的這一走向，在深層次上是受一個更為普遍的藝術規律的支配，即藝術的發展是循著從直露向含蓄、從粗糙到精美的方向進行的。五四時代，郁達夫式的浪漫抒情小說為了加強反封建的力度，追求情感表達的真切自然，作者有意採用自我暴露的寫法而在藝術上有時失之過於直露。直露，是時代的特點，畢竟不是藝術的優點。隨著五四高潮的過去和創作經驗的逐步積累，人們要求浪漫主義文學克服初創時期的弱點，向讀者提供藝術上更為完美的作品。這大致包括兩層意思，一是形式上的改進，從隨心所欲、不講章法到注意結構、力求把情緒處置得符合美的規範；二是內容上揚棄了過於直露的性心理的展示，使風格趨向含蓄蘊藉。徐志摩的詩追求優美的旋律，廢名的小說融注了詩的因素，它們都趨向藝術上的精緻含蓄，體現了文學發展的這一內在要求。沈從文自稱要建造精緻結實的希臘小廟，要表現一種優美、健康、自然而又不悖乎人性的人生形式，為人類的「愛」字作一度恰如其分的說明，他的創作正是沿著這同一個方向，把五四浪漫抒情小說推向一個尊和諧為美的極致的田園牧歌的新階段。

總之，沈從文置身於從文學革命到革命文學的歷史轉折時期，以他特有的立場綜合了從郁達夫到魯迅，到鄉土文學，再到徐志摩和廢名等眾家之長，形成了他自己的風格。在他的不斷追求和不

---

[53] 沈從文：〈論馮文炳〉，《沈從文文集》第一一頁，花城出版社一九八四年版，第一〇〇至一〇一頁。

斷超越自我的過程中，顯示了他銳意創新的自覺意識。他的成長道路，從一個側面折射出時代風雲的變幻和一個浪漫主義者所堅守的立場及其成敗得失，可以從中透視各種文藝思潮的消長，尤其是看出五四浪漫主義文學思潮如何逐漸退居邊緣、蛻變出三〇年代田園牧歌型的浪漫主義的秘密，而代表後者這種類型浪漫主義的最高成就的正是沈從文。這使沈從文的創作道路從浪漫主義思潮的發展這面看，具有不容忽視的重要意義。

## 二

新文學從二〇年代到三〇年代的發展有一個重要的趨勢，就是從五四文學全方位的對外開放到三〇年代逐漸縮小開放的範圍而把重點轉向蘇俄文學，同時向本民族的文學傳統回歸。這一方面反映了新文學作家在處理中外文學傳統的關係時從五四文學中吸取了經驗，逐漸走向成熟；另一方面也標誌著保守勢力的抬頭，並且由於存在著某種程度的圖解概念的傾向，一些作品的具有歷史進步性的主題未能與作家個人生動豐富的感性經驗結合起來，未能用外國文學的營養來豐富本民族的文學傳統，從而影響到它們的藝術成就。在這樣的背景中，沈從文以寬容的心態吸取中外文學的有益養分，探索創新，構建自己獨特的藝術風格。他這方面的成就，既反映了文藝界整合中外文學傳統的共同傾向，又顯示了他個人的獨特之處，也是可以看作一個相當成功的個例的。

沈從文沒有出國留過學，他對外國文學的接受主要通過五四文學的仲介，因而具有間接性。這使沈從文接受外國文學影響的範圍不廣，但卻能夠站在先驅者的肩膀上，進行中外文學傳統的有效融合。他的田園小說並不迴避男女兩性關係的描寫，他甚至說，「因為生存的枯寂和煩惱，我自覺寫男女關係時彷佛比寫其他文章還相宜。」[54]這除了反映他鄉下人的觀點外，顯然還與他受到郁達夫的影響有關。這種影響的一個重要內容正是郁達夫取自西方的現代人文主義價值觀和佛洛伊德的精神分析學說。不過西方人文主義觀念還有個人與環境相對抗的個性主義一面，落實到郁達夫小說，就表現為那種無所顧忌的自我暴露，這使郁達夫小說有時因失去分寸而不免顯得過於露骨和頹廢。佛洛德精神分析學持泛性主義的立場，這也助長了郁達夫展現性苦悶的興趣。隨著時代的發展，郁達夫的這類描寫日漸顯露出局限性。有鑒與此，沈從文對男女關係的寫法有所改變。如《雨後》，《採蕨》、《夫婦》，用大自然的光和空氣沖淡肉的氣息，提升靈的因素，重在展示「鄉下人」的健康而樸素的人性。這是因為沈從文發展了自然人性的觀點，把這些人都當作自然的一部分來寫，人與自然已融為一體了。這也表明沈從文試圖以「鄉下人」的尺度重新協調中西文化的關係，使之朝著更富有民族特色然而又不失其現代性的方向發展。

這一方向，用沈從文的話說，就是「節制」、「恰當」、「勻稱」、「和諧」。他說：「我懂得『人』多了一些，懂得自己也多了一些。在『偶然』之一過去所以自處的『安全』方式上，我發現了節制的美麗。」[55]「文字要恰當，描寫要恰當，全篇分配要恰當。作品的成功條件，就完全從這種『恰當』產生。」[56]他的這種審美理想，與中國傳統的尊「和諧」為美之極致的儒家詩教接

---

[54] 沈從文：《一個母親·序》，《沈從文文集》第五卷，花城出版社一九八二年版，第二頁。
[55] 沈從文：〈水雲〉，《沈從文文集》第十卷，花城出版社一九八四年版，第二八七頁。
[56] 沈從文：〈短篇小說〉，《沈從文文集》第十二卷，花城出版社一九八四年版，第一一四頁。

近，與中國道家的順應自然的理想一致，但顯然也包含了古希臘美學的成分。沈從文寫道：「我只想造希臘小廟。選山地作基礎，用堅硬石頭堆砌它。精緻，結實，勻稱，形體雖小而不纖巧，是我理想的建築。這神廟供奉的是人性。」[57]他理想中的人性是用溪水、陽光、空氣化育，帶著泥土的氣息，也許粗野點，但樸素健康，一切循乎自然，這跟古希臘人的觀念十分近似。而它的表現形式又是精緻、結實、勻稱，與古希臘的崇尚和諧勻稱的審美理想也是完全吻合的。

作為京派成員，沈從文主要是通過京派的重要理論家周作人接觸古希臘美學的。周作人講歐洲文明必上溯到希臘去，一再稱譽古希臘文明講究自由與節制相調和。他嚮往沖淡閒適，愛好天然，崇尚簡素，喜歡平易寬闊，不喜歡艱深狹窄，尤其是憎惡做作，都可歸結到他的希臘式的審美理想。他用「中庸」來解釋這種人性觀和審美觀，並不斷聲明這根據的不是孔子三世孫所做的那部《中庸》，而是普通的人情物理，實質上就是把他所理解的希臘文明用中國人易於理解的語言表達出來。三〇年代的「京派」，包括沈從文，崇尚和諧、節制、均衡、穩定、明朗的美，其理論旗幟和精神領袖就是周作人。沈從文的高明處在於，他把這種審美理想與他個人氣質、個人趣味結合起來，與題材本身的特點結合起來，「在充滿古典莊嚴與雅致的詩歌失去光輝和意義時，來謹謹慎慎寫最後一首抒情詩。」[58]其代表作便是《邊城》。在《邊城》中，他的「主意不在領導讀者去桃源旅行，卻想借重桃源上行七百里路酉水流域一個小城小市中幾個愚夫俗子，被一件普通人事牽連在

---

[57] 沈從文：〈從文小說習作選〉，《沈從文文集》第一一頁，花城出版社一九八四年版，第四二頁。
[58] 沈從文：〈水雲〉，《沈從文文集》第十卷，花城出版社一九八四年版，第二九四頁。

一處時，各人應有的一分哀樂，為人類『愛』字作一度恰其分的說明。」[59]這篇小說寫得優美、精緻、和諧，符合古希臘的審美理想和道德理想，但更能見出中國的特點——它非立體的雕塑，而是寫意的水墨長卷。那種淡泊的意蘊，靈動的筆調，水樣的憂愁，溫愛的氛圍，表明作者把古希臘的理想成功地嫁接到中國民族傳統文化的根上，復活在當下中國人的審美實踐中了，中西文化的融合由此達到了一個新的水平。

向本民族傳統回歸的趨勢之一，是東方化。東方各國在歷史上交往密切，彼此的文化有相近的一面，較之西方文化更容易相互交流。沈從文利用這一歷史淵源，在整個民族收縮對外文化開放範圍的背景下把興趣轉向印度佛教。他從佛經故事中選取題材，寫成《月下小景》集所收各篇別具一格的小說，讓人「明白死去了的故事，如何可以變成活的，簡單的故事，又如何可以使它成為完全的。」[60]不過《月下小景》雖取材於佛經，但說到底是把中國化的佛教經典加以現代化的改造。其中的循乎自然和知足常樂的思想，與其說是吸收外來文化，不如說是對傳統文化的一種繼承，只是從中也能看出東方民族共同的人生態度和審美傾向罷了。

沈從文融合中外優秀文化遺產的一個成功經驗，是執意打破「理論」、「指南」、「作法」之類的框框，不從先驗的預設出發，而是依據表情達意的需要，只求擇取的中外文學的觀念、技巧、手法等等與自己的心情諧和，與所表現的對象特點相稱，允許感情到一切想像上去散步，就像他自

[59] 沈從文：《從文小說習作選・代序》，《沈從文文集》第一一頁，花城出版社一九八四年版，第四五頁。
[60] 沈從文：《月下小景・題記》，《沈從文文集》第五卷，花城出版社一九八二年版，第四二頁。

己說的：「我除了用文字捕捉感覺與事象以外，儼然與外界絕緣，不相粘附……一切作品都需要個性，都必浸透作者人格和感情。」⑥¹他以此獲得了自由的心境，創造了融中外文化於一爐的獨特的「情調」，成為一個出色的「文體家」。

總之，沈從文依托五四文學的成就，在向傳統回歸的同時，以他獨特的探索朝著西方文學的精髓處深入了，在人類共同的價值觀基礎上實現了中西文化更深層次上的融合；他繼承並且超越了五四文學，把從五四文學革命開始的吸收外國文學營養、豐富民族新文學的內涵的工作推向了一個更自覺、更成熟的階段。

## 三

沈從文處於中國現代浪漫主義思潮蛻變的一個重要環節上。他借鑒了前輩和同代作家的藝術經驗，兼取中外文學之長，進行創造性的轉化，逐漸形成了自己的風格。但這同時也使他處於兩難的境地——既不討好當局，又受到左翼文藝界的批評。後者主要從革命的立場出發批評他的自由主義傾向，不去反映時代的風雲，卻去描寫「抽象」的人性。這種遭遇其實代表了浪漫主義思潮在三〇年代的必然命運。

浪漫主義以個性主義為思想基礎，追求自我擴張、情感自由，反對一切外加的束縛。浪漫主

⑥¹ 沈從文：《從文小說習作選・代序》，《沈從文文集》第一一頁，花城出版社一九八四年版，第四二頁。

義的理想沒有邊際，對現實總是持否定的態度。因此，只有當社會處於新舊交替時期，舊的秩序已經嚴重動搖、新的秩序還來不及建立，浪漫主義思潮才會獲得迅猛發展的機會。因為只有這時，個人才擁有最大的自由空間，情感才被允許呈現最活躍的狀態，個性主義才能夠最充分地發揮作用。一旦社會不能保障個人的自由，或者需要把民眾的力量組織起來進行社會革命，著手建立一個新的社會制度，這時個性主義的浪漫主義就難以發揮它的優勢了，甚至它原來的優勢反而可能成為新時代要加以克服的不宜因素。中國社會進入社會革命時期後，浪漫主義思潮就面臨著這樣的困境。一方面，左翼陣營要求文藝發揮戰鬥武器的作用，一些人簡單從事，首先要清算浪漫主義中的個性主義、自由意志和感傷主義。另一方面，國民黨反動當局實行文化專制主義，限制思想言論的自由。在這左右兩大社會力量的夾縫中，現代浪漫主義思潮的生存空間大為縮小，再難重現昔日的輝煌了。少數浪漫主義者就只能退居人生邊緣，力圖超越政治鬥爭，保持乃至擴大個人的心理自由空間，以堅持其浪漫主義的創作方向。但這就使他們與主流文學思潮處於一種十分複雜的關係中。他們反對思想束縛，追求個性自由，在反封建這一點上與左翼方面有共同之處。但左翼文學思潮已經超越了「五四」，而浪漫主義者卻仍堅守著「五四」的立場，而且他們與五四精神事實上也存在著重大差別，這便是五四精神兼顧了個人和社會兩個方面，三〇年代的田園浪漫主義者的自由觀，則是少數文化人在啟蒙運動轉向低潮、政治鬥爭日趨尖銳的形勢下，對五四精神有所取捨，即削弱了其中對社會承擔的責任，只把它用作維護個人自由的手段，因而他們表現出明顯的疏遠時代的傾向，不可避免地與左翼文學思潮產生了重大的矛盾。

沈從文在這種左右為難的處境中所選擇的道路，是以「鄉下人」自居。他的姿態在「最後的浪漫派」中具有代表性，也使他的作品帶有某種程度的隱逸性，難以獲得主流思潮的認可。不過在三〇年代，個性解放的任務事實上還沒有完成，而只是被更為緊迫的社會革命的任務暫時地掩蓋起來罷了。沈從文退居社會的邊緣，專去描寫邊地的純樸民風，寧靜的自然風光，這種隱逸性事實上也是基於個性主義的立場而對黑暗現實發出的一種抗議，具有反封建的進步性。因而，它在深層意義上又並不是與左翼文學思潮完全對立的，確切地說，它們應該是一種矛盾互補的關係，彼此可以統一於一個更為寬泛的為獲得人的全面解放而奮鬥的歷史過程基礎上。在這一歷史過程中，左翼文學所代表的社會革命運動致力於通過改造社會制度來達到解放人的目的，而沈從文則是書生氣地致力於探討民族品德的重造，表達了回歸自然的理想。「自然」既是道德極致，又是精神家園。這在當時社會革命的年代顯得不合時宜，帶有浪漫性，然而從更長遠的眼光看，它是符合人類的終極意願和根本利益的，而且這樣一種表面看來迂闊的追求也切近文學的本性。因為文學的本性，從根本上說是表現人性與美（當然，人性有具體的社會內容）。沈從文以他鄉下人的固執，專注於人性的改善和美的發現。這種努力使他的作品時代氣息不濃，相當長時期裡難以得到左翼方面的認同，但它們包含著人性的內容和美的價值，因而在經歷了革命鬥爭年代的冷落後到了重新肯定人性與美的應有地位的新時期又被重新發現，並且引發了來勢不小的「沈從文熱」。這同樣是中國現代浪漫主義命運的一個生動象徵，值得人們回味和深思。

# 第六章　在烽火歲月裡「歸來」

三〇年代後半期民族矛盾的激化改變了中國社會的格局，也向文學提出了新的要求，從而改變了中國現代浪漫主義文學思潮的生存環境。經過抗戰初期的一段探索，現實主義文學取得了新的成績，浪漫主義思潮也呈回歸之勢。後者一方面與現實主義思潮相互影響，另一方面又結合各地不同條件呈現了多樣的色彩，顯示了它與新文學的傳統和現實生活的複雜聯繫。這種態勢一直延續到四〇年代。

## 第一節　四〇年代浪漫主義的回歸與泛化

隨著日本帝國主義加緊侵略中國，中國人民與日本帝國主義的矛盾日趨尖銳，國內政治生活中提出了建立廣泛的抗日民族統一戰線的任務。在文學方面，則要求左翼文藝界以民族統一戰線的立場調整文藝方針，其中包括重新評價五四文學，評估浪漫主義思潮的地位和作用，以大大拓展文藝的社會基礎。在這樣的背景下，郭沫若於一九三六年四月接受蒲風採訪時說：「新浪漫主義是新現實主義的側重主觀一方面的表現，和新寫實主義並不對立。新寫實主義是新現實主義之側重客觀認識一方面的表現。」①郭沫若把「新浪漫主義」與「新寫實主義」對應地加以論述，認為兩者都是基於現實主義精神而對現實生活作出藝術反應，但一側重主觀表現，一側重客觀寫實。這顯然是對他自己五四時代的浪漫主義文藝觀點的重新肯定和發展。郭沫若早期的文藝思想包含著矛盾——他並不否認文藝所要表現的「內心的要求」在其終極上有社會的根源和現實的基礎，但在具體方法上卻強調浪漫主義的自我表現。現在，經歷了二〇年代中期對浪漫主義的徹底否定之後，他首次在承認現實主義基礎地位的前提下重新肯定了浪漫主義是一種獨立的創作方法。尤其是在這同一次訪談中，他明確表示：「我主張過尊重個性，但這種主張就在目前也依然適用。一個作家在作品的創意和風格上是應該充分地發展個性的。」同時他又對靈感、情緒的燃燒、受西方浪漫主義詩歌的影響等作了正面的評價。雖然這些觀點不是他五四時期文藝思想的簡單重複，比如他現在從更一般的意義上強調文藝與生活的聯繫，但這時他要為浪漫主義正名並使之充分發展的意圖是十分明顯的。

① 郭沫若：〈詩作談〉，一九三六年八月《現世界》創刊號。蒲風的提問是：「最近數年，詩壇上有側重寫實主義的傾向，產生了一些素描的東西。應著這個傾向的反動，那就是最近的浪漫主義運動。唯一九二七年前後的革命浪漫主義的失敗，已可為我們的前車之鑒。今日的新浪漫主義，如果離開了現實生活，成為空洞的誇張——不由現實出發，則必然沒有多大希望。我的意見是，新詩人應該抓住現實題材，唯透視過現實，為了鼓勵及歌唱我們的勝利，我們卻不妨有浪漫或誇大的表現。如果離開現實，只成為空洞的文字的排列，沒有意義。尊意怎樣？」郭沫若在作了上述回答後，針對蒲風的認為新浪漫主義是社會主義的現實主義之一支流的觀點，再次強調「『新浪漫主義是現實主義之側重主觀一方面的表現，新寫實主義是側重客觀認識一方面的表現』較為妥當。」

郭沫若對浪漫主義態度的這一變化，反映了三〇年代後半期文藝發展的新動向。由於各派政治力量或先或後、或主動或被動地採取了統一戰線的立場，本來處於左右兩大社會勢力夾擊中的浪漫主義思潮又獲得了較大的迴旋空間；而在左翼文藝陣營率先放寬了文藝批評的標準後，面對國民黨反動當局的文化專制，包含著個性主義精神的浪漫主義也重新獲得了反封建的意義，因而受到鼓勵，有了重新抬頭的跡象。不過，反映了歷史內在要求的理性認識未必會立即在創作實踐中體現出來。創作需要知、情、意的有機統一，尤其是浪漫主義作家，更需要時間來醞釀情緒，等待激情噴發的契機。因而，郭沫若雖然重新肯定了個性、靈感、主觀表現等浪漫主義的原則，重新肯定了五四浪漫主義文學的成就和價值，並且有意要來提倡一種獨立於寫實主義的浪漫主義的創作風格，但要他真正以創作實績證明自己的成功，卻還有待於他四〇年代初期歷史劇的豐收。郭沫若四〇年代初的歷史劇，表現光明與黑暗、正義與邪惡的交戰，主張團結抗戰，反對分裂投降，貫穿了一條愛國主義的紅線，在藝術上是與他五四時期浪漫主義詩劇的風格完全一致的。這些歷史劇的成就，標誌著經過一段時間的退居邊緣，浪漫主義文學思潮重新回到了文壇的中心位置，成為與現實主義主潮相呼應，並且互相影響、互相滲透的一種重要的文學思潮。

在四〇年代，浪漫主義思潮的重新崛起還表現為一種特殊的形式，即基於此前徹底否定浪漫主義造成消極後果的經驗教訓，理論界開始把它作為一種因素融入現實主義，從而對現實主義文學的發展產生了重要的影響。由於受蘇聯無產階級文化派和「拉普」派文藝觀點的影響，也因為現實條件的限制，從二〇年代中期開始，國內文藝界開始片面地把浪漫主義與現實主義對立起來，把浪漫主義等同於觀念論和個人主義而加以簡單否定。為避免「個人主義的浪漫主義」的嫌疑，把文藝創作中的個人觀點、個人的情感體驗和獨特的視角等主體性內容也否定了，結果「我」變成了「我們」，個性消融於原則，創作中出現了嚴重的概念化、公式化、臉譜化的現象。二〇年代末的「革命的浪漫諦克」離開個人的心理真實，生硬地去表現某種理性化的革命意識，外加上一條光明的尾巴，這不僅沒有克服、反而是加強了概念化的傾向。三〇年代初隨著社會主義現實主義創作方法從蘇聯傳入，左翼文藝界開始重新評價浪漫主義，把它作為一種要素吸收進現實主義創作方法，即認為現實主義必須歷史地、以發展的觀點來反映現實，用社會主義理想教育人民，這在有限的程度上承認了浪漫主義的作用和地位。但當時宣傳「社會主義現實主義」的主要人物，如周揚等，事實上只把浪漫主義等同於表現理想，主張在「對人生的積極面作深刻透視」的同時，多發現「在時代的發展上具有積極意義的方面」，於作品中增加「可以令人歡欣鼓舞的浪漫的英雄的氣氛」和「可歌可泣英雄壯烈的事實」，認為「這就有賴於豐富的幻想」，形成能夠「照耀現實，充實現實」的浪漫性②。離開個人的觀點和個人的情感體驗，只把浪漫主義限制在「理想」和「幻想」的狹窄範圍內，而且這種「理想」和「幻想」的正確性又必須依據能夠揭示生活本質的經典理論來加以判斷，這樣的「浪漫性」就難以同個性的充分發展、個人對生活的獨特發現連繫在一起，充其量只能在故事的浮面增加一點浪漫的色彩。吸收了這種浪漫精神的現實主義，也就難以完全避免按照既定的觀念來組織生活的公式化弊端。因而，社會主義現實主義為了達到對生活的深度反映，還必須另外強調「真實性」的原則，通過「真實性」來接近生活的本質。可是孤立地強調「真實性」，又容易滑

② 周揚：〈現實的與浪漫的〉，《周揚文集》第一卷，人民文學出版社一九八四年版，第一二五至一二七頁。

向照相式的機械反映論。這樣，社會主義現實主義創作方法在實際運用中如何處理好傾向性和真實性的關係，在很長時期裡就成了一個棘手的難題。

與周揚的思路有所不同，胡風從主體性加強的方面來探求現實主義深化之路。他認為當時創作中存在的問題是「客觀主義」，即把唯物主義當作一種「宿命論式的達觀的生活態度」，當作一種脫離社會實踐的教條，讓作家拿這教條去看世界和人生，而不在看的過程中投入自己的切身感受和激情，表現出一副「都不過如此，都應該如此」的冷漠神氣。他說：「藝術活動底最高目標是把捉人底真實，創造綜合的典型。這需要作家本人和現實生活的肉搏過程中才可以達到，需要作家本人用真實的愛憎去看進生活底層才可以達到。」③胡風吸收了魯迅、高爾基、梭波列夫、乃至廚川白村等人的文藝觀點，強調創作的主體性原則，重視作家情感因素的作用，顯然是想把浪漫主義的因素融入現實主義，使現實主義風格更具有作家個人的特點。

胡風的這一理論探索，到四〇年代形成了一個比較完整的理論體系。他認為現實主義沒有在當時獲得應有的發展，主要原因是存在著「客觀主義」和「主觀主義」兩種傾向。客觀主義，源於「熱情衰落了，因而對待生活的是被動的精神，從事創作的是冷淡的職業的心境。」而另一方面，「熱情雖然衰落了，但由於所謂理智上的不能忘懷或追隨風氣的打算，依據一種理念去造出內容或主題，那麼，客觀主義就化裝成了一種主觀主義。」按他的意思，兩種傾向都起因於缺乏生活的熱情，前者只抓住生活的表面現象，後者則抓住一點概念，「外加一付依據這點概念去作假的心

③ 胡風：〈張天翼論〉，《胡風評論集》上卷，人民文學出版社一九八四年版，第二九至三六頁。

機。」④他認為克服這兩種傾向的途徑，在於提倡「主觀精神與客觀真理結合或融合」的「現實主義」。文藝家要高揚「主觀戰鬥精神」，憑著「人格力量」和「戰鬥要求」向現實生活「深入和獻身」。他提出的「主觀戰鬥精神」概念，是指「對於客觀現實的把捉力、擁抱力、突擊力」⑤。半年後，他發表〈置身在為民主的鬥爭裡面〉，進一步指出：「在對於血肉的現實人生的搏鬥裡面，被體現者被克服者既然是活的感性的存在，那體現者克服者的作家本人底思維活動就不能夠超脫感性的機能。從這裡看，對於對象的體現過程或克服過程，在作為主體的作家這一面同時也就是不斷的自我擴張過程，不斷的自我鬥爭過程。在體現過程或克服過程裡面，對象底生命被作家底精神世界所擁入，使作家擴張了自己；但在這『擁入』當中，作家底主觀一定要主動地表現出或迎合或選擇或抵抗的作用，而對象也要主動地用它底真實性來促成、修改、甚至推翻作家底或迎合或選擇或抵抗的作用，這就引起了深刻的自我鬥爭。經過了這樣的自我鬥爭，作家才能夠在歷史要求底真實性上得到自我擴張，這藝術創造底源泉。」他認為，「承認以至承受了這自我鬥爭，那麼從人民學習的課題或思想改造的課題從作家得到的回答就不會是善男信女式的懺悔，而是創作實踐裡面的一下鞭子一條血痕的鬥爭。一切偉大的作家們，他們所經受的熱情的激盪或心靈的苦痛，並不僅僅是對於時代重壓或人生煩惱的感應，同時也是他們內部的，伴著肉體的痛楚的精神擴展的過程。」「通過了這樣的自我鬥爭，一方面，對象才能夠在血肉的感性表現裡面湧進作家底藝術世界，把市

④ 胡風：〈關於創作發展的二三感想〉，《胡風評論集》中卷，人民文學出版社一九八四年版，第二九三至二九四頁。
⑤ 胡風：〈文藝工作底發展及其努力方向〉，《胡風評論集》下卷，人民文學出版社一九八四年版，第一〇至一三頁。

儈的『抒情主義』或公式主義驅逐出境，另一方面，作家底思想要求才能和對象底感性表現結為一體，使市儈的『現實主義』或客觀主義只好在讀者面前現出枯萎的原形。」⑥顯然，胡風的現實主義理論不是一般地談論生活與藝術的關係，而是深入到具體的創作心理，強調「主觀戰鬥精神」和「自我擴張過程」對現實主義深化的至關重要的作用。這裡，作家必須通過主體與客體相生相剋的鬥爭，在把捉到對象內在的深邃底蘊的同時，把屬於作家自我的激情，包括他的觸及靈魂的痛苦和巨大的欣喜投射到對象上去，使之帶上主體的鮮明烙印。只有這樣，才能克服浮泛蒼白的抒情和表面瑣碎的寫實，現實主義風格才會有作家個人的鮮明特點。胡風很少單獨地討論五四浪漫主義，但正是他在現實主義基礎上強調「主觀戰鬥精神」，可以看出他吸收了五四文學、包括五四浪漫主義文學的精髓，從理論上較好地解決了一直困擾人們的傾向性和真實性的統一問題。按照這一理論，傾向性伴隨著感性的血肉，真實性達到了作家所把捉到的對象的深層底蘊，從而能夠創造出有力地反映歷史內容的藝術形象。當然，胡風強調的「主觀戰鬥精神」有一個社會性的基礎，即從根本上說它是人民思想、感情、意志和願望的反映，而這又必須通過生活實踐和藝術實踐過程來解決，使兩者達到統一。從這裡，人們不難看出，深刻的現實主義並不總是排斥浪漫主義的因素，相反，它可以吸收浪漫主義的因素增強自己的力量。其實，文學作品是文學家主觀地把握世界的產物，必然地帶有主觀的因素。主觀因素作為作家人格力量的表現、作家思想藝術修養的高度集中的表達以及作家對人生的獨特態度和獨到發現，它構成了文學作品的活的靈魂，成為吸引讀者、征服人心的美的力量源泉。

⑥ 胡風：〈置身在為民主的鬥爭裡面〉，《胡風評論集》下卷，人民文學出版社一九八四年版，第二〇至二二頁。

從二〇年代中期主流意識形態全面否定浪漫主義，到四〇年代胡風等人在現實主義基礎上吸收浪漫主義的因素，這一否定之否定的過程是合乎藝術發展的內在規律的。全面否定浪漫主義以後，由於要跟個性主義、主觀唯心論徹底劃清界線，現實主義變得蒼白無力。人們認識到必須糾正這一不良傾向，而這一傾向自身也提供了反面的教訓，促使文藝工作者拿它與魯迅等先驅者的藝術經驗對照，從中得到啟示，意識到必須把個性主義與個人主義、能動的反映論與主觀唯心論區別開來，從現實主義基礎上融合浪漫主義的主觀性、情感性原則，使現實主義得以深化。不過之所以到四〇年代才有人認真地來從事這項工作，則是由於只有到這時歷史才提供了較大的思想自由空間來容納不同的意見，對二〇年代末以來的文學創作經驗加以反思和總結。因而，這項工作事實上又是呼應了四〇年代初浪漫主義思潮重新抬頭的歷史動向的。但儘管如此，胡風等人的觀點還是受到了批評。從這些批評文章，人們倒也可以發現胡風的觀點與充滿個性主義精神的五四文學的深刻聯繫，與主情的五四浪漫主義思潮的血緣關係，同時可以看出它與當時左翼主流文學思想的差異和矛盾⑦。

由於戰爭，從三〇年代末到整個四〇年代，全國先後分成了相對獨立的幾大區域，文藝思潮的發展在不同地區之間出現了不平衡。尤其是動盪的環境，使一些地區對思想文化界的管制事實上難

⑦ 可以參見邵荃麟執筆的〈對於當前文藝運動的意見〉，該文將「主觀戰鬥精神」的實質歸結為「個人主義意識的一種強烈的表現」，認為近十年來革命文藝運動所受到的阻礙主要來自右，造成了「文藝思想上的混亂」，助長了「個人主義的文藝思想」。提出革命現實主義應該和「主觀論」劃清界線，使之具有「明確的政治傾向性，具有積極、肯定的因素」。此外，還有喬木的〈文藝創作與主觀〉、胡繩的〈評路翎的短篇小說〉等文，批評胡風的「主觀論」的人道主義傾向和對創作造成的影響。這些文章對胡風理論的片面之處有所克服，但本身也存在著不少教條主義的毛病。

以做到始終的高度統一，而全國人民外抗強敵，內爭民主，民間湧動著一股感情激流。這樣，象徵著自由精神的浪漫主義思潮又從地域條件方面獲得了回漩的空間，在一些地方得到了來自民眾的熱情回應，與當地的條件相結合，找到了各有特色的表現形式。

在解放區，丁玲從她早期的傾向於浪漫主義的自我表現，經過三〇年代前期艱苦的藝術探索轉向現實主義之後，到這時又在現實主義基礎上吸收了浪漫主義的成分，形成了她的具有個人特色的現實主義風格。她對慘遭日本侵略者蹂躪而又受到同胞誤解和歧視的貞貞抱著深厚同情（《我在霞村的時候》），對一心想用先進文化改變解放區某些落後意識、卻遭到領導和同事非議的陸萍深表理解（《在醫院中》），她對地主的侄女黑妮的描寫，敘述她與農會主席程仁的微妙愛情（《太陽照在桑乾河上》），這些方面都可以看出她基於深厚的人道主義精神，在藝術想像中鑽到人物心裡去，替人物設想，體驗並分析人物的心理，在心理分析中疊加了屬於她自己的關於社會、人生和個人命運的理解，疊加了她在這一大變動時期中的一些深刻的情緒體驗。能在波瀾壯闊的歷史畫卷中，細膩地揭示不被別人理解而又找不到出路的女性的痛苦壓抑、無可奈何的心理，這明顯地是吸收了她「莎菲」時代的創作經驗，並在新的時代條件下根據所面對的題材本身的特點加以發展，在現實主義的基礎上融合了自我表現的因素，從而深化了現實主義，使她的作品具有了心理的深度。

解放區的另一位作家孫犁，他的創作風格也具有浪漫主義的因素。在一般描寫根據地軍民鬥爭生活的作品中，孫犁的特點是善於用抒情的筆調寫出冀中平原軍民的抗日故事。他非常喜歡屠格涅夫的抒情風格。他把戰爭作為背景，著重展現普通戰士和民眾的高尚情操和美好心靈，而對具體的戰鬥過程作了浪漫化的處理。無論是《蘆花蕩》裡老人用竹竿像敲西瓜一樣一個個敲破日本鬼子的腦殼，還是《荷花淀》中一群少婦無意中把鬼子引進了伏擊圈，讓水生他們像風捲殘雲似的收拾乾淨，都包含了令人歡欣鼓舞的浪漫想像。在《爹娘留下的琴和簫》⑧這篇小說中，也有一個充滿浪漫色彩的結尾：傳說兩個女孩犧牲了，但作者設想可能是在一個黃昏，山裡或是平原遠處會出現一片深紅的舞臺幕布，晚風中，兩個身穿綠軍裝的女孩正在用她們爹娘留下的琴和簫為觀眾演奏。孫犁說：「我想寫的，只是那些我認為可愛的人」，「在那可貴的艱苦歲月裡，我和人民建立起來的感情，確是如此。我的職責，就是如實而又高昂濃重地把這種感情渲染出來。」⑨直到晚年，他仍認為「作為創作方法，浪漫主義必須以現實主義為根基。浪漫主義是從現實主義的基礎上昇華出來」的，若把浪漫主義「當成是上天入地，刀山火海，裝瘋賣傻，以為這種虛妄的東西越多，就越能構成浪漫主義」，這完全是一種誤解。⑩孫犁把浪漫主義建立在現實主義基礎上，在作品中融入了關於美的理想和濃濃的鄉情，以一種單純的情調征服了讀者。

國統區的路翎，是胡風文藝思想的實踐者。胡風的「主觀戰鬥精神」和「精神奴役的創傷」落實到他的小說，轉化成「人民底原始的強力」和流浪意識。從前者，可以看到人的靈魂深處神性和魔性、美和醜、善與惡的對立衝突，生命的慾望得不到滿足而轉化成一種近於原始粗暴的反抗，靈魂在掙扎中呼喚著救助；從後者，可以看到浪跡天涯的男子漢身上的孤傲、強悍、冷漠、粗暴、熱烈的品性，尤其是精神的流浪所展現的人的自由本質。在路翎的心目中，「藝術是人民性的正義感

⑧ 後改名〈琴和簫〉，收入《孫犁文集》第一卷，百花文藝出版社一九八一年版。
⑨ 孫犁：〈關於《山地回憶》的回憶〉，《孫犁文集》第六卷，百花文藝出版社一九八一年版。
⑩ 孫犁：〈耕堂讀書記（一）〉，《孫犁文集》第七卷，百花文藝出版社一九八一年版。

情和美學追求的形象思維，它是人類追求、往前創造自身形象的表現和工具，它是人類美感的表徵和象徵，在黑暗的時代，自然也是正直的被壓迫和被壓抑者的苦悶的象徵……廚川白村的感情我是歷時常常想到的。」⑪他以自己的主觀精神突入人物的心靈深處，展現自我與對象相生相剋的搏鬥和由此達到的「自我擴張」的過程。這種主觀性的傾向，雖然有時也使苦力勞動者的心理帶上了知識分子的色彩，以至從一般的現實主義標準看去或許會有損於形象的真實性，但正是由於「主觀戰鬥精神」的發揚，才使路翎的現實主義區別於同一時期多數現實主義作家的風格，它顯得躁動，狂暴，擁有震撼人心的藝術力量。

國統區的胡風、路翎，解放區的丁玲、孫犁，他們的理論探索和創作實踐各有特點，但都是在現實主義基礎上吸收了浪漫主義的成分，表現為不是一般地要求文學對生活作客觀的反映，而是強調作家在藝術地把握生活時要發揮主觀能動性，充分地發展自己的創作個性。

與此不同的是，四〇年代以上海為中心，出現了一個「新浪漫派」，代表作家是徐訏、無名氏。新浪漫派小說隨著戰事的發展，流布的範圍有所變化，但它始終是以異域情調、傳奇色彩、大膽的想像、充沛的感情，吸引了在動盪的環境中想以藝術消遣來暫時緩解焦灼心情的普通市民階層，滿足了他們愛好傳奇的口味。

綜上所述，在抗戰時期乃至整個四〇年代，浪漫主義思潮重新回歸文壇，雖然它在力度上還不能與同一時期的現實主義主潮相提並論。當然，由於處在新的時代條件下，這一時期浪漫主義思潮

⑪路翎：〈我與外國文學〉，《外國文學研究》一九八五年第二期。

在回歸的同時了也出現了新的特點和趨向。

首先，是回潮與泛化並行。在個人自由空間有所拓展的條件下，浪漫主義思潮的抬頭表現為理論上的對浪漫主義的重新評價和肯定，創作上則開始直接繼承和發展五四浪漫主義的傳統，或採取新的形式轉向浪漫的傳奇，或在現實主義風格中相容浪漫主義的自我表現的因素。但這種情況本身，又同時表明這時的浪漫主義思潮不如五四浪漫主義思潮的集中強烈，也不像三〇年代田園牧歌浪漫主義的寂寞單純。它在回歸的同時又存在著以不同形式分散地發展，即泛化的傾向，總的看缺少一個能夠統領全局、具有強大凝聚力和單一規定性的主潮。因而，人們往往只能透過它的多樣性表現形態來把握它內在的整一性，來體味它對歷史要求的深沉回應。這說起來主要是因為民族、民主革命的條件下，各個地區相對地隔離，這種情況既為浪漫主義思潮的回歸提供了契機，又以不同的地域條件影響了它的發展，使之具有地方的特色，因而它在豐富了浪漫主義思潮的內涵的同時，也削弱了浪漫主義作為一種思潮的力度和影響。

其次，是英雄主義的旋律和人性剖析的主題並列。周揚對浪漫主義的理解，傾向於從現實主義的立場表現浪漫性的理想和人民大眾的英勇壯烈的事蹟。解放區具有浪漫主義素質的作品，也大多包含了歡快明朗的英雄主義旋律。在國統區，胡風從理論上強調「主觀戰鬥精神」——主觀對客觀的血肉搏鬥，自我擴張，表現人民群眾的「精神奴役的創傷」，實踐了這一理論的國統區作家，在主客觀相生相剋的鬥爭中深入到人的靈魂深處，展現了人性的複雜性，創造了一種具有心理深度的粗獷悲壯的現實主義風格。相對獨立的「新浪漫派」，則以浪漫傳奇的形式表現愛的悲歡、人性的美好和醜陋。這些不同的風格是彼此並行的，它們彙集起來，又與同一時期的現實主義大潮合成了一部旋律豐富的時代交響曲。

其三，繼承新文學的傳統與反映時代的要求相結合。與二〇年代末到三〇年代前期的情況有所不同，這時整個進步文藝界對五四文學有了比較正確的態度，最為突出的是糾正了對浪漫主義的偏見，給了它合理的評價，並且以不同方式吸收了五四浪漫主義文學的營養。但這一進程又是從現實要求出發的，因而浪漫主義的回潮在繼承了五四浪漫主義文學主觀性和主情性原則的同時，也繼承了以魯迅為代表的五四現實主義文學解剖沉默的國民靈魂的傳統，又從新的時代高度揚棄了前者的虛無頹廢的成分，超越了後者的批判現實主義的立場，使浪漫主義在與現實主義相互滲透、相互影響的過程中朝著表現新時代的高昂旋律的方向發展。這表明，在經過了曲折的道路後，人們總結了正反兩面的經驗，改變了把浪漫主義和現實主義這兩種思潮、兩種創作方法完全對立起來的態度。但也正因為如此，浪漫主義思潮在回歸的同時又開始了與現實主義思潮融彙的進程，逐漸縮小了它自身的獨立性，減少了多樣的表現形式，朝著僅作為現實主義思潮中的一種浪漫因素的方向發展。這實際上是陣容強大的左翼文學合乎歷史邏輯的一個發展，並預示了不久的將來新中國文學的大致格局和基本走向。

在三〇年代末到整個四〇年代浪漫主義思潮的回歸過程中，很顯然，郭沫若的浪漫主義歷史劇和徐訏、無名氏的新浪漫派小說佔有非常重要的地位。它們不僅構成了這一時期浪漫主義思潮的主體，而且還體現了它的演變方向，因而下面特以專題的形式加以討論。

## 第二節　郭沫若歷史劇

郭沫若的歷史劇創作起步於二〇年代初。早期的作品是詩劇，用他自己的話說，都是「想像力的產物，我不過只借些歷史上的影子來馳騁我創造的手腕罷了」⑫。他的「創造」又只側重於主觀激情的抒發，而不是衝突的展開。因此，這些詩劇（收入《女神》的《棠棣之花》、《湘累》、《女神之再生》等）「只在詩意上盤旋，毫沒有劇情的統一」⑬，與其說是劇，不如說是詩，而且非常典型地體現了他五四時代的浪漫主義詩風。到《孤竹君之二子》、《三個叛逆的女性》，劇情有所加強，但他仍然認為「創作家是借史事的影子來表現他的想像力；滿足他的創作欲」，宣稱他的歷史劇是「借古人的骸骨來，另行吹噓些生命進去」，而且對古人的心理作了主觀的解釋：「於我所解釋得的古人的心理中，我能尋出深厚的同情，內部的一致時，我受著一種不能止遏的動機，便造出一種不能自已的表現。」⑭站在現代的立場，尋求與古人情感上的共鳴，所謂「內部的一致」，然後展現這種不能自已的創作衝動，就像他在《湘累》中借屈原之口所表達的：「我效法造化底精神，我自由創造，自由地表現自己。我創造尊嚴的山嶽、宏偉的海洋，我創造日月星辰，

⑫ 郭沫若：《棠棣之花・附錄》，《郭沫若劇作全集》第一卷，中國戲劇出版社一九八二年十月版，第一五頁。
⑬ 郭沫若：〈寫在《三個叛逆的女性》後面〉，《郭沫若劇作全集》第一卷，中國戲劇出版社一九八二年十月版，第一九九頁。
⑭ 郭沫若：《孤竹君之二子・幕前序話》，《郭沫若劇作全集》第一卷，中國戲劇出版社一九八二年十月版，第七八至七九頁。

我馳騁風雲雷雨，我萃之雖僅限於我一身，放之則可氾濫乎宇宙。」這毫無疑問仍是浪漫主義自我表現的作風。本來，歷史嚴格說來是不能用文字絕對客觀完整地重現的。今天我們讀到的歷史，僅僅是對於歷史的言說。如何對待文本化的歷史所包含的敘述者的主觀因素，不同歷史劇作家各有自己的態度。學者型的一般比較嚴謹，要按照典型化的原則來處理藝術真實與歷史真實的關係，盡力向讀者和觀眾展現歷史的本來面目。這不僅要自覺地剔除歷史在不斷言說過程中被附加上去的虛假成份，而且必須防止自我激情的直接介入。詩人型的歷史劇作家則比較隨意，他們正好藉此擴大自由想像的權利，借古人來說自己的話。郭沫若顯然屬於後一類，他把文本化歷史中存在主觀性因素作為現代人重新審視歷史，甚至做翻案文章的理論依據：既然歷史是人的一種言說，那麼現代人也就有充分的自由來對它重新加以解釋。他照此處理歷史題材，借歷史的影子馳騁自己的想像，表達的與其說是歷史的精神倒不如說是主觀的激情和現代意識，描寫的與其說是歷史的人物倒不如說是「永遠有生命的新人」⑮。這些特點構成了他早期歷史劇的浪漫主義風格，並對他四〇年代歷史劇創作產生了重要影響。

四〇年代初，郭沫若一連寫了六個歷史劇，迎來了他創作的第二個豐收期。這些作品與他早期歷史劇的風格和浪漫詩風存在著內在的聯繫。聯繫的形式是多種多樣的，首先是他對早期的作品加以整理，擴展成為新作。如五幕史劇《棠棣之花》的第一幕《聶母墓前》和第二幕《濮陽橋畔》，就是直接採用寫於一九二〇年的同名詩劇《棠棣之花》而稍加修改，第四幕《濮陽橋畔》和第五幕

⑮ 郭沫若：《孤竹君之二子・幕前序話》，《郭沫若劇作全集》第一卷，中國戲劇出版社一九八二年十月版，第八〇頁。

《十字街頭》也基本採用了寫於一九二五年的《聶嫈》。早期歷史劇的主觀激情、浪漫詩意和徹底反封建的精神，也就直接為整理而成的五幕史劇《棠棣之花》所繼承。尤其是劇終的大合唱：「去吧，兄弟呀！我望你鮮紅的血液，迸發成自由之花，開遍中華，開遍中華！」這一英雄主義的旋律反覆吟唱，把壯士一去兮不復還的悲壯情懷和主人公為自由的理想獻身的崇高精神發揮到了極致，使全劇達到了一個充滿浪漫主義激情的高潮。

其次，是在情趣和構思方式上與早期歷史劇存在相通之處。《孔雀膽》的故事郭沫若早在少年時代就已經知曉，他一九四二年把它寫出來是因為先受到阿蓋妃浪漫的愛情悲劇的吸引。他說：「《阿蓋妃》的詩又重新溫暖了我的舊夢……我時時喜歡翻出來吟哦。有時候也起過這樣的念頭，想把阿蓋的悲劇寫成小說。」⑯又說：「在當初寫這個劇本的時候，我的主眼是放在阿蓋身上的。完全是由於對她的同情，才使我有這個劇本的產生。我的主重點是在民族團結，這凝結成為阿蓋的愛。」⑰為浪漫的愛情悲劇所感動，在阿蓋的故事中加入了現實政治的內容，即通過加強段功的人民性立場，以及他因大公無私而受到懷疑、為尋求妥協而遭暗殺的命運來隱射皖南事變：一方面是蔣介石集團的血腥罪行，另一方面是因某種程度的妥協而使革命力量受到重大損失。尊重歷史精神

⑯郭沫若：〈《孔雀膽》的故事〉，《郭沫若劇作全集》第二卷，中國戲劇出版社一九八二年十月版，第三七五頁。阿蓋妃的辭世詩直接為《孔雀膽》引用：「吾家住在雁門深，一片閑雲到滇海。心懸明月照青天，青天不語今三載。欲隨明月到蒼山，誤我一生踏裡彩。吐嚕吐嚕段阿奴，施宗施秀同奴歹。雲片波粼不見人，押不盧花顏色改。肉屏獨坐細思量，西山鐵立風瀟灑。」「踏裡彩」是錦被名，「吐嚕吐嚕」是可惜之意，「奴歹」是我，「押不盧花」是起死回生草名，「鐵立」是松林，「肉屏」是駝峰。解釋詳見〈《孔雀膽》的故事〉。

⑰郭沫若：《郭沫若論創作・《孔雀膽》的潤色》，上海文藝出版社一九八三年六月版，第四五三頁。

而又對史實加以主觀發揮以隱射現實政治，這明顯地是對他五四時期歷史劇的浪漫主義風格的繼承和發揚。而把愛情悲劇與政治鬥爭融為一體，既可看出時代的投影，也可以說是對他青年時代的浪漫情愫的一次重溫和清理。

第三，在主題、激情的性質上與他的《女神》和早期歷史劇一脈相承。《屈原》中的「雷電頌」抨擊黑暗，呼喚光明，從它磅礡的氣勢，瑰麗的想像，粗獷的語言，奔湧的激情，以及崇拜毀滅，崇拜創造，崇拜火，人們不難想起《鳳凰涅槃》、《天狗》等浪漫主義詩篇的「男性的音調」。郭沫若說他存心要讓屈原所受的侮辱增加到最深度，徹底蹂躪詩人的自尊，才結穴成最後一幕的雷電獨白，向怪力亂神洩憤，這說到底也是他自我表現的一種心理需要：面臨著最黑暗的政治現實，他與屈原的遭遇和悲劇命運產生了共鳴，把個人的憤怒復活到屈原的時代去了。個人的憤怒代表著民眾的憤怒，小我與大我得到了統一，他借屈原的口所抒發的個人激情也就獲得了反對封建專制獨裁的時代意義。而這種側重於抒發個人激情，把詩意的盤旋放在極為重要的地位，借一段史事的影子來傳達時代精神的方法，顯然屬於浪漫主義，與他早期歷史劇的浪漫主義風格是一致的。

第四，四〇年代歷史劇，他在塑造古人形象時仍然具有鮮明的主觀傾向性。他不是採取客觀的、冷眼旁觀的態度，而是尋找歷史與現實的交彙點，努力打破主客觀界限，像他早期歷史劇那樣把自己的生命注入對象中，從對象身上體驗自我存在的意義，通過雙向的情感交流使歷史人物獲得了新的生命，同時也在古人身上留下了愛恨分明的主觀印記。他虛構嬋娟，這「詩的魂」，作為屈精神的回音；有意醜化宋玉，諷喻當時一些出賣靈魂、喪失節氣的無恥文人；賦予高漸離帶有現代色彩的民本思想：「最要緊的還是要和老百姓打成一片，要曉得老百姓的甘苦，要能夠替他們想辦法。」（《高漸離》）把信陵君寫成「把人當成人」的模範（《虎符》）；這一切都體現了他的主觀精神，是為了追求詩意效果、深化主題和加強對現實的批判力量而作的藝術誇張。郭沫若認為：「劇作家的任務是在把握歷史的精神而不必為歷史的事實所束縛。劇作家有他創作上的自由，他可以推翻歷史的成案，對於既成事實加以新的解釋，新的闡發，而具體地把真實的古代精神翻譯到現代。」⑱換言之，他用自己的血肉生命創造了理想的英雄人物，以真誠的憤怒鞭撻醜惡，揭露黑暗，充分行使了主觀讀解歷史的權利。

其實，郭沫若四〇年代的歷史劇，連創作的狀態都能令人聯想起他渾身發冷發熱、打著寒顫寫成的《鳳凰涅槃》等詩篇。《屈原》的實際寫作時間不到四十小時，不僅原來的構思完全被打破，而且「各幕及各項情節差不多完全是在寫作中逐漸湧出來的。不僅在寫第一幕時還沒有第二幕，就是第一幕如何結束，都沒有完整的預念。實在也奇怪，自己的腦識就像水池開了閘一樣，只是不斷地湧出，湧到了平靜為止。」⑲《虎符》等作品也大致用了十天左右的時間寫成。這麼短的時間寫一部大型的歷史劇，人們在驚奇之餘，會相信郭沫若只是在「借一段史影來表示一個時代或主題而已」，也即表達對歷史的一種直觀。這時起決定作用的是主觀激情以及激情支配下的對現實和自我的關切。所以他可以憑想像安排歷史人物的相互關係，可以虛構一些重要的場景和細節，只要能準確而充分地表現內心的衝動、傳達出對於歷史精神的主觀把握就行。聽憑激情的驅使不能自已地

⑱ 郭沫若：《郭沫若論創作・我怎樣寫〈棠棣之花〉》，上海文藝出版社一九八三年六月版，第三七三頁
⑲ 郭沫若：《郭沫若論創作・我怎樣寫五幕史劇〈屈原〉》，上海文藝出版社一九八三年六月版，第三八二頁。

寫，寫到內心平靜為止，以致寫作過程中自己都不能預見劇情的發展，這充分顯示了他的浪漫主義詩人氣質和常人難以企及的創造才能。

上述幾個方面綜合起來，構成了郭沫若四〇年代歷史劇的浪漫主義風格的內核。它把郭沫若與一般傾向於嚴格尊重歷史真實的劇作家區別開來。一個詩人，他的創作風格本是跟他的氣質密切相關的，尤其是浪漫主義者。郭沫若二〇年代中期在徹底否定浪漫主義後，理性的追求缺乏相應的氣質作為基礎，他的實際創作風格反而變得模糊，藝術水準明顯下降。到了抗戰時期，各派政治力量相繼採取了統一戰線的立場。反侵略的民族解放戰爭和爭民主的政治鬥爭相結合，放鬆了對個性主義和浪漫主義所施加的政治壓力，也使個性主義的浪漫主義重新具備了反封建的功能——它以自由的名義爭取到了較大的迴旋空間，而這時的「自由」得到廣大民眾的支持，擁有了比從前廣泛得多的社會基礎。在這樣的背景下，郭沫若認真回顧創作中成敗得失的經驗，正視浪漫主義創作方法對自己的重要性及時代意義，重新肯定了靈感、直覺、個性等浪漫主義的原則。這實際上為他稍後煥發浪漫主義青春、取得歷史劇創作的豐收掃清了理論上的障礙。四〇年代初，他蟄居重慶，個人自由受到限制，民族生存面臨嚴重的威脅。個人的創傷與民族的創傷互相交結，使他可以從個人的憤怒來表達民族的憤怒。文學觀的變化至此得以落實到創作上，為他抒發內心的鬱積開闢了道路。從當時的條件和自身的特長出發，郭沫若找到了歷史劇的形式。顯而易見，這些歷史劇具有深刻的社會背景，不僅是他個人的成就，而且傳達了時代的精神，成了浪漫主義思潮回歸文壇、與現實主義主潮形成呼應之勢的一個重要標誌。

不過，作為時代的產物，這些歷史劇的風格不會是他五四時期浪漫主義詩風的翻版。處在歷史與現實的交彙點中，郭沫若一方面重新肯定了五四浪漫主義文學的地位和價值，有所繼承，使自己的風格顯示了前後的連續性；另一方面，他又從現實條件出發，根據四〇年代初的生活感受和具備的藝術素養進行藝術探索，創作風格有了新的特點。

郭沫若四〇年代歷史劇的風格相對於他早期詩劇的變化，主要表現在三個方面。首先，早期詩劇側重於抒發詩情，歷史只是影子，為詩情提供一個背景。四〇年代歷史劇所涉及的歷史則像一隻裝有材料的筐子，作者利用筐裡的材料做文章，加入了不少主觀想像的成分。原來的史實在局部關係上作了調整，增添的想像成分則不僅填補了歷史的空白，而且使主題朝著更為鮮明的方向發展。這樣處理，雖沒有掙破歷史的筐子，但已在某些方面把筐子擠得改變了形狀。換言之，郭沫若四〇年代的歷史劇是尊重歷史精神與發揮主觀想像相結合的產物，是他作為歷史學家與詩人兩種身份統一的象徵。歷史學家要求嚴謹，所以郭沫若對相關的史實詳加考證。如《虎符》寫信陵君竊符救趙的故事，依據的是《史記・信陵君列傳》和《戰國策》的一些材料。《孔雀膽》參照了《明史》和《新元史》。《高漸離》對主人公所用的樂器「筑」也作了詳細考證。作為詩人，他則喜歡按照內心的要求展開豐富的想像。他在魏王對信陵君的嫉妒裡加添了一層醋意，使魏王的政治品質顯得格外的殘暴。把如姬寫成既是出於報恩，又因為對合縱抗秦的政治主張有一種思想上的共鳴才冒死幫助信陵君。類似這樣的描寫都是「想當然的事」⑳，不單是為了增加戲劇成分，更主要的是為了加強抗暴的主題。郭沫若沒有讓歷史學家的身份束縛詩人的想像，也沒有讓詩人的想像損害歷史的精

⑳ 郭沫若：《郭沫若論創作・〈虎符〉寫作緣起》，上海文藝出版社一九八三年六月版，第四一四頁。

神，而是讓兩者相輔相成，互相滲透，使詩人的想像更富有歷史的內涵，使歷史的故事增添了詩的瑰麗色彩，從而顯示出他的獨特風格。

其次，早期的詩劇表現的只是一種現代精神，四〇年代的歷史劇則是歷史精神與現實批判精神的統一。他四〇年代的六個劇本分別取材於不同歷史時期，可都圍繞一個基本的主題，即善與惡、公與私、合與分、愛國與賣國的鬥爭。這一主題並沒有游離於他所依據的歷史題材。無論是屈原「忠而見疑，信而被謗」的悲劇命運，高漸離刺殺秦始皇的壯舉，還是信陵君冒險救趙的俠義行為，或者夏完淳抗清鬥爭失敗後的慷慨赴死（《南冠草》），都貫穿了一條愛國主義的紅線，體現了正義的力量要求聯合抗暴反遭不測的歷史悲劇，這是符合歷史真實的。但它們又十分鮮明地影射著現實政治，體現了一種強烈的現實批判精神——抨擊國民黨當局的專制獨裁和分裂行為，譴責漢奸的賣國行徑。正因為具有現實意義，所以它們的上演在當時激起了強烈反響。進步的人們拍手稱快，當局則以種種手段加以干擾、限制，以致作者發出了這樣的抗議：「中國成為『民國』已經三十三年了，『皇帝陛下』這些名稱似乎已經是博物館裡面的東西，然而秦始皇還是傷犯不得（我的一部《高漸離》便因有此嫌疑至今不得出版）。誰知蒙古人的邊疆王爺，死了六百年，也還有同樣的威力呀！……哼，根本是帝王思想在作祟。」[21]郭沫若能夠做到歷史精神與現實批判精神的統一，從根本上說是因為這些歷史劇所反映的時代與抗戰時期驚人地相似，而他又超越了「五四」的立場，已經掌握了先進的思想武器。抗戰時期，尤其是四〇年代初，國民黨當局消極抗日、積極反

[21] 郭沫若：《郭沫若論創作・《孔雀膽》二三事》，上海文藝出版社一九八三年六月版，第四五五頁。

共，中國幾乎重現了屈原時代的悲劇，郭沫若寫道：「無數的愛國青年、革命同志失蹤了，關進了集中營。代表人民力量的中國共產黨在陝北受著封鎖，而在江南抵抗日本帝國主義的侵略最有功勞的中共所領導的八路軍之外的另一支兄弟部隊──新四軍，遭了反動派的圍剿而受到很大的損失。全中國進步的人們都感受著憤怒，因而我便把這時代的憤怒復活在屈原時代裡去了。換句話說，我是借了屈原的時代來象徵我們當時的時代。」㉒他在掌握先進思想的同時又繼承了五四傳統，思想與情感是大致統一的，因而他能基於內心的要求，從歷史與現實的交結點上選取題材，提煉主題，既表現了歷史的精神，又發揮了文藝的戰鬥武器的作用。

再次，郭沫若早期的詩劇只有「詩意的盤旋」，四〇年代的歷史劇則達到了詩與劇的統一，即除了「詩意的盤旋」，還有「劇情的統一」。這些歷史劇圍繞大是大非問題來組織矛盾衝突，人物的性格十分鮮明，情節複雜而且集中。像《屈原》，以屈原一天的經歷來概括他一生的命運和戰國時代諸侯國之間錯綜複雜的關係；《虎符》在合縱和連橫的背景上，展現了魏國宮庭內部的激烈鬥爭；《高漸離》寫義士忍辱負重打入秦皇宮殿，見機刺殺暴君的驚險故事，其劇情都是驚心動魄的，富有動作性。作品的詩意既體現為人物性格從這矛盾衝突中碰撞出來的火花和他們激情洋溢的內心世界（最典型的就是《屈原》的「雷電頌」），又包含在劇作所引用的為數不少的詩歌中。這些詩歌不是一般的點綴和擺設，而是作品不可或缺的組成部分。它們或者是主人公內心情緒的流露，如《高漸離》中的《荊軻刺秦》、《易水歌》和《白渠水歌》，或者為了深化主題、渲染

---

㉒郭沫若：《郭沫若論創作・序俄文譯本史劇〈屈原〉》，上海文藝出版社一九八三年六月版，第四〇四頁。

氣氛，如《屈原》裡的《橘頌》和《虎符》裡民眾所唱的《祖餞之歌》。有些是古詩的今譯，另有一些則是作者的自製曲——自由詩，民歌，散文詩，如《棠棣之花》第二幕的「春桃一片花如海」歌。它們反映了作者的詩人本色，作為一種抒情力量加強了作品的魅力。這種內在的激情和詩歌插曲所加強了的抒情氛圍相結合，使歷史劇的詩意趨向深沉含蓄，而不像他早期詩劇那樣的直露。

郭沫若四〇年代歷史劇的浪漫主義風格相對於他早期詩劇的這種變化，既與時代有關，也是他個人隨著閱歷的增加而拓寬了視野、提高了思想水平而又在創作實踐中取得了豐富的舞臺經驗的結果。他早期的詩劇是不能演出的，抗戰時期寫的六個劇本在已有的經驗基礎上考慮到了演出的因素，有良好的舞臺效果。《孔雀膽》改寫原來富有詩意的結尾，把阿蓋的念白改為她與陰謀家車力特莫爾的對白，削弱了詩意，為的就是加強舞臺上的動作性。他這時接受了馬克思主義，能站在民族、民主革命的高度，關注民族的前途和命運，大大超越了五四時期的個性主義。自覺地選取戰國時代、元明之交和明末清初的歷史題材來表現團結抗戰、反對分裂投降的時代主題，就體現了他思想上的這種進步。這使他對歷史精神的把握富有時代色彩，他的浪漫主義風格增加了理性的因素，即如他自己說的：與史學家「發掘歷史的精神」不同，「史劇家是發展歷史的精神」[23]——「發展歷史的精神」，在當時的郭沫若看來，就是要在不違反基本的歷史事實的前提下，允許史劇家充分發揮創造性和想像力，不僅填補史料的空缺，而且要站在時代的高度讀解歷史，使之具有當代性。

[23] 郭沫若：《歷史・史劇・現實》，《郭沫若論創作》，上海文藝出版社一九八三年六月版，第五〇一頁。

這構成了他歷史劇的浪漫主義風格的基礎，但也使他在主觀精神中包含了以文藝服務於時代的理性化的意圖。如果理性意識進一步加強，片面強調為現實的政治鬥爭服務，那就必然會束縛乃至損害浪漫主義的激情，破壞浪漫主義風格的基礎。四〇年代的郭沫若，總的看沒有走到這一步，但六個歷史劇按時間順序已顯示出朝這一方向發展的跡象。如果說寫於一九四二年一月的《屈原》是他浪漫主義歷史劇的代表作，洋溢著激情，顯示了奇幻的想像，甚至他要借屈原之口說紂王其實並不是怎樣壞的人：「周朝的人把殷朝滅了自然要把殷紂王說得很壞，造了些莫須有的罪惡來加在他身上」，如果說這體現了他一貫的喜歡替歷史翻案的作風，那麼越往後就越表現出他的理性精神，主觀熱情逐漸耗散。到最後的《南冠草》，反映明末清初的抗清鬥爭，歌頌民族氣節，鞭撻賣國求榮的漢奸行徑，其冷靜寫實的特點已相當明顯。這種微妙而深刻的變化，實際上也從一個側面反映出現代浪漫主義思潮在四〇年代的發展狀況，那就是它在重返文壇的同時，也受到現實主義主潮的影響，開始向表現歷史「本質」的方向前進。

總而言之，郭沫若四〇年代的歷史劇的意義在於它把作者此前不久對浪漫主義的重新認識付諸實踐，以鮮明的風格標誌著浪漫主義思潮的一次有力搏動，同時又以其理性化內核的逐漸顯露預示著浪漫主義思潮向現實主義大潮再次靠近的趨勢，也預示了郭沫若本人到新中國大躍進時期接受和宣傳「兩結合」創作方法的未來前景。

# 第三節　新浪漫派小說

四〇年代浪漫主義思潮的回歸中，另一個重要的文學現象是新浪漫派小說。新浪漫派小說三、四〇年代之交出現於上海，代表作家是徐訏和無名氏。徐訏一九三七年一月在《宇宙風》第三十二、三十三期上連載中篇小說《鬼戀》，讀書界驚異於他的「鬼才」。此後，他相繼發表《阿拉伯海的女神》、《荒謬的英法海峽》、《吉布賽的誘惑》、《精神病患者的悲歌》等小說。一九四三年春，開始在重慶《掃蕩報》上連載長篇小說《風蕭蕭》，引起轟動。也就在這一年，他的作品居大後方暢銷書的榜首，這一年被出版界譽為「徐訏」年。無名氏一九四四年在上海刊行兩部中篇《北極風情畫》和《塔裡的女人》，風靡文壇，一版再版。此後他又相繼推出「無名書」的前三卷《野獸、野獸、野獸》、《海豔》、《金色的蛇夜》，被公認為是繼徐訏而起的又一位暢銷書作家。這兩個作家以其新穎別致的風格標示著浪漫主義思潮的一種新的走向，即把浪漫主義的情感自由原則轉化為講述奇情、奇戀、奇遇，借助奇異的幻想達成精神的自由。

在抗戰的特殊環境中，創作方法和文學思潮的政治色彩相對地淡化。徐訏和無名氏懷著比較寬鬆的文化心態，在文藝思想上超越此前不同創作方法、不同文學思潮的界限，兼取浪漫主義、現實主義、現代主義的成分，促進了多種文學思潮的相互影響和滲透。徐訏的基本文藝觀點是接近創造社的，他認為「表達可以是一種表情，也可以是一聲歎息，一聲呻吟，進一步也就是歌謠與詩歌。」「在創作的一剎那，他要把他所感的表達出來，本身就是一個目的。」㉔。在《阿拉伯海的女神》中，他借人物之口說：「平常的謊語要說得像真，越像真越有人愛信，藝術的謊語要說得越假越好，越虛空才越有人愛信」，並且宣稱「我願意追求一切藝術上的空想，因為它的美是真實的」，又在《〈斜陽古道〉序》中寫道：「在三十年中國文學寫實主義的巨流中，我始終是一個不想遵循寫實路線的人」。不過，徐訏同時也受到了現實主義思潮的影響，意識到生活對作家的重要性，因而他又認為「偉大作家的潛能不過是『生活』，是一組一組的生活，是直接的生活、間接的生活混合，是外在生活與內在生活的結合」㉕。他文藝思想上的這種表面矛盾，其特異性在於他所理解的「生活」，原來主要是指被人體驗過、反省過、想像過的生活，因而他所「表現」的是真切的人生感受，是對現實生活的主觀化的「再現」，他「再現」的也是情感化、心靈化的東西。換言之，徐訏以他的詩人氣質，強調主觀的表現，在此基礎上融合現實主義的寫實手法，因此他所遵循的主要還是浪漫主義的路線。無名氏的情形有些類似，他在《海豔》中通過人物的口說，藝術「只要超現實就行。一切離現實越遠越好。現在，我只愛一點靈幻，一點輕鬆。這真是一種靈跡，一種北極光彩！」然而幻想也須有一點生活的材料，所以他又在《海豔・修正版自序》中寫道：「我走的不是流行的寫實主義道路，但任何小說只要多少有點故事情節，就得多少參考一點寫實小說藝術的手法。」㉖他的特點，就在「參考一點寫實小說藝術的手法」來表達他的浪漫激情。

㉔徐訏：《回到個人主義與自由主義・自由主義與文藝的自由》。轉引自吳義勤著《漂泊的都市之魂——徐訏論》，蘇州大學出版社一九九三年八月出版，第一九八至二〇〇頁。

㉕徐訏：《場邊文學・作家的生活與潛能》，轉引自吳義勤《漂泊的都市之魂——徐訏論》，第二〇二頁。

㉖無名氏：《海豔》，花城出版社一九九五年二月版。

在浪漫主義的主調中相容一些寫實的因素，這種理論主張落實到創作，就把浪漫主義的自我表現引向了情節的傳奇性。徐訏和無名氏雖然創作了一些反映現實生活的小說，但在四〇年代作為新浪漫派小說而備受世人矚目的就是這種浪漫的傳奇。《鬼戀》，通篇鬼氣森森：「我」在月夜所邂逅的黑衣女郎自稱是鬼，此後一連數夜「我」與她相約在荒郊，從形而上談到形而下。待「我」按照暗記找到她的居所時，開門的老人卻說她在三年前已經染肺病死去。就這樣，「我」與鬼若即若離地相戀年餘，後來才得知她從前是最入世的人，做過秘密工作，暗殺敵人十八次，流亡國外數年，情侶被害，現在已經看穿人世，情願做「鬼」而不願做人了。但若說她無情，卻又有情——「我」生病數月，她暗中天天送花，到「我」病癒後才飄然離去。徐訏的許多作品和無名氏的《北極風情畫》等小說，都是這種撲朔迷離的傳奇故事，出人意料又合乎情理，宛若目前又美得虛幻，恰好在似真似幻之間。不過，這類作品既超越了五四浪漫主義的自我表現，把描寫的重點從自我的內面世界移向獨立於「我」的現實生活，同時又不同於一般的現實主義小說，因為在這些作品中，「生活」基本上僅僅是作家幻想的產物。游離於現實生活的幻想，更多地是與作家的主觀心願相關的，這又使新浪漫派小說保持了與自我表現的五四浪漫主義的精神聯繫，同時也使這些作家醉心於浪漫的想像中，卻與抗戰時期血與火的鬥爭有了些隔膜——他們的作品是較少正面反映抗戰題材的。

徐訏後來曾說：「大學裡讀哲學心理學，雖偶爾寫點詩文，也並沒有做作家的打算。以後流落文『潭』，仍想能有機會自拔。一九三六年赴法讀書，實有志於痛改前『非』，但抗戰軍興，學未競而回國，舞筆上陣，在抗敵與反奸上覺得也是國民的義務。」[27]不過他的「舞筆上陣」與一般作

[27] 徐訏：〈徐訏全集後記〉，見《吉布賽的誘惑》，華東師範大學出版社一九九四年八月出版，第三六五頁。

家不同，他是以浪漫傳奇的風格來探索愛和人性的真諦。即使寫抗戰題材的《風蕭蕭》，其中涉及抗戰內容的間諜戰也僅僅作為一個背景，主要還是表現鐵血之中的愛情糾纏。為了追求作品的傳奇效果，他倒是在故事的言說方式上竭盡心計。在《風蕭蕭》中，他讓「我」抱著獨身主義的信仰，在白蘋、海倫和梅瀛子三個光彩奪目、個性各異的女子間周旋。隨著矛盾的展開，以舞女身份出現的白蘋被認為是日本間諜，美方諜報人員梅瀛子要「我」去白蘋那裡竊取日本軍部情報。「我」出於民族義憤欣然從命。經過一番曲折，雙方到了拔槍相向的地步，到頭來卻弄清楚白蘋原是重慶方面的間諜，於是雙方聯手對付日本特務。最後，白蘋為獲取情報而犧牲，梅瀛子為白蘋報了仇，「我」則在日軍的追捕之中婉拒了海倫的愛情，到大後方去從事「屬於戰爭的、民族的」工作。洋洋四十萬言的小說，把言情和間諜戰揉在一起，設置了一連串的鬼打牆式的迷魂陣，使讀者跟著「我」如墜雲裡霧裡，到最後才解開謎團。不過，徐訏和無名氏運用最多的還是把敘述者與主人公分開的敘述模式：我「我」碰到了一個特行獨立的怪人，交往的過程中得知了他或她的故事，於是把這故事轉敘給讀者。「我」並沒有在故事中扮演實際的角色，只起到一個仲介的作用，真正的敘述者是作品的主人公。徐訏的《幻覺》等小說就是採取這種敘述模式。這實際上便於作者利用「我」跟真正敘述者的距離產生的疑惑來大力渲染神秘的氣氛，製造懸念，強化讀者的閱讀興趣。無名氏的《北極風情畫》和《塔裡的女人》，把《幻覺》的結構加以放大，也是由「我」引出奇人奇行，讓真正的主人公向「我」訴說了一個令人哀絕的愛情悲劇，充滿了傳奇性。

徐訏、無名氏的小說，以浪漫傳奇的風格榮登四〇年代初暢銷書的榜首。這反映了在民族、民主革命的背景中，民眾的閱讀口味對文學發展產生了重要的影響。許多人身臨戰亂，備嘗流徙之苦，需要心靈的慰藉。新浪漫派小說適逢其時，以輕靈的幻想、纏綿的愛情故事使他們享受到了片刻的歡愉，減輕了生存的壓力，獲得了精神的昇華。如果說，現代浪漫主義在五四時期呈現了反封建的狂放姿態，三〇年代轉向寧靜的田園牧歌，那麼到四〇年代就分散為多種存在方式，其中新浪漫派小說的興起代表了浪漫主義思潮從知識精英的自我表現向廣大民眾的閱讀口味靠攏。它適應戰爭的環境，淡化了自我表現的色彩，增加了通俗化的成分，獲得了怡情和娛樂的功能。所謂「暢銷書」，就是以傳奇性為仲介，兼顧了知識分子和一般民眾雅俗兩方面的審美要求。

新浪漫派小說，不僅縮短了知識分子與普通民眾的距離，而且還溝通了中西文化的聯繫，為中西文化的融合探索了一條新的途徑。徐訏小說的一大主題是愛情。在他最富有浪漫色彩的愛情故事中，女性形象總是兼有東方女子的美麗外貌和西洋女子的平等意識。如《鬼戀》中的「鬼」楚楚動人，「有一副有光的美眼，一個純白少女的面龐」，而且知識淵博，談吐別致。《阿拉伯海的女神》裡的女巫，《吉卜賽的誘惑》裡的潘蕊和羅拉，《精神病患者的悲歌》裡的海蘭和白蒂，《荒謬的英法海峽》裡的培因斯，《風蕭蕭》中的白蘋、海倫、梅瀛子，莫不是美麗溫柔的仙子，同時又具有非凡的膽魄和出眾的才華。男主人公則多是才子、學者、作家，常常被幾個女子所包圍。男女一見鍾情，排除了任何利害得失的考慮，墜入愛河，上演了一段段奇遇。奇遇的背景是漂泊的旅途——「我」在阿拉伯海的輪船甲板上漫步，巧遇來無影去無蹤的「女神」（《阿拉伯海的女神》）；路過法國的馬賽，被丘比特射中了神箭（《吉布賽的誘惑》）；在上海街頭買一包煙，遇上冷豔逼人的「女鬼」（《鬼戀》）。一見鍾情的愛情，加上人在旅途的漂泊感，構成了徐訏小說浪漫性的基礎。看得出來，這種浪漫傳奇中的愛情觀是中西結合型的——既有中國人的希望陶醉於溫柔之鄉，又有西方人的把自由看得高於一切的精神追求。與此稍有不同的是，無名氏喜歡把西方愛情至上的觀念和騎士式的機敏辭令嫁接到中國傳統的悲歡離合的愛情故事中去，有時因刻意追求辭令的機巧，醉心於表現向女性大獻殷勤的紳士風度，反而顯得做作，失去了自然的風韻。

既然是文化的交流，有時就難以避免相互的衝突。當兩種文化發生矛盾衝突時，徐訏的選擇卻是很獨特的。《吉布賽的誘惑》寫「世界第一美女中的第一美女」潘蕊從法國跟隨「我」回到中國，可是語言不通，文化隔閡，就好像把熱帶魚帶到了北極，她日漸憔悴，「我」只得和她重回馬賽。一到馬賽，潘蕊當上了模特，如魚得水，容光煥發，然而「我」卻陷入了孤獨和妒忌。面對這兩難處境，他們最後與吉布賽人一起，到南美的大自然去，在藍天和白雲下找到了幸福和自由。這篇小說表明，在徐訏的眼中，中西文化各有特點，重要的是找到能夠超越彼此片面性、使人性得以健康發展的途徑。在浪漫的愛情題材中如此開掘人性復歸的主題，這不僅提高了徐訏小說的文化品位，而且以他所提出的解決文化衝突的辦法——回歸自然，加強了新浪漫派小說與傳統浪漫主義的精神聯繫。

不僅如此，新浪漫派小說關於未來社會的理想也融合了中西文化的因素。徐訏的《荒謬的英法海峽》，展現的是一幅世界大同的幻景：海盜所居住的化外之地，沒有階級，沒有官僚，沒有商品，沒有貨幣，食物按需分配，勞動是盡義務，每週休息三天，生活安逸富足；當首領的也只是被眾人推舉出來充任差使，隨時可以由別人接替。這既是西方人心目中的烏托邦，又是中國人眼裡的世外桃源和大同世界。他把這兩者連同相應的具有中西不同文化背景的幻想方式，巧妙地揉合在一起了。

抗戰時期，進步作家紛紛投身於抗日救亡的偉大事業，文學創作向著「通俗化」、「民族化」的方向發展。新浪漫派小說順應了這一潮流，增加了通俗化的成分，而又超越了這一潮流的保守性一面，保持了與世界文學的對話，這給當時的文學創作帶來了新鮮的作風。新浪漫派小說家這樣做，首先得益於時代所提供的機遇。在抗戰的背境中，全國各大區域相對隔絕，解放區、國統區各主要黨派又先後採取了統一戰線的立場，當局對文藝的統制因而不可能十分嚴密，這就擴大了作家文化選擇的自由和範圍，增加了整個社會對不同文學思潮的容受能力。當然，新浪漫派小說家融會中西文化所取得的成就，最終還與其本身的條件有關。徐訏曾留學法國，直接受到西方文化的薰陶，領略了西方生活的情調，無名氏也有接受西方文化影響的背景。他們擁有比較開闊的文化視野，廣博的知識，因此能撇開門戶之見，兼取中西之長，進行自由的創新。

值得注意的是，由於個人經歷和氣質上存在差異，作家的創作風格必定具有自己的獨特性。徐訏親眼目睹了父母婚姻的不幸，畢生追求的是理想化的愛情。在經歷了自身婚姻愛情的幾多曲折後，他筆下的理想愛情大多採取了夢幻的形式，而且止於精神戀愛的階段，又以夢醒後的幻滅而告終，給人留下幾多惆悵和遐思。《鬼戀》的「女鬼」事實上對「我」一往情深，可最終杳然離去。《荒謬的英法海峽》寫世外桃源式的海島過露露節，青年男女可以在節日裡自由宣布自己的情人。三年前被俘的中國姑娘李羽寧宣布與英俊的「盜首」史密斯結婚，「愛追求稀有的事物，要摸索世外的想像」因而對「我」懷著愛意的培因斯卻宣布了她的同學彭點，個性深沉的魯茜斯出人意料地宣布了「我」。正當「我」大惑不解、暈頭轉向時，猛然被人推醒，原來渡輪已橫過英法海峽靠了碼頭，有人在催他出示護照，哪裡有史密斯、彭點、培因斯等人的影子，不過是在輪渡上做了一場好夢罷了。理想的愛情只存在於虛幻之中，或者只留下令人傷感的回憶，這從一個側面反映出徐訏對人世的失望和對愛情的浪漫想像。有趣的是作者對待這種愛情的態度。他既不諱言對異性美的欣賞，又竭力迴避性的問題。他說：「在戀愛上，絕對的精神戀愛可說是一種變態，但完全是肉慾的也是一種變態，前者是神的境界，後者是獸的境界。人介於二者之間，因此所謂性美，正是靈肉一致的一種欣賞與要求。」㉘他的理想愛情顯然接近神的境界——男女雙方既像摯友又像戀人，只求精神上的交流和感情的溝通，不指向結婚成家等世俗性的目的。這原是為了從距離上來體現精神之愛的浪漫美感。因為對愛情來說，浪漫意味著一種夢幻，一種超越了世俗事務的不實在的關係，好像水中月、鏡中像，只有虛幻才能顯示出美麗。但也不可否認，作者已經意識到這是難的——因為他不得不承認，男女之間的友誼不是前進到愛情，就是發展為悲劇。《精神病患者的悲歌》就寫了一個這樣的悲劇。富家小姐白蒂渴望享受完整的愛情，當她發現女僕海蘭和充當精神病醫生的「我」互有愛意後，重又陷入自暴自棄的病態。海蘭為了成全白蒂，在獻身於「我」後即自殺。這種無私偉大的精神淨化了生者的心靈，使之達到了宗教般虔誠的境界。最後，白蒂皈依上帝，進了修道院，「我」到精神病院服務，把靈魂奉獻給了人群。很明顯，要在愛情和友誼之間作出選擇時，作者傾向於止於友誼，竭力掩飾愛情，可掩飾本身似乎已經流露出他對愛情的害怕和渴望。這一矛盾正好暴露出徐訏自己以前在愛情上受過傷害而形成的心理定勢，難怪他處理這類題材時總免不了價值取向上的猶豫和動搖，一般都歸結到一個幻滅的結局。

無名氏寫愛情傳奇一開始與徐訏有點相似，但比徐訏的感傷甚至沉痛。《北極風情畫》中的「我」，因神經衰弱症獨上華山落雁峰療養，聽一個陌生怪客講述了一段哀傷的戀情。原來這個陌

㉘徐訏：〈性美〉，《徐訏全集》第十卷，臺灣正中書局出版。

生人是韓國流亡革命者，一九三二年冬在西伯利亞的托木斯克城與俄羅斯少女奧蕾利亞不期而遇，墜入愛河。不久根據中俄政府協定，駐紮托木斯克的兩萬官兵必須立即回國。奧蕾利亞聞訊，把一小時當一年過，以驚人的狂熱享受他們分手前的四天愛情。上校回國途中得知她已經自殺，並留下遺書要他十年後登高朝北唱一曲他們分手時的《離別曲》。「我」所見到的怪客在華山落雁峰上的神秘行蹤和淒厲如狼嗥的歌聲，就是他十年後對這約定的履行。一朝豔遇，十年哀痛，英雄美人生死戀，一個典型的浪漫傳奇㉙。《塔裡的女人》則把這哀痛進一步昇華為一種人生哲理。羅聖提本想以犧牲自己的愛情來成全黎薇的幸福，可黎薇違心嫁人後卻發現對方是個心術不正的小人，隨即遭到遺棄。十年後，羅聖提懷著強烈的負罪感不遠千里找到西康她隱姓埋名的小學，眼前的黎薇已經面目全非，近乎癡呆，對於跪在膝前請求寬恕的他只喃喃地說：「遲了！……遲了！……過去的已經過去了。」作品把《北極風情畫》的生死界限轉換成地域空間，讓火熱的情愛失落在遙遠的邊陲一角，鋪排成一曲動人的浪漫悲歌。又彷彿讓一個飽經憂患的衰老船夫，歷經大海的變幻，風暴的襲擊，困苦與掙扎，到了晚年，在最後的一剎那，睜著疲倦的老花眼，用一種猝發的奇蹟式的熱情，又傷感又讚歎地講述他一生的經歷。於是，「我」在月夜神秘的提琴聲中得到了啟示：「女人

㉙ 這種情調頗像徐訏的短篇《幻覺》。《幻覺》寫一個青年畫家在鄉下為神秘的生命力驅動，獲得一個姑娘的純潔愛情後為她畫了一幅人體寫生，不幾天獨自離去。女孩因此發瘋，被路過的尼姑收為弟子。畫家無限悔恨，流浪各地尋找她的蹤跡，最後發現她放火燒了庵堂，自焚而死。畫家也就在那庵的對山削髮為僧，每天凌晨登上峰頂等待日出，在充塞天宇的一片詳和的霞光裡與他幻覺中無所不在的姑娘進行心靈交流，從回憶的痛苦裡體味宗教信徒皈依上帝後所享受的喜悅。但徐訏大多數浪漫傳奇的結局都寫得相當瀟灑，顯示了他對人生的一種比較從容的心態，而寫到主人公因懺悔而自己折磨自己達到令人震驚的程度，則只有《幻覺》一篇。

永遠在塔裡，這塔或許由別人造成，或塔由她自己造成，或塔由人所不知的力量造成！」顯然，作者把人間的悲歡離合歸於宿命，這反映了四〇年代初無名氏自己獨居華山一年，與高僧談佛論道所受的影響。

徐訏和無名氏以寫浪漫型的愛情而聞名，但有時也對世俗型的婚姻加以嘲諷，對醜陋的人性加以拷問，對命運的無常發出感歎，在他們的浪漫傳奇的風格中已經包含了現實主義乃至現代主義的因素。或許正因為這一點，他們雖然同屬於新浪漫派小說家，後來卻依據各自的個性走上了不同的創作道路。徐訏更靠近寫實主義，雖然有時也寫一些帶著濃郁浪漫情調的小說，如《盲戀》，或者是在寫實的筆調中滲透了一點荒誕感和虛無意識。無名氏則朝著現代主義的方向發展。他自稱代表作的《無名書》六卷，現代主義的色彩越來越濃，雖然這些作品的現代主義色調中也仍然晃動著浪漫的光影。應當說，中國現代浪漫主義思潮受到西方的從現實主義、浪漫主義到現代主義多種文學思潮的共時性影響，又面臨著中國社會轉型時期的複雜情況，它已經是一個開放性的系統，在保持主觀性、情緒化、親近大自然等浪漫主義的基本特性的前提下，融合了現實主義和現代派文學的因素。因此，在一定的條件下，它有可能因增加故事性而向現實主義靠攏，或循著浪漫主義的注重內面表現的方向進一步深入人的潛意識而向現代主義過渡。新浪漫派小說家後來分別靠近現實主義和現代主義，只是作為一個較為突出的例子，說明中國現代浪漫主義思潮並不是一個封閉的存在，而是與其他文學思潮處於錯綜複雜的關係中罷了。

# 第七章　閃光的流星

現代浪漫主義文學思潮經歷了曲折的道路，到人民共和國成立後在新的環境下發生了重大變異。這種變異，乃是循著三〇年代中期開始的革命浪漫主義在與社會主義現實主義的共存互補關係中求得發展的路子進一步變化而來的，實際上是把浪漫主義推向了政治化的方向。左的政治與浪漫主義密切結合，從根本上改變了現代浪漫主義的性質，即去除了現代浪漫主義的個性主義精神內核，只留下幻想和激情，而後者又不可避免地越來越明顯地打上了左傾政治的烙印，只體現為空幻的想像，虛蹈的政治熱情，越來越多地喪失了作家個人的特點和真誠的品格。如果說人民共和國成立初期，人民群眾發自內心的喜悅反映到創作中，使一些文藝作品具有亮麗的色彩和激昂的旋律，洋溢著浪漫主義的光與影，那麼到了大躍進時期提出「兩結合」創作方法、發起新民歌運動，將浪漫主義政治化的弊端就逐漸暴露出來了。它的進一步發展，便是到「文革」時期蛻變為偽浪漫主義。從早年把浪漫主義政治化到後來蛻變為偽浪漫主義，浪漫主義思潮的這一具有中國特點的發展線索，由於它的特殊內涵，本書將放到最後一章「浪漫主義在現代中國的命運」中結合特定的歷史背景來加以討論。

經歷了這一重大波折，中國現代浪漫主義思潮到新時期才像涅磐後的鳳凰從劫灰餘燼中跳出來一樣，以新的姿態再一次佔據了文壇的一席之地。但是，它不久又像一顆閃光的流星劃過長空，留下了短暫的美麗便整體性地彙入了八〇年代中期興起的現代主義潮流。本章是對新時期浪漫主義思潮從回歸到最終消失於現代主義潮流中的過程以及它的存在方式、基本特點和一些重要現象，作一研究。

## 第一節　新時期與浪漫主義文學思潮

「文革」十年，除了物質上的巨大破壞，更嚴重的是在精神上給人們造成了很深的創傷。純潔的理想受到無情嘲弄，冤假錯案比比皆是，人性扭曲，是非顛倒，人們有太多的冤屈需要傾訴。所以新時期文學相繼出現了「傷痕小說」、「反思小說」以及「新詩潮」，傳達了人民的憤怒、哀痛和對未來的憧憬。在這一總的潮流中，現實主義的傳統在漸漸恢復，浪漫主義思潮也呈現回歸之勢。高爾基在他的《俄國文學史》中曾經說過：「浪漫主義乃是一種情緒，它其實複雜地而且始終模糊地反映出籠罩在過渡社會的一切感覺和情緒的色彩，……它的（情緒）基調是：對新事物的期待，在新事物面前的惶惑，渴望認識新事物的那種煩躁不安的神經質的嚮往。」新時期之初，就是這樣一個過渡時期——堅冰已經打破，但陳舊僵化的觀念在社會上仍很有影響；曙光已經初現，然而關於未來的前景仍十分朦朧；人們長期受壓抑的感情噴射而出，呼喚著人的尊嚴，要求撫平心中的傷痕，一時還來不及對歷史作出全面的理性思考，因而浪漫主義思潮帶著這一過度時期的痛苦、迷惘、不安、悲憤、詛咒和希望，以鮮明的主觀色彩和抒情基調引人矚目地再次回歸文壇。

## 一

從淵源上說，這一次「回歸」早在六〇年代末、七〇年代初就已開始醞釀。當時一些出身幹部和知識分子家庭的子弟經歷了「文革」的最初狂熱，很快被擠出主流社會，陷於消沉，並從消沉、迷惘走向覺醒，開始了地下詩歌的創作。由於童年的夢想已經破滅，上山下鄉運動把他們拋到農村，拉大了與政治的距離，他們又難以與閉塞落後的農村「打成一片」，這些青年詩人就以詩歌來抒寫內心的複雜感情。其中，郭路生（食指）的《相信未來》（一九六八年）在七〇年代初曾廣為流傳：

當蜘蛛網無情地查封了我的爐臺，
當灰燼的餘煙歎息著貧困的悲哀，
我依然固執地鋪平失望的灰燼，
用美麗的雪花寫下：相信未來。

當我的紫葡萄化為深秋的露水，
當我的鮮花依偎在別人的情懷，

我依然固執地用凝露的枯藤，
在淒涼的大地上寫下：相信未來。

我要用手指那湧向天邊的排浪，
我要用手撐那托住太陽的大海，
搖著曙光那枝溫暖漂亮的筆桿，
用孩子的筆體寫下：相信未來。

這首詩的特點在於作者採取了與主流意識保持距離的邊緣立場，用純粹屬於個人情感體驗的筆調寫出了一部分青年內心的真實。一方面是塵封的「爐臺」、失落的「情懷」、「淒涼」的人生，另一方面是「相信未來」，在理想與現實無法調和的對立中湊響了英雄主義的旋律。但是這是一種「悲壯」的英雄主義——它保留了那個特殊的年代培養起來的堅定不移的精神品質，可又流露出這一代青年從狂熱走向失望的內心掙扎和無奈。「相信未來」，只不過是在貧困、悲哀、淒涼、迷惘的歲月裡給自己的一個最後的悲壯的安慰，其中明顯地包含了與當時的主流思潮相抗衡的叛逆傾向。這是一首過渡時代的詩。它表明，在「紅色」恐怖最嚴重的歲月，已經有一股民主的潛流在地下萌動，因而這一苦難時代的結束看來也就為時不遠了罷。過渡時代的這種叛逆情緒，在知青中激起了強烈反響，這首詩因而不脛而走。於是在郭路生的周圍很快形成了一個地下詩人群，他們有根子、多多、芒克、北島、江河等。人民中間的民主潛流不斷增強，到一九七六年終於彙集成天安門廣場上驚天動地的春雷。「天安門事件」則又引出了北島的《回答》：

卑鄙是卑鄙者的通行證，
高尚是高尚者的墓誌銘。
看吧，在鍍金的天空中，
飄滿了死者彎曲的倒影。

冰川紀過去了，
為什麼到處都是冰凌？
好望角發現了，
為什麼死海裡千帆相競？

我來到這個世界上，
只帶著紙，繩索和身影。
為了在審判之前，
宣讀那些被判決的聲音：

告訴你吧，世界，

我——不——相——信！
縱使你腳下有一千名挑戰者，
那就把我算作第一千零一名。

我不相信天是藍的；
我不相信雷的回聲；
我不相信夢是假的；
我不相信死無報應。

如果海洋註定要決堤，
就讓所有的苦水都注入我心中；
如果陸地註定要上升，
就讓人類重新選擇生存的峰頂。

新的轉機和閃閃的星斗，
正在綴滿沒有遮攔的天空。
那是五千年的象形文字，
那是未來人們凝視的眼睛。

詩以警句開頭，對那個顛倒黑白的年代作了哲理性的概括，採用了冷峻的反諷調子。從第三節開始，似乎內心的激情再也難以壓抑，變成覺醒了的「我」對世界憤怒的宣言，顯示了自我擴張、自我獨白的浪漫詩風。這裡，迴盪著五四時代郭沫若詩的「男性的音調」，也包含了郭路生《相信未來》一類詩的英雄主義的旋律。但不同的是，它具有更為強烈的懷疑精神，對到處是謊言和罪惡的社會作了徹底否定：鍍金的天空中有死者的倒影，高尚者為高尚所累，卑鄙者因卑鄙而得志，科學時代上演了一幕幕荒唐和殘忍的悲劇，因而他要大聲宣告：「我——不——相——信！」詩人帶著心靈的創傷和時代性的偏激，在被審判的時候向審判者提出挑戰，還要「讓所有的苦水都注入我心中」。很明顯，這是一個覺醒了的人的聲音，它有一種捨身取義的英勇氣慨。

但這期間地下詩人群的大多數詩，寫的是迷惘、彷徨、傷感的情緒。他們經歷了「文革」的磨難，被愚弄欺騙，信仰的大廈已經動搖，新的精神支柱尚未建立，迷惘、彷徨是可以理解的。另一方面，極左思潮的餘威尚存，因而又有多少人敢大膽喊出反叛的聲音？即使已經看到了黎明的曙光，除了悲憤，更多的還是對於蹉跎歲月的含淚回首，所以這些詩人大多盤旋於內心生活，抒寫低回的情緒，就像舒婷《呵，母親》寫的那樣：「我的甜柔深謐的懷念／不是激流，不是瀑布，／而是花木掩映中唱不出歌聲的古井。」他們的心是一口翻動著苦水的古井，唱出來的只能是憂傷的歌聲。當然，即使是舒婷，她稍後也寫出了《致橡樹》、《祖國呵，我親愛的祖國》、《雙桅船》等不再太憂傷的詩作，只是這些詩仍然堅守著個人的立場，從自我的真切體驗出發，用一些新奇的意象來傳達心緒。如《致橡樹》：「我如果愛你——／絕不像攀援的凌霄花，／借你的高枝炫耀自己；／我如果愛你——／絕不學癡情的鳥兒，／為綠蔭重複單純的歌曲」，「我必須是你近旁的一株木棉，／做為樹的形象和你站在一起。」「彷彿永遠分離，／卻又終身相依。」詩以女性的溫柔抒發了渴望愛情而又堅持人格獨立的新的人生信仰。《祖國呵，我親愛的祖國》，這一最容易寫成高腔大調的詩題到了舒婷的筆下，卻成了「破舊的老水車」、「乾癟的稻穗」、「失修的路基」、「淤灘上的駁船」這些「悲哀」、「貧困」的意象，與「雪白的起跑線」、「緋紅的黎明」等充滿希望的意象排列在一起，寫出了祖國的昨天和今天，混和著她的「迷惘」、「深思」、「沸騰」的複雜情感。這些詩在風格上與建國後常見的擴音器式的抒情存在著明顯的時代差異，卻與五四浪漫主義傳統保持了內在精神上的一致，這就是對人的價值和尊嚴的肯定，對個性的重新發現。很長時期來，我們把「人」當成簡單的工具，個性、生命被消融在「國家」、「集體」、「人民」等含糊的概念中。任何具體的人都可能突然被從「人民」的範疇中剝離出來，喪失作為人的基本權利，而少數野心家卻借著這些空洞的漂亮字眼為所欲為。現在，這些詩重新確認了個性、生命的意義，「人民」的概念也因此有了真實具體的內容，這的確是一個帶有根本意義的重大變化。從藝術上說，這些詩雖然包含了一些現代主義的成分，可主要仍是採用主觀化的浪漫抒情方式，抒發內心的激情，因而應該說仍是一種浪漫主義的風格。

這股地下詩潮，隨著「四人幫」的倒臺終於湧出了地面。一九七八年十二月，油印的《今天》創刊，編輯部在《致讀者》中寫道：「歷史終於給了我們機會，使我們這一代人能夠把埋藏在心中十年之久的歌放聲唱出來，而不致再遭雷霆的處罰。……今天，在血泊中升起黎明的今天，我們需要的是五彩繽紛的花朵，需要的是真正屬於大自然的花朵，需要的是開在人們內心深處的花朵」，而新時代「必將確立每個人生存的意義」，「加深人們對自由精神的理解」。隨後，各地又相繼湧現出許多民間詩刊。至此，原本處於地下狀態的新詩潮，以它新的審美特點引起人們越來越多的關注，並很快引發了一場影響廣泛的關於「朦朧詩」的討論。

## 二

一九七九年初，公劉從北京西城區文化館出版的《蒲公英》小報上，讀到一組《無名的小花》（顧城）的詩，他的感覺是「不乏詩才」，雖有「消極的甚至是頹廢的一面」，但主要特徵是思索。他覺得這些詩都是「滿懷激情，發而為聲」，應努力去理解並加以引導①。公劉提出的是詩的感情傾向問題，可是話題很快轉向詩學的爭論。謝冕在一九八〇年五月七日的《光明日報》上發表《在新的崛起面前》，說：「對於這些『古怪』的詩，有些評論者則沉不住氣，便要急著出來加以『引導』。有的則惶惶不安，以為詩出了亂子了。這些人也許是好心的。但我主張聽聽、看看、想想，不要急於『採取行動』。我們有太多的粗暴干涉的教訓（而每次的粗暴干涉都有堂而皇之的口實）。」《詩刊》一九八〇年八月號發表章明〈令人氣悶的「朦朧」〉一文，對新詩潮予以批評：「少數作者大概是受了『矯枉必須過正』和某些外國詩歌的影響，有意無意把詩寫得十分晦澀、怪癖，叫人讀了幾遍也得不到一個明確的印象，似懂非懂，半懂不懂，甚至完全不懂，百思不得其解。……為了避免『粗暴』的嫌疑，我對上述一類的詩不用別的形容詞，只用『朦朧』二字；這種

① 公劉：〈新的課題〉，一九七九年《星星》復刊號，一九八〇年第一期《文藝報》轉載時加了「編者按」。

詩體，也就姑且名之為『朦朧體』吧。」這就是「朦朧詩」這一名稱的由來。從這時到年底，爭論達到了第一個高潮。

從表面上看，爭論的問題是這些詩讀得懂讀不懂，然而本質上卻是兩種不同的審美觀念的分歧。年輕的詩人用一種飄渺的聯想、含蓄的暗示和象徵，即純粹個人化的話語，來表達朦朧的情緒，就像謝冕所描述的那樣：「對於瞬間感受的捕捉，對於潛意識的微妙處的表達，通感的廣泛運用，不加裝飾的情感的大膽表現，奇幻的聯想，出人意想的形象，詭異的語言，跨度很大的跳躍，以及無拘無束的自由的節律。」②這的確讓讀慣了建國後流行的明白曉暢的詩歌的讀者感到十分「氣悶」。可是在經歷大致相似的同齡人中，通過心靈的交流，這些詩卻引發了強烈的共鳴。孫紹振敏銳地感受到這一點，寫了〈新的美學原則在崛起〉一文。《詩刊》一九八一年三月號在發表這篇文章時加了「編者按」，對其內容作了如下的概括：

> 這裡發表的孫紹振同志的〈新的美學原則在崛起〉一文，是本刊自一九八〇年八月號開展問題討論以來一篇較為系統地闡明作者理論觀點的文章。作者在評價近一二年某幾個青年詩歌作者及其作品時說：「與其說是新人的崛起，不如說是一種新的美學原則的崛起。」他認為這個崛起的「新的美學原則」有如下特點：一、「他們不屑於作時代精神的號筒」；「不屑於表現自我感情世界以外的豐功偉績」；「迴避……我們習慣了的人物的經歷、英勇的鬥爭和忘我的勞動的場景」；「不

---

② 謝冕：〈失去了平靜以後〉，《詩刊》一九八〇年十二月號。

是直接去讚美生活，而是追求生活溶解在心靈中的秘密」。二、提出社會學與美學的不一致性，強調自我表現，理由是：「既然是人創造了社會，就不應該以社會的利益否定個人的利益，既然是人創造了社會的精神文明，就不應該把社會的（時代的）精神作為個人的精神的敵對力量……」三、「藝術革新，首先是與傳統的藝術習慣作鬥爭」。作者向青年詩人指出「要突破傳統，必須……從傳統的審美習慣中吸取某些『合理的內核』」，但又認為他們當前面臨的矛盾，主要方面還在於舊的「藝術習慣的頑強惰性」。

編輯部認為，當前正強調文學要為人民服務、為社會主義服務，以及堅持馬克思主義美學原則方向時，這篇文章卻提出了一些值得探討的問題。我們希望詩歌的作者、評論作者和詩歌愛好者，在前一階段講座的基礎上，進一步對此文進行研究、評論，以明辨理論是非，這對於提高詩歌理論水平和促進詩歌創作的健康發展都將起積極的作用。

《詩刊》的「編者按」意在引起對文章的批判，這本身便反映了當時的政治形勢和兩種審美觀念的對立。冷靜地看，孫紹振的文章有些提法雖然尚欠全面準確，但他的確敏銳地察覺到了年輕一代的「人的價值標準」和「審美原則」已經發生了重大變化。這些變化的背景是複雜的，我認為其中就包括注重內心情感宣洩的浪漫主義思潮的重新抬頭。所謂「不屑於表現自我感情世界以外的豐功偉績」，「追求生活溶解在心靈中的秘密」，強調「個人的利益」、「個人的精神」，說穿了就是強調從生活與自我的辯證聯繫中側重從內面世界來表現個人的情感，非常接近於浪漫主義的「自我表現」的原則。值得注意的是，這時還有一些評論者和詩人也持類似的看法。鹿國治認為：

「向人的內心世界的深入，是『現代化詩』的共同的美學追求。」「他們……追求內心真實，尋求內心世界的個性的豐富和完善，透過『自我』獨特而微妙的感情的漣漪來折射出外部的生活之光，折射出歷史和時代的面影。」這些詩「無一例外地都在字裡行間轟鳴著一個劃時代的主旋律——『人』，也就是高爾基激情盛讚過的那個大寫的『人』！探索人，表現人，謳歌人，就是它們的主調。」③顧城說：「這種新詩之所以新，是因為它出現了『自我』，出現了具有現代青年特點的『自我』」④王小妮表示：「寫詩不能僅僅滿足於寫『自我』，要寫好『自我』，基點應該是從『人』出發，就是說寫『人』。」（《請聽聽我們的聲音》）這些觀點包含了現代主義因素，但聯繫到這一時期新詩潮的創作傾向，它的主要方面明顯地是在新的時代條件下、基於對個性主義精神的重新肯定而形成的浪漫主義的文學觀，它與五四時期創造社所提倡的本著內心的要求來從事創作的那種浪漫主義詩學有著內在的一致性。這些觀點當時受到嚴正批評，也正是由於它們的個性主義精神在乍暖還寒的過渡時期顯得過於超前，再加上它自身也不夠完善，因而難以被篤信現實主義原則和「兩結合」創作方法的正統批評家所接受。

這種分歧，在隨後展開的關於「自我表現」的爭論中可以看得更加明顯。關於「朦朧詩」和「新的美學原則」的爭論，一個核心的問題就是如何看待文藝上的「自我表現」。從七〇年代末到八〇年代初，有關這一問題的文章多達百篇。其中，程代熙〈評《新的美學原則在崛起》〉一文認

③ 鹿國治：〈目前新詩的美學突破〉，《詩探索》一九八一年三月號。
④ 顧城：〈「朦朧詩」問答〉，一九八三年三月二十四日《文學報》第四版。

為，「新的美學原則」的綱領是「自我表現」，把這個「美學原則」的出發點和它的綱領聯繫起來，「一套相當完整的散發出非常濃烈的小資產階級的個人主義氣味的美學思想就赤裸裸地顯示了出來。」⑤潔泯的〈讀〈新的美學原則在崛起〉後〉對此表示贊同，並補充說：「『新的美學原則』顯示得很清楚，那就是要迴避時代，迴避現實，把自己關閉在『自我感情世界』的小天地裡。但可惜的是，這和一個社會主義時代的詩人，是十分不相稱的。」因為在偉大的事業面前，「表現時代，對祖國偉大事業的強烈的信仰，正是我們的美學原則中所最不可缺少的因素。如果我們的詩人的心靈排除了最美好的時代感，那麼詩人的心靈將是蒼白的」⑥。很明顯，這是基於一般的唯物主義反映論，從現實主義獨尊的立場出發，把表現自我與反映生活對立起來的觀點。它缺乏的是探索創新的精神和對歷史發展前景的預見性，並且沿襲了排他性的習慣思維，即喜歡把任何異己的意見都歸結為「小資產階級」和「個人主義」的觀點。相反，對「自我表現」的原則持肯定態度的人則認為，文學中的自我表現是指作家的思想感情、創作個性在作品中的表現，沒有自我的表現就不會有真正感人的藝術。從世界的範圍看，表現個性和自我，則一直是西方文學發展的一個歷史潮流，這一潮流同人類反封建、反專制的進步社會思潮互為表裡，反映了人類走向自由、解放的歷史過程。他們認為，重要的是如何賦予自我以一種比較深厚的社會意義和人生內涵，使之深刻而不是膚淺，豐滿而不是單薄。一些評論家從這些基本觀點出發，又肯定了「個性」、「真誠」、「心靈

---

⑤ 程代熙：〈評《新的美學原則在崛起》——與孫紹振同志商榷〉，《詩刊》一九八一年四月號；《人民日報》一九八一年四月二十九日在選載程文時，對〈新的美學原則在崛起〉一文作了簡介。

⑥ 潔泯：〈讀《新的美學原則在崛起》後〉，《詩刊》一九八一年六月號。

的真實」等原則，如謝冕認為青年詩人的作品中，「個性回到了詩中。我們從各自不同的聲音中，聽到了整整一代人、甚至幾代人對於往昔的感歎，以及對於未來的召喚。他們真誠的、充滿血淚的聲音，使我們感到這是真實的人們真實的歌唱。詩歌已經告別了虛偽。」⑦孫紹振認為舒婷詩中自我形象的典型意義在於「揭示了一代青年從沉迷到覺醒的艱難和曲折」，「提供給我們的正是昨天造成的心靈的陰鬱在今天仍然一時擺脫不了的矛盾，這是一種現實意義相當廣泛的矛盾，她以自己的誠實把這種矛盾揭示得相當深刻」，「用她自己的心靈去反映了那特殊的歷史環境的某些顯著的特點」⑧。在長期否定了「人」的價值、「個性」的意義以後，這些評論家又重新艱難地舉起了人道主義和個性主義的旗幟，強調詩（文學）可以從人的內面世界來寫，這的確不是一般的創作技巧上的問題，而是文學創作的基本原則的突破。它表明，繼新的創作潮流出現以後，理論方面也開始發生深刻的變動，中國文藝界正在全面進入一個新的時期。這一新時期包含了文藝方面的許多複雜甚至相互矛盾的發展趨勢，其中很重要的一個，我認為就是強調「自我表現」的浪漫主義思潮的回歸。這一變化的艱難性，充滿了歧見乃至嚴正的思想鬥爭，則又在顯示我們歷史包袱的格外沉重。

其實，這時浪漫主義文學思潮的回歸，作為巨大的歷史變動在文學方面的一種反映，它並不僅僅存在於新詩潮中，它的範圍至少還包括小說創作。新時期初的「傷痕文學」和一部分「反思文學」揭開了心靈的創傷，宣洩人們壓抑已久的悲傷和憤怒之情，已顯示出文學要衝破僵化的教條、朝著表

⑦ 謝冕：〈失去了平靜以後〉，《詩刊》一九八〇年十二月號。
⑧ 孫紹振：〈恢復新詩根本的藝術傳統〉，《福建文藝》一九八〇年第四期。

現真情的方向發展的跡象，這其中就包含了浪漫主義的因素，即主情性。只是它們總的看仍處在現實主義的故事框架內。但很明顯，這微弱的因素卻在昭示著一個新的浪漫主義小說之潮將要到來。

## 三

新時期浪漫主義小說的中堅力量，是情感型的知青作家，他們有張承志、梁曉聲、史鐵生等。這些人經歷了知識青年上山下鄉運動，在遼闊的內蒙草原，在白山黑水間，在蒼茫的黃土地，奉獻了最美好的青春。當他們回首往昔歲月時，目光中常露出悠遠而凝重的神色。他們的作品最感人的地方，往往不是故事本身，而是從文本中流露出來的一種浪漫的精神氣質。當然，另有一些作家不是正宗的知青出身，如鄧剛，但他們也用自己的色調給新時期的小說塗上了浪漫的一筆。總之，這些作家風格各異，可是其創作都或多或少讓人聯想起浪漫主義的一些重要特點。

首先，是回歸自然。浪漫主義者看中大自然的常常是它的遼闊、靜謐、荒蕪、人跡罕至。在蒼茫的天空下，遼闊的原野上，或者是清涼的林間，小橋流水，一人獨處，自由地諦聽生命的氣息，與自然進行心靈的交流，感受時間的永恆和宇宙的無限，他也許一行熱淚潸然而下，這便是浪漫主義者所喜歡的境界。看得出，在浪漫主義者的心目中，大自然更多地帶有精神家園的性質。這是由於大自然的品性可以依人的意志來塑造：它獲得了人格化的特點，人也從大自然的敞開胸懷裡實現了自由的本質。但這一人格化的過程又是非常私人化的，因為浪漫主義者一般很不願意別人隨便介入他與自然的單純關係，這可以解釋為什麼浪漫主義者筆下的大自然往往是與孤獨、寂寞和寂寞中的主體精神的高揚連系在一起。新時期的一些小說正好表現了與此相似的特點。如鄧剛《迷人的海》，最大限度地簡化人際關係，充分突出了人與自然的聯繫：

山那面的海，叫半鋪炕，那是個平靜的海灣，即使是湧起風浪，也傷不了筋骨的。那裡沒有五龍刺兒的海參，更不用說那神秘的寶物了。老海碰子在那樣的海裡，可以橫衝直撞，如走平地，但是他離開了那裡。多年的經驗告訴他，力氣和收穫是等價交換的。他選擇了這邊的海。

這邊的火石灣，才是真正的海，刀一樣直切下來的陡岸，全是堅硬的火石（因為這種橙黃色的石頭受撞擊就會迸出火花，所以海碰子稱為火石），像一道金燦燦的屏障，貼著這陡岸直拔上去的是高高聳立著的火石山。在這刀削的陡岸中間，有一道豁口，下面有五十步長，五十步寬的小天地，鋪著黃橙橙的鵝卵石。儘管這裡天地狹小，但老海碰子卻很滿足，因為他的用武之地是豁口外的一鋪萬里的大海。他還滿足的是背後那陡削的高山，隔開了那個煙霧縈繞、噪噪營營的世界。豁口兩側的石壁轟轟地響著，迸碎的浪花從兩面齊往豁口處噴灑，透著白光，現出一閃即滅的七彩光環。老碰海子興奮了，這才是男子漢的海，只有他才會享受這種樂趣！就是死在這裡也值得！

海是洶湧的海，人是孤寂的人。就在這冷徹骨髓的海水裡，老海碰子和小海碰子憑一口氣量玩命潛入海底撈魚貨，蠕動著麻木的四肢爬上岸烤火補充熱量。他們遠離人世，投進自然的懷抱，甚至彼此沒有言語，上演了一幕驚心動魄的生命舞蹈。海的轟鳴成了他們生存不可或缺的一部分，彷彿是一首氣勢磅礴的交響樂，使他們感到適意和滿足。

有意味的孤獨本是人的自我意識覺醒的象徵。它使人體味到生命的精微，激發起神奇的想像，人自身的力量借此投射到對象中去，與對象進行情感交流。新時期的一些知青作家正是在回首往事時體味到了這種崇高的孤獨，才一改前輩作家通常把大自然當成單純的背景來描寫，而在作品裡盡情地展示自然的富於人性的一面。換言之，這些作家是把大自然當成自我的象徵來寫的，其中最出色的要數張承志的《北方的河》。在這部優秀的中篇中，張承志把北方的六條河作為主角，既是寫河，又是在寫自己的心史——他從額爾齊斯河學會了寬容，從湟水認識了生活的殘缺美，從黃河找到了父親，從永定河懂得了堅忍的意義，從夢中正在解凍的黑龍江，這蘊藏著北方的秘密的大河，他看到了未來的希望，一個成熟的「我」、自信的「我」正隨著一瀉千里的洪流向前挺進。王蒙讀了這篇小說後發出了這樣的感歎：「媽的，河全被這小子寫完了。」張承志的成功就全在於他把河當作人來寫，從河的品格折射出自我的心境和精神成長的歷程。如黃河，他感覺到這是父親，正在用粗糙而又溫暖的愛悄悄地保護著小兒子：

> 他抬起頭來。黃河正在他的全部視野中急駛而下，滿河映著紅色。黃河燒起來啦，他想。沉入陝北高原側後的夕陽先點燃了一條長雲，紅霞又撒向河谷。整條黃河都變紅啦，它燒起來啦。他想，沒準這是在為我而燃燒。銅紅色的黃河浪頭現在是綫條鮮明的，沉重地捲起來，又捲起來。他覺得眼睛被這一派紅色的火焰灼痛了。他想起了梵‧高的《星夜》，以前他一直對那種畫不屑一顧；而現在他懂了。在梵‧高的眼睛裡，星空像旋轉翻騰的江河；而在他年輕的眼睛裡，黃河像北方大地燃燒的烈火。對岸山西境內的崇山峻嶺也被映紅了，他聽見這神奇的火河正在向他呼喚。我的父親，

他迷醉地望著黃河站立著，你正在向我流露真情。

於是，他命令隨行的姑娘走開，激動地縱身躍入了燃燒的黃河，在「父親」充滿威嚴和愛意的撫摸中橫渡，再次證明了自己青春的激情和力量。

把自然當作人來寫，不僅普通景物成了精神世界的生動象徵，而且還出現了通靈性的牛（史鐵生的《我的遙遠的清平灣》），有感情的馬（張承志的《黑駿馬》），人格化的狼（王鳳麟的《野狼出沒的山谷》）。這些動物被賦予了人的品質，人與動物相互依戀，讀者可以從中看出人的主體力量的擴張和精神世界的趨於豐富。這是人性突破了教條束縛的一個結果，同時也是浪漫主義思潮重新抬頭的一個標誌。

其次，是追求神秘和神奇。浪漫主義者認為，「除了神秘的事物外，再沒有什麼美麗、動人、偉大的東西了。」⑨法國浪漫主義作家夏爾・諾蒂埃直截了當地說：「我喜愛善於從事神秘創造的巧妙想像，它能給我講述世界起源的故事和過去時代的迷信，從而讓我迷失在廢墟和古跡之間。」⑩浪漫主義者的確嚮往神秘的事物，如霍夫曼的《金罐》寫一個大學生內心充滿動人的詩意，走入魔境，與一條美麗善良的綠蛇結婚。他的《侏儒查理斯》，侏儒借助仙女的三根具有魔力的頭髮飛黃

⑨夏多布里昂：〈基督教真諦〉，《歐美古典作家論現實主義和浪漫主義》（二），中國社會科學出版社一九八一年版，第六八頁。
⑩諾蒂埃：〈文學與評論文叢〉，《歐美古典作家論現實主義和浪漫主義》（二），中國社會科學出版社一九八一年版，第六五頁。

騰達，魔髮被拔後淹死在浴桶裡。夏多布里昂的《阿達拉》寫拉美的荒原，印第安人的信仰，人類與上帝的溝通，阿達拉對靈魂的感覺。這些浪漫派的作品都蒙著一層神秘的輕紗。神秘之所以美，其實是因為它的不確定性，蘊含著可以逗人遐想的品質——無限。浪漫主義者總是把「美」放在「真」之上，在浪漫的想像中追求無限的境界。新時期的一些作品同樣表現了這種特性。紮西達娃的《西藏：繫在皮繩扣上的靈魂》，創造的是一個魔幻世界：桑傑達普活佛在彌留之際說的一樁往事，正是我寫成後從來沒給人看過的一篇小說的內容，說的是一個女子跟一個過路的男人出奔，「她根本不想去打聽漢子會把她帶向何處，她只知道她要永遠離開這片毫無生氣的土地了。」漢子要去尋找北方的淨土香巴拉，她就跟著，別無所求。荒原，雪山，峽谷，低矮的小屋，漫無目標的流浪，宗教……紮西達娃描繪了一幅充滿神秘色彩的原始生活圖畫，漢子臨死之前聽到第二十三屆奧林匹克運動會的開幕式上的英語廣播，嚴肅地說：「神開始說話了。」這裡，宗教已經成為一種偉大精神的象徵。小說在神秘的氛圍中表達了人的追求，這種追求是趨向無限的。

不過，中國文化中的神秘主義傳統的根基不像西方那樣深厚，更重要的是新時期的作家經歷了大悲大喜，幾乎都抱著入世的態度，他們要在當下的生存境遇中尋求精神的自由，因此他們沒有從神秘走向虛無，而是走向神奇。《這是一片神奇的土地》（梁曉聲），譜寫了一曲英雄主義的讚歌，一批知青用自己的青春甚至生命在北大荒令人恐怖的「鬼沼」，神秘的「滿蓋荒原」創造了奇蹟。這裡發生過人性扭曲的悲劇，有眼淚和哭泣，但最終青年們贏得了人的尊嚴，懂得了愛的意義和生命的價值。人們看到，當懷孕的小妹為了尋找救命的食物陷入沼澤時，她在被吞沒前的一剎那拼力喊出的是「哥哥！別過來！……」；副指導員李曉燕似乎思想僵化，但她精神世界其實並不蒼白，她得了致命的出血熱，在被救回去的路上永遠閉上了眼睛；「摩爾人」孤身一人留守大澤，在與野狼搏鬥中壯烈犧牲，人們只看到滴在地上的斑斑血跡。這一切都是為了證明一個青春的夢想——要趕在解凍前跨過沼澤，把荒原改造成良田。青春是美麗的，連同她的缺點。在這些倒下去的青年背後，是他們的戰友，一支從遠遠的地平線上浩浩蕩蕩奔湧過來的農墾大軍，還有比這更為神聖的境界嗎？在這樣的境界中，人們能感受到青春的熱血在湧動，人的精神在昇華。這是一種崇高的浪漫主義。

第三，尋找精神家園。浪漫主義者不諳世務，喜好幻想，比一般人更需要精神家園。精神家園可以是大自然，是宗教，是關於未來的一個動人的想像，也可以是對於一段已經逝去的時光的深沉回憶，只要能夠使精神生活變得豐富、心靈有所皈依就行。在西方浪漫派作品中，有一個重要的主題——回到中世紀。回到中世紀對西方人來說，就是認同宗教，同時也是回到夢一樣豐富美麗的「過去」。中國沒有西方那樣的宗教傳統，新時期浪漫主義者所能找到的一個精神家園就是回顧自己走過來的腳印，給過去的歲月注入生動的意義。史鐵生寫他的「清平灣」，孔捷生寫「南方的岸」，實際上就是在回想，而且這些回想都具有「遙遠」的特點。原因很簡單，透過「遙遠」的時空距離回望艱辛的來路，總會產生一種憂傷而美麗的感情，使精神生活變得豐富而且生動。這方面，張承志又具有代表性。他寫知青返城後獨自踐約千里迢迢重回插隊的山鄉，尋找青春的印跡（《老橋》）；寫白音寶力格返回烏珠穆辛草原，尋找與他從小一起長大、卻由於命運的播弄多年沒有音訊的戀人索米婭（《黑駿馬》）；寫「他」重訪草原上象徵著他的青春的小姑娘奧雲娜（《綠夜》），這些都是在回溯已經逝去的感情之流。可是很明顯，尋訪這些失落了的夢又不是令人歡欣鼓舞的。因為歲月不會為了你而止步，他們所找的或者已不再存在，或者已經不再是他們記憶中的模樣。這是一種宿命，就像張承志自己在《北方的河》的題記中說的：「會有一個公正而深刻的認識為我們總結的：那時，我們這一代獨有的奮鬥、思索、烙印和選擇才會顯露其意義。但那時我們也將為自己曾有的幼稚、錯誤和局限而後悔，更會感慨自己無法重新生活。這是一種深刻的悲觀的基礎。」意識到幼稚和錯誤，卻「無法重新生活」；懂得了珍重，可是已經永遠地失去，這是殘酷的。執拗地尋找逝去的夢又是件可怕的事，結果只能是轉向寬恕，進而實現自我心靈的淨化。這是相當典型的浪漫主義者的精神生活方式，它使尋找精神家園的過程充滿了詩意和激情。

第四，超越自我。浪漫主義者的精神追求是沒有終點的，德國浪漫派作家諾瓦利斯在他的長篇小說中通過主人公把所憧憬的目標設定為「藍花」，勃蘭兌斯認為這「藍花象徵著完全的滿足，象徵著充滿整個靈魂的幸福」⑪，就是說，它是一個向著滿足和幸福的永恆的過程。因而浪漫主義者總是在不斷地超越已有的水平，甚至超越自我。西方浪漫主義者是這樣，中國新時期具有浪漫氣質的作家同樣如此。只是中國新時期這些作家在他們成長過程中有自己特定的文化背景和歷史背景。他們從小接受的是理想主義教育，又在廣闊的天地裡「磨煉」了意志。生活嘲弄了他們，也教他們學會了堅忍，懂得如何在逆境中憧憬未來，在遭遇困難的時候對自己說：「麵包會有的，一切都會有的。」這使他們的精神生活時時回顧著過去，但不是因此走向消沉，而是從過去汲取力量，激發起生命的活力，使自己超越平庸。上述《這是一片神奇的土地》、《北方的河》等作品就是不甘於

---

⑪ 勃蘭兌斯：《十九世紀文學主潮•德國浪漫派》，人民文學出版社一九八一年版，第二〇八頁。

平庸的告白，即使其中包含了「回到過去」的主題，那也是為了從感情上作最後一次重溫，替「過去」做個總結，以便通過「過去」這座橋樑更加堅定地走向未來。當然，各人憧憬理想、超越自我的風格是有所不同的。有的表現得楚楚動人，如鐵凝，她的《哦，香雪》寫了一座大山兩條鐵軌的故事：現代文明通過鐵軌傳進了大山深處，勾起了山裡姑娘對山外生活的憧憬。香雪，為了擁有一個會自動合上的鉛筆盒不顧一切地跳上火車，讓火車載著她跑了三十里，再用腿走回來。但這是值得的，因為當她拿著用四十個雞蛋換來的鉛筆盒在月光下沿著鐵軌往回走時，她「忽然感到心裡很滿，風也柔和了許多。」而當她迎面向沿鐵路線找來的夥伴們跑去時，「山谷裡突然爆發了姑娘們歡樂的吶喊。她們叫著香雪的名字，聲音是那樣奔放、熱烈；她們笑著，笑得是那樣不加掩飾、無所顧忌。古老的群山終於被感動得顫慄了，它發出寬亮低沉的回音，和她們共同歡呼著。」很明顯，香雪和她夥伴們的精神世界發生了一次裂變，她們成了新人；作者也借這個故事表達了對於遙遠未來的美好憧憬，達到了新的精神境界。

與鐵凝的細膩風格有所不同，張承志的作品則充滿了陽剛之氣。他的《大阪》，寫一個青年翻越冰山回家的故事：大阪是海拔四千米的冰山上的一道山口，是新疆準噶爾和葉魯番兩大盆地的分界線，歷來有人把它視為生命的禁區，山口上至今還留著不少倒斃者的白骨。可是作品裡的「他」收到五千公里外妻子流產病危的電報，必須在隆冬季節翻越這座冰雪覆蓋的大阪才能回到等待著他的親人身邊。於是，以生命作賭注翻越大阪，成了一次悲壯的男性的證明。這是憑信仰和親情的鼓舞向大自然設置的限度挑戰，更是向自我的勇氣和體能的挑戰。他向極限衝擊，攀登上了大阪：

他從未見過如此雄壯的景觀。

大阪上的那條冰川藍得醉人。那千萬年積成的冰層水平地疊砌著，一層微白，一層淺綠，一層蔚藍。在強烈的紫外線照射下，冰川幻變出神奇的色彩，使這荒涼恐怖的莽蒼大山陡添了一分難測的情感。「大阪——」他失聲地喊起來。他想不到這大阪、這山脈、這自然和世界會用這樣的方式來安慰他。他久久勒馬佇立著，任那強勁的山風粗野地推撞著他。

他登臨大阪，享受到了巨大的喜悅，心裡一片蒼涼，就像作品所發的感慨：「古希臘的藝術家是對的，經過痛苦的美可以找到高尚的心靈。」這的確是張承志的風格。其實無論張承志的抒情主人公叫什麼名字，他表達的都是他自己也被感動了的一種人生姿態：孤獨地思念著過去，遙想著未來，傲視一切艱難險阻，而在成功時節又默默地忍住多少難言的傷痛和巨大的犧牲不說，心中一片蒼涼。於是，他們又開始向新的目標前進（《北方的河》、《晚潮》、《雪路》、《春天》、《頂峰》，還有他的長篇小說《金牧場》等）。在這樣的精神長旅中，作者和他筆下的人物一起不斷地超越自我，走向精神的聖潔和完善。

上述四個方面，可以說總體上反映了新時期浪漫主義小說的精神特徵。這一代作家大都經歷了理想受到嘲弄、心靈遭受創傷的歲月，但回顧這一段歲月的方式卻存在不同。大而言之，現實主義作家側重於寫已經過去的悲歡離合的人生故事，採取的是一種比較客觀的立場，而浪漫主義者的重點在於通過那段歲月的某些側影來表達作者當下的特定心境。這是一種含淚回顧過去、又與它莊重地告別，要朝著未來邁進的強烈衝動，一種內心深處渴望理解、溫情、撫慰、自我完善的真誠呼喚；而所憧憬的未來在他們心目中，又不是確定不移的，它只是一種美好心願的投影，一種浪漫的想像，因而是趨向無限的。換言之，浪漫主義者看重的是追求的過程，不在所追求的目的。過去的苦難能不能得到補償，理想的王國能否真的到來，這些並不重要。重要的是有一份執著的憧憬。憧憬證明了人的高貴、生命的偉大和對生活的摯愛。所有這些精神特徵，是很難用一般現實主義的概念來概括的，它顯然屬於一個獨立的具有內在規定性的創作思潮，這就是浪漫主義思潮。當然，任何文學思潮從它們的最終根源上說都有一個現實生活的基礎，新時期浪漫主義思潮同樣不可能割斷與現實生活的緊密聯繫。

新時期具有浪漫氣質的作家，由於他們創作時充滿激情，其浪漫主義的風格特點其實也在文體上得到了表現。這些作品沒有複雜的人事關係，所展現的生活比較單純，包含的感情卻非常深邃豐富；其描寫多從主觀感受出發，景物塗上了強烈的感情色彩，顯示了動人的生命意識，而不是為了簡單地給人物提供一個活動的背景；敘述呈現跳躍性，常常模糊了主觀視角和客觀視角的界限，勾消了對白和獨白的區別，使之融彙成心靈的坦露；結構多是散文化或者詩化的，即從主觀化的時空出發，把一些感受、聯想、描述、抒情、獨白、對白隨意地雜糅在一起，譜寫成一曲心靈的樂章。這種主觀化的文體，是與作品的浪漫主義的情感內容相稱的，或者說它本身就是浪漫主義精神的體現，因而成為作品的浪漫主義風格的重要組成部分。

# 四

新時期浪漫主義思潮的再次回歸，是以徹底否定極左路線、恢復人的尊嚴和個性獨立為前提的。換言之，它有一個個性主義的人道主義的思想基礎，是個性主義的人道主義的社會思潮在文學方面的反映。只有打破了現代迷信，確立起人應有的尊嚴和地位，承認了個性的獨立，才會出現「新的美學原則」，才會有「崛起的詩群」，才會在小說領域湧現一批浪漫主義的作品。這些文學現象所貫穿的自由精神，也只有到新時期才可能逐漸被人們所接受，雖然它們也都或多或少經歷了一段曲折的道路，受到非議、責難甚至批判。因此，從某種程度上可以說，浪漫主義思潮的回歸又成了新時期個人自由空間不斷擴大的一個生動象徵。正是在人的解放這一根本點上，新時期的浪漫主義思潮溝通了與五四浪漫主義思潮的聯繫，它們前後相隔半個世紀，形成遙相呼應之勢，共同向世人宣告中國人民爭取自由的道路充滿艱難險阻，他們爭取自由的堅定不移的決心，以及前赴後繼、可歌可泣的勇敢精神。

當然，新時期浪漫主義思潮有自己特殊的歷史背景。它不是五四浪漫主義的簡單重複，也不會是三〇年代浪漫主義的翻版，它有自己的特點和獨特命運。具體說來，有三個方面特別值得注意：

第一，它加強了人道主義的內容。五四浪漫主義者高舉個性解放、個人自由的旗幟，所否定的是壓抑人性的整個舊傳統、舊文化，更多地帶有文化反叛的性質，更多的是要求個人的自由。三〇年代的田園浪漫主義者以超然的姿態退居人生邊緣，為個人的心靈自由而甘居寂寞。新時期的浪漫主義者和一些具有浪漫主義氣質的作家、詩人，反叛的則是現實生活中的極左權威。它是現代的個人迷信，意識形態的權力話語，對人具有更為直接的強制性，因而反叛者所爭取的是一個更為具體的目標：爭取做一個人。這使一些浪漫主義作品雖然採取了「我是……」的句式，初看充滿了個性解放的精神，但骨子裡卻有很強的公民意識，代表了「我們」的共同立場；有的作者甚至擺出一副殉道者的姿態，願為人的自由和解放的理想獻身。這就是說，這些作品所包含的個性主義和人道主義的內容，其中的個性主義是從屬於人道主義的，個性解放的要求服從於人的解放的目標，而不像五四浪漫主義和三〇年代田園浪漫主義把個性自由擺在第一位，通過個性的自由來實現人的自由和解放。因此，五四浪漫主義包含著徹底破壞和大膽創造的精神，三〇年代田園浪漫主義顯示了寧靜和諧的美，而新時期的浪漫主義在反叛現代迷信的同時，那些作者卻更多地承諾了對他人的責任、無私地關照同伴，渴望友誼、愛情，希冀寬恕和諒解，表現出英雄主義的精神，大多數作品因而趨向崇高之美。

第二，它增加了沉重感。五四浪漫主義者所面對的舊的觀念對於他們來說，具有明顯的異己性，即不是他們參與構建的，而是由傳統自身的延續性保證其對人們的影響。由於傳統此時已受到了外來文化的強大衝擊正處於風雨飄搖之中，接受了西方思想影響的青年要反叛它，是比較容易的。如果說那時的浪漫青年有苦悶，主要的也是來自黑暗的現實和保守的社會輿論，後者其實是物化了的傳統，並非觀念形態的傳統本身。與傳統觀念的這種疏離，使五四浪漫主義者樂於離經叛道，創作時如天馬行空，神氣飄舉，毫無拘束。三〇年代田園浪漫主義者則因為自覺疏遠政治，保持了個人心靈的自由，所以寫起來也能做到心寧氣靜，筆調優美。然而新時期具有浪漫氣質的作家所面對的情況有點不同。他們所反對的教條主義和現代迷信曾是他們自己深信不疑甚至親身參與制造的，要把這些東西從自己身上剝離，就顯得格外的痛苦和沉重，甚至會感覺受到了嘲弄，產生荒誕感。不少作品既想否定過去的歷史，但是又留戀那段艱難歲月裡青春的記憶、純潔的友誼和美好的愛情。這種矛盾的情感就來源於歷史造成的作者自身的矛盾，也即由於記憶的永恆和時間的不可逆轉，他們產生了這一輩子無法重新開始的沉重遺恨。所以這不是天馬行空的浪漫主義，也不是怡然自得的浪漫主義，而是承擔著歷史的重負、包含著對過去的歲月既覺得是痛苦又能從痛苦中體味到幸福的這種銘心刻骨的浪漫主義。

第三，它是回歸同時又是泛化，並且最終整體性地彙入了現代主義浪潮。五四浪漫主義受時代的推動「異軍突起」，輝煌數年後走向分化，其中蛻化出三〇年代的田園浪漫主義。後者由於時代的變遷又逐漸消亡，代之而起的是四〇年代浪漫主義的回歸。新時期浪漫主義的回歸，則是與泛化的過程相互交融的。這包含三層意思。首先，新時期浪漫主義作為一種思潮湧起可以看得十分清楚，但它所依託的作者的情況卻比較複雜。不少作家和詩人感應時代的重大變化，創作了一些浪漫主義特點非常鮮明的作品，由此推動了象徵自由的浪漫主義思潮的回歸，但他們同時、或者隨後也創作了一些不屬於浪漫主義範疇的作品。真正能在相當長時期裡保持浪漫主義風格的作家並不多見。所以這時的浪漫主義思潮只能從複雜的文學現象中看出它的整一性，甚至從相互矛盾的文學傾向中分辨出它作為呼應了歷史的內在要求的一種文學思潮的統一性。道理很簡單，雖然某一個作家或詩人的風格不那麼單純，可是在一個特定的時期裡，有許多作家和詩人不約而同地寫出了藝術傾向相近的作品，這些傾向又具有明顯的浪漫主義的特點，這就不會是偶然的巧合，而是包含了歷史必然性的一種文學現象，從文學思潮的角度看，它就是浪漫主義的再度回歸。其次，這時的浪漫主義作品比二、三〇年代的浪漫主義之作更多地融合了現代主義的成分。無論是新詩潮，或者關於「新的美學原則」的爭論，還是浪漫主義小說，往往同時也可以引起關於現代主義的話題。這一方面說明浪漫主義與現代主義存在親緣關係，常常可以互相滲透，另一方面也表明這時具有浪漫氣質的作家和詩人，他們的人格還沒定型，創作風格也不成熟，「浪漫」並沒有真正深入到他們的骨髓。換言之，他們基本上是因為經歷了一番磨難，又趕上了一個新時代，可以聽從內心激情的驅使，用主觀化的方式來抒發自己對人生的強烈感受，而不像五四時代和三〇年代的浪漫主義者那樣，「浪漫」真正成了其生命的存在方式。由於缺乏內在的定性，這些青年作家和詩人具有很強的可塑性。面對洶湧而來的現代西方和拉美文學思潮，他們就抵不住誘惑急切地迎上前去，可以說幾乎有點手忙腳亂地先後拿來不斷嘗試，於是在浪漫主義的底色中塗抹上了不少現代主義的筆觸。事實上，這種情況持續了相當長的時期，因此他們的風格是處在不斷變化中的。再次，浪漫主義思潮所承載的現代主義成分越來越多，它逐漸向現代主義轉化，最終就整體性地融入了現代主義的浪潮。現代浪漫主義本是人類所確立的自由原則深入到情感領域時的產物，它的最根本的特點是表達「內心的要求」。但是向內心深入也是一個無限的過程。當從情感領域再進一步向內深入到難以把捉的潛意識領域，這時表達「內心的要求」就具有了現代主義的性質。因為這時原本處在浪漫主義層面上的自由原則開始有了很不相同的意義，自由已不再是解放意義上的自由，而是成了對人存在本身的追問，對存在的意義的思考，它事實上已被賦予了現代主義哲學關於存在的命題。由於這一原因，浪漫主義思潮是很容易相容現代主義成分的，而且存在著向現代主義轉化的可能性。新時期浪漫主義思潮的特殊性在於，它面臨著西方現代主義文學思潮和拉美魔幻現實主義的強大衝擊，而它的作家隊伍大多是經歷過十年浩劫的青年，本來已從善惡顛倒、是非混淆的生活感受中領悟到了荒誕感。他們的感性經驗與外來的理性啟發一碰撞，就激發出了現代主義的火花。隨著兩者相互共鳴的加強，文學作品中的現代主義成分也就越來越多。一旦超越某一臨界點，作為一個思潮，浪漫主義就不可避免地劃上了句號。

現代浪漫主義思潮從西方發源，在西方興盛半個多世紀，後來就被各種各樣的現代主義思潮所取代，從根源上說，是由於它內在的性質決定了它很容易向現代主義轉化。而一旦轉向現代主義，由於受到現代生活方式的制約和現代主義哲學思潮的影響，對於文學思潮來說，歷史就很難逆轉過來，再重新返回到浪漫主義的階段。中國現代浪漫主義思潮的命運稍有不同。它曲折地延續了將近一個世紀，到二十世紀末才按照浪漫主義思潮演變的一般規律整體性地滙入現代主義的浪潮，其根本原因就在於中國人民爭取自由解放的鬥爭是一個曲折漫長的過程。爭取自由的過程的漫長，決定了與個人的自由問題密切相關的浪漫主義思潮延續時間之長——因為受壓抑的情感到頭來終究要發洩，與情感的自由表達聯繫在一起的浪漫主義思潮也就必然有它重新抬頭的機會；爭取自由的過程的曲折，則又決定了包含自由精神的浪漫主義思潮要不斷地改頭換面，蛻變出新的形態，以適應新的環境。但是到二十世紀末，中國人民爭取自由的鬥爭已經走完了一個相對完整的過程。這時人的價值和地位得以確認，情感表達的自由有了保證，與現代浪漫主義思潮相聯繫的關於自由的目標已經大體實現，換言之，「自由」完成了它的浪漫主義階段。但是顯而易見，「自由」又是一個無限的過程。從思想自由、情感自由，到回頭追問自由本身的意義，相應地制約著文學從啟蒙主義、浪漫主義到現代主義的發展。八〇年代中期在個人情感自由獲得基本保證後，人們關於自由的提問方式也便發生了變化——自由究竟有沒有可能以及怎樣可能，即「自由」的現代主義一面的意義被凸現出來了，並逐漸為人們所關注。於是，與情感宣洩相聯繫的浪漫主義方法雖然還會被一些作家採用，但作為一個思潮的浪漫主義，已經完成了它的歷史使命，起而代之的會是新的文學思潮。新世紀的文學因此會呈現一種新的格局。

總之，新時期的浪漫主義思潮在回歸的同時開始了泛化的進程。它像一顆閃亮的流星劃過美麗的夜空，給人們留下了深刻的印象，然後便消失在新的文學潮流中了。

## 第二節　苦難中的理想主義者張承志

在新時期浪漫主義思潮中，最具有浪漫氣質、作品的浪漫主義特點最為鮮明的是張承志。張承志從草原和黃土地生活中汲取激情，對青春歲月保留著銘心刻骨的記憶，永不疲倦地尋找著精神家園，不斷地超越自我，走向無限的理想主義。他的作品，無論是內容還是表達形式，都相當典型地體現了浪漫主義的特點。可以說，他是新時期浪漫主義思潮的中堅。但是，人們通常忽視了他的浪漫主義風格與他的苦難觀、宗教情緒、宗教信仰有著密切的關係。其實，忍受苦難，永不疲倦地尋找精神家園，超越自我等等，都貫注了宗教的精神。是宗教情緒和宗教信仰，作為一種非常重要的精神力量引導著張承志在文學方面走向浪漫主義。他在創作上的成就和某種局限，都是與此密切相關的。

文學與宗教，作為人類精神生活的兩種方式，自古有緣。宗教是「人民的鴉片」，但又「是被壓迫生靈的歎息，是無情世界的感情」，「宗教裡的苦難即是現實苦難的表現，又是對這種現實苦難的抗議。」⑫宗教的複雜性在於，它一方面勸人順從，起到了消磨人民鬥志的作用，另方面又彷佛給人以信仰，使卑微者自信，絕望者看到了生機；一方面造成十字軍東征、伊斯蘭聖戰等流血衝突，另方面又包容了人道和博愛精神。其實，宗教是人創造的，或善或惡，歸根到底取決於人的善惡感應。在科學的有力挑戰面前，宗教不斷地讓出了自己的地盤，但它沒有消亡，還在以奇妙的方式影響著人類生活的各個方面，一個重要原因就在於它包容了愛的精神，能在人類經驗之外安排一個可以依人自身的願望而定的崇拜對象，給你一種寄託，來彌補現實生活的缺憾和知識有限所造成的困惑。我想，正是在這一基本點上，它與文學殊途同歸，有著撫慰人類心靈、豐富精神生活的作用。文學史上不難找到受益於宗教的成功作品，這種情形至今依然，一個恰當的例子就是張承志。張承志是新時期第一個公開宣布皈依宗教的作家。他投入西北黃土地，寫出了不少回族題材的作品和《心靈史》，其受宗教感情的浸潤是一個明顯的事實。但實際上，他陶醉於宗教激情的歷史與他文學創作的歷史幾乎一樣地長久。

⑫ 馬克思：《黑格爾法哲學批判・導言》，《馬克思恩格斯選集》第一卷，第二頁。

張承志的創作起步於草原題材。他筆下的草原常脾氣暴躁、喜怒無定，牧人們在貧窮、「鐵災」中生老病死，默然無聲。這些初看很難與美麗、浪漫的遐想聯繫起來。但令人感動的是，張承志嘔出心來向這片草地獻上了一曲曲深情的頌歌。烏珠穆沁在他彷彿一座聖殿，一念及連靈魂也會顫抖。他甚至恨不得將草原移入北京：在人聲鼎沸的夏日北京大街上走著，「漸漸地眼睛朦朧了，視野中幻出了一片綠一片藍」（《北京草原》）。張承志對草原的夢牽魂縈，典型地體現了他獨特的精神氣質。

人們發現，他對苦難有一種崇高的認同感。白音寶力格重返草原，尋找從小生死相依的老奶奶和索米婭。可老奶奶死了，索米婭含淚跨過伯勒根河遠嫁他鄉。「伯勒根，伯勒根，姑娘涉過河水，不見故鄉親人。」到他找到她時，「那熟悉的綽約的身影喲，卻不是她」。索米婭為了給苦命的女兒其其格一種安慰，編了一個故事：她爸爸此刻正騎著一匹舉世無雙的黑馬在闖蕩世界，「會有一天，他突然騎著黑駿馬來到這裡，來看我們。」但他真的來看她們，實際上卻不是她的爸爸。（《黑駿馬》）張承志的草原小說大多充滿這種感傷而悲壯的情緒，關鍵就是當人們懂得了珍惜的時候，美好的東西已經永遠消逝，包括故鄉、友誼、愛情，也包括自己的過去，讓人抱恨終生。面對這人世間的殘忍，張承志的獨特之處在於追尋著苦難，渴望找到幸福的記憶，給自己一個悲壯的安慰。這樣的幸福觀包含著宿命地想踩到自己的頭影上那種痛苦而絕望的衝動，也包含著寬恕、巨大的自我犧牲、無私地關懷他人和愛而不求回報，是充滿宗教感的。

宗教要人忍受苦難，但人們往往忽視它同時教人們經由苦難之途達到精神聖潔的境界。在苦難中沉淪的只是凡夫俗子，而勇士和聖者懷著堅定的信仰，走上艱險的長旅。宗教的順從哲學，原是包含著不屈不撓的人生態度的。張承志對待苦難和遺恨的態度就體現了宗教的這種積極意義。他的創作是在回味艱難的歲月，想給世人一個證明：你瞧，我挺過來啦！沒有灰溜溜哭啼啼的，「好像插幾年隊就是挨人下油鍋似的。」⑬在明媚的春光中，他寫下了《春天》，一個悲壯的故事：喬馬為保住被暴風雪裹挾著南去的馬群，千里奔截，最後朦朧地懷想著姑娘粉紅色的身影，在天地一派寧靜中凍死在春的雪原上。他彷彿以此想說，「朋友，你懂得春天的代價嗎？」這種以艱難歲月的回憶為背景的對於春天的靜觀，這種包含著激情的歷史滄桑感和由忍受達到自我淨化的心理過程，體現了一種化苦為樂的宗教化的人生觀。這裡沒有私慾，只有崇高的精神在燃燒。因而張承志的作品與同一時期的傷痕文學完全不同。傷痕文學只展現歷史的創傷，傾訴人生的失落和哀痛，他卻要在磨難中顯示人的剛毅，昂著高傲的頭，喚起人們重新思考人生的意義和價值。他要告訴人們，只知春天的美麗，太嫩了點；而在春光裡默記著隆冬的寒意，「又不被它殺了元氣；用一種開朗的、進取的、散漫的態度看人看社會」⑭，才算得上好漢。

不過，苦難之值得回味，歸根到底是因為它包含了善的內容，這是化苦為樂的根本前提。換

⑬ 張承志：〈《黑駿馬》寫作之外〉，《中篇小說選刊》一九八三年第三期。
⑭ 張承志：〈《黑駿馬》寫作之外〉，《中篇小說選刊》一九八三年第三期。

言之，張承志在那段歲月裡畢竟是幸運的。當鐵木爾身陷絕境時，白毛風的呼嘯中傳來了使人突然感到有了依靠的聲音，六十歲的額吉以凍癱的代價拯救了他的生命（《騎手為什麼歌頌母親》）。張承志感受到的就是這種不是母子勝似母子的親情；永遠失去而又銘心刻骨的戀情（《黑駿馬》、《青草》）；身陷冤獄、冒死相助看守而自己最後懸樑自盡這種悲壯的友情（《刻在心上的名字》）；即使小其其格一聲憂鬱的「巴帕」，不也意味著她苦難的童年裡對「父親」有一份玫瑰色的奢望嗎？（《黑駿馬》）苦難使人心與人心接近，一聲問候、一把扶持足以使人感到溫暖並終生難忘，何況逆境中捨己救人的壯舉和孩子心底的好夢。張承志以其底層生活的經歷理解這份人間真情的神聖價值，因而他寫道：「命運——這個詞被人掛在嘴上並沾汙得那麼可悲——把我那麼深地送進了廣闊的草原和樸實的牧人之間，使我得到了兩種無價之寶：自由而酷烈的環境與『人民』的養育。我慶倖自己在關鍵的青春期得到了這兩樣東西，我一點也不感到什麼『耽誤』，半點也不覺得後悔。」⑮但這種帶有宗教感的苦難觀，也註定了張承志要把回想當作精神生活的主要方式，就像他在作品裡經常寫到的那個踽踽獨行的騎手：在遼闊的草原上，細細地回首往事，思念親人，咀嚼人生的艱辛，淡漠地忍受著缺憾和內心的創痛，他一言不發地緩緩向前。對騎手，對張承志，這種以孤獨對抗孤獨的方式都是自己對自己的一個證明，一種挺有味的境界，從而表現出既感到痛苦，同時又覺得是歡樂的信仰者的心理特徵。在新時期作家中，賦予苦難以神聖的意義，寫得如此富有激情，張承志首屈一指。但是對苦難的陶醉並非精神生活的終點。心底充盈的感動會使人茫

⑮ 張承志：《綠風土》，作家出版社一九九二年版，第一〇六頁。

然，紛繁的激情需要一個凝聚點和生動的象徵，才能無限地趨向崇高，於是產生了偶像崇拜。張承志也沿著這條古老的心路，在額吉和索米婭身上添上了神聖的光環。

從現實生活這一面看，額吉和索米婭顯然是平凡的女性。額吉給鐵木爾指點迷津的那種平靜莊嚴的語調和她忍命態度雖多少能讓人聯想起先知的預言，但這並不是她具有神性的根源。她們的神性主要是在張承志的感受中，她們充當了精神救助者的角色。當額吉衝進暴風雪搶救鐵木爾的時候，眉宇間那種堅毅的神情，「只有在搶救孩子的慈母臉上才能找到」；當索米婭重逢白音寶力格時，她強忍住失去愛情的傷痛，要「哥哥」將來有了孩子送來讓她養：「我養成個人再還給你！」背負著人間苦難，忍受了命運捉弄卻保持著精神的聖潔，為別人的幸福心甘情願地走向恐怖的地獄，這種超世俗的精神之愛，使她們超越了平凡，成了至善的化身。在這樣的形象面前，世人會感到自己的脆弱、渺小甚至有罪，因而渴望寬恕和靈魂的救助，並願意立下永不負情的莊重誓約，就像白音寶力格猛地滾下馬鞍，撲進青青的草地，親吻那片苦澀的留下了他和索米婭斑斑足跡和熾熱愛情的草原，作為他告別青春的祭禮。張承志充滿激情的描寫使人們相信，這種心願是不會落空的，人們會得到神聖的愛的光照，讓心底成為一面反映宇宙的鏡子，於是感激之情油然而生，精神獲得了新生。

通常，到宗教裡尋求慰藉總是由於現實中的孤苦無援。宗教給人一個遙遠的天國，使人間的苦難有了一個崇高的目的而變得可以忍受，這典型地反映了人生失意者的浪漫想像。那末，張承志為了尋找想像中的淨土無休無止地提起旅行袋，最後無奈地把救助的希望託付給心中的偶像，他究竟遭受了多大的磨難？如果我們理解了張承志和他的時代，我敢斷定，他的痛苦是因為丟失了人人只能擁有一次的青春。他的草原小說幾乎就是惡夢醒來後他對永遠逝去的青春的莊嚴祭奠。《綠夜》

的意蘊是非常動人的：一個知青八年後重返烏珠穆沁草原來尋他記憶中的小天使奧雲娜，可奧雲娜，他的小詩，他乾旱心田中的綠洲，已經不是他渴望見到的梳羊角辮的小姑娘了！然而夢終究沒有徹底幻滅：一個雨夜，奧雲娜舉著手電筒，為茫茫草原上獨行的他指示著回「家」的方向，手電筒成了那極遠極遠的綠夜裡亮起的一顆星星，成了他的青春年華的永恆象徵，也寄託了張承志想留住青春的無望的夙願。

張承志支邊到草原。當神聖的使命被證明是歷史的誤會後，誰也逃脫不了精神大廈的傾斜。而此時，知青與都市也有了隔膜，他們回城後，成了自己故土的外鄉人。於是有人用物質追求來填補精神的空虛，哀歎命運的不公；但也有人把精神的自由看得高於一切，自尊地守住心中的防線，把思緒投向昨天。昨天雖然艱辛屈辱，但也有憧憬、對愛情的激動的想像和真正養活自己的勞動中留下的深深腳印。他們把青春奉獻給草原，草原也就成了他們的精神家園。這樣的人孤傲，永遠企盼著給自己的內心一個證明，精神上具有潛在的宗教素質。張承志無疑屬於這一類，他明白自己尋找的已不復存在，他只能借創作重溫青春時代的一切，包含痛苦和遺恨，然後神色凝重地踏上新的長旅。對青春的追悼是感傷而悲愴的，但能在黎明時刻回味著漫漫長夜的寒意，然後自信剛嚴地朝東方燃燒的彩霞走去，那是一種崇高的境界。張承志小說的激動人心的力量主要就源自這種霜風鐵災、精神永遠不垮的內在氣質。

不過這時張承志的宗教感情是基於個人直接經驗自然地形成的，其特點是認同苦難和偶像式崇拜，而沒有一個明確的宗教信仰，而且他的偶像也非原始初民眼中令人敬畏的圖騰，說穿了，只是他需要一種比自己強大的精神力量作為依靠的願望的投射。這種自發的宗教感情非常接近於羅素所說的現代宗教觀，「現在，人們常把那種探究人類命運問題，渴望減輕人類苦難，並且懇切希望將來會實現人類最美好前景的人，說成具有宗教觀點，儘管他也許不接受傳統的基督教」，這樣的宗教主要地跟「那些感受到它的重要性的人們的私生活聯繫在一起」⑯，這實質上已是一種堅忍的有追求的人生態度。它與科學無關，而只在倫理領域為那些不甘平庸的人確立一個輝煌理想，鼓舞他們九死不悔地去追求人類的美好前景。但從正統神學的觀點看，這種依存於個人願望的泛神論思想是對上帝的嚴重褻瀆。因為上帝或真主都是絕對的存在，如讓他們居住在人間，那麼人間的醜惡他們也得分擔責任，其完美的神性就無法得到保證。如果他們取決於人的心願，其至高無上的權威又怎能體現？張承志此時還未涉及這些嚴重的問題，就是他的宗教情緒還處在自發階段的最為有力的證明。

由於這一原因，張承志此時的作品所包含的宗教感情是朦朧、複雜而豐富的，混合了不同文化的因素，有佛教的，基督教的，還有儒家的倫理觀和人生觀。例如，他反覆寫過的「額吉——母親」形象所體現的博愛精神和宿命地對待人生苦難的態度，很接近佛教和基督教的觀點。蒙古草原的原始信仰是薩滿神，至西元十三世紀，忽必烈隨薩迦派新教主巴思八受戒，草原人民逐漸接受了佛教文化，因而額吉的宿命觀念是很自然的。與此稍有不同，那種熱愛生命、保護弱者、寬恕仇敵，反對白音寶力格為索米婭受辱而決意復仇的基督教博愛思想，既有草原人民需要繁衍生命以應付嚴酷的自然環境的現實基礎，也體現了張承志自己非常矛盾的痛苦而浪漫的想像。二十年後他承認，「在草原插隊時，我有生初次感到過人之間存在地位的差距」，「我記得在家庭、金錢、血

⑯羅素：《宗教與科學》，商務印書館一九八二年版，第六頁。

緣方面的弱者曾多麼低賤」。⑰又說，《黑駿馬》所寫的「與永遠在我眼前栩栩如生的蒙古真實之間，存在一種巨大的不同」。⑱他的改口，有心境改變的因素，但也暗示了對慈祥的額吉他做了手腳，把她樸素的母愛朝基督教的博愛方面發揮了，以表達他對人間不平的無聲抗議。這樣的推論是有根據的，因為張承志受過基督教文化的影響在散文《禁錮的火焰色》、長篇小說《金牧場》中有充分的表現。《金牧場》屬於他過渡時期的作品，無論題材、情調、思想，都兼有前後期的特點，其中關於梵‧高的名作《向日葵》，他寫了一段激動人心的題記，那是被砍了頭的向日葵，翹起的斷口沖著你的眼睛，苦從傷口和鮮紅中向你流淌，愛仍在明豔的火苗裡閃跳。張承志讀透了凡‧高：充滿反叛精神的梵‧高，在割下自己的耳朵、體驗了「死」以後，對生命、對太陽、對人類愛得更強烈。但凡‧高的愛是屬於基督教文化的，在基督教的觀念中，向日葵是「愛」的固定象徵，是對天國永恆的憧憬。張承志稱自己就是一幅梵‧高的作品⑲，顯然他以凡‧高的方式理解了向日葵的要義，把大苦和大愛調和起來作為安身立命的根本，就像梵‧高的名言「厄運助成功一臂之力」⑳幾乎說到了他心坎裡一樣。必須指出的是，這種愛和忍受的觀念與他後來在《心靈史》等作品裡所表達的伊斯蘭哲合忍耶派反抗復仇的精神存在著重大的不同。不僅如此，他草原小說中的女性貞操觀也不合伊斯蘭傳統。伊斯蘭文化允許一夫多妻，又嚴禁男女淫亂。索米婭受辱後，額吉的

⑰ 張承志：《清潔的精神》，安徽文藝出版社一九九四年版，第一五六頁。
⑱ 張承志：《清潔的精神》，安徽文藝出版社一九九四年版，第二一五頁。
⑲ 張承志：《北方的河‧後記》，北京十月出版社一九八七年出版，第三一六頁。
⑳ 《梵高自傳——梵高書信選》（〔美〕歐文‧斯通編），湖南文藝出版社一九九一年六月版，封面「題記」。

「知道索米婭能生養，也是件讓人放心的事呀」，表達的是牧人崇拜生命的原始觀念，而白音寶力格對此難以容忍，那種專一的傾向無疑更接近儒家的倫理觀點。至於作品字裡行間跳蕩著的刻意進取的人生態度，明顯地與儒家文化一脈相承。多種文化因素的融會貫通構成了一種優勢，使這些小說雖然筆法有時嫩了點，但清新、滋潤，生機勃勃，洋溢著崇高的美感。

當然張承志的精神長旅沒有止境。「你讓額爾齊斯河為我開道，你讓黃河托浮著我，你讓黑龍江把我送向那遼闊的入海口」（《北方的河》）。那夢中的黑龍江正在解凍，氣勢磅礴，驚心動魄地湧向無際的大海，這象徵著張承志的終極理想，就像《金牧場》裡牧人以生命作賭注追求的家鄉，那記憶裡的黃金牧地一樣可望而不可及。與此相應，他創作之初就喜愛神秘的體驗，對細節有特殊的敏感，能從草木河山中讀出激動人心的意義。那些寫景文字不是背景，而是作品的血脈，其豐富的人文含義和強烈的暗示特性，彷彿宗教典籍裡的奇蹟描寫。這些或許就是他伊斯蘭「血質」的徵兆，而其趨勢將是導向嚴格意義上的宗教信仰。因為人類生活總是具體的，有其最終的限度，而神是一個抽象的存在，唯有對神的崇拜才容得下張承志沒有終點的精神追求和全部輝煌的激情

## 二

張承志最終皈依了真主。但在這條路上，他留下了一連串鮮明的腳印。第一步是《北方的河》。這部中篇出現了一個新的重要的因素，即渴望找到「父親」。「今天你給自己找到了父親──這就是他，黃河。」（《北方的河》）父愛威嚴、粗獷、強悍。父親關照孩子，其意是賜給孩

子血性和剛烈，讓他從身邊走開，去獨立地闖蕩世界。因而當作品裡那個不安分的傢伙縱身撲向被晚霞燒得通紅、充滿神秘蠻力的「父親」，一個陽性的偶像——黃河時，也昭示著張承志完成了一次精神飛躍：他不再留戀慈母的愛撫，而是渴望得到嚴父的指點；不再感傷地回首往事，奢求寬恕，而是挑戰似的尋求能證明自己能力的刺激，他終於擺脫了知青生活的陰影，變得粗獷、沉著。這種心理上的成熟，是他放棄「拜草原教」的標誌，也是他尋找新的宗教的必不可少的前提。

第二步，約在八〇年代中期，他投入西北黃土地和茫茫戈壁，寫下了《黃泥小屋》、《三叉戈壁》、《九座宮殿》、《終旅》、《殘夜》等小說和一批散文。這些作品的格調迥然有別於前期。眼前沒有綠色，全是焦乾焦乾的黃土和被毒陽照得白晃晃的鐵色礫石。與此相比，草原的暴風雪也有了一份浪漫的詩意。在這樣的險境中，人們憑著「一股心勁」活著，回族同胞為了維護自己的民族尊嚴，舉行了一次次悲壯的起義。在《終旅》中，張承志把這叫做「一口氣」，為了這口氣，他們「『哇——』地怒吼著揮起斧頭，走上了捨命保教的路」。在《黃泥小屋》中，這被稱為「軟肉」，為了「護住自己心裡那塊怕人糟辱的地方」，蘇尕三「舉起鐮刀，朝那狗官勃頸上割了一下，家就毀啦」。張承志用粗硬觸目的線條近乎冷峻地展現了人心中堅忍的一面，人的超越死亡追求人道、正義和自由的英雄氣慨。但局限也開始顯露了。因為他對這塊土地上人事的瞭解畢竟是一種「尋訪」，熟悉生活的程度遠不能跟他從草原生活中得到的體驗相比。他憑著血緣的神秘產生了洶湧如潮的感受，可一時又抓不住大量扎實生動的細節。於是他改用一種更主觀化的寫法，憑著體驗一味地往人物內心深處發掘，又不時地求助於西洋技巧，用時空顛倒、意識流等等掩飾缺乏外部細節的窘態。結果一些作品相當艱澀，情緒紛繁，感受重疊，明顯地不如他草原小說寫得酣暢淋漓。但從張承志創作發展的角度看，情形又有所不同。那種沉重壓抑的調子既與黃土戈壁的題材特徵相關，又與他此時因耳聞目睹同胞的歷史境遇而變得粗糙了的心境吻合，而更重要的在於，它們是張承志尋找新的精神家園的一道關口，是他通向伊斯蘭信仰的一座里程碑。

如果說，早年的《湟水無聲地流》表現了逃荒的回族農民世俗生活的一面，留給張承志的是那種久久難以釋然的眼神，如果說稍後的散文《心火》，他對外祖母顫抖著呼喚著「主啊——」感到痛苦然而難以贊同到似乎懂得了它的意義，但仍舊是若有若無的、不絕如縷的柔柔火苗，那麼不難看到，張承志隨著這批黃土地小說才真正強烈地感受到真主是最高的最真實的存在。他也徹底理解了伊斯蘭風俗的奧秘，並對清真寺等信仰的象徵產生了神聖的感應。《黃泥小屋》裡可愛的賊娃子被人舉著豬骨頭攆著時那比死還難受的痛苦和《殘夜》裡楊三老漢在清真寺上空看到的輝煌夜色，都有一個明確的伊斯蘭信仰基礎。

與此同時，張承志改變了對自然的態度。《頂峰》——一向無所畏懼的鐵木爾，突然面對意為「天王」的汗騰格裡峰時，「他覺得那聳入天空的雄大冰峰正朝他逼近過來，把他凍成一個渺小的雪粒」，「他覺得自己的身體裡面有什麼東西被凍得折斷了」。凍折的顯然是人的精神，取而代之的是對神的敬畏。張承志一改草原小說的浪漫寫法，破天荒地賦予自然以神力，在心中為信仰留出了地盤。

不過這時他的創作總體上還是面向世俗的。信仰在字裡行間跳躍，卻又表現了豐富的社會歷史內容。如揭露滿清王朝民族歧視政策的血腥罪行，體現的是階級的立場。蘇尕三在反抗了東家的迫害後，與那個窮苦的漢族女子相攜著去尋找遮風避雨的黃泥小屋，反映了回漢底層人民的處境和他們樸素的階級意識。宗教信仰、民族感情、階級觀念和人在自然中求生存的人類意志統一在作品中，很大程度上補救了它們在藝術上比較艱澀的欠缺。

奇妙的是，張承志七〇年代就作為工農兵大學生涉足天山南北從事考古和方言調查，他為何跳過草原小說到現在才找到通向真主之路？答案也簡單：時代使然。七〇年代人們不可能心鶩八極，視通萬里，而到八〇年代中期，人們在擺脫極左思想束縛後，信仰反成了問題，迫切需要重新確定自己在生活中的位置、人生的目的和生活的意義，以獲得新的精神支柱，文化界於是掀起了一陣尋根的熱潮。有人向古代發掘傳統文化的意蘊，也有人向大自然索取原始的生命力，而作家所用的文學方法大多是借鑒西方的表現主義、象徵主義、超現實主義、「黑色幽默」等等，因而文壇上流行起注重直覺、潛意識，崇尚荒誕變形的非理性主義思潮，這有意無意地成了對從前教條化的歷史決定論的一種反動。而對於出身回族的張承志來說，尋根就是追溯自己的血源，「尋找這表達和訴說的形式」㉑。這時，非理性主義思潮以其固有的特點，為他實現從理性轉向非理性的宗教信仰並最後找到自己的根在貧瘠裸旱的大西北提供了有力的工具。反過來，他又以一個「孤獨的前衛」所具有的先鋒性昭示著八〇年代末諸如易經熱、特異功能熱、宗教信仰熱等非理性主義思潮的進一步氾濫，這一切最終反映在哲學領域裡，形成了一個貶低人的力量、限定知識的界限、否定客體實在性，企圖借由生命本能的、不可言喻的原始衝動實現與宇宙精神對話的懷疑主義的浪潮。

㉑ 張承志：《綠風土》，作家出版社一九九二年版，第二四三頁。

但任何外部因素的影響都要通過主體內部的特點起作用。張承志精神變化的根源還在他自身，因而其過程也獨樹一幟。一般說來，文化修養較高的知識分子接近宗教，多是看中它的比較理性化的神學思想，意在探究人生真諦，或為避世而追求精神昇華。但張承志的轉向伊斯蘭信仰全憑以民族血緣為基礎的感情激發。他在《心靈史・代前言》中寫道：數百萬回民從異域進入中國定居，面臨著一個艱難的選擇——要麼繼失去母語之後，失去信仰和宗教，被強大的中原文化淹沒；要麼採取一種抵制的態度，永遠地充當流落他鄉的異鄉人角色，永遠地處於心靈的漂泊之中。而回族同胞義無反顧地選擇了為信仰而抗爭。「千里血流，往往換不來他們的一言半句」，這種置之死地而後生的偉力和剛烈的殉道精神契合張承志緣自草原又經「北方的河」薰陶的男子漢氣概：他被深深地打動了，並從感動到認同，更深地突入了同胞的心靈，於是通向信仰的鐵門隆隆地開啟，他獲得了神喻。「人與神的傾訴秘授確實有過，那種體驗已經能串起我的人生」，他說。《金牧場》就記下了這樣的時刻：「他」跪在痛哭流涕的楊阿訇身邊，面對青磚拱北，憤怒得渾身發抖。如此強烈的宗教激情表明，張承志的皈依伊斯蘭信仰是受了中國伊斯蘭教徒的歷史遭遇的刺激，經由民族認同而導致自己身上潛在的伊斯蘭「血質」的復甦，嚴格地說，他是「回家」而非皈依。由於這一切在剎那間完成，使張承志不可能理性地致力於神學研究，他渴望的是伊斯蘭精神生活的實踐。所以當他在哲合忍耶七代宗師身上看到了這一實踐的范式時，就幾乎難以自持地想「投入一個偉大的懷抱」，去完成一樁神聖的使命——執筆《心靈史》。[22]

[22] 張承志：《清潔的精神》，安徽文藝出版社一九九四年版，第一二六頁。

但當這「關鍵」時刻，他又覺得還有「餘債應當清理」，㉓如同一個人採取性命攸關的行動前需要片刻的冷靜，這就有了他的第三個腳印：詩體小說《黑山羊謠》、《錯開的花》等。黑山羊是個神秘的象徵，《錯開的花》則是他用隱喻的手法對自己從草原開始到感悟真主的心路的回顧。這些作品，連他自己也承認，「那怕是極其親密的朋友也可能讀時感到艱澀和陌生」，因為「全部體驗都過於私人和神秘，全部體驗都過於沉重地負載著巨大的意義和命題」。㉔而我以為，它們的真正價值乃是張承志為了完全進入宗教精神狀態，最終寫好《心靈史》所作的一次心智和思維方式的演練，帶有蘇菲派神秘主義道乘修持的性質。蘇菲主義強調通過冥想、主觀直覺和內心體驗達到內外渾然的境界，最後與真主合一，反對教法教義的外在束縛。這曾被伊斯蘭正統派視為邪說，但傳入中國的伊斯蘭各派大多源出於它。張承志在《新詩集自序》裡所稱頌的那位神秘主義詩人哈拉智就是個著名的蘇菲家，可見他詩體小說中的神秘的感知和表達方式，明顯地受到了蘇菲派的影響。經過這一「修持」階段，張承志整個兒地伊斯蘭化了。如他對黑色的感悟已迥然有別於草原小說裡黑駿馬那種朦朧眩目的印象，現在已變成對麥加天房裡伊斯蘭信徒視為至聖之物的黑色隕石的神秘感應。所幸，張承志使用了詩化的語言。而詩，中國文人早已熟習了佛學那套直觀、禪悟的把戲，創造了諸如「水中之月」、「鏡中之像」等神秘性的審美範疇，因而他的這些艱澀之作還是有人能讀的，只是識者日少，再難重現洛陽紙貴的盛況了。

㉓ 張承志：《清潔的精神》，安徽文藝出版社一九九四年版，第一二六頁。
㉔ 張承志：《清潔的精神》，安徽文藝出版社一九九四年版，第一二六頁。

## 三

《心靈史》是部奇書，它記錄了哲合忍耶七代宗師的事蹟和二百年間回族同胞反抗滿清王朝血腥鎮壓的悲壯心史。此後，他又寫了散文集《清潔的精神》。對於《心靈史》這樣一部作者唯一引為自豪的大作所包含的宗教意義，信仰外的人無權評說，但我們可以轉換角度，從它考察宗教與文學關係的一些問題。

嚴格說來，《心靈史》是一部現代的經典。宗教文獻的深奧、奇蹟描寫的神秘，考證、議論，使一般讀者不勝重負，特別是其中只屬於作者個人的神秘激情，世俗之眾缺乏能夠讀解其意義的信仰前提。這樣，作家皈依了宗教，卻縮小了讀者的範圍，又不能不說是一種負面的效應。

歷史上，既是「經」又是優美的文學這樣的作品是有的，但一般都是在人為宗教產生以前就已經流傳的民間文學而後被宗教利用，或人為宗教初創期關於信徒的生動傳說，如《聖經・舊約》和佛本生故事。這些作品所包含的宗教內容是人類與自然的衝突中自身求生存的問題，具有巨大的包容性和濃厚的人性基礎，因而其樸素的意義反而經得起時間的考驗，往往具有永恆的魅力。一旦宗教發展到擁有完整的神學理論、系統的教法教儀的階段，如中世紀，不僅產生了強烈的排它性，而且以對世俗的貶低阻礙了信徒去關心和思考生活領域裡更豐富多采的內容，更不用說它的神學信條緊緊地束縛了人們的思想感情。這樣的時代可以產生大量的神學著作，卻很難產生與普通人心相通的文學巨著。即使宗教學者最大限度地利用了文學的力量，但鑒於表達的是特定的信仰和純個人的神秘體驗，與大眾的精神隔了一層，一般也難以贏得大眾的喜愛。張承志的創作情形正與此類似。他前期作品裡的宗教情緒直接產生於艱難而蘊含著人情味的現實生活，他的孤獨、感傷和崇高的激情是屬於時代的，因而其作品引起了廣大讀者、特別是同齡人的強烈共鳴。但是從詩體小說到《心靈史》，張承志確立起絕對的信仰，一步步地趨向神秘，也一步步地疏離了大眾。他的「生命作和畢生之作」只贏得黃土地上幾百萬上千萬農民兄弟的「誇獎和念想，而這一切『文化』界像白癡一樣什麼也不知道」㉕，平心而論，這是宗教界的幸事，卻是文學界的悲哀。

宗教和文學就其起源而言，是一對同胞兄弟，但它們後來的合作似乎須有一個更高的前提，一個雙方都應遵循的原則，即寬容。《聖經》和佛本生故事，對於世俗讀者是神話、傳說和優美的民間文學，對於信徒則是神聖的經典、原則，彼此各持一端而不認為是不可饒恕的相互冒犯，就包含著寬容的精神。中國文人思維方式和審美情趣深受佛教文化的影響，但他們是吸收，而非皈依。自由擇取，不加強制，正是文人叨佛學之光的基礎。寬容，就其內在的意義而言，是與宗教信仰的核心——愛的精神相通的。野蠻的宗教難以長久，而現在的世界三大宗教得以流傳，一個重要原因就是它們超越了民族宗教的狹隘性，有一個比較貼近人性的「愛」的文明信仰。如基督教宣揚博愛，佛教普渡眾生，伊斯蘭教「穆斯林」意為兄弟，而且它以綠色象徵和平，又被稱為「和平教」。當然，宗教的愛有其教派的限度，在實踐中做不到徹底。而一旦宗教的狹隘性占上風或被政治利用，往往就導致流血衝突，這時缺少的恰恰就是愛和寬容。不過以寬容精神突破教派的偏見今天仍是可

㉕張承志：《清潔的精神》，安徽文藝出版社一九九四年版，第二一七頁。

能的，就像張承志用日文寫作《從回教見到的中國》時，一個基督徒教授無私地幫他校正了日文語法，而「不干涉內容的任何一點」，以致「他的行為使我深深感到：宗教的區別是次要的，人的信仰與否才是人美與醜的區別」㉖。同樣，有了這種精神，宗教與文學也可以既在不同領域互相尊重，又能在追求真、善、美的基礎上互相滲透，使前者更貼近人性，使後者達到更博大崇高的藝術境界，如同托爾斯泰的宗教精神之於他的文學創作那種激動人心的偉大影響。

張承志皈依伊斯蘭教，一個令人遺憾的方面，就是缺乏寬容的精神。他似乎高居天上，用信仰的標準給人世下了一個判斷：「墮落」。這就剝奪了現實世界的意義、價值和真理，使他不願意也不可能深入理解生活的全部複雜性和生動的內容，結果是從前男子漢的強悍變成信仰者的獨斷，孤傲發展為自負，他顯得偏激狹隘，難以容人。這種心情雖有歷史的緣由，不全是張承志個人的錯失，但基於跟大眾隔了一層的信仰而不是植根於最廣泛意義上的生活和正義的激憤之情，對於以生活為命根子的文學創作來說，弊大於利。一個明顯的事實是，張承志的作品越來越艱澀。不僅如此，這還影響到他與文化界的關係和他對自己以前的作品的評價。

他說：「我早與知識分子的營壘分離，失盡了階層與思潮的支持。」㉗對此，似乎應從兩方面來看。面臨市場經濟大潮，有一些無行文人媚世失節，張承志罵他們墮落得如同「漢奸」㉘，令人

㉖張承志：《清潔的精神》，安徽文藝出版社一九九四年版，第一一九頁。
㉗張承志：《清潔的精神》，安徽文藝出版社一九九四年版，第二一四頁。
㉘張承志：《清潔的精神》，安徽文藝出版社一九九四年版，第二一五頁。

震驚然而感動。但他把文化界視為一個與自己敵對的整體，絕望地感到「無援」[29]，乃是他固執的「預感」遮斷了自己的視野，以致無法看清還有許多正義的文化人士在為清貧的祖國默默奉獻畢生的心血。僅僅因為人們對《心靈史》的反映不盡如人意，就以「白癡」相敬，就是他偏激的表現。因為《心靈史》若是一部經，俗人沒有必讀的義務；如果它是一部文學作品，在當今越來越強調讀者主動參與文學創造過程的時代，他們可以欽佩回族同胞的壯烈精神，而不喜歡那種充滿神秘感應的艱澀文風。無論從哪方面講，張承志都沒有強人所難的權利。

他對魯迅的評價也很有意思。《致先生書》「以心比心，以血試血」，體味到先生內心偉大的孤獨和痛苦，覺得以先生的「血性激烈」或許是「『胡人』的後裔」，雖然他也自嘲這近於「胡說」，卻已不經意地流露出了一點種族的偏見（「偏見」一詞為張承志文中用語）。事實上，張承志誤以為兒女情長的東南風水之地，即使在魯迅的時代，就有斷頭軒口的秋瑾，喋血皖江的徐錫林，更何況自古皆然的「越性」。勾踐所言的「任死」，就是對吳越民族剛毅勇猛、果敢輕死性格的凝煉概括。中華各族都有慷慨悲歌之士，若冷靜一點，張承志本不必對此太多計較。而現在，他從反對偏見開始又回到了偏見，這有違他的初衷，也使讀者不免要懷疑他的信仰損害了他的現實感和理性判斷力。

尤其令人痛惜的是，他把前期小說與《心靈史》對照，加以徹底否定：「什麼人性母性，什麼進步守舊，什麼哲學文學。我只是懷著過分單純的善意決定了寫它」[30]，若有機會，那「重寫的部

[29] 張承志：《無援的思想》，收入《清潔的精神》，安徽文藝出版社一九九四年版。
[30] 張承志：《清潔的精神》，安徽文藝出版社一九九四年版，第二一五頁。

分也許將放在牧人生存和觀念中嚴峻殘酷的一面，將解剖家族和人的關係，將描寫悲慘，將反對上層煽動的歧視和排外」㉛。創作是一件私事，作家心境的變化，讀者無權干預，但張承志把這一驚人的轉變概括為「那時毅然讓出了狹隘的一片草地，此刻才獲得了用一冊《心靈史》刻畫一個信仰的中國的殊榮」㉜，為信仰而否定「母性」，不能不說是對「母親」的殘忍。他或許也有過痛惜和猶豫，只是信仰的堅定性使他無法採取兩元論的立場，兼顧世俗和宗教兩個方面，如《錯開的花》所寫的：「在這片和諧的草地裡，人要遵守和諧，生老旺衰——而我不願意。我願意死，但不願老。」可是孩子長大，忘記了在《訴說》等文章中不止一次對「母親」許下的永不相負的諾言，轉而要對她施以徹底解剖，展示其「嚴峻殘酷的一面」，這顯然又太違人情。勾消了母愛，實際上也在否定自己，並向世人昭示了他今後的創作取向將是在艱澀中要再添加點辛辣嗆人的滋味。於是，偏愛他的讀者一時愕然，且私下裡大多希望他再去見見草原「母親」，因為她更懂得愛，更有人情味。可以肯定，不論張承志想抓起什麼寫，只要他能憶及「母親」的恩澤，那怕稍稍回味一下苦難歲月裡她懷中的暖意，他的心就會變得濕潤、豐富，就能理解寬容的真諦，就能抓得住純正的美感，把作品寫得熱烈、沉著，節奏鮮明。

當然，張承志「服從的，永遠只有一個神秘的命令」㉝，他是在自覺地冒險，甚至可以把世俗意義上的「創作」兩字扔進垃圾堆。但如果他還有意當一個作家，就應該謹記自己的告誡：「我要

㉛ 張承志：《清潔的精神》，安徽文藝出版社一九九四年版，第一一四頁。
㉜ 張承志：《清潔的精神》，安徽文藝出版社一九九四年版，第一二三頁。
㉝ 張承志：《清潔的精神》，安徽文藝出版社一九九四年版，第二一四頁。

警惕偏激」㉞。而且最好回到草原小說裡那種緣於生活經驗的宗教感上去，找到宗教與文學相通的一面，進入大眾的精神世界，用更普遍的立場深刻地感悟人生的悲歡，讓寫出的東西少點神秘的因素，多點社會內容和人性意義。一切似乎全緣於宗教與世俗的關係，一切全憑張承志最終如何把握。

這裡的批評也許略顯尖銳，但全為了能留住張承志這樣一個急切的私願。這一希望大概不會幻滅，因為看得出來，張承志是複雜的。他想堅守宗教一元論的立場，可事實上又更深地捲入了世俗的愛、希冀和憤慨，兩方面都難以徹底，或許這本身就是一種深刻的絕望。他屢屢以反叛正統的文化為榮，可是在許多人崇洋媚外從肉體到精神都準備好出賣的時候，他卻正氣凜然地宣布：「我是黃河兒子中的一員」㉟。針對當今西方列強覬覦中國的用心，他為長城寫下了雄壯的辯護詞，㊱力稱「我獨自為中國應戰」㊲。即使《心靈史》，如拔開神秘主義外衣，回族同胞那種不屈不撓的反封建精神也絕對是全中國人民一份值得驕傲的財富。這些似乎又都在證明，張承志還是張承志。古歌《黑駿馬》最後兩句：「黑駿馬昂首飛奔喲跑上那山梁，那熟悉的綽約的身影喲卻不是她。」姑娘與「她」是一個存在於時間中的辯證法，悟透了它，讀者就能重新找回張承志，而張承志也能走出偏激的情緒陰影，走向陽光閃爍的原野，廣視野，厚親情，涵靜氣，充分施展其敏銳卓越的感受力，為廣大讀者奉上更多的新鮮活潑的美文。

---

㉞ 張承志：《清潔的精神》，安徽文藝出版社一九九四年版，第二二〇頁。
㉟ 張承志：《清潔的精神》，安徽文藝出版社一九九四年版，第一五二頁。
㊱ 張承志：《無援的思想》，收入《清潔的精神》，安徽文藝出版社一九九四年版。
㊲ 張承志：《清潔的精神》，安徽文藝出版社一九九四年版，第二一四頁。

# 第八章　與中國現代浪漫主義相關的幾個問題

中國現代浪漫主義文學思潮是一個歷時百年的矛盾運動過程。它的發展，受到社會歷史進程和外來文學思潮的重大影響。外來的影響在中國激發了一種文學的潛力，使現代浪漫主義思潮得以在中國崛起，成為一個與世界文學接軌、具有現代內涵的引人注目的文學潮流。中國社會歷史的進程，則決定了這種影響所起作用的深度和廣度，並從整體上制約了現代浪漫主義思潮在中國的曲折起伏，使之呈現出明顯的階段性。社會歷史的進程和外來的影響各具豐富的內涵。前者除了現實的因素，還包含由歷史所建構的成分，比如宗教意識和傳統文化的背景；後者除了西方浪漫主義思潮、現代人文主義觀念等，也包含一些其他的因素，其中就包括現代派文學。中國現代浪漫主義文學思潮與宗教、與現代派文學、與民族傳統文化，在前面的研究中已有所涉及，但還有進一步深入探討的必要。本章把它們作為專題來討論，目的是加深對中國現代浪漫主義思潮的發展規律性的認識。

# 第一節　浪漫主義與宗教

在一個世紀的歷程中，中國浪漫主義思潮常常與宗教發生關係。這產生了一系列的問題，比如浪漫主義與宗教究竟有沒有必然的聯繫？若否，則在什麼基礎上浪漫主義可以吸收宗教的成分，使之成為浪漫主義風格的一個組成部分？宗教對浪漫主義作家的創作起何種作用，它有沒有限度，超過限度又會產生什麼樣的後果，換言之，宗教的影響應建立在怎樣的基礎上才會對浪漫主義的創作產生有益的影響？還有，是否凡是受到宗教影響而表現出奇幻想像的都可以歸入浪漫主義思潮的範疇？若否，則應該如何判斷，標準又是什麼？這些問題都是引人入勝的。

從世界範圍內看，現代浪漫主義思潮的興起雖是自由精神超越啟蒙主義的水平、進一步深入到情感領域的產物，但與宗教的信仰也有很大的關係。西方浪漫主義者有一個「回到中世紀」的口號。「回到中世紀」對於西方人來說，就意味著從宗教中取得信仰、道德和美的尺度。不過，這時的宗教應該已經世俗化，與中世紀禁慾主義的宗教有了重大的不同。它基本上只是人們心中依自己的意願建立起來的道德和美的象徵，人們得以從它體驗自身的尊嚴和人類精神生活的豐富純潔，使心靈趨向博大和無限，趣味變得純粹和美好。很明顯，這是一種疏離現實而陶醉於過去的懷舊心態，它有助於人們展開輕靈神奇的想像和幻想，解除現實生活的沉重束縛，達到精神自由的境界。因此，可以肯定，不是由宗教信仰直接產生了現代浪漫主義，而是現代浪漫主義從改造過了的宗教觀念中吸收了能夠豐富自身內涵的因素。

中國沒有西方那樣嚴格意義上的宗教，但也不能說傳統文化中沒有一點宗教的成分。中國古代有圖騰崇拜和巫文化，由道家哲學衍化而來的關於神仙的信仰，從漢代開始通過西域傳入的佛教文化。這些宗教文化雖然難與占主導地位、不語怪力亂神的儒家文化相抗衡，但也已在相當程度上影響乃至改變了儒學的發展方向，因而至今仍在生活的各個方面，尤其是在審美領域發揮重要的作用。此外，中國現代浪漫主義受到西方浪漫主義的影響，這種影響自然也包含了西方浪漫主義所固有的宗教因素，諸如泛神論的宇宙觀和從內心體驗出發的幻想方式等等。因此，探討中國現代浪漫主義思潮的問題，同樣不能迴避它與宗教的關係，只是這種關係具有中國的文化背景。

中國現代浪漫主義與宗教的關係，最表層的是在題材上的。一些作品的題材跟宗教故事或帶有宗教色彩的神話傳說有關，比如郭沫若的《女神之再生》，在共工怒而頭觸不周山的傳說中加進了「女神」的形象。這女神是兼取中國古代傳說中的女媧氏的形體和歌德《浮士德》中「永恆之女性」的精神而成的，歌德的「永恆之女性」又跟西方基督教文化中的聖母形象有著密切的關係。郭沫若的代表作《鳳凰涅槃》裡的鳳凰，本是中國原始時代的圖騰。沈從文的《月下小景》直接取材於佛經故事，他加以點化，寫成別具一格的小說。不過這些題材上的關係，意義不大。因為文學作品重要的不是寫什麼，而是怎麼寫。宗教題材的作品可能是說教性的，未必就具有浪漫主義的性質。

對於中國現代浪漫主義具體重要意義的，是宗教的觀念。宗教以幻想的方式解釋世界，虛幻地克服人生所面臨的種種難題，由此形成了它的充滿神奇色彩的神學體系。宗教對天國的懷想涉及宇宙和人類的一些根本問題，它能引導人們打破主客觀的界限，直接與最高的精神主宰進行對話。

這一套觀念體系和思維方式有助於浪漫主義者擺脫現實的羈絆，以神奇的幻想對人生作主觀的解釋和描述，用心靈對話的方式展現內在的情感世界。不過，與西方一樣，這樣的宗教觀念必定與嚴格意義上的宗教信仰劃清了界線。也就是說，浪漫主義文學中的宗教觀念不是原來的正統神學，它一般已從根本上拋棄了神學關於宇宙和人生的固定信條，而只採納其中有助於創作主體超越現實的情感生活方式和想像方式。嚴格意義上的宗教神學，為了維護神的絕對權威，勢必反對任何改變現狀的創新，並且要抵制任何自由意志和世俗享樂的企圖。經過浪漫主義者改造的宗教觀念，則已經很接近羅素所稱的跟感受到宗教的重要性的人們的私生活聯繫在一起的現代宗教觀，它與宗教神學無關，與科學無關，只在倫理領域為那些不甘平庸的人確立一個崇高的信仰，鼓舞他們去追求人生的意義和人類的美好前景。中國現代浪漫主義文學中的宗教意識大致就是這種世俗化的意識，其中很重要的一種就是泛神論。

泛神論從根本上說是反對宗教神學的。它把至高無上的神拉到人間，泛化到大自然，這從正統神學的立場看，是對上帝的極大褻瀆。但在本源上，泛神論的很多方面依然保留了對神的信仰，雖然這神已經是在人的絕對支配之下。因此可以認為，泛神論是披著神學外衣來反對宗教，代表了人類思想史上人開始擺脫中世紀宗教觀念的束縛而走向自由意志時代的過渡階段。中國現代著名的泛神論者，是郭沫若。郭沫若從歌德接受了斯賓諾莎的泛神論思想，從泰戈爾接受了古印度《奧義書》中「梵我同一」的觀點，反過來又把中國古代的莊子發現了，認為他也是一個泛神論者。郭沫若對這些古今中外的泛神論者按自己的理解加以改造，把「神即自然」改造成「我即是神」，強調主體的絕對自主和絕對自由。這對於形成他的浪漫主義詩風產生了決定性的影響。由於「我即是神」，個人的意志獲得了絕對的自由，幻想可以到一切方面去散步，主觀能動性被提升至無以復加的高度。郭沫若詩歌中奔放的激情，神奇的想像，氣吞山河的自我形象，一切構成他浪漫主義風格的重要因素都跟這種基於泛神論觀念的絕對自由意志有關，因而也就與宗教觀有著內在的聯繫。

在中國現代浪漫主義文學中，其實還有一種以沈從文為代表的與此不同的泛神論觀念。沈從文多次談到他有「泛神論思想」、「泛神論情感」①。他的泛神論與郭沫若的本質區別在於，郭沫若的泛神論標榜「我即是神」、「一切自然都是我的表現」，沈從文的泛神論則強調「神即自然」，而「自然」在他的心目中又主要是一種人事方面的公正、和諧的習俗。在小說《鳳子》中，他曾借一個湘西地方的總爺的口說：

> 我們這地方的神不像基督教那個上帝那麼頑固的。神的意義在我們這裡只是『自然』，一切生成的現象，不是人為的，由於他來處置。他常常是合理的，寬容的，美的。人作不到的算是他所作，人作得到的歸人去作。人類更聰明一點，也永遠不妨礙到他的權力。

沈從文在這裡闡述的關於神的觀念，實際上是把自然當作道德和美的極致，要「我」皈依自然，在絕對的皈依中體驗心靈的自由以及由此而生的無可言說的溫暖和喜悅。這就像他在《水雲》中寫的：「對於一切自然景物，到我單獨默會它們本身的存在和宇宙的微妙關係時，也無一不感覺

① 參看沈從文的〈水雲〉、〈潛淵〉、〈鳳子〉，《沈人文文集》第十卷、第一一頁、第四卷，花城出版社一九八四年版。

到生命的莊嚴。一種由生物的美與愛有所啟示，在沉靜中生長的宗教情緒，無可歸納，我因之一部分的生命，竟完全消失在對於自然的皈依中。這種簡單的情感，很可能是一切生物在生命和諧時所同具的，且必然是比較高級生物所不能少的。然而人類若保有這種情感時，卻產生了偉大的宗教，或一切形式精美而情感深致的藝術品。」②這是在孤獨中滋長起來的宗教情懷：默然靜觀博大的自然，心如明鏡般清澈寧靜，把一切都寬恕，以此消除隔閡、對立和紛爭，體驗到生命的和諧與美麗。可以認為，沈從文所說的「自然」歸根到底又是一種生命的形態。生命，成了他評判一切事物的價值尺度，連自然景觀也只有當它們能讓人聯想起生命的莊嚴時方才顯示出它的神跡。

就強調皈依自然這一點來說，沈從文的泛神論思想主要來源於中國的道家哲學，並與他的個人經歷有關。道家提出「道法自然」的本體論命題，外化到倫理領域，就產生了把自然當作道德極致、消除主客觀對立以達到個體自由的人生哲學，再外化到審美領域，又產生了以自然為美的極致、崇尚淡泊寧靜境界的美學。沈從文以道家哲學為基礎構建了自己的以皈依自然為主要內容和基本特徵的泛神論思想，由此出發培養起從自然體驗生命之美的泛神論情感。他這樣做，是因為他從自己的家鄉湘西——那一片沒有受到現代文明汙染的邊地淨土得到印證，領悟了順乎自然的人生哲理；也因為他從自己的人生磨難中學會了「無我」，把一切自然的對象都當作神的顯現，通過皈依這博大的存在來減輕個人生存的壓力，從而獲得精神上的自由和解脫。而在這時，他也就認識了「神」——「自然」因此有了樸素的宗教意義。不過，當沈從文進一步從道家哲學構建起他的崇尚

② 沈從文：〈水雲〉，《沈從文文集》第十卷，花城出版社一九八四年版，第二八七至二八八頁。

淡泊寧靜的審美觀後，也就決定了他的浪漫主義風格和同樣以泛神論為哲學基礎的郭沫若的浪漫主義詩風產生了重大的不同。沈從文寧靜以致遠，郭沫若熱情而奔放，區別就在於郭沫若是以主體征服了客體，沈從文則是選擇了主體與客體融為一體的途徑。兩人從共同的實現個性解放和情感自由的願望出發，卻採取了不同的途徑。這種不同，反映了前後兩個時代的差別，個人經歷以及相應的文化背景的重大差異。

不過，當沈從文祈求人神共存、靜觀生命的奇蹟時，他的小說雖寫得優美和溫暖，卻同時又顯得力度不足。那是因為他心目中的神──「小國寡民」的鄉下人理想，從根本上說，只能是一種美的懸想，是難以真正實現的。沈從文自己也似乎意識到了這一點，他說：「神的存在，依然如故。不過它莊嚴和美麗，是需要某種條件的，這條件就是人生情感的樸素，觀念的單純，以及環境的牧歌性。神仰賴這種條件方能產生，方能增加人生的美麗。缺少了這些條件，神就滅亡。」③很明顯，這些條件與現代社會的發展進程相矛盾，因而他的表達這一理想的小說也就不可避免地帶有一種挽歌的憂傷調子。

佛教在中國有很深的根柢。它對現代浪漫主義文學的影響，則以廢名的創作較為突出。廢名受禪佛藝術精神的影響，以一種飄渺的幻影來表現心中對人生的一點領悟，把現實中不可能發生的景象實現在一剎那的禪悟裡，時空被主觀化，語言充滿機趣，而且洋溢著鄉野牧歌的浪漫情調。這主要是因為禪佛的主觀唯心主義宇宙觀極大地解放了他的想像力，同時又引導他的審美趣味朝著清

③ 沈從文：〈鳳子〉，《沈從文文集》第四卷，花城出版社一九八四年版，第三八七頁。

新、優雅、寧靜的方向發展。但他後期追求「平常心」，把禪落實到日常生活中，作品也就失去了前期的清新飄逸。這說明，佛教，其實也是一切宗教的影響是否有助於浪漫主義風格的生成，歸根到底取決於作者的氣質，取決於他是從什麼立場來接受宗教的影響，是否能促進他的自由意志和浪漫想像的最為充分的展開。一般說來，浪漫主義文學中的宗教因素，是具有浪漫氣質的作家基於切身的體悟而受到某種啟發、自發地形成的一種混沌然而是虔誠的情感，它與實利的追求無關，只關注生命，執著於對自由美好前景的永不止息的憧憬，因而它實際上也是一種審美化的人生態度。當浪漫主義者一旦接受嚴格意義上的宗教信仰，或者在宗教情感世俗化的過程中喪失了對世俗生活的超越性，那麼他的創作風格就會發生重大的變化，確切地說，他會告別浪漫主義。廢名是這樣，許地山、張承志和史鐵生同樣如此。

許地山的小說，尤其是前期，一般認為具有浪漫主義的色彩。「色彩」一詞相當含混，反映出研究者對他的創作風格在判斷上存在困惑。這些作品以奇著稱，奇就奇在他受佛教、伊斯蘭教和基督教的影響，大力宣揚人生本苦的思想、博愛的精神和安苦若命的宿命論，包含著常人不易領會的博大愛心和堅毅信仰。但整個說來，他的小說沒有一點追求生命本身自由和美麗的浪漫精神。他認為人生就像織了破、破了織的蜘蛛網，要人順從命運的擺佈，在認命中展現達觀和堅強（《歸途》、《商人婦》、《綴網勞蛛》）；有時他又傾向於否定現世：人生全是虛幻，唯有夢中的世界才是真實，因此要讓敏明和加陵含笑蹈海，「轉生」樂土（《命命鳥》）。這兩方面其實是統一的，也就是說，他先對人生下了一個否定性的判斷，在彼岸確立一個終極性的理想，從而為應付人生的苦難做好充分的思想準備。不抱任何奢望，也就不會有任何失望，人這才能夠永不灰心喪氣。

這明顯地是接受佛教關於前世、現世、來世的想像和四大皆空的教義而提出的一種人生哲學。它的奇是對俗人而言的，若從信徒的觀點看，卻是很實在的信仰，沒有世人所謂的浪漫色彩。浪漫派的精神是翱翔在天空的，許地山的靈魂則粘貼在大地上。這種精神，原本是他自己所標榜的不求「偉大、好看」而只圖對人生有用的「落花生」精神的藝術體現，它貫穿於許地山創作的全過程，而且越到後期越加明顯（如《春桃》）。因此，就小說內在的樸素精神而言，許地山的創作前後沒有多少實質性的變化。與此相應，他的創作手法也始終與浪漫派慣用的「自我表現」經緯分明，他採用的主要是一種寫實的、客觀描述的手法。創作精神和創作手法兩相結合，表明許地山是一個現實主義作家，他的成就是在現實主義方面的，儘管是一種奇特的現實主義。

張承志的創作起步於草原生活的題材。他早期的這些小說洋溢著浪漫的激情，代表著新時期浪漫主義思潮在短暫回歸過程中所取得的主要成就。不過，這種宗教情緒是建立在生命感悟基礎上的，它還處在自發朦朧的階段，其特點是認同苦難和偶像崇拜，而沒有一個明確的宗教信仰，而且他的偶像也僅僅是個人渴望有比自己強大的情感力量加以庇護這一心願的投射。這樣的宗教情緒包含著豐富的人文內涵，它至少表明一個富有激情的理想主義者在明白了失落的青春已經永遠無法找回以後，他要借創作重溫和祭奠那一段知青歲月，然後開始新的旅程。這種剛毅的精神使他的作品洋溢著單純、熱烈、激動人心的浪漫主義色彩。但是，張承志後來完全皈依了伊斯蘭教，他希冀用信仰來實現自我的拯救，同時對歷史和現實下了一個否定的結論：墮落。他舉著信仰的旗幟一步步疏離血肉人生，走向清潔的精神世界，原來的浪漫主義激情也隨著一步步趨於神秘化，整個風格逐漸遠離了一般的大眾。作家皈依了宗教，卻失去了大多數的讀者，如前所述，這可以說是宗教對浪漫主義文學創作的負面影響。

史鐵生又有所不同，他是經由人生哲理的思考而產生宗教意識，從而偏離浪漫主義創作方向的。他前期的小說，如《我的遙遠的清平灣》和《奶奶的星星》，在往事的回憶中充滿溫馨，顯示了浪漫主義的素質。但他對於清平灣，缺少張承志對烏珠穆辛草原那樣的生死相依的宗教情懷。清平灣在他不是精神家園，而是世俗意義上的一段往事，象徵著青春、健康，成了他永遠無法重圓的一個好夢。然而《我的遙遠的清平灣》，已流露出他日後的作品常見的命運主題，那頭通人性的老黑牛摔折了腿，被人拖到河灘宰殺。牛的眼中流著淚——命運無常，人生可憫。這篇小說一九八三年獲全國優秀短篇小說獎。或許是獲獎的殊榮和身體的殘疾之間那種強烈的反差，包含著常人難以理會的屈辱和在宿命中捍衛人的尊嚴所得到的巨大喜悅，也加重了他對人生缺遺的體驗，他便開始更深入地思考起人生的意義、過程、終極，以及痛苦和幸福等哲理性的問題，為的給癱瘓的自己尋找一個活下去的理由。在《一封信》中，他這樣寫道：

> 從死往回看，從宇宙毀滅之日往回看：在寫字臺上賭一輩子錢，和在寫字臺前看一輩子書有什麼不一樣呢？抽一輩子大煙死，和寫一輩子文章最後累死有什麼不一樣呢？為全套的家用電器焦慮終生，和為完美的藝術焦慮有什麼不一樣呢？以無苦樂為渡世之舟，和以心醉於神聖為渡世之舟又有什麼不一樣呢？如果以具體的生存方式論，問題就比較難說清，但把獲得歡樂之前、之後的兩個西緒福斯比較，就能明白一個區別：前者（既便不是推石頭）也僅僅是一個永遠都在勞頓和焦灼中循環的西緒福斯，後者（無論做什麼）則是一個既有勞頓和焦灼之苦，又有欣賞和沉醉之樂的西緒福斯，因而

他打破了那個絕望的怪圈，至少是在這條不明緣由的路上每天都有一個懸念迭出的夢境，每年都有一個可供盼望的假期。這便是物界的追尋和（精）神界的追尋所獲的兩種根本不同的結果吧。

史鐵生從思考中得出的結論是，人生的幸福不在結果，而在過程。人要有慾望，那怕要備嘗痛苦，那怕它事實上永遠不可能滿足，也應捨生拼死、蠻橫無理地朝前走。這無疑是一種宗教化的觀念，而又不是宗教的信仰，確切地說，這是一個不肯向命運低頭的殘疾青年的人生哲學。史鐵生從自身的遭遇明白了人（類）不可避免的局限，人只能擴展自己的心胸，用博大的愛來抗衡局限；也明白了終極的虛無，因而人要趨向深沉，把生的價值從追求終極、完美之類不可能實現的目標上移開，移到人生的過程，給「活著」注入一種意義，從而取得一個精神的支柱。他後期的一些作品（《命若琴弦》、《中篇一或短篇四》）大多都貫穿了這樣的人生哲理。但正因為表達的主要是關於人生哲理的思考，所以作品具有很強的理性色彩，而且這些哲理涉及一些玄妙的問題，因而藝術上開始明顯地向現代派靠攏了。

總而言之，宗教思想、宗教情感與浪漫主義的關係是建立在作家的浪漫氣質上的。它對浪漫主義文學的影響，是以它的非理性主義和超現實的幻想激發作家潛在的浪漫力或強化他的浪漫激情，因而勢必會結合作家的不同創作個性，使藝術風格呈現出豐富多彩的色調。現代浪漫主義的核心是張揚個性，肯定現世，崇尚情感的自由。一旦宗教的信仰或哲理的思考使一個浪漫主義者開始懷疑乃至否定個性、情感、現世的原則，那麼他必定會放棄浪漫主義風格，走上一條新的創作道路。

## 第二節　浪漫主義與現代派

浪漫主義思潮與現代派文學，在西方是前後相繼的，在中國卻常常發生很複雜的關係。五四時期，浪漫主義作家在自我表現時偶爾借用現代派的技巧和手法，或吸收一點現代派的文學觀和人生觀，但這並不改變他們創作的浪漫主義性質。比如，郭沫若在《〈西廂記〉藝術上的批判與其作者的性格》、《批評與夢》等文章中運用佛洛德精神分析學解釋古代作家作品，提出了「文藝的創作譬如在做夢」、「文藝的批評譬如在做夢的分析」這樣帶有現代主義色彩的文學觀點，並且對自己一些作品的現代主義因素直言不諱：「我那篇《殘春》的著力點並不是注意在事實的進行，我是注意在心理的描寫。我描寫的是心理，是潛在意識的一種流動。」④他一九二三年寫下《未來派的詩約及其批評》，表明了他對未來派的看法，並注意在創作中試驗未來派詩歌的節奏，加強了浪漫主義的表現力度。他同一年發表的《自然與藝術——對表現派的共感》及稍後見報的《印象與表現》等文章，對於德意志新興的表現派藝術寄予了無窮的希望，認為它是「積極的、主動的藝術」。他的詩作《死的誘惑》帶有明顯的陰冷色彩，劇作《王昭君》則模仿王爾德的《莎樂美》，寫漢元帝怒殺毛延壽後並沒有得到王昭君的愛，因妒忌而竟然捧起毛延壽的首級親吻。這類作品不多，但很

④ 郭沫若：《文藝論集・批評與夢》，人民文學出版社一九七九年版，第一一七頁。

可以看出郭沫若受到了表現主義、唯美主義和佛洛德精神分析學的影響。郁達夫的小說表現生命力受壓抑後的心理扭曲，也是受到世紀末思潮和佛洛德精神分析學、柏格森的生命哲學等現代派文學和哲學思潮影響的結果。富有浪漫主義熱情的聞一多，同樣寫下了受唯美主義影響的《李白之死》、《劍匣》等詩，他發表於一九三一年的新詩壓卷之作《奇蹟》則是象徵主義的。

從二〇年代中期開始，在浪漫派和現代派的關係方面則出現了一個有趣的現象：流派意識很強的創造社居然接納了現代派詩人，後者就是參加了創造社而被通稱為象徵主義詩人的穆木天、王獨清、馮乃超。

穆木天追求詩人的內心對於外界聲光運動所得的交感和印象，特別強調詩的暗示作用。他認為「詩是要暗示的，詩最忌說明的」，「詩越不明白越好。明白是概念的世界，詩是最忌概念的」。他要求的是「純粹詩歌」，是「官能感覺」中「思想的深化」，在「音色律動」和「持續的曲線」中的思想和藝術的統一⑤。他的《蒼白的鐘聲》、《朝之埠頭》、《雞鳴聲》等，大多用跳躍的節奏、縹緲的聯想來抒寫他一九二四年暑期在日本伊東失戀的絕望情緒和後來的「亡省之痛」。不過，穆木天似乎也對象徵主義的世紀末情調有較為清醒的認識，在〈譚詩〉一文中，他寫道：「流浪的貴族，和寄生生活的貴族市民層，對於現實的生活越發地感到空虛，越發地感到絕望，而更進一層地到唯美主義的世界中去追求心靈的陶醉，而那種潮流就是印象主義，在抒情詩歌的領域中，就是象徵主義了。這樣，象徵主義，就是現實主義的反動，是高蹈派的否定而同時是高蹈派的延長

⑤ 穆木天：〈譚詩〉，《創造月刊》第一卷，第一期。

了。」⑥這樣，穆木天早期的詩，既寫出了沉迷於象徵主義的穆木天，也表明穆木天對象徵主義的批判，是他掙扎於面向現實與自己文學的象徵世界之間的記錄。

王獨清在《再譚詩・致木天、伯奇》一文中對自己的詩歌觀作了如下概括：

> 我覺得我們現在唯一的工作便是鍛煉我們底語言。我很想學法國象徵派詩人，把「色」（Coulour）與「音」（Musiqur）放在文字中，使語言完全受我們底操縱。我們須得下最苦的工夫，不要完全相信甚麼Inspiration。沫若說我愛上了象徵派底表現法，要算是一種變更；因為我從前的詩作法全是Byron式的，Hugo式的，這話很不錯。我現在很想來和你談一談我對於詩底藝術所下的工夫，就是說我近來苦心把「色」與「音」用在我們語言中的經過，或者也是你所願意聽的罷？……我在法國所有一切詩人中，最愛四位詩人底作品：第一是Lamartine，第二是Verlaine，第三是Rimbaud，第四是Laforgue。Lamartine所表現的是「情」（emotion），Verlaine所表現的是「音」，Rilbaud所表現的是「色」，Laforfue所表現的是「力」（Force）。要是我這種分別可以成立時，那我理想中最完美的「詩」便可以用一種公式表出：
>
> （情＋力）＋（音＋色）＝詩⑦

---

⑥穆木天：〈譚詩〉，《創造月刊》第一卷，第一期。

⑦王獨清：《再譚詩・致木天、伯奇》，《創造月刊》第一卷，第一期。引文中的Byron，英國詩人，通譯為拜倫（1788-1824）；法國詩人Hugo，通譯為雨果（1802-1885）；Lamartine通譯為拉馬丁（1790-1869）；Verlaine通譯為魏爾倫（1844-1896）；Rimbaud通譯為蘭波（1854-1891）；Laforgue通譯為拉弗格（1860-1887）。

他的代表作《聖母像前》、《我從Café中出來》等，就是通過語言的「音」與「色」的調配來表達「落難公子」的孤獨、落寞、疲乏、頹廢的情感，表現「醉後斷續的，起伏的思想」，與他所神往的法國象徵派詩歌的情調和「純詩」的觀點是一致的。當然，他另有一些詩歌也具有浪漫派的特點，如《玫瑰花》、《失望的哀歌》、《死前》，在情調上雖然仍是尋求感官刺激、沉迷聲色之作，藝術手法卻不太倚重象徵，而更接近浪漫的直抒。因此，朱自清認為王獨清雖然傾向於法國象徵派，但他的作品「還是拜倫式的雨果式的為多，就是他自認為仿象徵派的詩，也似乎豪勝於幽，顯勝於晦。」⑧艾青在《中國新文學大系（一九二七至一九三七）》的序中也說：「王獨清的詩不像是『象徵派』，倒像是浪漫派的詩。」

馮乃超的詩是心境情調的記錄，他把死亡和夢境作為詩的重要主題。借用朱自清的評論，他是「利用鏗鏘的音節，得到催眠一般的力量，歌詠的是頹廢，陰影，夢幻，仙鄉。他詩中的色彩感是豐富的。」⑨上述三位詩人這種強調暗示、聯想、幻覺和強烈的音樂節奏感的象徵主義詩風，不代表前期創造社的主導風格，卻也得到了郭沫若等人的欣賞。郭沫若在讀了王獨清的詩後，說王「愛上了象徵派的表現方法」，成為詩風上的「一種變更」⑩。

上述象徵派詩人參加了創造社的情況，說明在二〇年代，現代主義的詩風與浪漫派的詩風一度共存，並且互相滲透。當然，一旦社會結構的劇變引發文學格局的重組時，這些象徵主義的詩又有

---

⑧ 朱自清：《中國新文學大系‧詩集導言》，上海良友公司一九三五年版。
⑨ 朱自清：《中國新文學大系‧詩集導言》，上海良友公司一九三五年版。
⑩ 參見王獨清的《再譚詩‧致木天、伯奇》，《創造月刊》第一卷，第一期。

了新的意義：它們正好成為處於分化中的五四浪漫主義思潮向現代派文學分流的一個相對獨立的分支，一個從浪漫主義向現代派過渡的準備階段。

四〇年代，新浪漫派小說家在推進浪漫主義與現代派融合方面又有新的特點。他們追求神秘感和超越性，嚮往無限、永恆的理想境界，這是屬於浪漫主義風格範疇的。但徐訏「企圖從對一種浩博宇宙觀的追求中填補內心的空虛與失重感，其結果是將自己引向了神秘主義和宿命論。」⑪他感受到的只能是追求過程的艱難和幻滅的悲哀。他的《阿剌伯海的女神》，彌漫著神秘的夢幻一般的氣氛，人們透過主人公與海神之間的美麗神秘、浪漫風流的關係，感覺到的只是奇幻怪誕的情感魅力和至美理想的破滅。《精神病患者的悲歌》，主人公以耶穌式的博愛去愛，以耶穌式的救贖去懺悔。結果，雖然他竭盡全力地工作，熱切地渴望自己的靈魂能夠在無私的奉獻中得到昇華，可幸福永遠是暫時的。「上帝與塵世之間的苦苦掙扎所能得到的，依然是『歸途』就是『來處』的悲劇。」⑫無名氏的《北極風情畫》和《塔里的女人》，在浪漫傳奇的故事中同樣滲透了現代派文學中常見的虛無、悲涼和荒誕的情感體驗——愛情和幸福就像稍縱即逝的幻影，留給主人公的只是無窮無盡的懺悔和贖罪。這顯示了命運的難以抗拒，自我個體的孤獨和無奈，顯然接近於存在主義對人的本質和生存意義等終極性問題的思考。應該說，新浪漫派小說的撲朔迷離的傳奇效果主要源自講述故事的技巧，但通過「神秘感」和「超越性」，它同時也已經在浪漫主義的風格中滲透了現代

⑪ 潘亞暾、汪義生：〈徐訏論〉，《臺灣香港與海外華文文學論文選》，海峽文藝出版社一九九〇年版。
⑫ 趙凌河：〈新文學現代主義的浪漫情愫〉，《文藝理論研究》一九九七年第二期。

派的人生感受。因為「神秘」和「超越」一旦像徐訏和無名氏那樣涉及了人的深層心理的內容，它們也就有了現代主義的意義。由此出發，無名氏進一步向現代派靠近。他的長篇小說《野獸、野獸、野獸》，自始至終好像全是絮語和夢囈，宣洩情感，展示困境中生命的掙扎，表現人在經歷了人生的虛無幻滅以後的大徹大悟。它的續作《海豔》，則以詩化的語言表達了一個相似的主題——在主人公印蒂看來，生命的本質全在於非理性的衝動，人一旦要理性地面對幸福，自由和美麗也就隨之失去。所以印蒂要在愛情達到最輝煌的頂點時，毫無理由地拋棄愛情，重返大海（「自由」的富有詩意美的象徵），在永恆的漂泊中去追求人生的自在境界。

此外，還有一些作家，比如沈從文、廢名，其小說代表了田園浪漫主義的最高成就，新詩卻採用奇特的意象連接、語言的反語法組合，思維呈現大跨度跳躍，明顯地屬於現代派的寫法。就是說，他們小說和詩歌的風格顯示了不同的流派特色，小說是浪漫主義的，詩歌卻是現代主義的。而另一些作家，主導風格為現代主義，可是作品中又常常流露出浪漫主義的情愫，馮至、戴望舒、何其芳等便是例子。

這些情況表明，浪漫主義和現代主義在中國經常相互滲透，甚至糾纏在一起。這與它們在西方前後相繼、彼此區別的情形大相徑庭。這一奇特的文學景觀，探研起來，既有這兩種思潮本身的原因，也反映了中國社會背景和文化背景的特殊性。

在西方，象徵主義是浪漫主義的尾聲，又是現代主義的開端。這意味著從浪漫主義到現代主義，是同一種文學傾向的進一步發展。這種傾向，就是從浪漫主義思潮興起以來，文學不斷地向人的內面世界深入的趨勢。不過，浪漫主義所表現的內面世界是屬於常態的，是一般人都不難理解的激情、憧憬和大膽的想像。現代派文學表現的領域則更為深入，達到了人的潛意識層面，涉及了直覺、本能的內容。換言之，從浪漫主義發展到現代主義，是在資本主義社會矛盾加深、關於人的美好理想破滅以後，隨著精神分析學、生命哲學的出現而產生的一個自然的結果，它們分別代表了文學向人的內面世界深入的不同階段。生命感悟和潛意識的非理性內容規定了現代派文學要採取不同於浪漫主義的表現方法，諸如時空顛倒、思維大跨度跳躍、語言的反邏輯組合等，存在主義哲學對人的本質的看法又使現代派文學向抽象化的方向發展。但在總的傾向上，現代主義並沒有完全背離從浪漫主義開始的「自我表現」原則，它的生命直覺在非理性這一點上與浪漫主義的情緒表現之間存在著相通之處，只是現代派文學的「自我」更加私人化，與浪漫主義者所理解的能夠在感情上比較容易地溝通的自我有所不同罷了。因此，浪漫主義與現代主義在藝術觀念、表現手法、風格情調方面還是有較多共同點的，它們之間的區別要比它們與現實主義、古典主義的區別小。正是這種藝術淵源上的親緣關係，給兩者的相互滲透提供了藝術基礎。考察西方早期的浪漫主義文學，可以發現其中已經存在了某種類似現代派文學的因素，如德國浪漫派小說家蒂克等人的作品就包含了一些荒誕感，展示了超乎浪漫主義的奇特想像。只是在西方，由於浪漫主義與現代主義是先後出現的兩種文學思潮，又存在著深入內面世界的程度上的差異，所以作為文學思潮，它們是彼此獨立的，不可能相互混淆。

中國的情況有所不同。首先，西方相繼出現的浪漫主義思潮和現代主義思潮同時湧進中國文壇，對中國現代作家產生了共時性的影響。由於浪漫主義與現代主義在自我表現這一基本點上有相通之處，兩者存在著親緣的關係，中國的浪漫主義者基於自己真切的人生體驗，在創作中就很容易與西方現代派文學中的情調、感受、價值觀發生共鳴，並且以此為基礎借鑒現代派的藝術表現技巧和手法，因而在他們的浪漫主義風格中不可避免地滲透了一點現代派文學的成分。郭沫若、郁達夫、徐志摩、聞一多以及四〇年代的新浪漫派小說家，他們的作品中除了浪漫主義的激情，還存在各種現代主義的因素，如象徵主義、表現主義、未來主義、唯美主義以及世紀末思潮等等，呈現為一種開放的浪漫主義風格，主要就是由於他創作中受到了西方文學的多方面影響。不僅如此，在五四時期，中國作家一度認為「新浪漫主義」──現代派文學是新興的文學思潮，正代表著中國新文學的發展方向，要比「舊」的浪漫主義更先進，所以他們事實上還採取了一種積極主動的態度吸收現代派藝術的營養，以豐富自己的創作風格，這就更進一步推動了兩種文學思潮在中國相互滲透的進程。

其次，中國現代浪漫主義者身處半封建半殖民地的特殊環境，其理想與現實存在巨大的反差。一方面，他們追求精神的自由，渴望超越平凡，實現自我的價值，體現了一種由愛、美、自由所構成的單純的信仰，另一方面，他們卻要面對黑暗的現實，四處碰壁，撞得頭破血流。在理想與現實的尖銳矛盾中，他們只能發出一聲聲無可奈何的歎息，很難自始至終地保持浪漫的姿態，不像西方處於資產階級上升時期的浪漫主義者，能堅守個性主義的立場，表現出征服一切的自我擴張和單純的浪漫激情。於是，中國的浪漫主義者在西方現代主義文學和哲學思潮的影響下，很容易循著非理性的方向朝內心深入，去體味生命本身所固有的孤獨，領悟人生命定的坎坷無援。孤獨和無援一經抽象化，成了生命本體的象徵，就自然地有了現代派文學的精神特質。郁達夫、郭沫若的浪漫小說已經包含了一些孤獨頹廢的現代派因素，只是某種程度上被作者誇大了的懷才不遇、窮困落魄，還是屬於生活中具體的痛苦，而且在其背後實際上寄託了作者對人生的很高期望和浪漫理想，因此抒寫這些痛苦，仍然是一種浪漫主義的風格。而戴望舒、何其芳的前期創作，尋尋覓覓，咀嚼著內心的憂傷，徘徊於精神的迷茫中，就已經明顯地超越了浪漫主義而達到了現代主義的層次，因為那是對生命本身所包含的永恆痛苦的體味。換言之，中國現代浪漫主義者處在社會轉型期的大動盪環境中，其超越平凡的浪漫理想難以實現，很容易因深刻的失望而在創作中相容現代派的因素，或者從浪漫主義走向現代主義，從而顯示出他們在精神煉獄中承受苦難的悲壯和無奈。

除此之外，中國現代浪漫主義思潮相容現代派文學的成分，或者浪漫主義向現代主義蛻變，還體現了藝術規律本身的作用和中國傳統文化背景的潛在影響。一種新的風格，在它剛出現時，因其新穎而引起人們的注意或肯定，它的弱點也許被暫時忽略了。但藝術總是不斷地追求著自身的完善，要在發展的過程中克服和糾正這些弱點。當某種風格的潛力已被發掘殆盡，它就必須調整自己，那怕要經過自我否定也罷。全部文學史都在證明這種新陳代謝的規律。浪漫主義文學以它的主觀性、情感性打動人，但它的欠缺在於激情外露，一覽無餘，因而需要吸收別的文學流派的優點以提高自身的藝術水準，這其中就包括吸收現代派詩歌的意象藝術，借鑒現代派小說的幻想方式和新穎技巧。

意象，連接著主觀世界和客觀世界，高度濃縮了主體對客體的感受，由它來抒情，就避免了感情的直露。象徵主義的詩取代浪漫派詩歌，很大程度上是因為詩人發現了世界原是一個象徵的森林，可以通過暗示、聯想來曲折地傳達詩意。意象這時被現代派詩人看中，是因為它一方面能夠把意象之間的聯絡線索隱藏起來，進而把詩人的自我隱藏起來，另一方面它又具有很強的暗示性，能夠引發人的豐富聯想，足可以充當現代派詩歌的抒情仲介。但不可否認，象徵派詩歌的意象與浪漫派詩歌的抒情手段——奇特的想像觀照下的鮮明形象有著非常密切的關係，兩者的區別僅僅在於抒情主體的情感融化在象徵派詩歌的意象裡，而浪漫派詩中的形象則是漂流在情感的海洋裡的。從浪漫派的詩歌形象到象徵派詩的意象，是抒情主體的情感深化、凝煉化的過程，也是詩意不斷趨向含蓄深沉的過程。這就表明了，意象同時又是連接浪漫主義和現代主義這兩種藝術的重要仲介。浪漫主義文學按照藝術不斷趨向精美的發展規律，正是通過意象這一仲介才打通了與現代派詩風的聯繫。而在中國，這又不能忽視民族傳統文化背景所起的作用。眾所周知，中國源遠流長的古典詩詞中有非常豐富的意象藝術的經驗。李賀、李商隱的詩，李清照的詞都是以意象的奇特繁複和含蓄精美為人所稱道的。這一筆寶貴的文化遺產，具有潛移默化的影響力，使中國二十世紀新詩人受到薰陶而獲益非淺。處在這樣的文化背景中，中國現代詩人鑒於浪漫主義詩歌過於直露的缺陷要為它尋找出路時，就很容易受傳統的意象藝術的暗示，通過意象的經營來曲折含蓄地抒情。但一經採用以意象為仲介的抒情方法，由於意象本身所指的多義性、模糊性，意象連接的非確定性和跳躍性，詩歌藝術就可能向現代主義靠攏，因為多義性、模糊性、非確定性、跳躍性，同時也是現代主義藝術的基本特點。二〇年代的馮至，三〇年代的何其芳，現代派代表詩人戴望舒，他們大致都是通過對意象的追求而把浪漫主義的激情引向現代主義方向的。新時期的「朦朧」詩人，也因為不滿當時淺薄的政治熱情、流行的直白抒情的方法，按照他們對人生困境的感受和在潛移默化中接受了的古典審美趣味，用意象來抒情，借助象徵、暗示、聯想，把內心的孤獨、迷惘、焦灼寫得含蓄朦朧而又淋漓盡致。象徵、暗示、聯想的手法與生存困境的情感體驗相結合，不可避免地在他們的浪漫主義風格中增添了一些現代派的要素⑬。

中國現代浪漫派小說相容現代主義的藝術因素，某種程度上也具有中國傳統文學的背景。一般地說，浪漫派小說家渴求神奇，期盼在平凡的人生和黑暗的現實中通過幻想來體驗登風臨仙的那種隨風飄去的感覺，所以他們常在感歎人生落寞、詛咒社會黑暗的同時，為自己也為讀者展現了一幅幻美的圖景。這圖景或是回溯性的寧靜田園，或是前瞻性的終極樂園，或奇戀或豔遇，一言以蔽之，是在浪漫的幻想中享受精神的自由。但浪漫派小說一任情感自由氾濫，一些作品就顯得激情有餘，深沉含蓄不足，而且筆墨缺少節制，結構比較鬆散。要糾正這種缺陷，除了增加詩意的成分，還應該借助幻想的力量打破時空界限，以主觀直覺逼入人的內面世界，展現生命的本真狀態，從而增加藝術表現的深度。正是這種可供選擇的改進途徑，從藝術進化的規律方面為浪漫主義小說容納現代派文學的成分開闢了道路。現代派小說是以主觀內面表現著稱的，它通常採用時空顛倒、意識

⑬ 一些代表性的朦朧詩人否認他們的創作受到西方現代派文藝的影響。顧工在〈兩代人——從詩的「不懂」談起〉（載《詩刊》一九八〇年十月號）一文中寫道：「顧城是在文化沙漠、文藝洪荒中生長起來的，他過去沒有看過，今天也極少看過什麼象徵主義、未來主義、表現主義、意識流派、荒誕派……的作品、章句。」公劉在一九八〇年四月南寧召開的全國當代詩歌討論會上也說：「我問過他們，我說你們讀過些什麼呀？我很奇怪，我提了一大批外國作家的名字和外國詩人的名字，答覆是沒有一個點頭的，『沒有』、『不知道』、『沒有』、『不知道』，都是這樣。我就很奇怪，我說，你不要說現代派沒有讀，我問他，我說象徵主義，你知道不知道？我說印象派你知道不知道？都不知道。這種概念從來沒有，聽都沒聽說過，但寫出來的東西，是很類乎西方的、描寫大工業的，這是個很奇怪的問題啊。為什麼在中國這樣一個經濟凋蔽、國民經濟瀕於崩潰的這樣一個國家裡頭（就說那十年），怎麼會哺育出這樣一群小鳥來，它怎麼孵出來的？是什麼東西哺育出來的？」（〈公劉在全國當代詩歌討論會上的發言〉，載《當代文學研究參考資料》第一期，中國當代文學研究會編。）其實，公劉用不著奇怪。現代派文學、準現代派文學，也可以因為人對自身的生存困境的深刻體驗而產生，不必一定要有外來的影響。

流、非理性的夢幻直覺等方式表現人的潛意識，展示人與自然、人與社會、人與人、人與自我的分裂和對抗。這些藝術手法一般與現代派作家對人生和社會的特定看法連在一起，但它們也具有相對獨立性，可以作為藝術手法被別的文學派別所借鑒。四〇年代以徐訏和無名氏為代表的新浪漫派小說，就是在浪漫主義的風格中容納了幻覺、意識流、荒誕神秘等現代派的因素，從而給作品增添了新異的色彩。在浪漫主義的自我表現的風格中相容現代派的展示人的直覺、夢幻等深層心理內容，主要是因為受到了西方現代主義文學的影響，但中國傳統文學遺產同樣為此提供了有力的支持。中國古典詩歌的直觀想像是可以不受客觀時空限制的，中國古代的筆記小說、神魔小說也具有超越客觀時空的幻想能力。中國現代浪漫主義作家受到這方面民族傳統文化的薰陶，就能夠比較容易地從西方現代派小說中「熟練」借鑒某些表現技巧和藝術手法，從而增加了作品藝術表現的深度。

中國現代浪漫主義思潮在中國特殊的文化背景和社會背景下，融合了多種現代派文學的因素，這使它具有了與西方浪漫主義文學不同的「民族化」的特點。首先，它與西方的浪漫主義思潮相比，顯得不那麼「正宗」和純粹，成了一種開放性的浪漫主義。第二，它比西方浪漫主義的調子低沉，增加了感傷乃至陰冷的成分。第三，它初步觸及了人的潛意識領域，涉及到了一些直覺、本能、靈感等方面的內容，增加了作品表現人的精神世界的深度。第四，它與現代主義的界限有點模糊，這是說不僅現代派文學中常常包含著浪漫的情愫，而且浪漫主義思潮在歷史的轉折關頭每每因為社會環境的壓力和它與現代派文學的親緣關係而向現代主義分流。正是這種分流，不僅勾畫出了中國現代浪漫主義與現代派文學此起彼伏、互相糾纏的複雜關係，而且最終影響了中國現代浪漫主義思潮的歸宿。

如果說，二〇年代末以穆木天、王獨清、馮乃超為代表的創造社內的象徵主義詩人在社會劇變時期的混亂中從浪漫主義思潮中分化出來，其象徵主義的餘波與此時的以戴望舒為代表的現代派詩人匯合，協助後者支撐起了二、三〇年代之交的現代派詩歌之潮，這是浪漫主義思潮第一次向現代派的分流，如果說四〇年代的新浪漫派小說家無名氏因在動亂歲月中更深地體驗到了人的困境，後來走上了現代派的創作道路，這以較小的規模代表了浪漫主義思潮的第二次向現代派分流，那麼到八〇年代中期，浪漫主義思潮第三次向現代主義分流，這一次則是整體性地消失在現代派詩歌和尋根文學的浪潮中了，從而為二十世紀的浪漫主義思潮劃上了一個歷史性的句號。這最後一次分流是以更深刻的社會變動為背景的。隨著思想解放運動的深入，歷史真相被逐步揭開，善良的人們發現自己被無情地愚弄，體會到了人生的荒謬。尤其是一代青年，他們從上山下鄉、支邊插隊的經歷中發現了青春的空白和當下被放逐的邊緣人命運，他們還要與自己也參與了的造神運動樹立起來的現代迷信決裂，因而更充分地體驗到靈魂被撕裂的痛苦。這一切導致所謂的「信仰危機」，同時也把人與社會、人與人之間的外部衝突轉化為人與自我的內部衝突，迫使人們從對外部世界、對社會的懷疑轉向對人個體生命存在意義的追問和反思，開始審視和認識自我。這是人的覺醒，但同時也伴隨著人因覺察到生存本身的困境而產生的冷漠、孤獨、迷惘和焦灼。處於這樣的狀態，一些作家和詩人就不再滿足於浪漫主義式的對自我不幸的傾訴，對現實的詛咒和抗議，轉而去展示人的生存困境、現實的荒謬和自我的變形，採用了調侃、反諷、變形等藝術手法。這就通向了現代派。浪漫主義的傾訴、詛咒、抗議，不管它對現實作了怎樣的否定，其立足點其實還是對現實和人生寄予了期望。但在新時期一些比較有思想深度的作家、詩人看來，抱著這樣的期望是幼稚的。「理想」已經破滅，價值發生動搖，就像尼采宣布的：「上帝死了」，人們必須面對生存困境，進行「別無選擇」的自我拯救。另有一些作家，則是轉向傳統文化去尋找生存的精神支柱。由後期「朦朧」詩派和「尋根文學」所體現的這一動向，無疑是從浪漫主義出發而又超越了浪漫主義。它容納了浪漫主義的憂傷、痛苦、迷惘的情緒，又使之朝現代主義的孤獨感、荒謬感的方向發展，遙相呼應了世界文學的現代主義潮流，並從世界現代主義文學中吸取了藝術的養分。可以說，這是基於浪漫主義與現代主義的親緣關係，在個體的自由已有了基本保障的前提下，由於現實情勢的激勵而使藝術視點向內面世界進一步深入，從而在整體上實現了從浪漫主義向現代主義的深入和超越。

## 第三節　浪漫主義與民族傳統文化

中國現代浪漫主義者自覺吸收西方從啟蒙主義、浪漫主義到新浪漫主義各種文學思潮的養分，作為他們徹底反叛封建文化、走上文學革新道路的起點。這也許容易造成一種錯覺，以為中國現代浪漫主義思潮純粹是西方影響的產物，或者說是西方浪漫主義思潮在中國的橫向移植，與我們民族傳統文化沒有多大關係。其實，問題要複雜得多。在中西文化碰撞中，用西方文化來改造中國民族傳統文化使之實現現代化，這與正處在變革中的民族傳統文化對西方文化的影響施加限制，把這種影響納入到積極地重建民族新文化的軌道是同一過程的兩個方面，彼此是相輔相成的。只是前者作為浪漫主義者的自覺追求，比較容易引起人們的注意。後者則是一個潛移默化的長期過程，是浪漫主義者基於個人在民族文化的長期薰陶中自然地形成的價值觀念、審美趣味、思維方式，接受西方文學的觀念、準則，或對此加以無意識的誤讀的結果。由於它跟當事者在理性上向西方現代文學靠攏的自覺意願相反，也因為習慣成自然的關係，人們往往不太注意民族傳統文化在中國現代浪漫主義思潮興起和發展過程中的重要作用。不過換一個角度，也許正因為如此，這種影響才是更為內在、更為本質的，它深刻地反映了一種文化不易被人察覺的強大的內在影響力。事實上，不管一個人如何激烈地反叛傳統，那種已經內化為他的價值觀和審美觀、與他的生命存在難以分割的傳統文化對他的影響是無可逃避的。中國現代浪漫主義者要借助西方文學的力量打破已經僵化的民族傳統文化的束縛，實際的結果卻是推動了一個嶄新的文學潮流的興起，這一文學潮流從一開始就與民族傳統文化有著千絲萬縷的聯繫，並且在它的發展過程中越來越鮮明地表現出了自己的民族特點，因而它實際上又為更新民族傳統文化作出了重要的貢獻。

中國現代浪漫主義思潮與民族傳統文化的關係，最直觀地反映在歷史題材的作品中。郭沫若的浪漫主義創作，有許多取材於神話、傳說、歷史。從早期的詩劇《女神之再生》、《湘累》、《棠棣之花》，到四〇年代的歷史劇《屈原》、《虎符》、《高漸離》等，都寫的神話、歷史題材，與中國數千年的文化傳統密切相關。他說：「我們要宣傳民眾藝術，要建設新文化，不先以國民情調為基點，只圖介紹外人言論，或發表些小己底玄思，終究是鑿枘不相容的。」⑭這說明他在五四時期就已意識到了「建設新文化」與發揚「國民情調」的內在關係，意識到在掃蕩舊文化的同時應該

⑭ 郭沫若等：《三葉集》，上海亞東圖書館一九二〇年版，第十三頁。

吸收其中有用的東西。當然，這時的吸收同時也是改造，就像他在《卷耳集·序》中寫的：「我國的民族，原來是極自由極優美的民族。可惜束縛在幾千年來禮教的桎梏之下，簡直成了一頭死象的木乃伊了。可憐！可憐！可憐我們最古的平民文學，也早變成了化石。我要向這化石吹噓些生命進去，我想把這木乃伊的死象蘇活轉來。」郭沫若的長處，就在於把繼承古代文化遺產與憑主觀想像進行大膽的創造結合起來，在古人的骸骨中吹噓進了現代人的生命。事實上，在激進地否定傳統文化的五四時期，浪漫主義作家和詩人涉足歷史題材的不在少數。而歷史題材對現代浪漫主義思潮與傳統文化的關係之所以重要，主要是因為它所蘊含的文化資訊，如民族的價值觀念、審美趣味、美學思想、想像方式，以一種極為頑強的力量賦予了現代浪漫主義作品以民族的精神氣質。

這一切在浪漫主義者喜歡寫的個人生活和個人情感經歷的題材中其實也同樣存在，因而從浪漫派的個人題材作品中同樣可以看出現代浪漫主義思潮與傳統文化的聯繫，最基本的是價值觀方面的聯繫。一個民族的價值觀在長期的歷史過程中形成和發展，包含了不同的層次。表層的一些內容變化較快，改變也較為明顯，如女人纏小腳、男人拖辮子之類現在都已不再成為美的標誌，但深層的內容，即最基本的價值觀的變化往往是非常緩慢的，而且保持了前後的連續性。它們一般都是決定一個民族精神面貌的因素，如中華民族的重視家庭親情，強調人際關係的協調，尊和諧為美的極致等等。「五四」是徹底反封建的時期，傳統文化在此時受到了嚴厲的批判。但即使在這一時期，中華民族的一些深層次的價值觀仍得以在批判者的筆下延續，或者改頭換面地重新出現。比如一般認為，郁達夫的小說是徹底反傳統的，它的自我表現的風格一開始就在作者周圍的朋友中間引起驚異，因為這不符合人們在歷史中形成的關於小說的觀念。中國傳統小說非常注重情節性，郁達夫的小說只表現自我情感的起伏，而更重要的是在這些小說中，郁達夫以驚人的大膽披露性的苦悶和種種卑微的情感，徹底背叛了中國人在性問題上歷來非常含蓄的傳統。這說明，郁達夫的小說無論是表現形式，還是情感內容，對於民族傳統觀念都是一次徹底的背叛。但即使這樣，在他的小說中仍可找出民族傳統倫理觀的烙印。《沉淪》寫一個年輕的留學生在日本令人壓抑的環境中心理趨向變態，他偷看房東的女孩洗浴，偷聽野外的男女幽會，可同時在心裡咒罵自己「下流」，並因此背上了沉重的心理包袱。這種涉及性問題的罪惡感和心理的扭曲，完全是中國儒家文化壓抑人性所造成的一個後果，它深刻地反映了郁達夫小說的中國傳統文化的背景。郁達夫在五四浪漫派作家中，是思想最為開放的一個，他尚且在疏離傳統文化的同時，又與傳統文化保持了千絲萬縷的聯繫，那就遑論別人了。

中國傳統文化中貫穿了一條愛國主義的紅線，它的源頭是屈原的《離騷》。中華民族生生不息的愛國主義精神所內含的國家和民族利益至上、個人甘願為此獻身的價值取向，也深深影響了中國現代浪漫主義作家和詩人，使之有了與西方浪漫派不同的特點。西方浪漫主義者一般堅持個性至上的立場，對民族、國家的認同感相對說並不很強烈。這主要是因為西方各民族在歷史上曾經由於種種原因發生過較大規模的遷移，在文化上相互的影響比較深入，彼此的關係較為密切。中國現代浪漫主義者雖然已經揚棄了古老的愛國主義傳統中的保守內容，不再堅持不分是非的盲目的愛國主義，但在遭遇中西衝突的時候，他們往往採取文化選擇與政治觀點分開的態度，在文化上傾向西方，政治上則持愛國主義的立場。如二〇年代的浪漫主義者大多都是仰慕西方進步文明到國外留學，可是一到國外，首先強烈地感受到的總是弱國子民的種種屈辱，對故國、鄉土寄予了深切的思念，就像郁達夫說的：「眼看到的故國的陸沉，身受到的異鄉的屈辱，與夫所感所思，所經歷的一切，剔括起來沒有一點不是失望，沒有一處不是憂傷，同初喪了夫主的少婦一般，毫無力氣，毫無勇毅，哀哀切切，悲鳴出來的，就是那一卷當時很惹起了許多非難的《沉淪》。」⑮郁達夫的浪漫小說，以一種卑微的情感包含著愛國主義的主題。郭沫若的《女神》，則以高昂的旋律直接抒發愛國主義的激情。聞一多的《紅燭》一方面控訴帝國主義國家的民族歧視，另一方面又懷著無限的深情謳歌中華民族五千年的燦爛文明。即使到了新時期，「朦朧」詩人們以悲憤或憂傷的調子寫就的詩篇也無不包含著對祖國的深情，透過祖國眼前的「衰敗」、「破舊」的現狀，展望她明天燦爛的前景。很明顯，根深蒂固的愛國主義傳統使中國現代浪漫主義者在抒發個人的浪漫激情時總不能完全淡忘國運民生，對祖國總是採取一種遊子思歸的態度。

中國傳統文化是以儒家思想為主幹、儒道互補為基礎形成的一種人倫文化，重點是在調節人間的關係或者調整自我的心態。如果說五四浪漫派小說中留著一點儒家倫文化的烙印，那麼到三〇年代，以廢名、沈從文為代表的田園浪漫主義小說則更多地表現出道家的色彩。廢名以寧靜的筆調寫慈祥的老人，天真的孩子，河邊的柳樹，城外的桃園，一切籠罩在詩一樣的氛圍中，有道家的從容與閒適。沈從文說：「明白偶然和感情將來在你的生命中的種種，說不定還可以增加你一點憂患來臨的容忍力——也就是新的道家思想。」⑯他以湘西優美、和諧的生命形態與城裡人的做作浮澡的

⑮ 郁達夫：〈懺餘獨白〉，《郁達夫全集》第五卷，浙江文藝出版社一九九二年十二月版，第五四二頁。
⑯ 沈從文：〈水雲〉，《沈從文文集》第十卷，花城出版社一九八四年版，第二六九頁。

現代文明對照，企圖從中尋找到一條重造民族德性的途徑，這中間包含著知白守黑的道家智慧，因而這些湘西題材的小說有了回歸自然、珍重生命的道家意蘊。這意味著，三〇年代的田園浪漫主義小說不是循著「五四」反傳統的方向離民族傳統文化越來越遠，而是在五四新文化運動所開闢的基礎上更多地吸收了傳統文化中富有活力的成分，使創作的風格與傳統文化有了更深的聯繫。

在中國文化史上，先是儒道互補，後又從印度引進佛教文化，開始了儒、道、佛三者互動的新階段。在特定的社會背景下，這生發出了中國特有的、影響深遠的名士流風。朱自清曾說：「中國傳統文化大概可用『儒雅風流』一語來代表。……有的人縱情於醇酒婦人，或寄情於田園山水，表現這種情志的是緣情或隱逸之風。這個得有『妙賞』、『深情』的『玄心』，也得用『含英咀華』的語言，這就是『風流』的標準。」⑰嚴格地說，現代社會已經不再存在古代名士風流得以延續的物質基礎，但古代名士的怪誕舉止和佯狂言論，因其所包含的不滿現實、反抗社會的傾向與五四時代精神存在相通之處而又容易引起現代浪漫主義者的共鳴，進而加以仿效。在這些人中，郭沫若是很有代表性的一個，他在〈創造十年〉中這樣寫道：

> 兩個人挽著手走出店門，就在四馬路上一連吃了三家酒店。……最後一家是在那青蓮閣旁邊的一座酒樓上，兩人坐在一張方桌上吃喝，喝到酒壺擺滿了一方桌，順次移到鄰接的空桌上去，終於把鄰桌也擺滿了。兩人怕足足吃了三十幾壺酒。……我連說「我們是孤竹君之二子呀！我們是孤竹君之

---

⑰ 朱自清：〈文學的標準和尺度〉，《標準與尺度》，文光書店一九四八年版，第四五頁。

二子呀！結果是只有在首陽山上餓死！」達夫紅著一雙眼睛就像要迸出火來的一樣。

這種佯狂使酒、佻達自恣的作風，很容易讓人聯想起「竹林七賢」。郁達夫則自稱為骸骨迷戀者：「每自傷悼，恨我自家即使要生在亂世，何以不生在晉的時候。我雖沒有資格加入竹林七賢之列，至少也可聽聽阮籍的哭聲。或者再遲一點，於風和日朗的春天，長街上跟在陶潛的後頭，看看他那副討飯的樣子，也是非常有趣。即使不要講得那麼遠，我想我若能生於明朝末年，就是被李自成來砍幾刀，也比現在所受的軍閥官僚的毒害，還有價值。因為那時候還有幾個東林復社的少年公子和秦淮水榭的俠妓名娼，聽聽他們中間的奇技異跡，已盡夠使我們把現實的悲苦忘掉，何況更有柳敬亭的如神的說書呢？」⑱十足一副頹廢派的模樣。創造社作家這種恃才傲物、蔑視權貴、誇飾悲苦、率真任性的作風，表明他們與古代名士的放浪形骸有著精神上的聯繫，確切地說，他們是在放浪形骸、佻達恣意的名士風流中灌注進了現代人的個性意識和反抗精神，從而使他們為現代的民主自由權利所作的鬥爭帶有中國古代名士的遺風——一種現代化的名士作風。

中國到魏晉時期，由於佛教文化的進一步傳播，老莊藝術精神發展為玄佛藝術精神，產生了一批空靈、靜穆的山水詩，形成了中國文學史上第一個純山水詩的創作高潮。這些山水詩對大自然靜美的獨特發現以及由此加強了的文人偏於寧靜恬淡的審美趣味，對中國現代浪漫主義者也產生了潛在然而重大的影響。影響的一個方面，就是這些現代的浪漫主義者對自然景物懷有中國式的獨特

⑱ 郁達夫：〈骸骨迷戀者的獨語〉，《郁達夫全集》第三卷，浙江文藝出版社一九九二年十二月版，第八二頁。

情趣。眾所周知，「回歸自然」是浪漫主義者的共同口號，但在西方富有反抗精神的浪漫主義者筆下，大自然常常偏於壯美，折射出作者強烈的內心衝突。然而在中國，現代浪漫主義者眼中的大自然一般都是優美的——寧靜恬淡的自然成了他們撫平心靈創傷的精神家園。廢名、沈從文筆下的山水景物固然一派和諧安詳的田園風光，是他們心目中道德和美的極致之象徵，自不必多說；郁達夫、郭沫若小說中的自然景象也都是「清、真、細」的。尤其是郁達夫，無論《薄奠》裡北京平則門外的晴空遠山，還是《小春天氣》中陶然亭邊的蘆蕩殘照，都一例的浸透了作者的淡淡憂傷，達到了情景交融的境界。這些寫景文字所展示的，一般不是僅僅具有客觀意義的自然背景或孤立存在的景物，而是作者內心情感的投射和他們偏於飄逸的審美趣味的自然流露。喜歡把大自然寫成淡的、靜的、甚至是空靈的，這種風格當然又是由於受到了中國古典山水詩裡面的傳統趣味的浸潤。

其實豈止審美趣味，就是對於自然美的感受方式，現代浪漫主義者也受到了古代山水詩的深刻影響。中國文化強調天人合一，要求從人與自然的統一中來探索人生根本問題的解決，規範審美的態度。後來佛教傳入中國，進一步發展出了一套直覺、禪悟之類的審美範疇，直接促成了魏晉山水詩的興起。這種審美方式跟西方的強調人與自然對立的文化背景中發展起來的審美方式有所不同，其特點就是從人與自然相互融合的角度來發現自然的內在之美，而不是從人與自然的衝突中表現人對自然的征服。這使中國古代山水詩中的自然之美成了人的內心生活的生動圖景，不僅可以從中看出情感的投影，而且可以把捉住人與自然交流的過程。這種審美態度顯然直接為中國現代浪漫主義者所繼承，即使是經歷了個人與社會對立的五四浪漫主義者，當他們從大自然尋找精神寄託的時候，也大多是把大自然當作心靈交流的對象，從情景的相互激盪中展現自然之美的。如郁達夫雖然充滿了孤苦頹傷的情緒，但一旦寫到大自然的景物，他筆下就會煥然一新。他不是在客觀如實地描摹景色，而是打通主客觀的界限，從主體和客體的相互交融中發掘對象所激起的主觀感受，因而這時大自然所呈現的圖景，是流動的、變幻的，一如主體的情緒的變化；一草一木都具有人的靈性，而且歸趨於澄清透明、安詳寧靜的美的情調。這種寫景的風格，包括審美趣味和審美方式，很明顯受到了中國傳統山水詩的影響。

傳統文化對現代浪漫主義文學思潮的影響，當然還可以從別的方面來概括。比如相似的「悲秋」主題，共通的感傷情調，莊子式的自由超邁的想像，屈原式的浪漫激情等等，都不難從古代和現代作家身上找到相應的例證，並且可以指出它們彼此的特定的文化背景。其實，只要一個民族本身不消亡，它的文化的延續是不以人的意志為轉移的，不管這種延續採取了何種方式。臺灣學者林毓生認為：「思想必須有豐富的根據，價值觀念不能整體的創造，我們只能根據另外一些價值批判某一個價值，所以價值的系統是一個演化的系統，而不是一個唯理或先驗的系統。」⑲這意思是說價值觀的演變是連續性的，即使是在巨大的歷史變革時期，人們也只能用其中的一些價值來批判另一些價值，因而批判的過程既是新生的過程，同時又是延續的過程。這裡的根本問題在於，我們不可能在文化真空中進行文化批判。人的思想和想像必須有所依憑，而你所依憑的東西又只能從既存的文化（傳統）中取得。即使是引進外國的文明，也離不開對它的取捨，而取捨就與人的態度有關，人的態度則必然有一個民族傳統文化的背景，就是說，我們必須用傳統所給予的價值準則乃至

⑲ 林毓生：《中國傳統的創造性轉化》，三聯書店一九九六年版，第五四頁。

語言工具對外來文明進行加工和介紹，這就不可避免地要打上傳統文化的烙印。因此，僅僅看到傳統文化對現代浪漫主義思潮的影響是不夠的，更重要的是指出這種影響所起的作用，從而能夠深刻領悟它對於現代浪漫主義文學思潮的意義。

概括起來，民族傳統文化對於中國現代浪漫主義思潮影響和作用表現在兩大方面。第一，為吸收外來文明提供內在的依據，或者為改造外來文明提供某種準則。盧卡契說得好：「任何一個真正深刻重大的影響是不可能由任何一個外國文學作品所造成，除非在有關國家同時存在一個極為相似的文學傾向——至少是一種潛在的傾向。這種潛在的傾向促成外國文學影響的成熟。因為真正的影響永遠是一種潛力的解放。」[20]這是說，外來的影響之所以起作用，主要是因為這種影響與本國的「潛在傾向」產生了某種共鳴。因此，包含著本國傳統文化典範的「潛在傾向」事實上就制約了對外來文明的讀解，進而規定了吸收外來文明的重點、範圍，也規定了外來文明的影響所能達到的深度。中國古代文學中有山水詩的深厚傳統，因而中國現代浪漫主義者對西方浪漫主義的「回歸自然」的口號特別敏感。中國古代的名士風流，使中國現代浪漫主義者受西方「殉情主義」——感傷主義的影響特別深。中國的老莊哲學和美學思想對文人很有影響，所以郭沫若遇見斯賓若沙、歌德的泛神論便一見如故。這些說明，接受外來的影響，必有一個民族傳統文化的背景作為依據。同時，民族傳統文化又為拒斥那些與它難以相容的外來文明、或者對這些外來文明加以改造提供了準則。拜倫作為一個富有反抗精神的英雄，受到中國現代浪漫主義者的熱烈嗅呼，尤其是在五四時

[20] 盧卡契：〈托爾斯泰和西歐文學〉，《盧卡契文學論文集》（二），中國社會科學出版社一九八一年版。

期。但在中國，拜倫實際上已被作了重要的改造。李歐梵曾經把拜倫式的英雄概括為一個複合體，其中有兒童般的天真，英雄般的激情，浮士德式的叛逆，該隱那樣的流氓，撒旦似的花花公子，以及反社會反上帝的貳臣。但在中國，拜倫身上的淫蕩、放縱、虐待狂、對人生的深刻絕望的一面被有意無意地掩蓋了，只留下他對庸俗社會的徹底叛逆和反抗，就像茅盾說的：「有兩個拜倫：一個是狂縱的，自私的，偏於肉慾的；一個是慷慨的，豪俠的，高貴的」，「我們現在紀念他，因為他是一個富於反抗精神的人，是一個攻擊舊習慣舊道德的詩人，是一個從軍革命的詩人；放縱自私的生活，我們底青年是不肯做的。」㉑之所以「不肯做」，除了時代的要求，主要還是因為中國傳統文化沒有提供一個合適的背景，或者說由於這些被掩蓋起來的道德品質與中國人一般所認同的道德準則難以相容。由於同樣的原因，中國現代作家在接受西方浪漫主義的影響時，還對其中的「回到中世紀」的宗教激情，對西方浪漫主義的過於怪誕的想像，有所忽視。

第二，民族傳統文化作為中西文化衝突中的重要一極與外來文明形成了一種張力，在彼此相生相剋的過程中使自身得以更新，從而推進了中西文化的融合，推動中國現代浪漫主義思潮以波浪形的方式向著具有活力的民族傳統回歸。如果說五四浪漫主義思潮，由於它較多地接受了西方現代派文學，包括帶有頹廢傾向的唯美主義和世紀末思潮的影響，而且這種影響還來不及與中國民族傳統很好地融合，因此它在藝術上還比較直露粗糙，不夠精美，那麼到三〇年代田園浪漫主義興起，在它藝術上趨向精緻優美的同時，也意味著中國現代浪漫主義思潮在向傳統回歸。這種「回歸」，很

㉑ 沈雁冰：〈拜倫百年紀念〉，《小說月報》第十五卷，第四號。

大程度上體現了中國傳統文化中佛道兩家的人格理想和審美觀念的潛在影響。中國文人歷來深受道家和佛家的人生觀和審美觀的浸染，養成了孤芳自賞的人格理想和寧靜致遠的美學趣味，尤其是在亂世中往往把它們作為自我拯救的精神動力。在三〇年代的特殊環境中，一部分採取了自由主義立場的浪漫主義者在他們疏遠時代、退居邊緣的過程中，按照自古以來中國文人的通常方式接近了道家的清淨和佛家的空靈，從而把現代浪漫主義思潮引向了民族的傳統。但同時又不能不看到，這些田園浪漫主義作品所表達的並不是古老的佛道思想和審美趣味的翻版，因為在這些作品所標榜的理想中已經注入了現代人的個性意識和自由觀念。這意味著，三〇年代的田園浪漫主義既是向傳統的回歸，又是朝現代化的方向發展；它既是對五四浪漫主義的超越，又是對古代佛道思想和審美趣味中的封建性內容的有效揚棄。

如果說從五四浪漫主義到三〇年代的田園浪漫主義，在協調中國現代浪漫主義思潮與中西文化的關係方面完成了一正一反的一個相對完整的否定之否定的過程，推進了中西文化的融合，那麼這一融合的過程還遠沒有到此為止，而是尚有待於新的正、反運動把它繼續引向深入。這一不斷深入的過程，大致說來，就是四〇年代的新浪漫派小說和七〇年代末、八〇年代初浪漫主義思潮的再次回歸中所表現出來的傾向。四〇年代的新浪漫派小說，再次以相當開放的態度吸收西方的自由民主意識和現代派文學的成分。可以說，這是對於三〇年代田園浪漫主義思潮向傳統回歸的一個「否定」，雖然它同時又存在著向民族的傳奇文學風格靠攏的潛在傾向。經過這一次否定之否定，中西文化的融合又被大大地推進了一步。到七、八〇年代之交，由於「朦朧詩」和知青浪漫主義小說的出現，中西文化的融合，顯然又一次被引向深入。經過這幾次否定之否定——經過浪漫主義思潮的不同形態的轉換，外來文明得到了改造，民族的文化傳統獲得了新生，中國現代浪漫主義思潮因而不斷地被賦予了民族的特點，同時又不斷地強化了它的現代的性質。換言之，這是中國現代浪漫主義文學思潮不斷實現民族化的歷程，同時也是它以民族化的風格向世界展現其自身，以真正平等的姿態朝世界文學靠攏、並與之接軌的現代化的偉大實踐。

# 第九章　結語：浪漫主義在現代中國的命運

中國現代浪漫主義的命運，是跟個性主義思潮在歷史進程中的地位相關的，與人們是否普遍地尊重藝術規律，允許作家充分地發揮創作個性密切聯繫在一起的。如果自我表現的、主情的藝術傾向能被時代接受，浪漫主義者的創作個性得以充分地發揮，浪漫主義思潮就會發展壯大；反之，它就會遇到重重阻力，經歷種種曲折。中國現代浪漫主義思潮的高峰在「五四」，因為個性解放的思潮只有在「五四」才是占主導地位的社會思潮。時代呼喚著反封建，浪漫主義者一切從保守觀點看去大逆不道的藝術描寫和驚世駭俗的言論都成了時代精神的生動體現，引起了廣泛的共鳴，因而他們的創作心態是充分自由的，他們的影響超出了浪漫主義的範圍。不過，由於中國社會的特殊情況，個性解放的要求與時代精神總體一致的時期在五四以後不再重現了，所以浪漫主義思潮在此後的發展一波三折，有時甚至步履維艱。

當然也有少數例外。比如抗戰時期的重慶，郭沫若接連寫了六部浪漫主義的歷史劇，影射現實政治，同時他重新肯定了浪漫主義的積極意義。這象徵浪漫主義思潮繼五四以後又一次在文壇佔據了引人矚目的地位，對於郭沫若本人來說，則意味著他迎來了創作的第二個高峰。對於這一浪漫主義思潮重新回歸的現象，如果單純地從作品的政治主題或作者的「自我表現」的方面著眼，都很難作出令人信服的解釋，只有把兩方面聯繫起來，即看到這是在國民黨消極抗戰的特殊背景下，郭沫若基於他個人的浪漫氣質與中國人民抗擊日本侵略者，反對國民黨倒行逆施這一關係到民族生死存亡的時代主題取得了一致，才能說清楚包含個性主義的浪漫主義這時為何又在文壇重振。說穿了，那是因為郭沫若這時的悲憤既是個人的，又代表了全國民眾的心聲；他爭取的既是個人的自由，又是在完成時代提出的莊嚴使命，一句話，個人的視界、個人的激情和獨立的藝術追求，這時再度擁有了突出的反封建功能，為時代所認可，浪漫主義思潮這才獲得了回歸所不可缺少的外部條件。

一旦主觀視角、個人的激情、獨立的藝術追求被相當普遍地看作不符合特定的政治需要而遭到抵制時，浪漫主義思潮事實上只有兩條出路。一條是從社會的中心位置退向邊緣，通過疏遠時代，避免與環境的衝突來擴大作家個人心理自由的空間，從而得以堅持浪漫主義的創作方向。這是二〇年代末三〇年代前期的沈從文、廢名和四〇年代的「新浪漫派」小說家所選擇的道路。當「邊緣」也不復存在的時候，這種形態的浪漫主義就只能歸於寂滅。另一條便是讓浪漫主義與政治聯姻，這產生了政治化的浪漫主義。

政治化的浪漫主義源於蔣光慈，這是因為蔣光慈比別人更早地同時擁有了革命家和浪漫主義者的雙重身份並使兩種角色統一起來。蔣光慈在《十月革命與俄羅斯文學》一文中寫道：「革命是最大的浪漫諦克」，「革命就是藝術，真正的詩人不能不感覺得自己與革命具有共同點」。這是因為革命是改天換地的鬥爭，在革命的「怒潮」中詩人必能尋找出自己「所要求的、偉大的、神聖的」一切，能聽到「歡暢動人的音樂」。但他同時又表示，革命也要致力於建設，一旦到了建設階段，就需要「理性」和「計畫」。他批評俄羅斯浪漫主義詩人布洛克看不到這一點，只一味地要求急風暴雨式的鬥爭生活。他說：「革命後一些建設的瑣事，我們的浪漫諦克沒有習慣來注意它們，而自己還是繼續地夢想著美妙的革命的心靈，還是繼續地聽那已隱藏下去的音樂，還是繼續地要看那最高漲的浪潮……但是為著要建設文化達到目的起見，革命不能與布洛克再走一條路了。」蔣光慈雖然批評了左傾幼稚病的狂熱，但看得出他是傾向於把「革命」與浪漫諦克在不滿足於現狀、呼喚變革、追求刺激這一點上等同起來的。在二〇年代後期，他首創「革命＋戀愛」的模式，就反映了這種把革命與浪漫主義調和起來的意圖。不過，蔣光慈畢竟是個富於浪漫氣質的詩人。他對革命的嚮往和對理想的追求是真摯的，因此他的作品包含著巨大的熱情，這在一定程度上補救了概念化、公式化的缺陷，比起後來的效仿者在藝術上有較多的可取之處。

創造社「轉向」以後，浪漫主義在左翼文藝界便處於被封殺的地位，直至周揚一九三三年十一月在《現代》第四卷第一期發表〈關於「社會主義的現實主義與革命的浪漫主義」〉一文，聯繫現實主義問題對浪漫主義作出新的評價，情形才發生些微變化。重新評價浪漫主義的背景是蘇聯文藝界清算了「拉普」路線，提出了「社會主義現實主義」的創作方法。社會主義現實主義要求以發展的眼光描寫現實，表現理想。它不排斥浪漫主義，而是要把浪漫主義作為一種因素吸收到現實主義創作方法中來，如高爾基所說的：「現實主義和浪漫主義精神必須結合起來。不是現實主義者，不是浪漫主義者，同時卻又是現實主義者，又是浪漫主義者，好像同一物的兩面。」①周揚的文章及

① 《蘇聯作家論社會主義現實主義》，人民文學出版社一九六〇年版，第六至十七頁。

時反映了蘇聯文藝界的這一動向，同時也針對著國內文藝創作力萎縮的實際問題。他力圖通過重新評價浪漫主義，使現實主義創作方法吸收浪漫主義的熱情和理想的成分，推動文學創作向表現革命理想的方向發展。他寫道：「對人生的積極面作深刻透視」的同時，應該多發現「在時代的發展上具有積極意義的方面」，增加「可以令人歡欣鼓舞的浪漫的英雄的氣概」和「可歌可泣英雄壯烈的事實」，「這就有賴於豐富的幻想」，以形成「照耀現實，充滿現實的」的「浪漫性」②。為此，他特別推崇高爾基那種具有「積極的，戰鬥的性質」的浪漫主義③。周揚聯繫社會主義現實主義提出「革命的浪漫主義」的概念，事實證明它具有深遠的意義，這就是改變了浪漫主義的性質，把本來崇尚「自我表現」的浪漫主義改造成為表現革命理想和英雄氣概的革命浪漫主義。「浪漫主義」前面加上「革命」兩字，就意味著它所展現的理想已不再是個人自發的理想，而是符合人民大眾根本利益的集體主義的理想，它的正確性在當時被認為是必須依據經典理論所闡述的原則，並結合現實鬥爭的需要來確定，因而它實際上也是反對情感自由而崇尚理性精神的。這到了《講話》，便形成了文藝家轉變立場，改造主觀世界的系統理論。

從浪漫主義發展到革命浪漫主義，是浪漫主義思潮向政治化方向邁出的一大步。這在新民主主義革命時期，應該說是從政治上適應了人民大眾對於文學的要求，發揮了文學的戰鬥作用，雖然從文學自身的角度看，它帶來的創作實績基本上是在現實主義描寫中加上一截「光明的尾巴」，沒

② 周揚：〈現實的與浪漫的〉，《周揚文集》第一卷，人民文學出版社一九八四年版，第一二五至一二七頁。
③ 周揚：〈高爾基的浪漫主義〉，《周揚文集》第一卷，人民文學出版社一九八四年版，第一三二頁。

有產生具有獨特藝術價值的經得起時間考驗的佳作。原因並不複雜，就因為浪漫主義的風格本質上是作家的浪漫氣質使然的東西，若離開作家創作個性的充分發揮和主體精神的高揚，只片面地強調表現由理性精神所規定的「浪漫的英雄的氣概」和「英雄壯烈的事實」，它就既難以達到現實主義反映生活的深度，又壓抑了作家的「自我」，使浪漫主義的表現力度大打折扣。由此獲得的「浪漫性」，充其量只是一些刻意製造的傳奇性故事，苦心經營的激情、技巧上的誇張和幻想，而這些都不外是理性的產物，恰恰違背了浪漫主義文學要獲得成功所必須遵循的感情自然流露的原則。

一九四九年後，開始了現實主義一統天下的時代。人們用「現實主義」和「反現實主義」來為文藝作品定性：現實主義是進步的、革命的，「反現實主義」是反動的、反人民的。毛澤東一九五七年發表詩詞，並於一九五八年春提出「革命現實主義和革命浪漫主義相結合」的創作方法，浪漫主義這才再度恢復了名譽，成為文藝界普遍關注的重要話題。郭沫若讀了毛澤東的詩詞後寫道：「我個人特別感著心情舒暢的，是毛澤東同志詩詞的發表把浪漫主義精神高度地鼓舞了起來，使浪漫主義恢復了名譽。比如我自己，在目前就敢於坦白地承認：我是一個浪漫主義者了。這是三十多年從事文藝工作以來所沒有的心情。」他的歡欣之意溢於言表。但仔細思考，郭沫若此時所理解的浪漫主義已不是他五四時期所信奉的浪漫主義，而是革命的浪漫主義，因為他明確肯定「馬克思列寧主義為浪漫主義提供了理想」，認為「中國的浪漫主義沒有失掉革命性，而早就接受到明確的理想」④。迴避了「自我表現」的問題，只把浪漫主義等同於理想主義，而且這理想不是

④ 以上所引均見郭沫若的〈浪漫主義和現實主義〉一文，《紅旗》雜誌一九五八年第三期。

個人經由自我的體驗形成，而是由書本規定好了的，這樣的浪漫主義顯然也是理性化的，換言之，就是政治化的浪漫主義。郭沫若要待毛澤東給浪漫主義恢復名譽之後才敢承認自己是個浪漫主義者，恰恰說明他這時其實已不是一個心靈自由的浪漫主義者，至多算個政治化的浪漫主義者。

必須指出的是，「革命浪漫主義」本來應該是一個真正促進浪漫主義創作的口號。無產階級革命就其基本性質而言，是為了解放全人類，並最終全面地實現人的自由本質，它不抹殺個人的價值，因而朝著這一根本方向的「革命浪漫主義」完全可以按照藝術的規律，允許作家充分發揮個性，用「自我表現」的手法譜寫絢麗的浪漫主義篇章。但由於指導思想上犯了「左」的錯誤，「革命浪漫主義」事實上成了一個妨礙創作的教條主義的口號。這在後來提出的「兩結合」創作方法中表現得尤為突出。

「兩結合」創作方法是大躍進的產物。一九五七年冬季全國興起了農田水利建設的熱潮，各地產生了一些歌謠化的政治口號。一九五八年二月，第一屆全國人民代表大會第五次會議上，一些代表在發言中引用了部分歌謠來說明工農業生產的「躍進」形勢和群眾的沖天幹勁，詩人蕭三加以整理，以《最好的詩》為題發表在二月十八日的《人民日報》上。這些歌謠已經出現了浮誇風的跡象，如黑龍江肇源縣在四級幹部大會上達成共識：「山都可以改，躍進也不難，要堅決的跳，狠狠的跳，今年跳到黃河北，三年跳到黃河南，十年之內過長江。糞肥不足可以多攢，種子不純精細挑選；畜力不足開展『黃牛訓練班』，時間不足起早貪黑幹。」四川敘永縣的群眾說：「不怕冷，不怕餓，羅鍋山得向我認錯。」陝西的農民唱道：「世事翻新真奇怪，玉米打了二千二，永遠要聽黨的話，產量真個長的快！」毛澤東顯然也從中受到了感染，因為他在三月二十二日成都會議講話中說：「搞點民歌好不好？請各位同志負個責，回去搜集一點民歌。搞幾個試點，每人發幾張紙，寫寫民歌。這個工作，北京大學做了很多。我們來搞，可能找到幾百萬，成千萬首民歌。」在四月的武漢會議上，他又表示各省要搞民歌，發動學生寫，軍隊從士兵中間搜集。毛澤東作為一個政治領袖忽然如此熱心地來提倡搜集民歌，當然是出於更大的考慮：他要從新民歌中感受時代的脈搏、人民沖天的幹勁，以堅定大躍進的決心。對此，曾有學者中肯地指出：「推動新民歌的創作和收集，在毛澤東的構想中，不僅僅是標示出一種新詩的發展道路，更是發動和認識『大躍進』的一種工作方法，或者說它本身就是這場運動在文化精神方面的組成部分。大量新民歌所包含的現實和未來的觀念，所展示的熱情、理想和想像，與毛澤東的認識和期望是緊密相通的。他從人民的歌唱中體會到，大躍進和人民公社並不是象本身所表現出來的那樣，盛行於自上而下的號召、推動、促進和引導，而是發自人民內心的一種必然的選擇，中央沒有理由不『鼓氣』。民歌真實地反映了勞動群眾不斷高漲的革命幹勁和生產創造熱情，好好利用和引導，會反過來大大鼓舞和促進人民群眾在這方面的歷史實踐。」⑤筆者要補充的是，新民歌所反映的群眾在「大躍進」中的「革命幹勁」和「生產創造熱情」既是真實的，又是盲目的，這是一個問題的兩個方面，它反映了在新社會當家作了主人然而還缺少科學精神訓練的勞動者最可寶貴的品質和最為根本的弱點。但毛澤東看中的主要是前者，他忽視了「沖天幹勁」中所隱藏的盲目性和浮誇風。一九五八年四月十五日他在〈介紹一個合作社〉一文中這樣寫道：「共產主義精神在全國蓬勃發展。廣大人民群眾的政治覺悟迅速提高。

⑤ 陳晉：《毛澤東與文藝傳統》，中央文獻出版社一九九二年三月版，第二〇九頁。

群眾中的落後階層奮發起來努力趕上先進階層，這個事實標誌著我國社會主義的經濟革命（生產關係方面尚未完成改造的部分）、政治革命、思想革命、技術革命、文化革命正在向前奮進。由此看來，我國在工農業生產方面趕上資本主義大國，可能不需要從前所想的那樣長的時間了。除黨的領導之外，六億人口是一個決定因素。人多議論多，熱氣高，幹勁大。從來也沒有看見人民群眾像現在這樣精神振奮，鬥志昂揚，意氣風發。」他的主要依據就是他所介紹的這個合作社在大災之年依靠共產主義思想和人民群眾的覺悟所創造的「奇蹟」。可是從《紅旗》一九五八年創刊號上與〈介紹一個合作社〉同時刊登的題為《一個苦戰二年改變了面貌的合作社》的調查報告看，這個社所取得的「成就」可以說主要是靠文字遊戲炮製出來的。以一九五七年戰勝特大水災為例，報告稱全社一千零七十四人每人分了六斤糧食，半斤棉花。「在面臨嚴重困難的情況下，保持著高度積極精神的全社幹部和群眾，敢於打破常規，刻苦鑽研，大膽創造，排除萬難，進行了頑強的鬥爭。」他們的度荒辦法之一是「紅薯打粉」：把二十四萬斤紅薯加工成芡粉和薯渣，「試驗結果，四斤紅薯出二斤四兩渣，一斤芡，渣和芡都可以和上水做成食物，比吃紅薯更經濟。由於採取了紅薯打粉吃渣的辦法，淨增加粉條三萬斤，因而增加了八千多元收入，同時還節省了四萬多斤糧食。」生產度荒的另一「創造」是把牲口料加工成油：「該社去年秋留一萬斤大豆的牲口料，加工成了油，每百斤豆出油十一斤，豆餅一百斤，淨增加油一千一百斤，價值五百元。然後他們又把豆餅加工成豆腐，共出二萬斤，而用豆腐渣和豆腐漿餵牲口。這樣通過加工，增加了收入二千五百元。」這簡直是在變戲法，憑空變出了許多「收入」。毛澤東沒有看出其中的破綻，顯然是由於他自己就存在著盲目樂觀和急於求成的情緒，這不能不說是一個悲劇。

當然，如果不把毛澤東當成神，而是當作一個偉大的人物看待，他當時的確有理由意氣風發。在毛澤東看來，全國範圍內資本主義工商業的社會主義改造已經完成，右派分子的「猖狂進攻」被打退了，農村社會主義建設高潮正在到來，億萬農民創造了「一天等於二十年」的奇蹟，農產品是「幾倍、十幾倍、幾十倍地增長」⑥，尤其是「人民公社」這一向共產主義過渡的組織形式正在推向全國，可以預期，隨著新的生產關係的建立，農民中蘊藏的無限創造力就會爆發出來，前途正不可限量。就在這樣的形勢估量下，毛澤東提出了「兩結合」的創作方法：「無產階級的文學藝術應該採用革命的現實主義與革命的浪漫主義相結合的創作方法。」⑦這既是天才的創造，更是為了使文藝適應新的形勢。生活中千年神話正在變成「現實」，要描寫它，社會主義現實主義已難以勝任了，因為社會主義現實主義雖然也展現理想，但它比起眼下人民群眾正在創造的奇蹟，簡直不可同日而語；單純的革命浪漫主義也不宜於表現這樣的生活，因為革命浪漫主義側重於表現理想，而現在這「理想」已不再是理想，而是成了活生生的「現實」。因此，只有把革命現實主義與革命浪漫主義結合起來，才能既反映生活的真實，又表現這真實中所包含的神話般的奇蹟，就像周揚說的：「我們處在一個社會主義大革命的時代，勞動人民的物質生產力和精神生產力都獲得了空前解放，共產主義精神空前高漲的時代。人民群眾在革命建設的鬥爭中，就是把實踐的精神和遠大的理想結合在一起的。沒有高度的革命浪漫主義精神就不足以表現我們的時代，我們的人民，我們的工人

⑥《紅旗》雜誌一九五八年第七期社論：〈迎接人民公社化的高潮〉。
⑦這是毛澤東一九五八年五月八日在「八大」二次會議上做《破除迷信》的報告時提出來的。

階級、共產主義的風格。」⑧這表明，生活中一度所呈現的「奇蹟」是提出「兩結合」創作方法的現實依據，因而它在本質上是由觀念的邏輯取代了生活本身的邏輯產生的結果；這也註定了「兩結合」創作方法必然要以失敗而告終，因為它所依據的現實「奇蹟」其實都是一些欺上瞞下的謊言，它們不久就為嚴酷的事實所戳破。這樣一來，適宜於表現這神話般現實的「兩結合」創作方法也就沒有了用武之地——如果側重於表現革命理想，還是請用革命浪漫主義，如果要真實地反映現實，就請採用現實主義。

唯一可能印證「兩結合」創作方法的是大躍進新民歌。「兩結合」創作方法的提出與新民歌所反映的神話般「現實」密切相關，周揚在八屆二中全會上以〈新民歌開拓了詩歌的新道路〉為題所作的報告也把新民歌作為「兩結合」創作方法的範例，稱它「開拓了民歌發展的新紀元，同時也開拓了我國詩歌的新道路」。然而動用組織手段搜集起來的數以億計的新民歌其實很少有成功的作品。它們或者直接反映了浮誇風，宣揚精神萬能的唯意志論，或者是為了配合政策炮製出來的，不再有民歌的樸實品質。比如寫得最好的幾首新民歌中，有一首：「我是喜鵲天上飛，社是山中一株梅。喜鵲落在梅樹上，石滾打來也不飛。」原是表現愛情堅貞的情歌，很生動，現在把「妹」字改為「社」，詩的形象反而變得不自然，感情與所要表達的主題很不協調。另一首轟動一時的《我來了》，原來只有四句：「天上沒有玉皇，地上沒有龍王。我就是玉皇，我就是龍王。」那是在興修水利的工地上，一個農民創作了前面兩句，別的人替他續上了後面兩句。「後來，這首民歌到了報

⑧ 周揚：〈新民歌開拓了詩歌的新道路〉，《紅旗》雜誌一九五八年第一期。

社編輯部，編輯又替他加上了最後兩句」⑨：「喝令三山五嶽開道，我來了！」沒有這兩句，整首民歌很平淡；加上這兩句，整首民歌又失去了民歌固有的質樸，因為「三山五嶽」明顯的是文人的腔調。或許正是由於這個原因，這首民歌在湖北的群眾文藝刊物《布穀鳥》上發表時，第五句又改為「大吼一聲」，可這一改反而更煞風景。這一切顯然只能證明「兩結合」創作方法的不成功。

最早傳達「兩結合」創作方法是的周揚⑩。率先結合文學史論證「兩結合」創作方法可以成立的是郭沫若，不過郭沫若傾向於認為「兩結合」創作方法就是社會主義現實主義，即其中的革命浪漫主義主要是作為現實主義中的理想因素而存在⑪。最早對「兩結合」創作方法提出不同看法的是茅盾。茅盾一九六一年八月三十一日在河北省的一次座談會上表示，「歷史上的偉大作家的全部著作中確有基本上是浪漫主義但也有現實主義，或者基本上是現實義但也有浪漫主義這樣的情況存在，可是，一部作品中『兩結合』的情況，是不存在的。」「更不會有『革命的浪漫主義與革命的現實主義』相結合的作品了。」茅盾在當時的條件下不得不表示正期待著在新時代能夠產生「兩結合」的成功範例，而真正的用意則是要「評論家對『兩結合』的尺度可以放寬些」，不要「作膚淺的瞭解，把它庸俗化」⑫。茅盾的觀點反映了六〇年代初中央開始糾正大躍進的失誤這一新的歷史背景。

---

⑨ 天鷹：《一九五八年中國民歌運動》，上海文藝出版社一九五九年十一月版，第一三七頁。

⑩ 周揚在〈新民歌開拓了詩歌的新道路〉一文中最早傳達了毛澤東「兩結合」創作方法的精神，見一九五八年六月《紅旗》雜誌創刊號。

⑪ 郭沫若：〈浪漫主義和現實主義〉，一九五八年七月《紅旗》雜誌第三期。

⑫ 茅盾：〈五個問題〉，《河北文藝》一九六一年十月號。

不過由於眾所周知的原因，「兩結合」的提法此後一直含糊地沿用了下來，這表明它依然代表著一種思潮。直至新時期初有人公開對此表示質疑，還引發了一場關於「兩結合」創作方法的熱烈討論。這場討論充分暴露了一些人頭腦僵化和教條主義思維方式的特點。他們從觀念到觀念，而不是從事實到事實，竭力要證明「兩結合」是科學的嶄新的方法，彷彿創作方法不是作家根據自己的創作個性和對象的特點自覺選用的，而是由理論家對某一先驗的預設進行邏輯證明，交給作家照辦即能產生偉大作品的東西。事實無情地嘲弄了這種教條主義。正當一些理論家義正辭嚴地為「兩結合」辯護時，作家們已經走到前頭，寫出了許多突破了「兩結合」框框的佳作，就像馮牧說的，許多人對「兩結合」的提法早已沒有多大興趣，因為「『兩結合』的創作方法的提出，帶有一種先驗的性質，先有這種主張，再讓大家去實驗。而三十年的實驗結果，沒有讓大家高興的滿意的成果，多半都是生拉硬扯解釋，說得都相當勉強和生硬。」⑬

「兩結合」的重點是「革命的浪漫主義」。由於認為革命現實主義已經不能適應新的形勢，所以才加上一個「革命的浪漫主義」，以便作家去表現生活中湧現的神話般的奇蹟。當時就有人寫文章指出：「在今天我們特別需要提倡革命的浪漫主義的因素進入我們的文學創作，」⑭「兩結合」「引導我們看出、寫出共產主義理想照耀下的現實，看出、寫出現實中的共產主義理想和趨向。」⑮

⑬ 馮牧：〈關於中國當代文學教材的編寫問題〉，見陸梅林主編的《新時期文藝論爭輯要》，重慶出版社一九九一年十月版，第一一四一頁。
⑭ 安旗：〈從現實主義出發而又高於現實主義〉，《文藝報》一九五八年第十一期。
⑮ 華夫：〈文藝發出衛星來〉，《文藝報》一九五八年第十八期。

但歷史表明，隨著政治上「左」的錯誤越來越嚴重，「革命的浪漫主義」對文藝創作構成了越來越嚴重的危害，因為「革命」兩字在左傾路線指導下，是可以任由人根據政治需要隨意加以新的解釋的，並且擁有不可冒犯的神聖性，它往往成了窒息作家創作活力的框框和極左分子手裡置文藝於絕境的棍子。

在「大躍進」時期，「大躍進」成了「革命」的同義語。它以革命的名義壓制了所有不同的意見，成為新民歌反覆歌唱的主題，從而產生了一批難以計數的浮誇文學。

稍後迎來了以郭小川、賀敬之為代表的政治抒情詩時代。這種詩體產生於五〇年代，到六〇年代獨領風騷，成為詩歌主潮。它的特點是貼近現實政治，作者以階級代言人的姿態向人們闡述重大的政治命題，具有很強的政論色彩，包含雄壯的革命豪情。賀敬之在《郭小川詩選》英譯本序言中這樣寫道：「詩人的『自我』跟階級、跟人民的『大我』相結合。『詩學』和『政治學』的統一，詩人和戰士的統一」，他認為這就是「革命的浪漫主義」。而「積極的、革命的浪漫主義對一個民族的文學，特別是詩歌的發展來說，絕不可能、也不會是可有可無的東西」，因為它「給人以震撼人心的雷霆萬鈞的力量」⑯。郭小川、賀敬之寫過一些好詩，但他們的政治抒情詩總體上看是大而空洞的。在一切都被政治化的年頭，這類詩有一些新鮮感，產生了巨大的影響，但它們憑藉的是政治本身的力量，而不是藝術的魅力。隨著這些詩的政治主題逐漸成為常識或被證明為謬誤，它們就不再能夠像作者所預期的那樣「震撼人心」了。其實，詩，尤其是浪漫主義的詩，若離開詩人個人

⑯ 賀敬之：〈漫談詩的革命浪漫主義〉，《文藝報》一九五八年第九期。

的體驗和內心自然產生的激情，只憑政治的熱情和技巧上的雕琢堆砌一些豪言壯語，是不會有長久生命力的。詩人需要一種普遍而深沉地關注人生的眼光，需要執著於自己的信仰、陶醉於自己的幻想的那一份天真，這才有可能寫出動人的詩章。過分地貼近政治，盲目地追趕「革命」的潮頭，使這些政治抒情詩隨著政治的變幻而不斷地出現了問題。賀敬之的《十年頌歌》、《東風萬里》等長詩後來不得不進行刪改，有的乾脆汰除，就是例證，而刪改的做法又表明作者依然陷於原來的緊跟政治形勢的思維模式裡。⑰

「革命浪漫主義」發展到「文革」，派生出了「三突出」的理論。江青大肆兜售「三突出」創作模式，打的正是革命浪漫主義的旗號。由革命浪漫主義到「三突出」，中間的跳板同樣是「革命」。「四人幫」賦予「革命」以極左的政治內涵，把它抬到衝擊一切的嚇人高度，然後用來規範浪漫主義，這樣的「革命」的浪漫主義自然一切要以「革命」的需要為轉移，浪漫主義的重主觀、重幻想變成了可以置生活邏輯和藝術規律於不顧而僅僅按照特定的政治需要隨心所欲地處理情節、捏造人物的理論根據。於是，革命浪漫主義完全蛻變成了偽浪漫主義。偽浪漫主義是政治化浪漫主義的極端，它在給文藝造成極大破壞的同時，又從反面為新時期文藝政策的調整準備了條件。

不過，在政治化浪漫主義思潮盛行之時，浪漫主義創作也曾有過成功的個例，這就是毛澤東詩詞和郭沫若的歷史劇《蔡文姬》。

⑰ 賀敬之的詩因為政治原因而刪改的情況，可參見《賀敬之詩選・自序》，山東人民出版社一九七九年十二月版；還可對照不同版本的《放歌集》和《賀敬之詩選》。

《蔡文姬》為曹操翻案，體現了郭沫若對四〇年代歷史劇浪漫主義風格的繼承。作者說：「蔡文姬就是我，是照著我寫的」，其中「有不少關於我的感情的東西，也有不少關於我的生活的東西」[18]。郭沫若對此沒作具體說明，但作品裡蔡文姬與兒女生別之苦，她為繼承父親遺志忍痛歸漢，回漢路上對兒女的思念之情，她在父親墓前剖心瀝膽的哭訴，這一切寫得如此真切感人，聯繫到郭沫若拋婦別離、回國抗日的個人經歷，人們不難意會他所稱的「有不少關於我的生活的東西」指的什麼了。在創作中投入「自我」，這本是浪漫主義者的一貫風格。郭沫若當時雖然已接受了政治化的浪漫主義的原則，但作為一個五四浪漫主義運動的先驅，他一旦承認了自己是個浪漫主義者，又會很自然地遵循「自我表現」的浪漫主義原則。這是郭沫若比同一時期許多標榜為革命浪漫主義的作家高明的地方，也是《蔡文姬》至今仍具有藝術魅力的奧秘所在。

毛澤東詩詞與其說是「兩結合」創作方法的範例，不如說是革命浪漫主義的成功實踐。作為一個偉大的政治家，毛澤東天生具有浪漫氣質，從來追求的是理想與現實的完美融合。「不拘成規，富於想像，是毛澤東特立獨行，一生進取，富有天才創造魅力的人格內容。一方面，他比中國革命史上任何書生型的政治家都能設計一條實實在在的民族解放大道，另一方面，他又比誰都浪漫超脫，以詩人的想像和情懷關注人生、自然、宇宙的一些根本問題。一步入詩的王國，他複雜的個性，精微的感覺，奔突的思想，便有一種遏止不住的昇華。理智和情感，現實與未來，時間和空間在這個王國裡似乎都可以獲得默契的溝通。詩人以及思想家是自由的灑脫的，他可以馳騁想像，直

⑱ 郭沫若：《蔡文姬・序》，《郭沫若劇作全集》第三卷，中國戲劇出版社一九八二年十月版，。

面永恆和無限的時空，滿懷熱情地關注人類追求的終極價值和終極理想。政治家則相對的不自由，他不能須臾離開現實原則，他承擔著巨大的歷史責任，他每做出一個決斷，都會感到同他的地位一樣大小的壓力。毛澤東的偉大和成功，就是因為在漫長的革命和建設征途中，長期的保持了詩人和政治家這兩種角色的平衡，很好地解決和處理了現實的務實精神同浪漫的理想這兩方面的對立統一關係。五〇年代末期和六〇年代中期以後，這種平衡關係開始打破。詩情描繪和政治實踐的區別，理想與現實、想像與理性差異，在毛澤東的頭腦裡變得模糊起來。他自覺不自覺地要人們消化掉一些詩人和思想家可以憑願望想像，而歷史的實際進程卻難以一下子解決的問題。過於熱情的想像為他所理解並描繪的像『大躍進』、人民公社這樣的社會實踐，染上了幾分悲劇色彩。」⑲一九五八年一月十六日，他在南寧會議的講話中要求領導幹部學點文學：「古文、今文都可。一次讀幾遍，放起來，然後再看。」搞文學也應有重點，「光搞現實主義一面也不好，杜甫、白居易哭哭啼啼，我不願看，李白、李賀、李商隱，搞點幻想。我們建黨以來，幾十年沒正式研究過這問題。」他這時希望全黨來研究的是「幻想」。一九五九年廬山會議期間，他從另一個角度剖析了自己的性格，「提倡敢想敢幹，確引起唯心主義。我這個人也有胡思亂想。」⑳這種喜歡幻想的性格，對於政治家也許是一種重大的缺點，對於一個浪漫的詩人卻未必不是優點。正是憑著喜歡幻想的性格，毛澤東在社會實踐領域造成嚴重失誤的同時，卻寫出了一些文情並茂的詩篇。作為一個浪漫的詩人，毛

---

⑲ 陳晉：《毛澤東與文藝傳統》，中央文獻出版社一九九二年三月版，第二一八至二一九頁。
⑳ 陳晉：《毛澤東與文藝傳統》，中央文獻出版社一九九二年三月版，第二一九頁。

澤東擁有無與倫比的才氣，雄視古今的氣魄，革命理想和個人豪情相一致的完整人格，可以任「自我」盡情表現，幻想自由地馳騁，這一切使他信手拈出皆成絕唱。可是在特定的歷史背景下，當毛澤東思想不是作為指導人們社會實踐的活的靈魂，而是統領社會生活一切方面的絕對意志的時候，當毛澤東個人宛若神明，他的話一句頂一萬句，成了至高無上的政治和道德律條的時候，當人們必須毫無保留地克服「自我」意識的時候，且不說很少有人在才情和氣魄上堪與他相比，就連最起碼的自由的創作心態也不具備，怎麼可以指望別人效法毛澤東的「自我表現」的風格，寫出情真意切的浪漫主義的篇章？毛澤東詩詞是浪漫主義文學的一朵奇葩，它的一枝獨秀又反襯出建國後浪漫主義文學一片蕭瑟的狀況。這恰恰表明浪漫主義有一個基本的前提：作者必須擁有知、情、意和諧統一的完整人格，必須具備有利於他表現「自我」的自由的創作心態，舍此則浪漫主義創作只會走上歧途。

綜上所述，可以說一九四九年後不存在浪漫主義思潮的觀點是不符合歷史事實的。且不論新時期浪漫主義思潮的再度復興，即使此前的革命浪漫主義也是一種有別於現實主義和現代主義的獨特的浪漫主義形態，雖然它存在著諸多問題，少有經得起時間檢驗的佳作，後又蛻變為偽浪漫主義。但這種情形同時也說明浪漫主義思潮在中國沒有充分發育成熟。它總是變來變去，時起時伏。在這種坎坷的命運背後，則是它始終難以擺脫的兩難處境，即既要爭取個性解放和心靈自由，又要承擔社會革命的使命。當個性解放與社會革命能夠統一時，它就有較好的發展勢頭；一旦兩者不相適應，浪漫主義思潮的發展就會受到阻礙，甚至陷入困境。

這種困難處境和奇特的命運反映了中國現代社會的複雜性，而且牽涉到範圍相當廣泛的問題。

這除了本書第二章所論及的原因，還有跟整個二十世紀的背景相關的以下幾個方面應特別引起注意：

第一，中國革命的主力軍是農民，農民中蘊藏著巨大的革命潛力，可他們文化水平低，又有小生產者的種種弱點，因而教育農民，使他們掌握先進的思想是個重大的問題。這方面，文藝承擔著重要的責任，因為文藝的形象性和寓教於樂的特點使它所包含的思想觀念比起抽象的理論文章來更易為文化程度不高者所接受。強調革命文藝的宣傳功能、教育功能和通俗化、大眾化，要求革命文藝配合政治任務乃至某一項具體的政策，就因為革命文藝事實上承擔著主要向農民群眾宣傳革命思想，激發其革命熱情的使命。在這樣的大格局中，「自我表現」的浪漫主義文學能起什麼積極的作用呢？小資產階級的「自我表現」，群眾不喜歡看，淺吟低唱的調子會渙散革命的鬥志，藝術上的高雅精緻超過實用的限度，就成了精神貴族的奢侈品。總之，「自我表現」的浪漫主義文學永遠難以做到通俗化、大眾化，它的主情傾向和非理性的性質使它的主題呈現模糊性，而且常逸出某種理論所認可的範圍，因而對於宣傳群眾動員群眾不僅無益，反而有害。這樣，它的時運不濟也就毫不足怪了。只有到全民的文化素質普遍提高，人們的思想觀念的改變真正是一個自覺自主的過程，不必簡單地仰仗文藝宣傳的時代，文藝的宣傳教育功能才會淡化，而它的審美功能和娛樂功能則相應地加強。這時，人們更看重的是美，是情感的真摯，是作家人格的高貴，是心與心的交流，因而主情的浪漫主義文學才有了存在和發展的群眾基礎。西方浪漫主義思潮在半個世紀的時間裡席捲差不多整個歐洲，產生了許多經典之作，是跟它處於文化比較發達、文藝不必直接承擔宣傳使命的人文環境相關的，是跟它的「自我表現」、個性解放精神與社會革命的方向一致相關的。中國不具備這樣的條件，而當後來歷史提供了某種機遇時，又由於指導思想上的失誤，沒有讓文藝的功能及時地從注重宣傳教育向審美娛樂的方面調整，以致它長期充當階級鬥爭的工具，所以浪漫主義不發達乃至被扭曲，是難以避免的。

第二，在二十世紀的大部分時間裡，中西文化的發展存在時代差異。西方浪漫主義是繼啟蒙運動之後以反對新古典主義的姿態出現的，它是西方社會內部矛盾運動的產物。隨著各種矛盾的進一步發展和理性主義的重新抬頭，它自然地被新起的批判現實主義文學思潮所取代。這樣，各種文學思潮在西方呈現很明顯的前後繼承和彼此區別的階段性。然而，中國的情況不同。中國現代浪漫主義思潮的興起比西方落後了一個世紀，並且深受西方的影響。因而當中國現代浪漫主義思潮興起之時，它要同時接受西方在這一百多年間所產生的各種文藝思潮的影響。不同的影響相互交叉、相互滲透，並與中國的傳統結合在一起，使中國現代浪漫主義不如西方的那麼「純粹」。五四浪漫主義已摻雜了一些被稱為「新浪漫主義」的現代派的因素。二〇年代後期，以成仿吾、王獨清、穆木天為代表的創造社一部分成員在政治上向左轉的同時，藝術上開始向現代派傾斜。當新時期初浪漫主義再次復興，面臨一個大好的發展機會時，又是受現代主義思潮的影響，一開始就帶上了現代派的色彩，而且它不久又整體性地消融在現代派的浪潮裡了。由於浪漫主義與現代主義在藝術精神上有很深的親緣關係，在現代主義的衝擊下，它難以徹底地堅持自己獨立的藝術個性，常常很不穩定，滑向現代派，這是造成中國現代浪漫主義命運不濟的一個不容忽視的原因。

第三，三〇年代田園牧歌型的浪漫主義思潮向中國傳統的佛道文化靠近，這起因於浪漫主義勢單力薄，處境不妙，但反過來又使田園牧歌型的浪漫主義變得更為軟弱無力。佛家出世，道家尚柔，作為人生哲學兩者柔韌有餘，剛烈不足。因而體現了佛道精神的田園浪漫主義在烽火連天的歲月，雖然留下了不少表現人性和美的優秀作品，卻不可能以迎接挑戰的姿態造成一個足以影響整個時代的文學潮流。

第四，左傾政治路線的干擾，是影響浪漫主義思潮發展的最為關鍵的因素。本來，文學多少與政治有關，但這不能作為左傾政治直接粗暴地干涉文學的藉口。因為文學的政治傾向是基於文學家對人生和社會的基本觀點自然地形成和表現出來的，當左傾政治向文學指手劃腳，施加種種限制時，文學，尤其是浪漫主義文學就遭殃了。左傾政治對浪漫主義文學危害最大的是限制後者表達真情。它把個人的美好感情、人間的真情統統斥為資產階級、小資產階級的情調，留下來要文學表現的只有「階級情」，而這階級情又是由一些人根據政治的需要規定好了的。這就逼著文學家要麼出賣自己的良心，要麼寫些應景的概念化的文章，一切不願遵命而又不想自找麻煩的文學家只得擱筆。左傾教條主義者對真情的懼怕不是沒有原因的。人的感情本來是人性中最為活躍的因素，它基於愉悅的原則隨時隨地準備突破理性的束縛，因而是衝擊一切既定道德規範和社會秩序的內在力量。封建統治者用禮教規範人情，把「發乎情，止乎禮義」當作一種很高的道德境界；發展到宋明理學，進一步走向「存天理，滅人慾」的極端，就是因為「情」是最不可靠、最「危險」的因素。不過，用禮教限制了人情、束縛了人性，雖然社會得到了暫時的安定，但它的活力和發展前景也隨之葬送了。極左政治以「革命」的名義所做的，實際上就是封建統治者一直在做的事情，即在整個思想領域建立起一個由絕對意志統領一切的局面，不允許有任何個人的觀點、個人的情感、個人的表情達意的方式存在。而一旦沒有了個人的觀點、個人的情感和個人的表情達意的獨特方式，浪漫主義文學也就壽終正寢了。

值得注意的還有在這種政治氣候中形成的一些關於浪漫主義的觀點，模糊了人們對浪漫主義的認識，也在相當程度上影響了浪漫主義思潮的發展。這些觀點大致包括：浪漫主義的本質是表現理想，浪漫主義的根本特徵是幻想性、抒情性、傳奇性等等。

浪漫主義的確表現理想，但這理想是朦朧的，沒有具體規定性的一個彼岸，一般只作為美的象徵鼓舞人們朝此作不懈的追求。一旦浪漫主義的理想有了具體的內容，認為它可以在某個時候變成現實，如「大躍進」新民歌所歌詠的那種吃飯不用錢的理想，浪漫主義就庸俗化了，成了上文所指出的政治化的浪漫主義。

把浪漫主義等同於理想主義，其中有蘇聯文學思潮的影響在內。二〇年代後期，蘇聯有人藉口馬克思、思格斯批評過席勒等浪漫主義作家而大反浪漫主義。三〇年代初高爾基為了替浪漫主義爭一席之地，提出社會主義現實主義創作方法中包含理想的因素，認為文藝家「一方面不要閉眼不看反面現象，另一方面卻要強調指出正面的現象，從而把它們『浪漫主義化』」，而這樣的浪漫主義，「是抱有信仰的人們的浪漫主義」，「他們善於站在現實之上，敢於把現實看成原料，從不好的材料中創造出合乎願望的很好的東西來。」㉑法捷耶夫也認為社會主義的文藝既不能離開現實的基礎，又不能脫離先進理想的指導，否則「浪漫主義和現實主義原則的分裂，對兩者皆不利：現實主義受到損害，浪漫主義也受到損害。」㉒。高爾基等人的觀點傳入中國，中國左翼文藝界為浪漫

㉑ 高爾基致費•華•革拉特珂夫信（一九二五年八月二十三日），《文學書簡》下卷第五〇至五一頁，人民文學出版社一九六五年版。
㉒ 法捷耶夫：〈論文學批評的任務〉，《文學理論學習資料》下冊，第三八〇頁。

主義部分地恢復了名譽。周揚最早介紹社會主義現實主義的那篇文章，題目就是〈關於「社會主義現實主義和革命的浪漫主義」〉。他將浪漫主義提到突出的位置，批駁了把浪漫主義看作哲學上的「觀念論」的錯誤觀點，認為現實主義和浪漫主義相互滲透有文學史的證據，因而真正的現實主義都不應排斥浪漫主義，社會主義現實主義更應包括革命的浪漫主義。周揚的這一觀點成了他後來大力宣傳毛澤東提出的「兩結合」創作方法的思想準備。但很明顯，高爾基等人為浪漫主義爭取一點生存空間的努力，不可能突破社會主義現實主義的框框和當時教條主義者能夠容忍的範圍。高爾基將浪漫主義分成積極的和消極的兩種：「消極的浪漫主義──它或者粉飾現實，使人和現實相妥協；或者使人逃避現實，墮入到自己內心世界的無益的深淵中去」，㉓這明顯地打上了蘇聯那個時代「左」的烙印。中國左翼文學界受高爾基等人的影響，為了適應中國革命的實際需要，自三〇年代初開始就傾向於把浪漫主義與理想主義等同起來，用種種教條化的理想限制作家個人感情的抒發，忽視了浪漫主義的內在要求和藝術創作的特殊規律，因而也就在隨後相當長時期內助長了把浪漫主義庸俗化的傾向。

浪漫主義是主情、重主觀的，但不能因此認為凡抒情的就是浪漫主義。關鍵是浪漫主義文學中的「情」直接地產生於主體內在的生命體驗，是浪漫主義者個人和著血淚的感悟，是他們「命泉中流出來的Strain，心琴上彈出來的Melody，生底顫動，靈的喊叫」㉔，一句話，是赤子之心的自然表

---

㉓ 高爾基：《我怎樣學習寫作》。
㉔ 《三葉集》，上海亞東圖書館一九二〇年版，第六頁。

現。浪漫主義文學的魅力，主要是赤子之心所具有的魅力，浪漫主義文學的局限，很大程度上也就是赤子之心的局限。當然，任何較為成功的文學作品都包含作者個人的感情，但比較而言，現實主義作品中的作者個人的感情是執著於現實的，圍繞現實人生問題而呈現喜怒哀樂的種種情狀，浪漫主義文學中的作者個人的感情則具有超越現實的傾向，即作者要擺脫現實關係的束縛，實現主體精神的自由，而不那麼斤斤計較於功利得失。這只要比較杜甫和李白、魯迅和郁達夫、艾青和郭沫若的風格，就能一目了然。因此，說到底，浪漫主義是一種浪漫的情感姿態，它源於作家、詩人的浪漫氣質，並不是任何抒情的作品都具有浪漫的性質，更不是哪一個人能通過模仿或學習達到浪漫主義的境界。至於緊跟形勢醞釀政治豪情的作品，與浪漫主義更是南轅北轍。因為這種豪情沒有真實的「自我」，它迎合的是風向，考慮的是「正確」，服從的是與個人得失密切相關的「理性」，它不是真正發自內心深處的歌聲。這樣的作品也許顯得氣勢磅礴，但實際卻是虛張聲勢、矯揉造作，不會有長久的生命。

浪漫主義常使用幻想、誇張的手法，但幻想和誇張須以情感的真切、浪漫為基礎。撇開情感的真切浪漫與主體精神的自由，僅僅把幻想、誇張當作一種技巧，那麼它就可能起相反的作用。「大躍進」新民歌幻想之奇特、誇張之大膽可謂空前，卻沒有美感，原因就是缺少真切的情感。比如，「一個穀穗不算長，黃河上面架橋梁，十輛汽車並排走，火車馳過不晃蕩。」「一朵棉花打個包，壓得卡車頭兒翹；頭兒翹，三尺高，好像一門高射炮。」它們所表達的農民渴望豐收的心理，是非常現實的、功利的，一點沒有浪漫的意味。谷穗與黃河大橋無論如何也沒有可比性，棉花裝得再多也不至於把卡車壓得翹起頭來，翹起頭來像門高射炮，這卡車又不知如何開法？這表明詩的情感是虛假的。這樣的奇特幻想和大膽誇張其實是特定歷史時期浮誇風的反映，與浪漫主義毫無干係。

「浪漫」這個詞與傳奇有關，它最早在十七世紀的英國使用，來源於法文單詞romant，即「浪漫故事」。這是一種中世紀的傳奇故事，用本地方言而不是用拉丁文敘述。不過，如果僅僅把傳奇性理解為故事的奇特，或者是異域情調，而不考慮情感的自由和浪漫的性質，那麼傳奇性就不一定是浪漫主義的特徵。通俗小說無奇不有，但迄今還沒有誰因此把通俗小說看作是浪漫主義文學。艾蕪具有異域情調的流浪漢小說一般認為具有浪漫主義的特色，但倘若仔細考察，不難發現這些小說反映的都是底層民眾極為嚴峻的現實人生，而不是作者自我的浪漫激情的表現，因而也很難說它們是浪漫主義的。許地山的帶有異域情調的小說，情況正與艾蕪的相同。這意味著，不考慮浪漫主義的基本性質，僅憑異域情調就判定一部作品屬於浪漫主義，這至少不是穩妥的做法。其實，異域情調是一個相對的概念，在此處的人看來具有異域情調，由故事發生地的人看來就無新奇之感了，而「浪漫主義」則毫無疑問是一個超越了地域界限的一般概念和一種具有特殊規定性的創作方法。

總之，浪漫主義具有抒情性、幻想性、傳奇性諸多特徵，但它們都是以情感的自由和浪漫為基礎的。放逐浪漫主義對現實的超越和超越過程中的主體精神的高揚，幻想性、傳奇性等特徵就不再具有浪漫主義的意義，不再是浪漫主義的特徵。用這樣一些閹割了浪漫主義精神的個別特徵取代完整的浪漫主義概念，並且把它們當作新的清規戒律，那同樣會把浪漫主義引向歧途。

# 參考書目

〔德〕施萊格爾：《浪漫派風格：施勒格爾批評文集》，李伯傑譯，華夏出版社二〇〇五年版。
〔德〕海涅：《論浪漫派》，薛華譯，人民文學出版社一九七九年版。
〔法〕泰奧菲爾・戈蒂耶：《浪漫主義回憶》（1811-1872），趙克非譯，人民文學出版社二〇一一年版。
〔丹麥〕勃蘭兌斯：《十九世紀文學主流》，劉半九等譯，人民文學出版社一九八四年版。
〔美〕艾布拉姆斯：《鏡與燈：浪漫主義文論及批評傳統》，酈稚牛等譯，北京大學出版社一九八九年版。
〔法〕夏爾・波德賴爾：《浪漫派的藝術》，郭宏安譯，上海譯文出版社二〇〇九年版。
〔法〕馬丁・菲吉耶：《浪漫主義者的生活：一八二〇至一八四八》，杭零譯，山東畫報出版社二〇〇五年版。
〔德〕曼弗雷德・弗蘭克：《德國早期浪漫主義美學導論》，聶軍等譯，吉林人民出版社二〇一一年版。
〔俄〕加比托娃：《德國浪漫哲學》，王念寧譯，中央編譯出版社二〇〇七年版。
〔英〕以賽亞・伯林：《浪漫主義的根源》，亨利・哈代編，呂梁等譯，譯林出版社二〇一一年版。
《歐美古典作家論現實主義和浪漫主義》，中國社會科學出版社一九八一年版。
朱光潛：《西方美學史》上、下卷，人民文學出版社一九八二年版。
宗白華：《藝境》，北京大學出版社一九八七年版。
李澤厚：《中國近代思想史論》、《中國現代思想史論》，安徽文藝出版社一九九四年出版。

天鷹：《一九五八年中國民歌運動》，上海文藝出版社一九五九年版。
敏澤：《中國美學思想史》（一至三卷），齊魯出版社一九八九年版。
嚴家炎：《中國現代小說流派史》，人民文學出版社一九八九年版。
陸耀東：《二〇年代中國各流派詩人論》，中國社會科學出版社一九八五年版。
孫黨伯：《郭沫若評傳》，人民文學出版社一九八七年版。
黄侯興：《《女神》時期的郭沫若》，陝西人民出版社一九九二年版。
李歐梵：《中國現代作家的浪漫一代》，新星出版社二〇一〇年版。
王富仁：《反封建思想革命的一面鏡子》，北京師範大學出版社一九八六年版。
楊義：《中國現代小說史》一至三卷，人民出版社一九九八年版。
溫儒敏：《新文學現實主義的流變》，北京大學出版社一九八八年版。
劉納：《論五四新文學》，浙江文藝出版社一九八七年版。
陳思和：《中國新文學整體觀》，上海文藝出版社出版一九八七年版。
凌宇：《從邊城走向世界》，三聯書店一九八五年版。
羅成琰：《現代中國的浪漫文學思潮》，湖南教育出版社一九八九年版。
朱壽桐：《中國現代浪漫主義文學史論》，文化藝術出版社二〇〇二年版。
俞兆平：《浪漫主義在中國的四種範式：魯迅、沈從文、郭沫若、林語堂》，廣西師範大學出版社二〇一一年版。
劉小楓：《詩化哲學：德國浪漫美學傳統》，山東文藝出版社一九八六年版。
李楓：《詩人的神學：柯勒律治的浪漫主義思想》，社會科學文獻出版社二〇〇八年版。
趙立坤：《盧梭浪漫主義思想研究》，中國社會科學出版社二〇〇八年出版。
湯奇雲：《中國現代浪漫主義文學思潮史論》，廣東高等教育出版社二〇〇七年版。
劉潤芳：《德國浪漫派與中國原生浪漫主義：德中浪漫詩歌的美學探索》，中國社會科學出版社二〇〇九年版。

王利紅：《詩與真：近代歐洲浪漫主義史學思想研究》，上海三聯書店二〇〇九年版。

# 後記

這本書是我的博士學位論文。

當年我選擇這個題目做博士學位論文，主要是因為覺得中國現代浪漫主義文學思潮還需要進一步研究。長期來，人們對中國現代浪漫主義持有偏見，不僅把它當作小資產階級文學現象予以貶低，而且認定它在上個世紀二十年代末期就已經消亡，因而對它的研究遠不能跟現實主義文學所受到的重視程度相比。新時期初，由於反感「四人幫」提倡的偽浪漫主義，人們在致力於恢復現實主義傳統的同時，大多依然對浪漫主義採取否定的態度，這實際上是誤把浪漫主義混同於偽浪漫主義了。八〇年代初，許子東率先肯定了郁達夫小說的浪漫主義性質，曾引起不小的反響。九〇年代初，朱壽桐、羅成琰分別出版了《情緒：創造社的詩學宇宙》和《現代中國的浪漫文學思潮》，把浪漫主義文學的研究推進了一步。但總體上看，對浪漫主義，尤其是對作為一種思潮的浪漫主義文學的研究仍然顯得冷清，不能跟它在文學史上曾一度與現實主義平分秋色的重要地位相稱。還必須注意的是，朱壽桐主要是用「情緒」的範疇梳理創造社內部不同的創作傾向，實際上已經突破了「浪漫主義」的範圍。羅成琰的立論則以「五四」至一九四九年的文學發展為限，功在建立現代浪漫主義的詩學體系，對浪漫主義思潮流變的梳理則顯得相對薄弱。

我受惠於上述學者對浪漫主義研究的成果，尤其贊同羅成琰突破五四浪漫主義的範圍來研究中國現代浪漫主義思潮的基本立場，但又認為這一思潮事實上還可以進一步追尋至二十世紀末。因為在二十世紀五〇年代後期，毛澤東提出了「兩結合」創作方法，很長一段時期，文藝界事實上一直把革命浪漫主義奉為最重要的創作方法和創作原則。雖然這一口號是在大躍進浮誇風的背景下提出的，而且開啟了通向偽浪漫主義的道路，但它畢竟舉著「浪漫主義」的旗號，因此理應把它放在浪漫主義思潮的範圍裡進行研究，思考其中的經驗教訓，而不能採取簡單迴避的態度。不僅如此，在經歷了「文革」浩劫後，浪漫主義作為一種思潮在新時期又呈現回歸之勢。它後繼乏力，可一度抬頭卻是事實。研究它的回歸和最終消亡，揭示其內在的脈絡，又是一個很重要的課題。即使是二十世紀前五十年的浪漫主義思潮發生、發展的過程，也還有許多問題需要繼續探討，比如五四浪漫主義思潮在二〇年代末衰落後是如何延續的，浪漫主義思潮在三〇年代、四〇年代的存在方式及各自的特點等等。一旦把浪漫主義作為一個處於變動中的思潮來研究，這些問題就亟待回答。

要把一個世紀中錯綜複雜的浪漫主義文學現象整合起來，建立起它發展演變的邏輯，關鍵是找到一個相應的理論基礎。我從浪漫主義運動的先驅的大量論述中受到啟發，把現代浪漫主義理解為人類文明史上自由精神普遍深入到情感領域時的產物。自由精神在中國現實社會中的地位及其變化，制約著浪漫主義思潮的歷史發展和形態轉換，也決定了它的最後消亡。這其中，無疑反映了中國現代浪漫主義文學思潮的獨特經歷和命運。這些基本觀點，在本書的緒論中有詳細的論述，此處不贅。正是基於對浪漫主義本質屬性的這一認識，我系統地考察了浪漫主義思潮在二十世紀中國各時期的具體形態、前後聯繫、內在動因等等。這使一些複雜的文學現象得以融會貫通，顯示出前後的有機聯繫，一些重要作家的創作風格和文學史地位得以重新評價，獲得了新的意義。當然，這也就打破了長期來習慣上把現當代文學分割開來的研究格局，湊巧與「二十世紀文學」的概念相吻合了。我說「湊巧」，意思是我的本意不是套用它：之所以冠以「二十世紀」的命名，實乃中國現代浪漫主義文學思潮延續了整整一個世紀，恰是一個歷史事實。

書中的內容先後以文章形式發表於《文學評論》、《外國文學評論》、《中國現代文學研究叢刊》、《江漢論壇》、《學習與探索》、《武漢大學學報》等刊物，約二十餘篇。這本書二〇〇〇年由安徽教育出版社初版，現在經過修訂，交由臺灣秀威資訊科技股份有限公司出版繁體字版。在此，要向出版社和上述期刊的編輯表達真摯的謝意。當然，特別要感謝我的導師易竹賢先生和我的家人，沒有易先生的栽培和家人的支持，不會有這一成果。最後，要向海峽對岸的責編陳佳怡、鄭伊庭女士說聲謝謝，她為這本書的出版付出了辛勤勞動。

二〇一二年五月十二日

文學視界29　語言文學類　PG0968

# 走向自由之維
## ——20世紀中國浪漫主義文學思潮

作　　者／陳國恩
策　　劃／韓　晗
主　　編／蔡登山
責任編輯／陳佳怡、鄭伊庭
圖文排版／姚宜婷
封面設計／秦禎翊

發 行 人／宋政坤
法律顧問／毛國樑　律師
出版發行／秀威資訊科技股份有限公司
114台北市內湖區瑞光路76巷65號1樓
電話：+886-2-2796-3638　傳真：+886-2-2796-1377
http://www.showwe.com.tw
劃撥帳號／19563868　戶名：秀威資訊科技股份有限公司
讀者服務信箱：service@showwe.com.tw
展售門市／國家書店（松江門市）
104台北市中山區松江路209號1樓
電話：+886-2-2518-0207　傳真：+886-2-2518-0778
網路訂購／秀威網路書店：http://www.bodbooks.com.tw
國家網路書店：http://www.govbooks.com.tw

2013年5月BOD一版
定價：490元

國家圖書館出版品預行編目

走向自由之維：20世紀中國浪漫主義文學思潮 / 陳國恩著.
-- 一版. -- 臺北市：秀威資訊科技, 2013. 05
BOD版
ISBN 978-986-326-091-2 (平裝)

1. 中國當代文學 2. 浪漫主義 3. 文學評論

820.908 102004226

# 讀者回函卡

感謝您購買本書，為提升服務品質，請填妥以下資料，將讀者回函卡直接寄回或傳真本公司，收到您的寶貴意見後，我們會收藏記錄及檢討，謝謝！如您需要了解本公司最新出版書目、購書優惠或企劃活動，歡迎您上網查詢或下載相關資料：http:// www.showwe.com.tw

您購買的書名：＿＿＿＿＿＿＿＿＿＿＿＿＿＿＿＿＿＿＿＿

出生日期：＿＿＿＿年＿＿＿＿月＿＿＿＿日

學歷：□高中（含）以下　□大專　□研究所（含）以上

職業：□製造業　□金融業　□資訊業　□軍警　□傳播業　□自由業

□服務業　□公務員　□教職　□學生　□家管　□其它＿＿＿

購書地點：□網路書店　□實體書店　□書展　□郵購　□贈閱　□其他

您從何得知本書的消息？

□網路書店　□實體書店　□網路搜尋　□電子報　□書訊　□雜誌

□傳播媒體　□親友推薦　□網站推薦　□部落格　□其他＿＿＿＿＿

您對本書的評價：（請填代號　1.非常滿意　2.滿意　3.尚可　4.再改進）

封面設計＿＿　版面編排＿＿　內容＿＿　文／譯筆＿＿　價格＿＿

讀完書後您覺得：

□很有收穫　□有收穫　□收穫不多　□沒收穫

對我們的建議：＿＿＿＿＿＿＿＿＿＿＿＿＿＿＿＿＿＿＿＿

＿＿＿＿＿＿＿＿＿＿＿＿＿＿＿＿＿＿＿＿＿＿＿＿

＿＿＿＿＿＿＿＿＿＿＿＿＿＿＿＿＿＿＿＿＿＿＿＿

＿＿＿＿＿＿＿＿＿＿＿＿＿＿＿＿＿＿＿＿＿＿＿＿

請貼
郵票

11466
台北市內湖區瑞光路 76 巷 65 號 1 樓
**秀威資訊科技股份有限公司** 收
BOD 數位出版事業部

..............................................................................................

（請沿線對折寄回，謝謝！）

姓　　名：__________________　年齡：_______　性別：□女　□男

郵遞區號：□□□□□

地　　址：__________________________________________

聯絡電話：(日) ____________________ (夜) ____________________

E-mail：__________________________________________